ハヤカワ・ミステリ文庫

〈HM㊿③-1〉

あの夜、わたしたちの罪

ローリー・エリザベス・フリン

山田佳世訳

早川書房

8925

THE GIRLS ARE ALL SO NICE HERE

by

Laurie Elizabeth Flynn

Translated by
Kayo Yamada
First published 2023 in Japan by
HAYAKAWA PUBLISHING, INC.
This book is published in Japan by
arrangement with
LAURIE ELIZABETH FLYNN INC.
c/o ICM PARTNERS
acting in association with CURTIS BROWN GROUP LIMITED
through TUTTLE-MORI AGENCY, INC., TOKYO.

自分では手の届かないものを犠牲に、
欲しいものを手に入れた女性たちへ

あの夜、わたしたちの罪

登場人物

アンブロージア（アム）・ターナー……旧姓ウェリントン。元ウェズリアン大学演劇学科の学生
スローン・サリヴァン（サリー）………元アムと同寮の学生
フローラ・バニング…………………………元アムのルームメイト
ケヴィン・マッカーサー…………………元フローラのボーイフレンド
ポピー………………………………………フローラの妹
エイドリアン・ターナー…………………アムの夫
ビリー………………………………………アムの親友
ローレン……………………………………元サリーのルームメイト
エラ・ウォールデン………………………元アムと同郷の学生
ヘザー
ハドリー }……………………………元アムのシェアメイト
トム・フェルティ…………………………刑事

あのころ

ふたり一緒なら怖いものはなかった。緑あふれるキャンパスはふたりが支配する王国で、そこで開かれるパーティーの数々は、ふたりのためのものだった。すらりと伸びた脚にとがったヒールを履き、毒々しい色で塗った唇に笑みを浮かべ、わたしたちは縄張りを闊歩した。王国には男の子もいた。名前も思い出せない、すれ違っただけなのか、関係を持ったことがあるのかも、わからない男の子たち。ようやくわたしが選んだ王さまには、王冠は重すぎた。

そんなときだった。巨大な手がふたりの世界を握りつぶし、光を奪った。わたしたちは、ほかの学生たちと並んで寮のまえに立ちつくし、眼前に広がる光景を眺めた。わたしたちの中で始まった殺戮《さつりく》の光景を。生来備わっていた創造力が、何もかも破壊したい衝動に負けたのだ。

耳元で囁《ささや》く彼女の声に、脅えが混じることはない。**口裏を合わせるのよ。**

わたしは逃げだしたかったのに、彼女のゲームはまだ終わっていなかった。

血塗られたわたしたちの時代は一瞬で過ぎ去った。

ほんとうの地獄は、それからだった。

1　現在

宛先　〝アンブロージア・ウェリントン〟　a.wellington@wesleyan.edu
差出人　〝同窓会実行委員会〟　reunion.classof2007@gmail.com
件名　二〇〇七年卒業生同窓会

アンブロージア・ウェリントン様

いますぐカレンダーに書きこんでください！

ウェズリアン大学二〇〇七年卒業生の卒業十周年記念同窓会を、二〇一七年五月二十五日から二十八日にかけて開催いたします。昔のクラスメイトと近況報告をしあう週末を過ごしませんか？　オールキャンパス・パーティーやフォーマルディナーなどのイベントもご用意しています。

オンラインでのお申し込みは五月一日まで受け付けています。

出席される方は、ウェズリアン大学ウェブサイトにて、近隣宿泊施設のページをご覧ください。また、部屋数はかぎられますが大学内の寮にも宿泊できます。ほとんどが二人部屋なので、かつてのルームメイトと思い出を再体験するのもよさそうですね！

同窓会実行委員会

〈セフォラ〉や〈マイケル・コース〉のセール案内や生理日管理アプリ〈ファティリティ・フレンド〉の排卵日お知らせメールと同様、見た瞬間に削除する。次にゴミ箱も空にする。何かがほんとうに消えてなくなると思うほど、馬鹿ではないから。

二週間後、二通目のメールを受信する。**出欠のお返事がまだのようです！　ぜひご参加くださいね。**人差し指を突き立てられ、非難されているようだ。削除するまえに、ずっと下までスクロールする。同窓会実行委員会メンバーのリストの下、太字で書かれた彼女の名前が目に入る。フローラ・バニング。

それからその二通のメールのことは忘れてしまった。目に入らないものは頭からも抜け落ちていく。同じ日の焼き直しのような毎日が続いているうちは気楽だ——地下鉄N線でアストリアからミッドタウンに通勤し、帰りに〈キー・フード〉で布製のエコバッグが腕に食いこむくらい大量の買い物をする。最新のファッションに身を包んだ人たちでにぎわう〈ザ・ディッティ〉のハッピーアワーで、**やめたほうがいいんじゃない？**　とエイドリアンが冗談っぽく言うのも聞かず、二杯目のワインを飲む。ところがその金曜日はいつもと違った。一週間分の疲れを溜めこんで帰宅すると、カウンターの上に自分宛の封筒を見つけた。

「おかえり」ソファの定位置でタブレットを手にしたエイドリアンが大きな声で言う。いつか書きたいと言いながら永遠に手をつけない小説ではなく、アメリカンフットボールのゲームに夢中になっていたのは明らかだ。「お疲れさま」

「またドアが開けっぱなし。お願いだから鍵をかけてっていつも言ってるでしょ」お決まりの小言のうちのひとつだ。**鍵をかけて。シリアルの袋はきちんと閉じて。服を脱ぎっぱなしにしないで。**ときどき、彼の妻ではなく、母親になったような気分になる。

「大丈夫だよ、このアパートメントは警備がしっかりしてるから。あ、何か届いてたよ。

結婚式の招待状じゃないかな。送り主はきみが結婚して名前が変わったこと、知らないみたいだけど」結婚を機に変わったわたしの名字は、彼にとって男の誇りらしい。最初彼はこの件に関心がないふりをしていたが。**僕は別にどっちでもいいんだけど、子どもに名字をふたつ名乗らせるってどうなのかな？　きみのはすごく長いし。**結婚式の準備中に彼はこう言って、婚約したてではち切れんばかりのわたしの幸福感に、ひとつめの傷をつけた。子どもは彼の見つめる未来に燦然《さんぜん》と輝き、当然わたしも望んでいるものと彼は信じていた。

カウンターの封筒には丁寧な手書きの飾り文字《カリグラフィ》で、アンブロージア・ウェリントン様と書かれている。三年前、〈マウンテン・レイクス・ハウス〉で、木陰の下のバージンロードを、すでに目をうるませたエイドリアンのもとまで歩いたあの日から、わたしはアンブロージア・ターナーだ。わたしがターナーになったのは、わたしたち夫婦と子どもたちのためだと、彼は思っている。実はウェリントンの名を捨てたくてたまらなかったからなのだが、その理由を彼は知らない。

エイドリアンはわざわざ振り返って、期待に満ちた顔でわたしが封筒を開けるのを見ている。彼は結婚式が——というより披露宴が大好きなのだ。お酒を飲み、出会ったばかりの人たちとカメラに向かってポーズを取る。それから、その場かぎりの親友たちを、実現しないと全員が知っているディナーやバーベキューに誘うのだ。

「誰からだった？　当ててみようか。きみの同僚のベサニーじゃない？　彼女、まだあのすごく背が高いやつとつきあってるの？　マークって言ったっけ、ラクロス選手の」

エイドリアンの友達は、みんなわたしより五、六歳若い。まだフェイスブックやインスタグラムに婚約の記念写真を投稿する年頃だ。チェック柄のシャツを着た男の子の隣ではっちり決める女の子たち。長い髪をおろし、シャネルのエスパドリーユを履いて、ジェルネイルをほどこした指に光るペアシェイプのダイヤモンドをカメラに向ける。わたしの勤め先〈ブライトン・デイム〉のＰＲチームにいる部下たちも同類だ。

自分も同じような写真におさまるとは考えもしないころ、わたしたちはそんな女の子のことを**ありがち**と評した。

「ベサニーはまだ二十二歳よ」とつぶやいて封筒からカードを取り出す。それに対してエイドリアンがなんと言ったかはわからない。カードを開いた瞬間、頭が真っ白になったからだ。結婚式の招待状ではなかった。グラマシーパークに何時だとか、服装はセミフォーマルだとか、お子様はご遠慮くださいだとかは書かれていない。

カードの中の文字も、カリグラフィだ。クリーム色のカードに、赤と黒のインク。ウェズリアン大学のスクールカラーだ。文字はわずかに右に傾いている。書き直す時間がなかったのだろうか。

あなたも来て。あの夜わたしたちがしたことについて話がしたい。

名前は書いていないけれど、なくてもわかる。こんなものを寄こすのはひとりしかいない。顔がかっと熱くなる。首には赤い斑点が出ているだろう。不安が押し寄せると、いつもそうなる。カウンターにつかまる。メールを削除してしまったことを彼女は知っているのだ。驚くほどのことではないのかもしれない。あのころも彼女はなんでもお見通しだった。

嫌な考えがぐるぐる渦巻きだしたところに、エイドリアンの声がして我に返る。「誰の結婚式か気になるんだけど。飲み放題だといいな」

「結婚式じゃなかった」そう言ってカードを封筒に戻し、バッグに突っ込む。あとで、見られたくないものをおいておく秘密の場所に隠そう。

エイドリアンはタブレットをおいて立ち上がる。いつもは散漫な注意力をよりによってこんなときに発揮することにしたらしい。「大丈夫？　吐きそうな顔してるよ」

カードをびりびりに破くこともできるけれど、そうしたところでまた別のが届くに決まっている。彼女はあのころから執拗だった。今はさらにその執拗さに磨きがかかっていてもおかしくない。

「なんでもない。ね、屋上で飲まない？」このアパートメントの売りである屋上の中庭からは、周辺の建物にところどころさえぎられるものの、マンハッタンの街並みがのぞめる。入居時はこの屋上を頻繁に利用することになると思ったのに、実際はほとんど使ったことがない。

エイドリアンはうなずくと、ついさっき気にしていたことをもう忘れた様子で、カウンターの向こうから身を乗り出してわたしの頬にキスをする。

わたしはほっとして微笑み、夫のもじゃもじゃのくせ毛、えくぼ、きれいな緑色の瞳を見つめる。**いい男ね！**　彼の写真を初めて見せたとき、親友のビリーはそう言った。実物も、マッチングサイトのプロフィール写真のとおりだった。それで初めてのデートのあと、彼の家に行く気になったんだと思う。ブロードウェイを飛ばすタクシーの後部座席で、たがいをむさぼる唇と手だけを感じていた。あとからわかったことだが、彼の写真に嘘はなかったものの――それまでに会った男は全員、写真より少なくとも十キロは太っていた――経歴には嘘があった。フロリダ州立大学の学生だったのはほんとうだが、卒業はしていなかった。小説を書くために三年生のとき退学したのだ。ちなみにその小説はいまだに一章も書き終えていない。職業欄に、アルバイト以外で唯一経験のある仕事はバーテンダーとも書かれていなかった。

でも、その点は大目に見ることにした。わたしを大切にしてくれたし、誰からも好かれる性質で、もちろんわたしも彼に惹かれていたから。いつでもやさしく、自信にあふれているところが魅力だった。大学時代のわたしを知らない彼が、新しく生まれ変わったわたしをあまりにまっすぐ愛してくれるから、自分はまわりが言うほどひどい人間ではなかったのかも、と思うようになった。五歳も年下の相手と結婚するなんて予想もしなかったけど、年上でいることにはそれなりのメリットがある。五歳の年の差は、隣に並んで違和感があるほど大きくはないものの、彼が従順にわたしの言うことを聞くくらいの影響力はある。二十代終盤に差しかかり、それとなく結婚願望をにおわせたときも、彼はすぐに察して指輪をくれた。欲しかった指輪ではなかったけれど、それで満足した。

屋上に向かいながら、エイドリアンがあれこれ話しかけてくるものの、わたしの耳は別のもっと大きな声にふさがれている。彼女の声だ。**あの夜わたしたちがしたことについて話がしたい。**

あの夜とは、どちらの夜を指すのだろう。すべてが始まった夜か、すべてが終わった夜か。どちらにしろ話題にしたがったりはしなかったのに。けれども思い返せば、彼女が定めたルールを破るのは、いつも彼女自身だった。

2　あのころ

大学の一年目を、ここバターフィールド寮で過ごすことになるのだ。わたしが入る予定の二人部屋はC棟の一階にあった。クエスチョンマークに似た形のC棟がぐるりと囲む中庭で、本を片手に座り、髪を風になびかせる自分の姿を思い描いた。未来のルームメイトとは数回メールをやりとりしていたものの、会ったことはなかった。初めて彼女を見たとき、彼女は両親と小型冷蔵庫を段ボール箱から引っぱりだしているところだった。そばには妹らしき少女がいた。わたしはちょうどペニントンに帰る両親を見送ったばかりだった。きっと母は寂しがって、家に着くまでめそめそし、大丈夫だよ、すぐにまた帰ってくるんだから、と父に慰められるのだろう。二年前、姉のトニはラトガーズ大学への入学を機に家を出た。ラトガーズは家からさほど遠くないので、姉はほとんど毎週末、ぱんぱんにふくらんだランドリーバッグを抱えて帰ってきていた。

「人生でいちばんいい時期ね」車のドアを閉めるまえ、わたしの頬にキスをして母は言った。「楽しんで。ただしトラブルには近づかないように」まるでトラブルには〝危険〟というラベルが貼ってあって、避けたければ避けられるような言い方だった。

ビリーがここにいてくれたらよかったのに。親友のビリーはウェズリアンに合格できなくて、パーティー三昧《ざんまい》で名高いオハイオ州のマイアミ大学に進学した。彼女との関係は心地いいものだった。高校生になったばかりのわたしは学校に知り合いがおらず、気まずい思いをしていた。そして同じ境遇だった彼女と仲よくなった。ビリーはありのままのわたしと、わたしが理想とするわたしの両方を受け入れて、両方を好きでいてくれる。キャンパスに到着してからずっと、彼女とメッセージを送りあっていた。**嫌われないといいな、**と送ると、**そんなことあるわけない!!!** と、明るい返事が来て、いくらか気が楽になった。

新しいルームメイトはホワイトブロンドの髪に、ギンガムチェックのワンピースを着ていた。子どものころ、戦没者追悼記念パレードの日に無理やり着せられたようなワンピースだ。高校にいた、申しあわせたみたいにミニスカートをはき、そこから突き出た脚に日焼けしたように見せるクリームを塗りたくり、〈アグ〉のムートンブーツを履いていた女の子たちとはまるで違った。彼女は健康的で清潔感があり、抜群にかわいかった。ビリーがいたらニックネームをつけただろう。ホープウェルヴァレー・セントラル高校でわたしたちが編みだした、意地悪な女の子たちへのせめてもの対抗策だ。パーティーに招待してもらえなくて傷ついた心を慰めるために、彼女たちのあら探しをして、ひたすら悪口を言い、熟したフルーツの皮を剝くみたいに丸裸にした。あとでメッセージを送ろう。**わたしのルームメイト、アルプスの少女ハイジだった。**

彼女の本名もアルプスの少女を彷彿《ほうふつ》とさせた。

「メールもしてたし知ってるわよね、フローラよ」そう言って彼女はわたしをぎゅっとハグした。「やっと会えてうれしい。あなたって想像してたとおりの人ね。こちらは両親と妹のポピーよ」厚い前髪に大きな青い瞳のポピーが、照れくさそうに手を振った。

「アンブロージアです。アムって呼んで」フローラに、というより全員に向けて言った。

フローラはわたしが想像していたのとは違った——もっとずっとかわいい。メールには、コネチカット州の私立高校で生徒会に入っていたこと、煙草を吸ったこともお酒を飲んだこともないこと、将来は子どもの心理カウンセラーになりたいことなどが書いてあった。絵に描いたようないい子。両親がぜひ娘の友達にと望むような。ビリーなら**ぶりっ子**と言いそうだ。

「アムはどこのご出身？」フローラの母親に、射るような目つきで訊かれた。

「ニュージャージー州のペニントンです」

「いいところね」と彼女は言ったが、きつく閉じられた口元を見ると本心でないのは明らかだった。早くもわたしは何か間違ったことを言ったらしい。「フローラをよろしく。この子は誰でも簡単に信用してしまうところがあるの」

「ママ、やめてよ」フローラの頬が花びらのようなピンクに染まった。

母親はさらに何か言いかけてやめ、口を閉じた。わたしはさっきの彼女の台詞を反芻《はんすう》した。わたしを頼りにしているのだろうか、それとも娘の信頼を裏切るなという忠告だろうか。

「楽しい一年になりそうね」家族が去ったあとフローラは言った。別れのとき、妹をいちばん強く抱きしめて耳元で何か囁いていたが、わたしには聞き取れなかった。「ママは大学一年生のときのルームメイトとずっと親友なの」

にわかに胸が高鳴った。きっとほんとうに楽しい一年になる。ここに来るために、夢に近づくために、頑張ってきたのだから。色鮮やかなパノラマスクリーンの未来にスターとして輝くために。

「アムのなまりってすごくかわいい」コルクボードに写真を画びょうで留めながら、フローラが言った。

「ありがとう」と戸惑いながら返したものの、ちっともありがたくなどなかった。嫌味で言ったわけではないだろうが——たぶん——、気にするほどではないと思っていたことが、気になるようになってしまった。話し方は、話す内容と同じくらい重要だ。せっかく演劇を学ぶためにウェズリアンに入ったのに、ニュージャージーを抜け出せなければ女優にはなれない。

荷解きをするあいだ開け放しておいたドアから、同じフロアの住人が挨拶や立ち話をしに次々と顔を出した。わたしは微笑み、ハグを返し、いつかするつもりのパーティーへの誘いに「うん、行くね」とうなずきながらも、心の中では震えていた。打ちとけた笑顔と内輪の話から察するに、何人かはアッパーイーストサイドの私立校出身で、すでに友達同士のようだった。ロサンジェルス出身でモデル体型のブロンドふたりは、携帯電話をいじりながら、卒業パーティーのあとに行ったクラブのトイレでふたりの男とセックスしたクラスメイトの噂をして笑っていた。

セントラル高校の女子生徒たちとはかけ離れていた。彼女たちはスターバックスのカップを片手に、「ていうか」と「どうでもいいけど」をやたらと連発した。誰かの家の地下室で開かれる、スウェットパンツ姿でテレビゲームに夢中になっている男の子たちがいるようなつまらないパーティーで、誰と誰がいちゃついていたと噂をしては、たがいをおとしめあっていた。高校時代のわたしは彼女たちの真似をして、ローライズのジーンズをはき、同じように髪の分け目を作った。スーパーマーケット〈ストップ&ショップ〉で一年間アルバイトをして貯めたお金で、ルイ・ヴィトンの小さなバッグ——今をときめくセレブリティが骨ばった肩に引っかけているマルチカラーのモノグラム——も買った。

ウェズリアンに入れば、努力せずともなりたい自分になれるものとなぜか思いこんでいた。でも、初日にして気づいてしまった。**努力せずに**なんてありえない。ここにいる女の子たちは派手ではないものの、みずみずしく輝いていた。その飾らない美しさは真似できるものではなかった。

一階は男女共同で、住人には男子もいた。そんな環境を楽しみにしていたはずなのに、歯を見せて笑いながら品定めの目を走らせる男の子たちを見て期待感は消え去った。ほかにもっときれいな子がいるなかで、わたしが選ばれることはきっとない。ここはまるで、手足が長く、趣味のいい服を着た女の子が並ぶビュッフェだ。そして男の子はいつもお腹をすかせている。ちらりと浮かんだ高校のときの恋人マットの顔を、慌てて消し去った。彼にされた仕打ちを思い出していては、せっかくの一日目が台なしだ。

「アムもわたしたちとお昼を食べにいかない？」とフローラが言った。「何人かと約束してるの。食べられるものがあるといいけど。わたしがヴィーガンだってこと、話したっけ？　十二歳のとき、食肉になる動物のドキュメンタリーを見てから、お肉も乳製品もいっさい口にするのをやめたの。それほど難しいことじゃないのよ、学ぶ気さえあれば」

独善的ではなく、ただ淡々と事実を述べる口調だった。メールに書いてあったからフローラがヴィーガンだというのは知っていたけれど、彼女が何を食べようがわたしには関係ない。そんなことより、昼食の約束を彼女だけが知っていたことと、その約束がわたし抜きで交わされていたことが問題だった。まだ一日目が終わってもいないのに、わたしはすでに遅れをとっていた。

しばらくしてわたしたちは、バターフィールド寮C棟に四角い帽子をちょこんとのせたようなかたちの食堂、サマーフィールズにいた。大人数だったのでテーブルをいくつかくっつけた。母に電話して、もう失敗しちゃったみたいなの、と泣きつきたいのを我慢して、ビリーにメッセージを送った。**助けて。ここの人たちって普通じゃない。**

いつもどおり返事は早かった。**だからいいんじゃないの？**

脂ぎったグリルドチーズサンドイッチを持った女の子が横の席に着いた。甘ったるい香水の香りをふんわり漂わせたその子は、ヴィクトリア・ベッカムになり損ねたような髪型をしていた。「わたしはエラ・ウォールデン。あなたたちと同じ廊下沿いの部屋よ。この寮っていい感じだよね」

エラが来たことで、いくらか心が落ち着いた。肌は青白く、ぽっちゃりしていて、ださいファッションの彼女は、ウェズリアンの学生みんなが素敵に生まれついたわけではないと証明してくれた。わたしは彼女がサンドイッチにかぶりつくのを眺めた。おいしそう。だけど、どう見ても数キロ痩せる必要があるのに、よく人前であんなにハイカロリーなものを食べられるものだ。わたしは食事するところを見られるのが大嫌いだった。

そのとき「やってらんない!」と大声がして、わたしは振り向いた。声の主はテーブルの端の席にいた。黒いアイライナーでふちどられた大きな目に、ブロンドのポニーテール。オーバーサイズのボタンダウンシャツからレースのブラがのぞいている。彼女が話すのに合わせて、濃い茶色の太い眉が生きているように上下に動いた。高校の同級生たちの、毛を抜きすぎた細い眉と対照的だった。エラを無視して、彼女の眉を観察した。見た瞬間に目が離せなくなる顔を守っているような眉。

「そしたらバディが『行かないで、きみのためならなんでもするからぁ』なんて言ってきて」と彼女が言った。ハスキーで低い声だった。「だから言ってやった。『そういうところが嫌いなの』って」笑いが起きた。バディが誰か、みんな知っているのだろうか。

「あなたかわいい」彼女は隣に座る、おしゃれなアジア系の女の子に言った。たしか名前はクララだ。わたしの記憶力は、覚えなければならない名前ですでにいっぱいいっぱいだった。「恋人を作らないで自由でいたら?」彼女の指がクララの腕をすーっとなぞった。

彼女が次に話しかけるのがわたしでありますように。

そう願ったとたん、考えを読まれたかのように現実になった。「あなた、名前は？　どこから来たの？」彼女は緑の瞳でわたしをじっと見つめる。

「アンブロージア。ペニントン出身よ、ニュージャージーの」

彼女は何か言おうと口を開きかけたが、エラのほうが先だった。「ペニントンなの！　信じられない、わたしモリスタウン出身よ。ほとんどご近所さんじゃない！　あとで卒業アルバムを見せあいっこしましょ、きっと共通の友人がいるはず」

わたしは下唇を噛んだ。ペニントンなんて言わなければよかった。エラなんていなければよかった。テーブルの端の女の子はもうこちらに目もくれず、隣の男の子の肩に腕をまわしていた。

「あの子、わたしのルームメイトなんだけど、注意力が一秒ともたないの」エラとは反対側の席から声がした。髪は焦げ茶で、そばかすがあるローレンは、隣の部屋の住人だ。「わたしと彼女はスペンススクールの出身よ。あの子、イカれてるから」

「**イカれてる**ってどういう意味？」と訊くかわりに「彼女の名前は？」と訊いたが、答えは返ってこなかった。ローレンはもう別の誰かと、キャンパス内でちゃんとしたマリファナを手に入れられる場所について話していた。わたしの相手をしたいのはエラだけのようだ。口いっぱいに食べ物を頬張りながら、卒業パーティーや飼い猫のフレディの話をしている。わたしは興味があるふりをした。このまま話を合わせ、共通点を探して盛りあがるのは簡単だ。だけど、ようやく抜け出してきた場所にまた戻るのはごめんだった。

クララと男の子ふたりを従えて、ローレンの**イカれてる**ルームメイトは行ってしまった。がっかりしたのが顔に出ないように努めた。あのグループに入りたい。目のまえのダイエットコーラの缶をぼんやり見ていると、セント・アンズ・スクール出身のジェマがフローラに、イェール大にいる恋人に会いたいと寂しげに言うのが聞こえた。

「つらいわよね」フローラが言った。「でも彼もあなたに会いたいのよ。ほら、あなたはこんなに素敵なんだもの、そう思わないはずがない」

特別なのは、彼女が言ったことというより、その言い方だった。彼女の**やさしさ**は本物だと伝わってくるのだ。背筋に寒気が走った。子どもじみたストラップ付きの靴を履きハイカラーのブラウスを着ていても、フローラのほうがまわりに馴染んでいる。彼女は自分らしくいる方法を知っていた――彼女だけではない、誰もが知っているようだった。わたしは人の真似をする方法しか知らないのに。

ローレンはおもしろいものを見る目つきでフローラを眺めていた。部屋に戻ってから、ルームメイトと一緒にさんざんこき下ろすつもりに違いなかった。ところが、食事が終わって解散するとき、フローラはローレンをハグした。ローレンは身を硬くしたけれど、フローラが耳元で何か囁くと、退屈そうな表情を笑みに変えた。

部屋に戻ると、わたしは持ってきたワンピースをハンガーにかけた。どれもださくて安っぽく見えた。フローラは写真を整理していた。高校の友達と、画質の粗い白黒写真でもわかるくらいにきびだらけの彼氏の写真。

「ケヴィンよ」彼女は写真にキスしそうなほど顔を近づけて言った。「ダートマス大学の二年生なの」

「かっこいいわね」と応えたものの、ちっともそうは思わなかった。ぞっとするような写真だった。

「最高の彼氏よ。そのうちあなたも会うことになると思う。学校が忙しいとき以外は、いつでも遊びにいくって言ってたから。意外と近いのよ、車で三時間もかからない」

フローラが気づいていないだけで、きっとその彼はすでに浮気をしているだろうと思った。男の子たちのせいでわたしたちは愚かになる。母はわたしが大学で〝運命の人〟を見つけると信じていた。トニがラトガーズで、お行儀がいい好青年スコットに出会ったように。けれども小説に出てくる大学生のような恋愛を、自分がするとはどうしても思えなかった。

「アムの彼氏はどんな人？」とフローラは訊いた。「いるでしょ？　彼氏」

わたしはコルクボードに貼るつもりで持ってきた写真に目をやった。マットとのツーショットもあった。彼は柔らかな笑みを浮かべ、わたしの肩に腕をのせている。恋人がいることを前提にしたフローラの言い方に腹が立って、高校時代の醜い恋物語を聞かせてやろうかと思ったが――。

「彼氏はいない」そう答えるにとどめた。「つきあってる人はいたけど、いろいろあって」

「いろいろ……」まるで聞いたことがない単語のように、彼女は繰り返した。

高校の最終学年が始まる前の夏休み、マットを相手に処女を失った。ビリーはとっくに失っていて、わたしも早く処女膜なんてものをなくしてしまいたかった。体の中にペニスを受け入れた女子とそうではない女子を訳もなく隔てる境界線を。けれどもセックスをすると決断したことにはそれ以上の意味があった。そのころは、マットが初恋の男、かつ最後の男になると本気で信じていた。**僕たちずっと一緒だよ**。学校のダンスパーティーで、彼の首元に顔を埋めるわたしの腰を抱き寄せて、彼は言った。

「アムはラッキーね」ビリーはうらやましそうに言ったものだ。「彼って現実じゃないみたいだもん」

だけどマットは現実に存在したし、わたしのものだった。三年生（ニュージャージーの高校は四年制）のとき、わたしたちは同じ演劇クラスを取っていた。あとから聞いたところによると、彼はわたしを誘うためだけにその授業を取ったらしい。**きみが出てた舞台、全部見たよ。才能があるんだね。**初めてのデートの日、車で迎えにきたマットがわたしには花束を、父には挨拶の手を差しだしたときから、彼を信じて心を許した。わたしの意志を確認してから服の下に潜りこんできた指はやさしかった。彼とつきあう前にビリーとわたしが気をひこうとした男の子たちは、酔って何かを欲しているときしか、わたしたちを相手にしなかった。わたしは大事にされることに慣れていないどころか、関心を持たれたことさえなかった。

マットは女の子に人気があったけれど、ほかの子には目もくれなかった。彼の目に映るのはわたしだけ。わたしはビリーと一緒に、セントラル高校のスクールカラーを身に着けて、彼のバスケットボールの試合にせっせと足を運んだ。マットが試合のあと汗のにおいをさせたまま抱きしめるのはいつもわたしだったし、パーティーでみんなが見ているなかキスをするのも、わたしだった。**永遠**は彼のお気に入りの言葉だった。放課後、けだるげにシーリングファンがまわる彼の部屋のベッドで、よくこう言った。**きみは僕の永遠だよ。**

信じるなというほうが無理な話だ。

「わたしのほうからさよならしたの」とフローラには言った。その嘘は、わたしを強くなった気にさせた。

「そうだったの。アムにはもっとふさわしい人が、きっとここで見つかるわ」彼女はわたしの両手を取った。「マニキュアを塗らせてくれる？　おそろいのネイルで今夜のパーティーに行きたいから」彼女の爪は、真紅と黒に塗られていた。早くもウェズリアンの学生としての誇りを示しているらしい。

わたしは自分の爪に自信がなかった。長さがまちまちで、マニキュアはほとんど塗らない。たまに塗ってみてもすぐ嫌になり落としてしまう。でも、フローラはすでにピンクの爪やすりに手を伸ばしていたので、あきらめて自分の指が彼女の指にこねくりまわされるのを眺めた。それが終わると今度は着るものを選んだ。〈フォーエバー21〉の胸元が大きく開いた青いワンピースに、トニのおさがりのウェッジソールの靴。

「ほんとにこれでいい？」色落ちした髪に、クリームを塗った偽物の小麦色の肌が、安っぽく、けばけばしく感じた。何より気に食わないのは平凡に見えることだった。

「素敵よ。服の色が瞳の色を際立たせてる」フローラは安心させるように言ったものの、ほんのわずかも慰めにならなかった。

その夜のパーティー会場は、バターフィールド寮A棟の一室だった。住人の女の子ふたりは偽造の身分証明書を持っていた。じきに、彼女たちだけではなくほとんどの学生が持っていることがわかった。わたしは壁にもたれて、ウォッカのスプライト割りを紙コップで飲みながら、女の子たちが次々に部屋の隅に行っては、小さな鏡に顔を埋めるようにするのを見ていた。鏡の上にはコカインの粉で描かれた線が整列していた。わたしは怖くて試してみることができなかった。どのみち誰にも勧められなかったけど。高校のときにマリファナならやったことがあるが、そのときはただ、みんながわたしのことを何から何まで知っていて話の種にしているという被害妄想が悪化しただけだった。

昼食の席で会ったジェマは、見事に日焼けした肌がよく映える白いTシャツとジーンズ姿で、部屋のあちこちを飛びまわっていた。シンプルながらも目をみはる美しさだった。派手なワンピースに濃いメイクをした自分がとたんに馬鹿馬鹿しく思えた。ジェマは一瞬わたしと目が合ったあと、カラフルで小さなルイ・ヴィトンに目をとめた。彼女は眉を吊りあげるとくるっと背を向け、平凡な茶色のバッグを持ったクララのところへ行ってしまった。ルイ・ヴィトンは間違いだった――ここにいる女の子たちは優位を示すためにブランドのロゴをひけらかしたりしない。セントラル高校での常識は、ここではいっさい通用しないのだ。

パーティーに来てからずっとペットボトルの水をちびちび飲んでいたフローラは、ひと足先に部屋に戻っていた。「十時にケヴィンから電話がかかってくるの。終わったら迎えにきてあげる」

「ありがとう、でも大丈夫」彼女に世話をかける酔っ払いにはなりたくなかった。

ローレンとそのルームメイトが現れたのは、フローラが去ったあとだった。パーティーらしい格好をしていたのはローレンだけで、イカれてるルームメイトのほうはショートパンツ、リブ編みのタンクトップにノーブラという起き抜けにそのまま出てきたような出立ちだった。わたしがもう一杯飲むあいだに、彼女はコカインの列に並び、それがすむと男の子のシャツを引っつかんで部屋の真ん中で踊りはじめた。彼がキスしようとすると彼女はわずかに身を引いた。それから頭を傾け、髪を掻きあげて首をあらわにすると、彼の股間に腰を押しつけた。わたしはその一部始終を見ていた。彼の表情はどんどん悩ましげになり、一方彼女のほうはいたずらっぽさを増していく。彼女の悪魔めいた甲高い笑い声が、何より大きく響いた。

「彼女が欲しい」から「欲しくてたまらない」になっていく男の子を、わたしは観察した。それは取引だった。その子はヴァンパイアのように彼からパワーを吸い取った。まるでパフォーマンスアートを見ているようだった。男の子を手玉に取ることに慣れているらしい。ついにキスを許したのは、求めていたものを——それがなんであれ——相手からすっかり吸いつくしたからだった。

せっかちにむさぼりつく彼の唇をいったん引き剝がした彼女は、まっすぐにわたしの目を見てウインクをした。わたしは笑みを返したが、すぐにそんな自分に嫌気がさした。彼女はじろじろ見られていることに気がついていたのだ。どれほど気味が悪かったか、あとでみんなに話すのだろう。

床に視線を落としたちょうどそのとき、誰かとぶつかってバッグに飲み物をこぼされた。「ごめん」その男の子はこちらを見もせずに言った。何もかも台なしの気分だった。

ファスナーを開けて携帯電話を取り出してから、まだお酒の滴るバッグを壁際においた。こんなものもういらない。ビリーが知ったらショックを受けるだろうけど、この場にいない彼女には、どうせ理解できない。

思ったよりお酒がまわっていたらしく、立ち上がると足がふらついた。ローレンとジェマの会話に入れてもらおうとしたものの、ふたりともわたしに気づかなかった。気づかないふりをしたのかもしれない。わたしは見えないビートに合わせて体を揺らし、気にしていないふうを装った。

「あの子、彼の友達と寝たことがあるのよ」とローレンが言った。「ゲームか何かのつもりなのね」

腕に冷たいものが走るのを感じた。ルールは知らないけれど、わたしもそのゲームに参加したい。部屋を見まわした。さっきからなんとなく気づいてはいたが、ローレンのルームメイトはすでに姿を消していた。

寮の部屋割りを決めたのが誰であれ、その人は大きな間違いを犯した。だってあの子はわたしのルームメイトになるべきだったから。バターフィールド寮C棟で〝C寮の死〟事件が起きたとき、責められるべきは、わたしとフローラを相部屋にした誰かだったのだ。

3　現在

宛先　〝アンブロージア・ウェリントン〟　a.wellington@wesleyan.edu
差出人　〝同窓会実行委員会〟　reunion.classof2007@gmail.com
件名　二〇〇七年卒業生同窓会

アンブロージア・ウェリントン様

　卒業十周年記念の同窓会まで一カ月足らずです！　またつながりたいと思っていた懐かしい人、いますよね？　いまがその絶好の機会です。フェイスブックの二〇〇七年卒業生のグループにまだ入っていない方は、インターネットを開いてログインしてみてください。意外な人物を見つけて驚くかもしれませんよ。

誰にも同窓会のことは言わないでおこう。ペニントンデイにエイドリアンを連れて帰省するのか確認の電話をしてきた母にも、二歳の姪レイラの写真を送ってきたトニにも、話さなかった。どんなことも逐一メッセージで報告し、誰よりわたしのことを知っているビリーにも話すつもりはない。もし言ったら、行くように勧められるだろう。ビリーにはわからない。彼女の過去には死者が出なかったのだから。

ウェズリアン時代の友達で唯一まだ連絡を取りあっている、ハドリーとヘザーとのグループチャットに、同窓会には行く？　とメッセージがはいる。その週末は別の予定があって、と答える。残念ね、エイドリアンがいないとジャスティンが寂しがる、とハドリーから返信が来る。わたしはアパートメントの郵便受けを毎日チェックしていた。もし別のカードが来たら、エイドリアンが目にする前に取らなくてはいけないからだ。エイドリアンは詮索するタイプではないが、一度興味を持ったら、六歳の子どもに負けず劣らずの好奇心を発揮する。**なんで、なんで、なんで？**　何より鼻につくのは、そのしつこさではなく、無邪気さだ。初めはそこに惹かれていたのに。どんな問題にも答えはあると、彼は信じて疑わない。

新たなカードは届かず、どうやら難を逃れることができたらしいと、本気で思いはじめた矢先のこと。予想もしない場所で、過去がわたしを捕らえる。ミッドタウンのバー〈ザ・スカイラーク〉は、仕事のあとでたまにエイドリアンと待ち合わせをする店だ。ふだん彼は居心地のいいアストリアから出ないで、クラフトビールばかり飲んでいる。ある夜、ニューヨークの高層階に輝く、お気に入りの隠れ家であるこのバーで、夫婦で飲んでいると——**きみはマティーニを一杯だけ、一杯だけだよ、もしもの場合があるから**とエイドリアンに念押しされながら——、タラ・ロリンズがテーブル脇に現れた。タラはウェズリアンの同級生だ。在学中、学内新聞《ジ・アーガス》の編集アシスタントをしていて、いまは出版業界で働いている。

「アンブロージア！」と甲高い声。彼女に会うのはヘザーの独身最後の女子会以来だ。サグハーバーのビーチでお酒を浴びるほど飲んだあの週末、夫がいながら同僚の編集者と浮気をしてしまった、とタラは涙ながらに告白した。こんなところで会うなんて。エイドリアンは早くも立ち上がり、彼女の手を握ってぶんぶん振っている。恥ずかしい。

「相変わらず素敵じゃない！　ねえ、お願い、行くって言って。アムがいないと楽しくないから」まるでパーティー以外でもつきあいがある友達同士のような言い方だ。

「行くってどこに？」エイドリアンが訊く。

タラが笑う。「もちろん同窓会よ。あなたも行くでしょ？　うちの夫、こういうイベントは見逃さないの」

わたしはグラスを一気に飲み干す。ウォッカに喉を焼かれても笑顔をキープする。**あなたの夫、もっと大事なことは見逃してるようだけど。**

「同窓会？」エイドリアンがそう言って、ふさいだはずの傷口をえぐる。わたしは彼の日に焼けた前腕を見つめる。黒く濃い体毛がチェックのシャツの袖口に潜りこんでいる。

「聞いてないんだけど——」

「話すタイミングがなくて」夫に恥をかかせないよう急いで言う。「そもそも話すほどのことじゃないの。行くつもりないから」

タラはその理由をよく知っているくせにとぼけて言う。「うそ、行きたいはずよ。みんな集まるんだし」

「その週末は結婚記念日だから、何か特別なことをしたいと思ってるの。結婚三周年よ」こんなときいつも、結婚指輪についている石がもっと大きければよかったのに、と思う。

「いや」とエイドリアンが割って入る。「きみの同窓会に行かない手はないよ。記念日のお祝いはいつでもできる。どうせテラスでピザを食べるだけだろ」笑顔でタラを見上げる彼は、幼い少年のようだ。彼女がわたしたちのゆるいデートプランに感心するとでも思っているのだろうか。

「そうよそうよ」タラが言い、ふたりはわたしの存在を忘れておしゃべりを始める。エイドリアンが「小説が……」と言うまで一分、タラが「バターフィールド寮C棟が……」と言うまで二分とかからなかった。イライラがこみ上げる。エイドリアンを守らなくては。真実から、そしてタラから。彼女は、彼とわたしたち夫婦のことを、この短い会話だけで完全に理解したかのように決めつけるだろう。

「あのころは奔放だった」タラは笑いながら言う。二杯目のマティーニを注文しようと、わたしはウェイターを探してきょろきょろする。「もちろん、アムほどじゃないけど」

「誰かと勘違いしてない？」エイドリアンはそう言ってわたしの手首に触れる。「この人は黙々と勉強ばかりしてたでしょ」

タラの顔を見ることができない。そこに浮かぶ表情は見なくてもわかるから。**黙々と勉強ね、ふうん。**彼女は時限爆弾だ。爆発する前に止めないと。

「わかった」とわたしは言う。グラスが砕け散りそうなほど手に力が入る。「行くわ」

そう口に出して初めて、正解がわかった気がする。

行かなければならない。タラのためでも、誰のためでもなく、**彼女**のために。もしかすると、わたしたちを無罪にするなんらかの事実を知っているのかもしれない。どこにいるのか知らないが、ゆっくりと慎重にカリグラフィで文字を書く彼女の姿を想像してみる。せっかちだった彼女らしくない。けれども、わたしを呼びつけるのには何か理由があるはず。その理由を確かめる必要がある。

「行くわ」と言ったものの、「ふたりで」とは言っていない。エイドリアンをおいていくのに都合のいい言い訳を探して、頭をフル回転させたり、あれこれネットで検索したりしてみる。ひょっとすると同窓会が結婚生活を救うきっかけになるかもしれない。過去と向きあい、ひと皮剝けたわたしは、かつて夫に対して抱いていた感謝の気持ちを取り戻して帰ってくるのだ。

ちょうど同窓会の週末に開講される、ニューヨーク大学のライティングセミナーを見つけた。作品に本腰を入れる絶好のチャンスじゃない、と興奮気味にエイドリアンに薦める。

「わたしからの結婚記念日のプレゼントにさせて。きっと執筆がすごくはかどるわよ！」

ところが、いざ申し込みというところで、日にちがかぶっていることに気づかれてしまった。

「今回はやめておく。セミナーはまたあるよ。そうだ、同窓会用にスーツを新調したほうがいい？」

ハドリーからメッセージが届く。**ふたりは寮の宿泊を予約する？**

エイドリアンと手を取りあって、キャンパスのフォス・ヒルにいるところをイメージしてみる。悪くないかもしれない。ハドリーとヘザーとはそれぞれの夫も一緒に、二カ月に一度レストランやバーで集まる。三人の男たちは妻がいることとも忘れるほど、スポーツやアクション映画の話に夢中になるのが常だ。ハドリーとヘザーは、わたしがエイドリアンに〝C寮の死〟について話していないことを知っている。わたしの婚約パーティーのとき、エイドリアンとの絆を根も葉もない噂に汚されたくないから、と説明した。ふたりは、わかるわというようにわたしを抱きしめ、約束してくれた。**わたしたちが口出しすることじゃないもの、彼にはひとことも話さない**。ウェズリアンで数日間過ごすくらい、なんとかなるかもしれない。夫婦で行ったとしても。

わたしが熟考していると、エイドリアンはまた同窓会の話題を持ち出した。ビリーとその夫ライアンとのディナーの最中だった。アストリアから一時間かけて、ここブルックリンに来る回数はだんだん減っている。ビリーたちがアストリアに来ることはない。**子どもがいるから**。テーブルに着くと、エイドリアンの手がわたしの手を握る。その何気ないしぐさで、わたしたちはチームだと再認識する。そう、夫婦はチームであるべきだ。

「アムの同窓会はきっと感動的だろうな」メイン料理のステーキで口をいっぱいにしなが

らエイドリアンが言う。「十年ぶりだもんな。僕も大学卒業すればよかった」

「同窓会？」とビリーが訊く。わたしは二杯目のワイン――注文するときエイドリアンはいい顔をしなかった――をぐいっとやる。ビリーは今きっと、わたしから直接聞けなかったことに傷ついた目でこちらを見ている。「えっと、ウェズリアンの？　行くの？」

「うん、もう言ったと思ってた」と早口で答える。

「いいえ、聞いてない。忘れてたんじゃない？」

忘れていたわけではないことを、ビリーは見抜いている。高校の卒業パーティーの会場〈ハミルトン館〉で青白いライトに照らされた彼女の顔を思い出す。ふたりともお酒が入っていた。彼女の冷たい手がわたしの頬の涙をぬぐった。**マットが戻ってきた。あの子と一緒に。見ちゃだめ。あんなやつらくそくらえ、わたしはずっとあなたの味方よ。**

わたしはなんとか別の話題に移ろうとする。「さっきの投稿、すごくかわいかった。ふたりともますますママに似てきたみたい」

ビリーの表情はやわらいだものの、まだ安心はできない。家に帰ってからメッセージが届くだろう。**ぶちまけなさいよ。**まるでなみなみ注がれたコップに言うみたいに。「ああ、うん。ソーヤーをじっと座らせておくために、クッキー生地でつらなくちゃいけなかったけど。今年の最優秀母親賞はわたしよ、そうじゃない？」

金融街で働くライアンが昇進して富裕層向けのプライベートバンキングか何かの仕事に就いたころ、ビリーはベケットを出産した。それ以来、仕事らしい仕事をしていないが、本人いわく〝インフルエンサー〟なのだそうだ。「ガールマム」という名のブログから始まり、今では三万人のフォロワーがいるインスタグラムアカウントを運営している。オンラインでの人格は、実生活とは別人だ。ビリーは、ぴったりしたヨガパンツをはき、赤ちゃんふたりをバッグのように抱えているようなママたちの憧れの存在なのだ。彼女たちは、ビリー自身と彼女が演出するパステルピンクで彩られた完璧な生活スタイルを崇拝している。

だからわたしはインスタグラムのアカウントを持たない。嘘くさい笑顔を並べて〝フィルターなし〟の自分を演出するつもりはない。ウェズリアンでとうに学んだ。人々がうらやむのは、いちばん賢くてかわいい子じゃない。努力しなくてもそこそこ賢くてそこそこかわいい子なのだと。大学時代のわたしの〝努力していないように見せる努力〟は、いわば生中継だった。ビリーのSNSとは違って、削除も元に戻すこともできないやつ。

「卒業五年目の同窓会を思い出すよ」とライアンが言う。この男、なんで話を蒸し返すの？　「寮に泊まって飲みまくってね。在学中に好きだった女の子とどうにかなるのを期待してたんだけど、その子、下手くそな整形手術のせいで、もとの顔もわからなくなっててさ」

「僕、寮の部屋気に入ってたんだよなあ」とエイドリアン。「僕だけの城って感じで」

セックスとマリファナの城だ。エイドリアンは大学時代、相当な遊び人だったと自認している。心を入れ替えたのは、クラミジアにかかったときだ。酷使しすぎてついにペニスが取れてしまうのかとパニックになって、キャンパスの診療所に駆けこんだらしい。彼の鉄板の笑い話のうちのひとつだ。結婚まえは、大げさに脚色している部分もあるのだろうと思いつつ、こういう話を聞くのが大好きだった。バーテンダーだから、他人の話をよく耳にする。そのうちのいくつかを自分のものとして拝借したくなることもあるだろう。

「電話で問い合わせたら寮はもう満室だったの。だからホテルを予約しておいた」メールでおすすめされていたホテルではなく、大学から遠く離れた、ミドルタウン郊外にあるホテルだ。タクシー料金が高くつく。

「そりゃ残念」とエイドリアンが言うと同時に、ビリーがわたしをかばうように言う。

「寮は嫌よね、無理もないわ」

「どういう意味？」長すぎる沈黙のあと、エイドリアンが尋ねる。

「アムのルームメイトは——」とビリーが言いかける。

わたしは慌ててさえぎる。「元ルームメイトのハドリーとヘザーも行くって。楽しみだわ。えっと、デザート食べる人？」

ビリーは唇を尖らせる。わたしが夫に、もうひとりのルームメイトの話をしていないことを知っているくせに、いったいどういうつもりだろう。ボトックス注射をしていなければ、今ごろ彼女の額には皺が現れていたはず。

次は何を言いだすかと、気が気ではない。そのときタイミングよくビリーの携帯電話が鳴り、彼女の注意はそちらに向いた。「最悪、ママからだ。ベケットが寝ないって」と言い、グラスに残ったワインを流しこむ。「もう帰れってことだね」ライアンはウェイターを呼ぶと、人差し指と親指でペンを持つ格好をして空中に文字を書く。

幸いにもウェイターの対応は素早い。ビリーは電話口でベケットに言い聞かせている。「ママとパパはもうすぐ帰るね。おばあちゃんが困っちゃうから、もう寝なさい。いい子ね」わたしはグラスを一気にあける。そのとき気がつく。あの子がいる。ただし、本物ではない。そうだったことは一度もない。心の奥底では理解しているものの、あちこちで彼女の姿を見つけてしまう。

サマードレスにストッキングをはき、おしゃれをしたい気分の日は口紅をひくあの子。地下鉄の汚れた窓に魚の腹のように白い手を押しつけ、通勤するわたしを見つめる。ブライアントパーク駅でわたしが降りても、まだついてくる。オフィスビルのロビーで、アイスコーヒーを手にした彼女を見つける日もある。エレベーターに乗りこみ二十四階のハチの巣のように騒がしい〈ブライトン・デイム〉のオフィスに向かい、PR業界によくいる嫌な女のひとりになるわたしを、彼女は睨《ね》めつける。目が合う瞬間、強いまなざしに射抜かれて、頭蓋骨がまっぷたつに割れる。彼女は訊きたいのだ。**どうしてなの？**

大学一年目が終わってすぐの夏休みに、両親に勧められてカウンセラーに会った。彼女が言ったことが忘れられない。「トラウマになるような経験をしたのね」こういう言葉をかけてもらうために、高い料金を支払った。「あなたにできることが、もっとあればよかったって思ってるのね。でも、ほかにしがみつけるものがないから、手放すのが怖いだけなんじゃない？」

黙ってうなずくだけのわたしからそこまで見抜いた彼女を、ひそかにすごいと思った。しがみつくという部分は間違っていたけれど。正しくは、死にものぐるいで握りしめていた。

もっといろいろしてあげればよかった。わたしはカウンセラーが期待していそうなことを言った。ほんとうは、しなければよかったと思うことばかりだったのに。

「アム」レースのスカートの太ももあたりの皺を伸ばしながら、ビリーが言った。「あとで電話して。もう少し話したいの」

ハグをして別れの挨拶をしていると、さっきの彼女がトイレから出てきて、またわたしを見つめる。静かに責める目つき。わたしの口紅が気に入らないのだ。赤はわたしの色ではないと言いたいのだ。そう、赤は永遠に彼女の色。

4　あのころ

ウェズリアンでの最初の一週間は、キャンパスのあちこちにお宝が隠された、いっぷう変わった宝探しのようだった。女の子たちは知らない外国語で、キャンパスは地図だった。みんなにならって「ザ・バッツ」と呼ぶようになったバターフィールド寮のいろんな人の部屋で、ウォッカのスプライト割りを飲んだ。立ち並ぶ美しい柱のあいだから陽が射しこむオーリン図書館では、初めての課題に取り組んだものの、まわりの目を意識しすぎて集中できなかった。そんなときは体が電線のようにブーンと音を立てるような気がした。母艦という愛称をもつ建物モーコンは、フォス・ヒルの頂上からキャンパスに目を光らせる巨大な番人のようだ。学生たちはたいていモーコンの食堂で食事をとった。いつ行ってもしなしなのサラダバーの列に並んでテーブルのほうをチェックしていると、手のひらが熱くなった。フローラはいないだろうか。エラでもいい。彼女にはいい印象を与えようと頑張らなくていいから。

本拠地、つまり寮の部屋の、フローラ側の半分は完璧に片づいていた。彼女はあらゆる色のマニキュアを虹色の順に並べていた。「わざわざ断らなくてもいいのよ。好きなのを好きに使って」と言われたので、そのとおりにした。もっとも、しばらく経ってからだったけれど。

壁にはビリーとの写真を数枚と、悲しいかな、マットとの写真を一枚画びょうで留めてあった。別れの直後、どうにか折り紙にされずに生き残った一枚だった。もうよりを戻すことはないとしても――翌年の夏、酔った勢いで一夜をともにすることになるのだが、このときのわたしはそれを知らない――、わたしを欲しがる異性がいると示す必要があった。ここでは、どれほど求められるかで価値が決まるから。

壁を見るたび彼の顔が目に入るのは気に入らなかったけれど、むやみに人を信じてはいけないと自分に思い出させるのに役立った。もう不意打ちはくらわない。わたしはもう「風邪をひいてパーティーには行けなくなった」と言う恋人を信じるような女の子ではないし、かわりに親友とパーティーに行くような女の子でもない。ほろ酔いでふらふらと入っていった地下で、マットの頭がジェシカ・フレンチの足のあいだにあるのを見つけたときが、人生でいちばん屈辱的な瞬間だった。

最悪なのは、いつまでも記憶に焼きついている性行為の場面ではない。あまりのショックでその場に立ちつくし、声も出せなかったことだ。**あれはマットじゃない**と自分に言い聞かせようとしたものの、もちろん彼に決まっていた。怒りのかぎりをぶつけてやればよかったのに、それが当然の報いだったのに、気づかれないようにそっと引き返し、自分で自分を責めた。わたしにいけないところがあるから、マットは絵に描いたような完璧な女の子、ジェシカ・フレンチのところへ行ってしまったんだ。**浮気されてあたりまえよ。わたしはつまらない女の子だから。**彼がくれた甘い言葉が、頭の中でひとつ残らずはじけて消えた。どれも本気じゃなかったんだ。

フロントポーチでビリーに発見されたとき、わたしは泣きはらしてひどい有様だった。ビリーはわたしを抱きしめて、こう吐き捨てた。「そんなやつ捨てちゃいな、アム。マジで。きっぱり別れて、絶対に許しちゃだめ」

それからビリーの家に行き、マットを傷つける言葉の数々を盛りこんだお別れのスピーチの案を練った。その週末は携帯電話の電源を切っておいた。ほとんど眠れなかった。月曜になり学校で顔を合わせると、マットはいつもと変わらない様子で、わたしの頼りない背中をポンと叩き頬にキスをした。どうしていいかわからなくなったわたしは、**愛してる**と囁いたマットに同じ言葉を機械的に返した。ひとつひとつの音を声に出すごとに自分が嫌いになった。

「体調はよくなった？」となんとか絞りだし、まばたきをして涙を引っこめた。

「うん、だいぶよくなった。きみも風邪でもひいたのかなって思ってたんだ。一度も電話を返してくれなかったから」

いまだ。用意したスピーチを聞かせてやらないと。ところが喉がふさがったように何も出てこなかった。

「そうじゃないの」とようやく言ったときベルが鳴った。

夜、電話しようと思った。ビリーには電話のほうが話しやすいからと言い訳した。なのに、実行するまえにマットからメッセージが届いてしまった。**僕たち別れたほうがいいと思う。ほんとにごめん、だけどいまは勉強に集中したいんだ。**ナイフでひと突きされた気分だった。

わたしは今度こそ復讐の機会を逃さなかった。**直接会って別れを切りだすこともできないなんて、情けない男。あなたがしたこと、知ってるのよ。**だけどもう遅すぎた。どんな言葉も威力を失ってしまっていた。そのとき決意した。男の子たちがわたしを利用したように、わたしも彼らを利用してやると。心を許さなければ傷つくこともない。

ウェズリアンに来てからは、どんな誘いも断らなかった。女の子たちが次々部屋にやってきてはパーティーに誘うのに、めったに応じないフローラに束縛されるのはごめんだった。毎晩彼女がベッドに入るまえ、携帯電話からケヴィン専用の着信音、エアロスミスの〈アイ・ドント・ウォント・トゥ・ミス・ア・シング〉が鳴り響き、そのまま約一時間の長電話に突入した。ひそひそ小声で話しているかと思うと、ときおり控えめな笑い声がした。

部屋にいるときに電話が始まると、わたしはヘッドフォンをつけて無関心なふりをしたけれど、その実、彼女の声に耳を澄ましていた。その日フローラに起こった些細な出来事を延々報告するだけのつまらない会話だった。モーコンのラザニアの生地は薄っぺらくて、端っこがカチカチなの。はああ（とため息）。もちろんヴィーガン対応じゃないのよ。そういえば仕送りの荷物に妹がヴィーガン用のココアを入れてくれたの。それから教授がこう言ってた、アムがああ言ってた——。わたしの名前は頻繁に登場した。**会ったらわかるわ、アムってとってもいい子なの！**

フローラの気持ちに応えていい子でいられたらよかったけれど、それでは自分の考えと矛盾する。いい子でいるのは誠実でいるのと同じくらい浅はかだ。これまで誠実でいたって何もいいことはなかった。自分を傷つける隙を人に与えてしまっていると、フローラも自覚しているはずだ。傷防止のコーティングがないと生きていけないような世の中で、やさしすぎることにはリスクがある。

わたしは二度と甘く見られる人間にはならない。表向きはいい顔をして、陰で裏切るジェシカ・フレンチのような女がいるから。マットは憎くてたまらないが、そういう女たちはそれ以上に憎い。彼女たちはわたしを寄ってたかって嘲笑うジョークにしたいのだ。

だからコーティングの強化に励むことにした。まず寮にいる、わたしよりかわいくておしゃれな子たちのファッションを真似た。ジェマのダメージジーンズとフランネルのオーバーサイズシャツ、クララのタイツとミニスカート。寮委員の学生ドーンも参考にした。彼女の背中で波打つ赤褐色の巻き毛は、不思議なくらい艶がありなめらかだった。

わたしは毎朝授業が始まるまえ、丁寧に髪にストレートアイロンをかけ、〈ボビイブラウン〉の化粧品でばっちりメイクをして、武装した。持ってきた服はすべて、体のラインがはっきりわかるタイトな作りだった。欠点が強調されるようで鏡を見るたび胸がちくりとした。

だけどきっとなんとかなる。わたしは女優で、演技を学ぶためウェズリアンに来た。似合うメイクをすれば十分かわいいし、正しい食事をしていれば十分スリムだ。ただ、着の身着のままハリウッドに行き、オーディションに呼ばれるのを待ちながら車で寝泊まりし、ファストフード店のハンドドライヤーで髪を乾かすような生活をするには、**足りなかった。**足りない部分を補う方法を学ばなければ。

ウェズリアンの合格通知が届いたとき、驚いたふりをした。ほんとうは驚いてなどいないのに、なんとなくそうしなければならない気がしたのだ。誰にも迷惑をかけないことを条件に、たまに他人の夢に便乗するくらいは許されるけれど、女の子が野心を抱くのは歓迎されない。それを知ったのは、何年かあとのことだった。

大学でも演劇を続けると決めていた。ドーラやシエナに出会うまでは。バターフィールド寮のほかの棟にいたドーラはブロードウェイの舞台に立った経験があり、わたしと同じフロアのシエナは、入学前の夏、テレビ番組のパイロット版の撮影に参加した。自分が挑戦しようとしているものをようやく正しく理解した。一学期の演劇学科の舞台に出演するつもりだったのに、不合格が急に現実味を帯び、怖くなってオーディションをすっぽかした。来学期にまた挑戦すればいいと自分に言い聞かせた。それまでにはオーディションの内容を研究して、誰より注目される方法を見つけられるだろう。

その考えはある意味正しかった。

フローラは心理カウンセラーになって、問題を抱える子どもたちを助けるのが夢だった。彼女はすでに一階の女の子たちの教祖様的な存在になっていて、タンポンや恋愛のアドバイスを授けてまわっていた。部屋のドアには、ポジティブなメッセージを書いた色とりどりのポストイットが貼ってあった。**なんだってできる！　最高のあなたなら！**

そんなフローラが誰よりも気にかけたのはわたしだった。シロップみたいに甘い笑顔でわたしの髪を編みながら、高校時代のことを聞きたがった。たぶん自分が話をするきっかけが欲しかったのだろう。彼女はケヴィンの話をよくした。ふたりの父親がフェアフィールド・ゴルフクラブの会員で、フローラと彼はそこで出会ったらしい。

「遠距離は大変よ」と彼女は言った。「でもわたしたち我慢強いほうだから、なんとかなってる」

「なぜダートマスに行かなかったの？」ある日モーコンで夕食をとっているとき訊いてみた。「っていうのは、会えないのはつらいだろうなと思って」

わたしがほんとうに言いたいのは、遠距離は続かないということだった。おたがいに嫉妬などしないというなら別だけれど。フローラはケヴィンを信じていると言うものの、彼のそばにいる人間にやきもちを焼いていた。でなければ、お通じより頻繁なおやすみの電話や、着信音をあの曲にした説明がつかない。曲のタイトルのように、彼のすることを**何ひとつ見逃したくない**のだ。

「入れなかったの」とフローラは言った。不満そうな声を聞くのはこれが初めてだった。

「不合格だった。ニューハンプシャー大ならダートマスにもっと近かったんだけど、ケヴィンがわたしにはウェズリアンのほうが合ってるって」

「あなたにとっていちばんいい環境にいてほしいのよ」

「ええ。近くに住んでほしいとは言われなかったし」

そう言われたかったのだろうと彼女の声音でわかった。

何年も経ってから、高校生のフローラを想像してみたことがある。フェアフィールドの豪邸の自室で、キングサイズのベッドに寝転ぶフローラ。非の打ちどころのない体に私立高校の制服を着ている。目のまえには扇状に並べた大学のパンフレット。文字どおり、指の動きひとつで未来が決まろうとしている。彼女はウェズリアンのパンフレットを一瞥《いちべつ》すると、ぽいっと投げ捨てる。もしそうだったら、今ごろ彼女の人生はどうなっていただろう。


隣の部屋に住む、ローレンの**イカれてる**ルームメイトと正式に知り合ったのは、学期の初めに催された新入生歓迎会だった。彼女とは同じ授業をふたつ——演技Ⅰと脚本入門——とっていた。わたしと同じく、俳優になるのが夢なのかもしれない。ニューヨークの名門私立女子校スペンススクール卒で、モデルの仕事をかじったことがあり、幼少期の一時期をフランスで過ごしたらしい。わたしなんかがどうやってもかなわないような女の子だった。

名前はスローン・サリヴァンといい、みんなにはサリーと呼ばせていた。彼女の両親は、力いっぱい泣き叫ぶピンクの小さな生き物をひと目見て、この子は将来なかなかの人物になると思ったに違いない（スローンという名には戦士、侵略者という意味がある）。わたしはというと、生まれてまもなく合計十もの音節を背負わされた。アンブロージア・フランチェスカ・ウェリントン。いい感じに短縮することもできず、アムと呼ばれている。無理やりぷつんと切断したような愛称は、アンバーの略称だとよく勘違いされるけれど、あえて訂正することはほとんどない。

　サリーは友達を選び放題だった。彼女はバターフィールド寮によくいるいいところのお嬢さんふうにも、西海岸のヒップスターふうにもなれた。彼女には簡単に枠にはめられない何かがあった。網タイツに〈ドクターマーチン〉のブーツを履いて寮の廊下を人目を忍ぶように歩いていたかと思えば、次の日スウェットパンツに男物のシャツを着て授業に出たり、堂々とマリファナを吸っていたりする。常に人に囲まれていて、女子も男子も地面を引きずるマントのように彼女のあとをついてまわった。

　そのカリスマ性ですでに十分な数の信奉者を集めていた彼女がわたしに声をかける理由はないはずだった。ところが学期が始まって二週間ほど経ったころ、ニックスと呼ばれるニコルソンホール寮で開かれた歓迎会で、退屈していた彼女と注目されたいわたしのニーズがぴったり合ってしまった。

「つまんない」ローレンとフローラとわたしのほうへ近づいてきて、サリーが言った。フローラはめずらしく、ケヴィンとの電話ではなくわたしたちとパーティーに出るほうを選んでいた。「わたしってすぐ退屈しちゃうの。ね、何か盛り上がることやらない？」

「また始まった」ローレンは首を横に振った。「お願いだからやめて」

「あんたに言ってない。ペニントン出身のアンブロージアに言ったの。あと、このふたり」と言ってサリーはジェマとクララの腕を引いた。「あそこに男がいるでしょ？　だっさいカーキ色のズボンの。〝遠距離のデイヴ〟っていうんだけど。この会場でいちばんうぬぼれてる嫌なやつなの。彼で遊びましょ」

「デイヴ・ホルマンのこと？」とクララが訊いた。「彼、統計学のクラスにいるわ」

「カリフォルニア大にいる恋人の話ばっかりしてうざいんだよね。なんとかしないと」とサリーは言った。

　誰もこの誘いに乗らなかった。わたし以外は。わたしは自分が特別だと証明できる機会を待っていた。それに遠距離のデイヴは知り合いだった。バターフィールド寮A棟に住んでいて、ガールフレンドが恋しいとしょっちゅうめそめそしている男だ。彼が「レスリー」とやさしく彼女の名前を言うたび悪寒が走った。

「確かにデイヴって嫌なやつだよね」わたしは言った。「それで、どうしたいの？」

サリーはわたしをまじまじと見た。まるで任命式だった。ほかの子たちは息をつめてサリーの命令が下されるのを待っていた。わたしはというと、彼女たちの存在を忘れ、自分だけがその場にいるように感じていた。

音楽のボリュームが上がった。サリーは屈んでわたしの耳に口を近づけた。「あいつに浮気をさせようよ、今夜。しょせんあいつもほかの男たちと同じけだものだって、あなたが証明してみせて」

なぜ自分でやらないんだろう。そんなことができる人がいるとしたらサリーでしょ。そう思ったものの、今どう返事をするかで今学期の過ごし方が決まるというのは痛いほどわかっていた。どの程度決まるのかまでは予想できなかったけど。

選択肢はないも同然だった。

「やるわ」

彼女は指でわたしの頬をなで、なんとか聞き取れるくらいのかすかな声で言った。「**シヨータイムよ**」

「アム」フローラが言った。「そろそろお暇《いとま》しようと思うの。一緒に帰らない？」

逃げ道を与えようとしてくれているのはわかったが、そんなこと頼んでいない。「もう少しここにいる」

フローラの顔に非難の色が浮かんだのを、わたしは見逃さなかった。一瞬、眉間に皺が現れたのだ。彼女に反対されることで、なぜだかより大胆な気持ちになった。

フローラが行ってしまうと、わたしはテキーラのショットをひと息に飲み、デイヴに向かっていった。サリーと女の子たちが見ている。これからするのは高校でやった舞台と同じ、パフォーマンスだ。ただ、ここにいる観客のほうがずっと目が肥えている。これ見よがしに肌を露出しても、デイヴには効果はないだろう。暗殺者はもっと狡猾でなければ。わたしの涙の演技はちょっとしたものなのだ。

「どうかした?」と彼が尋ねた。チョコレート色の瞳が気づかわしげだ。「何かあったみたいだけど」

「彼に……」わたしは両手で顔を覆ったまま言った。「ついさっき彼に、もう遠距離はできないって言われたの。どのみち最初から無理だったんだって」

わたしを慰めようと背中に片手がおかれた。ティッシュも差しだされたけれど受け取らず、サーモンピンクのシャツにもたれかかった。急にくっつかれて、彼の体がこわばるのがわかった。「つらいね、アム。でもきっと彼がいないほうが幸せになれる。そいつはきみを大事にしていないんだから」

「ひどいのはね、彼はいつもわたしに罪悪感を持たせようとしたの。ちょっとしゃべっただけの男の子のことをくわしく知りたがったりして。嫉妬でおかしくなってたのね」少々大げさに言った。デイヴと友人との会話を漏れ聞いたところによると、レスリーも話を誇張することがあるらしかった。わたしの頭の中でレスリーは、ピンクの口紅を塗ったジェシカ・フレンチの姿をしていた。

「かわいそうに」だったら全男性のかわりに謝ってくれる？　そんなことしてもなんの意味もないけれど。

もうひと押ししてみる。「ねえ、わかる？　何も悪いことをしていないのに信じてもらえないときの気持ちが」

「ああ、わかる気がする」というのが彼の答えだった。それで決まりだった。

そのあとデイヴがどこか静かなところで話さないかと言いだすまで三十分ほど嘘泣きをしなければならなかった。わたしたちは〈アックス〉のボディスプレーのにおいがする彼の部屋に行った。彼が肩にかけてくれたブランケットをわたしは振り払った。

どれくらい経ってからだろう？　デイヴがぽろぽろとレスリーへの不満をこぼしはじめたのは。ふたりそろって枕に頭を沈めたのは何時ごろだっただろう？　正直な気持ちを打ち明けあって——少なくとも彼のほうは——へとへとだったものの、彼の顎の下にぴたりとおさまるだけの元気がわたしには残っていた。彼のほうはジーンズの中のものを硬くするだけの元気が残っていた。服の上から触れると、彼はうめき声を漏らした。暗闇の中、彼の唇がわたしの唇を探り当てた。肌が汚くて顎が貧弱なデイヴにちっとも魅力なんか感じていなかったのに、彼の上にまたがるころには不思議とその気になっていた。なんでもできる気分だった。

デイヴはジーンズの中で果てた。わたしはがっかりすると同時にほっとした。いびきをかく彼の横からするりと抜け出し、曲がりくねる廊下をこそこそ歩いてC棟に戻った。シャワーブースとトイレが並ぶバスルームで顔を洗って廊下に出ると、サリーがいた。裸足で、スウェットパーカーにショートパンツという出で立ちだった。おおかたどこかの男の子の部屋から帰ってきたばかりなのだろう。

「ショータイムよ」とわたしは言い、初めてのパーティーでもらったウインクを返した。あのときの彼女のウインクはやっぱりわたしのためだったんだと今になって確信した。部屋に入るとき思わずにやりとした。ドアに貼られた蛍光グリーンのポストイットにはこう書かれていた——**なんだってできる！**

ええ、そのとおりね。これほど生きていると実感したことはなかった。

5　現在

宛先　〝アンブロージア・ウェリントン〟　a.wellington@wesleyan.edu
差出人　〝同窓会実行委員会〟　reunion.classof2007@gmail.com
件名　二〇〇七年卒業生同窓会

アンブロージア・ウェリントン様

過去を懐かしむ週末まであと少し！　カメラ、スクラップブック、写真、卒業アルバム、思い出の品々などをお忘れなく。もちろん新しい思い出も作りましょう。フォーマルディナーにはとっておきの赤と黒の服を着てきてくださいね！

同窓会実行委員会

同窓会のメールにはいつも彼女の名前がある。実行委員会のリストの下に太字《ボールド》で。あの子が大胆《ボールド》だったことなんて一度もないのに。フローラ・バニングは、さまざまな活動に積極的に関わった。ヴィーガン向けの食べ物を扱わない学校の食堂への抗議活動、映画鑑賞会の企画など。エイドリアンとともにキャンパスに足を踏み入れたら、彼女の顔が嫌でも目に入るだろう。白い歯をのぞかせた皺ひとつない笑顔――毎晩おこなわれる一連のスキンケアは職人技だった。たくさんの人に再会するだろうけれど、わたしが最も恐れているのは彼女だ。

ただしそれは、わたしが恐ろしいことをしてしまった可能性を疑っている、ある人物が同窓会には現れそうもないから。

ランチに買った法外な値段のサラダの残りを食べながら、職場のパソコンでトム・フェルティ刑事――いまはフェルティ警部――を検索する。わたしは定期的に彼のことを調べることにしている。遠く離れたミドルタウンにいると確認して安心するために。おまえの居場所は知っているとばかりに、スクリーンの中から青い瞳がわたしを突き刺す。警察署でわたしを質問攻めにする声が、今でも聞こえる。**気づいていた？　知っていた？**　彼はわたしが自爆することを望んでいたけれど、そうはならなかった。

気持ちが落ち着かず、仕事後まっすぐ家に帰る気にならない。アパートメント内のジムに寄ることにして、裏口からこっそり入る。お年寄りのミセス・ロウが、買ってきた食料品を運ぶためにドアの下に木片を噛ませて開けっぱなしにしているのだ。正面玄関を通ってエイドリアンと鉢合わせるのは避けたかった。部屋を契約したときは、毎晩ソファでテレビを見るのではなくジムで運動しようと、夫と話し合ったものだ。

つきあいはじめのころは、わたしだって努力していた。脚のムダ毛は剃ったし、寸詰まりの滑走路みたいな形に整えた秘密の花園から、一本でもはみ出ていようものならただちに刈り取った。週末はアストリアパークで彼と落ちあって、ジョギングをした。まもなくわたしたちは同居を開始し、それからすべてがいい加減になっていった。エイドリアンは大きいほうの用を足すときもトイレのドアを閉めなくなった。体重が増え、ジーンズの上に柔らかな脂肪が乗っかりだした。「親父体型ってやつ」と彼はおどけて言った。子どもがいなくては、彼がなりたい親父にはなれないのに。

わたしも頑張るのをやめた。エイドリアンはすっぴんでも気にしなかったし、メイクをしても気がつかなかった。人生で初めて、いくらか肩の荷を下ろすことができた。でも、それが自然な姿だとは思えなかった。ほかの誰かになろうとしていない自分は、自分ではないみたいで。

ランニングマシンにのって伸びをする。エイドリアンが自宅にもランニングマシンをおこうと言ったことがある。「そうしたら、きみが走っているあいだ僕は小説を書けるだろ」どこにおくの？　と訊くと、彼は答えに詰まった。部屋の広さは六十五平方メートルで、キッチンとほかの場所を隔てるのはアーチ型の出入口だけ。小さな出っ張りを取ってつけたような寝室。月に二千三百ドルを払っていても、ひとりになれる空間はないうえに、夫の髭が大量に落ちた小さな洗面台で歯を磨かなければならない。

もっとカロリーを消費するために角度を上げて走りはじめる。正面のテレビに目をやると、ローカルチャンネルで最近起きた事件のニュースをやっている。〝C寮の死〟の一場面を思い出す。バターフィールド寮C棟の外で身を寄せあう女の子たち。芝生の上で震える淡い小麦色の脚。ぱたぱたとはためく黄色いテープの向こうから**下がって**と呼びかける若い警官。この場面からまもなく、フェルティから質問の集中砲火を受けることなど知る由《よし》もなかった。この悲劇で演じた役が、わたしの人生最高のはまり役となった。

足先まで脈打つのを感じ、スピードを七に上げる。体の芯から熱が発せられる。同窓会をすっぽかしたらどうなるだろう。もう何度この想像を繰り返したことか。ハドリーとヘザーは、ディナーに何を着ていく？　とそればかり訊いてくる。わたしたちが大学四年のとき一緒に住んでいた、ファウンテン大通りの木造の家の前で写真を撮る計画も立てているようだ。それから例のカード。内容はもう脳に焼きつけられている。**話がしたい。****どうして今さら？**　どうして同窓会で？　どうして彼女はこれまで連絡をしてこなかったの？　どうしてわたしが彼女を探したとき、どこにも見つからなかったの？　フェイスブックにもインスタグラムにもほかのＳＮＳにも。

汗ばんだ指でスピードを八にする。彼女の言葉が追いかけてくる。**あの夜わたしたちがしたことについて話がしたい。**文字はぐにゃぐにゃと崩れて彼女が言うべき別の言葉へと変形する。**あの夜わたしたちがなってしまったものについて話がしたい。**

彼女が今どんなふうなのか見当もつかない。考えてみれば、彼女という人間を理解できたことは一度もない。最初から最後まで、おたがいのことはほとんど知らなかった。友情はほんの数カ月しか続かなかった。それも現実に即したものではなく、理想のわたしたちのあいだにだけ存在した友情。けれども彼女が彼女自身をわたしに移植した傷跡はまだ生々しく残っている。それに、わたしたちが切っても切れない絆で結ばれているパラレルワールドを想像することも容易だ。

ときどき少しのあいだだけ、その世界に行ってみる。あちらのわたしと彼女はハリウッドで台本を読んでいる。太陽の下、目をきらきら輝かせて。そんなふたりがうらやましくなることが、たまにある。

鍵をかけてほしいというたびかさなるお願いにもかかわらず、玄関のドアの鍵は開いていた。部屋に入ると、スウェットパンツをはいたエイドリアンがソファでくつろいでいる。中古家具店〈ザ・ファニチャー・マーケット〉で買ってきたフェイクスエードのソファは最初に買った家具だ。安物でもかまわなかった。その日のわたしは幸せだったから。

部屋を見まわすといろんなものが散乱している。カウンターにはピザのあき箱とビール瓶、シンクには〈ヴォストフ〉の白い柄の包丁、床には紙切れやら靴下やらが散らばっている。「今日って仕事休みじゃなかった？　片付けてくれればよかったのに」

またいつものように、「まあまあ、落ち着いて」と言われるものだと思った。そう言われるのは大嫌いだ。わたしがぴりぴりしてしまうのは、彼のお気楽さに対する当然の反応だから。ところが彼はそうは言わず、振り返って写真を掲げる。「アム、これ誰？」

わたしはエイドリアンがひらひらと振る写真を一瞥して、震える手でポニーテールを結び直す。「どこにあったの？」と訊いて彼の指から写真をひったくる。

「去年のクリスマスにきみがプレゼントしてくれた、脚本の書き方の本を探してたんだ。あの、猫を救うとかなんとかいうタイトルの。それの上にのってた本をどかしたら、写真が落ちてきた」

嘘だ。こそこそとわたしのものを嗅ぎまわっていたんだろうけれど、はっきりそうとも言い切れず下唇を噛む。

「ジョン・ダンよ」と答えて無理やり笑う。

「誰、ジョン・ダンって？　元彼？」

「有名な形而上派詩人のひとり。それはその人の詩集よ」

「へえ。でもわかってるんだろ？　僕が訊いてるのはこの写真の男のことだって。なんでこんなの持ってるの？」

「別に誰でもないの。ずっと昔の知り合い」

「やっぱり元彼か」とエイドリアンの声に嫉妬がまじる。彼が足を踏み入れようとしているのが泥沼でなければ、いつも子どもっぽい夫がシリアスな様子を見せるのを歓迎するのに。「大学のときの？」と彼が訊く。

「そういうわけじゃない」と急いで答えると、彼は怪訝《けげん》そうに眉をひそめる。「ええっと、やっぱり大学のときね。ふたりとも取っていた授業の本だから、それ」

「その男、同窓会には来る？」エイドリアンはビールをローテーブルにおく。「騒ぎ立てるつもりはないよ。僕たちは結婚してるんだし。僕に出会うまえにきみに恋人がいたからって、気にすると思う？　僕だってきみのまえにつきあってた子がいるんだからさ」

その子たちのことなら、彼に聞いてよく知っている。デートしはじめて一週間しか経たないのに自分の持ち物を彼の部屋に運びはじめたぶっ飛んだ女、有名人に会うことに命をかけていた女、ウサギのぬいぐるみがないと眠れない女——ウサギはセックスのときもベッドに居座った——、レオナルド・ディカプリオの映画しか観ない女。まるで悪いのは全部彼女たちで僕に非はないんだ、僕はいたって普通の人間なんだ、と言いたいような話しぶりだった。きみはラッキーだよ、有象無象の女たちから、僕は無傷で逃れることができたんだから、と。

「確かに彼とはつきあってた」とわたしは言う。声に出して言うとどんな感じがするか知りたかった——この不健全な小さな嘘を。「だけど同窓会には来ない。実は彼——亡くなってるの」

「ええ、マジ?」エイドリアンは片手で口を覆う。「何があったの?」

わたしは首を振る。「今は話したくない」

彼はうなずく。「なんていうか、亡くなったなんてほんとに悲しいことだと思う。でも写真を見たときは驚いたよ。何か特別な意味でもあるのかと思った。同じ本から、これも出てきたもんだから」そう言って封筒を取り出す。カリグラフィでわたしの名前が書かれた封筒。

「中は見た？」

「ごめん。どうしても気になっちゃって。あの夜きみがしたことって？　ていうか、あの夜っていつ？」

我慢しなくちゃ。エイドリアンはわたしが怒るところを見たことがあるつもりでいるが、彼が見たのはかなり控えめなバージョンだけだ。

「それは友達にもらったもので、ただの内輪のジョークよ。意味はないの」

彼はちょっとしつこいくらいわたしを見つめてからビールを手に取る。「彼とは真剣だったの？」

指でつまんだ写真を車輪のように回転させると四隅が手のひらをちくちくと刺す。写真の**彼**の顔もエイドリアンの顔も直視できない。「真剣だったかな。でも未練はないの。その本も、まだあったなんて知らなかったくらい。もう何年も目にしてなかったし」

エイドリアンの目元に皺が寄る。「きみはきっと詩に夢中な、かわいらしいオタクだったんだろうな。笑いものにされてたんじゃなければいいけど。もしそうだったとしても、僕たちがふたりで同窓会に現れたら、その意地悪な女たちだってきっとうらやましがるよ」

お馬鹿さんね、その意地悪な女たちのひとりがわたしだったの。

ビールをひとくちもらう。大学時代のわたしは亀の甲羅のように重たいリュックサックを背負って緑の葉がきらめくキャンパスを歩く、遅刻などしたことがない真面目で勤勉な学生だった、と夫は思っている。彼は何も知らない。

わたしたちがしてしまったことは変えられない。**わたしが**してしまったことは。わたしはモンスターになった。この世界は、手に入れてはいけないものを欲しがる女の子をモンスターに変身させる方法を実によく知っているのだ。

写真の男の子――彼は同窓会には来ない。彼が来られない原因を作ったのはわたしだ。彼の恋人が来られない原因を作ったのも。どちらとも、もう二度と会うことはない。

6 あのころ

デイヴとのことはドラッグ依存への入口のようなものだった。大胆なふるまいをしたことで、サリーとお近づきになれる気がしていた。彼女はわたしを謎めいた女だと思っただろう。わたしなら友達として自分に釣り合うとも。ところがそれから数日間、何も起こらなかった。授業中にサリーを見つめているとたまに目が合ったものの、話しかけられはしなかった。ふたたび言葉を交わしたのは、その週末、男子学生社交クラブ《フラタニティ》のベータ寮でのことだった。

男の子の気をひきたいわたしは、肌を露出させる服を着てお酒をがぶがぶ飲み、体に手を這わせて踊った。わたしをこのパーティーに誘ったのは、別の友達にドタキャンされた、同じ寮のリリーだ。彼女の青白い頬はウォッカをあおったためにバラ色に染まっていた。わたしたちふたりに視線が集まっているのを感じ、わたしはスカートを引き上げた。次の瞬間、リリーではない誰かの声が耳元でして、ふたつの冷たい手が背後からわたしの鎖骨をつかまえた。

「そんなことしなくていいのよ」サリーは言った。

「そんなことって？」振り向こうとするものの、押さえつけられて動けない。彼女の指が肌に食いこんだ。

「あいつらを楽しませるために血を流すこと」

そう言うとサリーはわたしを自分のほうにくるりと回転させた。「好かれてる、求められてるって思っても、あいつらはただ楽しませてくれるものを探してるだけ」

「あいつらって男の子のこと？」彼らは群れをなしてわたしたちを取り囲んでいた。高校時代は運動部の人気者だったのであろう、肉食獣の目をした男たち。

サリーは大きな声で笑った。「違うって、女の子たちのこと。馬鹿ね」**馬鹿ね**という声はやさしかった。「みんなノリがよくてなんでもやってみたいってふりをしてるけど、ただの見せかけ。もっとひどいのはやさしくしておいて裏では陰口を言う女ね。あなたのルームメイトみたいな」

フローラお得意のポストイット。今日貼ってあったのは、**親切は無料でできる**だった。デイヴのことがあった夜から、彼女はまえほど話さなくなった。あんなことするなんて信じられない、とでも思っているのだろう。

「そういう女って最低」とわたしは言った。

サリーはわたしの顎をぐいと持ち上げ、目をのぞきこんで言った。「あなたはいい子じゃないでしょ」

それが質問なのか断言なのかわからなかったけれど、どちらにしてもわたしの返事はこう。「ええ、違う」

「よかった。いい子は嫌い」

わたしたちはしばらくそのまま踊りつづけた。わたしは彼女の何がこんなにも人を惹きつけるのか探ろうとしたものの、それは蝶を手の中に捕らえようとするようなものだった。ドラッグでハイになり、大きく開いた瞳孔。赤い唇や髪を払うしぐさなんかは、ほかの女の子たちにもわたしにも真似できる――これからしばらく頑張って真似してみよう。でも、サリーを拒むことができないのは外見のせいではない。そばにいると自分自身を見る目が変わるせいだ。彼女の向こう見ずなふるまいに力を与えられるせいだ。彼女が次に何をするかは予測できない。彼女といるときの自分が何をするかも。

「あなたに必要なことはわかってる」とサリーは言い、わたしの鎖骨をすっとなぞった。

「男とヤることよ」

わたしはうなずいた。彼女は――というかここにいる誰もが――わたしがマットとしか経験がないのを知らない。知り合ったばかりの人とのセックスは刺激的だけど、怖くもあった。でもそうやって心に溜まった古い血を流してしまうことが、わたしには必要なのかもしれない。マットの裏切りを記憶から消去するための儀式として。

「うん、わたしもそう思ってた」サリーに見つめられても畏縮してはだめ。彼女に関心を持ちつづけてもらうためには、堂々としていなければ。

「ちょうどいい相手がいる」サリーは長い指で示した。「あれ。ローリング・ストーンズのTシャツの。彼にもセックスが必要みたい。あなたが落としてみせて」

命令ではない――挑戦状だった。受けて立とう。

あれ、すなわちマレーは、顎をブロンドの髭に覆われた薬漬けの男で、ウェズリアンで最も落とすのが簡単な男の子のひとりだった。二杯目を飲み終わるころには彼の部屋でキスしていた。今にもそれ以上のことが始まりそうというとき、急に自分の中に他人を受け入れるのが恐ろしくなった。**デートもしてないのに！** ほとんどパニックだった。**この人はわたしのことを何ひとつ知らないのに！** わたしをよく知ってる人でなきゃ――それが入場料だ。だけどさっきサリーに言われたことは図星だった。もう笑われるばかりの道化でいるのはうんざりだ。

「こんなこと、いつもはしないのよ」彼の指が押し入ってくるとき、体の震えを抑えながら言った。大胆さとためらいがちょうどよく混じった台詞のつもりだった。そのどちらもが必要だというのはわかっていたから。

「ああ。わかるよ」とマレーは鼻で笑った。わたしにはさっぱりわからない。自分がどこで間違えたのか。

そのあとわたしはなんとか最後までできそうだったけれど、マレーのあそこはそうではなかった。彼はコカインのせいにした。デイヴのときのように、安心感がどっと押し寄せた。セックスに特別な意味づけはしていないものの、ウェズリアンでそれをするとき、何か新しい意味が生まれるだろうという予感がしていた。セックスはわたしがすることとしないことのちょうど境界線上にあった。これまで二度の機会があったにもかかわらずうまくいかなかったのは、ひょっとすると宇宙からの啓示なのかもしれない。でも今は宇宙のメッセージをまともに受け取る気にはなれなかった。マットから受けた屈辱の残り火がまだ熱く燃えていたから。

「どうだった?」翌朝、授業で会ったサリーに訊かれた。

「あいつ、勃《た》たなかった」と答えた。二日酔いで頭が割れそうだった。サリーは無言でわたしを見つめている。たちまちわたしは正直に話したことを後悔した。と、突然彼女は片手を口にあてて笑いだし、飲んでというようにマグカップをこちらへすべらせた。

「わたしのときと同じ。あいつ、ふにゃふにゃのまま入れようとしたのよ。少なくとも舌のほうはよかったでしょ？」

とりあえずうなずいた。これはテストか何かだろうか？　そうだとして、わたしは合格？　それとも不合格？

わたしは一度こうと決めたらやりとげる人間だ。感情の伴わないセックスをすると決意したマレーとの夜から一週間後、きっちり目的を果たした。ドリュー・テナントはバンドのギタリストだった。フラタニティの寮、エクレクティックでバンドの演奏を見たあと、彼といい感じになった。ドリューとのセックスはマットとのセックスによく似ていた。口先だけの甘い言葉、汗、だんだん大きくなるあえぎ声、そして乱れたシーツ。後日、フローラが授業に出ているあいだに彼を部屋に連れこんだ。彼が達したとき、わたしも達したふりをした。実際、そんなに簡単だったらよかったのに。

なんだか自分が哀れになるが、終わったあと疲れ切ったドリューの腕に抱かれてまどろむ時間に幸せを感じた。彼の肌の温度は、セックスでは決して得られない満足感を与えてくれた。**もう行って**と言うのよ、と自分に命令したとき先を越された。「もう行くよ」と彼は言い、深い茶色の引き締まった腹筋の上でジーンズのボタンを留めた。「勉強しないと」

結局ドリューが何を勉強しているのか知ることはなかった。最後に会った日の帰り際、ドアの手前でつま先立ちになってキスをした。体を離したとき、彼は知らない人を見るような顔つきでわたしを見ていた。

サリーはわたしをパーティーに誘いつづけた。けれどもどのパーティーに行っても、人混みの向こうに、ぶんぶん振りまわされる彼女の長い髪が見えるだけだった。サリーを護衛のように取り囲むメンバーは、見るたび入れ替わっていた。彼女はいつも何かしらやりすぎていた——お酒、ダンス、ドラッグ、出会ったばかりの誰かとのキス。だからこそみんな彼女にハマってしまうのだ。自分がしたくてもできないことをやってみせてくれるから。パーティーでのサリーはわたしに視線を向けるのを忘れなかった。そのたびに、まだ試されている最中なんだと思い知らされた。

フローラだけはサリーの魅力が通用しない特別な空間にいるみたいだった。「スローンは毎晩出かけてるわね。いつ勉強してるのかな?」ある夜フローラが言った。わたしがサリーに批判的なことを言いだすのを待っているようだった。わたしはただ肩をすくめた。フローラは、わたしが彼女と同じように考え、行動することを望んでいるのだ。その朝のポストイットにはこう書いてあった。**別の誰かになろうとしないで! あなたでいられるのはあなただけだから!**

格差は埋まりつつあった。わたしは都会育ちでも、ゴルフクラブの会員権を持つ資産家のお姫さまでもない。かといって、エラ・ウォールデンのような、ぴちぴちのジーンズ、こってり塗ったメイクに下品な笑い声の、郊外出身の平凡な女の子でもない。クールな女の子たちに違和感なく溶けこめている。そう思っていた。九月最後の月曜日、ローレンがわたしにはない力を持っていたことに気づかされるまでは。張りめぐらされた人間関係はクモの巣みたいに繊細で、わたしの糸がちょきんと切られるまで、その存在が見えていなかった。

「そうだ、訊こうと思ってたんだけど、今週末ローレンのに行く？」フローラはシャツをパステル色の正方形に畳みながら言った。「みんなを招待してくれるなんて親切よね。わたしは難しい課題の締め切りがあるから行けないけど。残念だわ、ハンプトンズってすごくいいところなのに」

胸にぽっかりと穴が開いた。呼吸がうまくできない。

「まだわかんない」とどうにか答えた。「何をするか決めてないし」なぜかはわからないものの、ローレンに誘われていないことをフローラには言わないでおこうと思った。ローレンとはときどき一緒にランチをしたり、パーティーでのおもしろい出来事を教えあったりする。昨日も顔を合わせたばかりなのに、ハンプトンズのハの字も話題にのぼらなかった。

そのあとバスルームで興奮で頬を上気させたエラに会って、わたしはますますあせった。

「ハンプトンズに行くだなんて、信じられる？　わたし初めてなんだ、アムは？　しかも別荘は海岸沿いにあるんだって。ああ、何着ていこう。ねえ一緒に荷造りしようよ」

「行ったことあるけど、そんなに騒ぐほどの場所じゃないよ」と嘘を言った。まさかエラまで**ローレンの**に誘われているなんて。下唇が震えた。きょとんとするエラを残して、わたしはバスルームを飛び出した。涙がこぼれ落ちそうだった。

その日の夜、フラタニティの寮のひとつDKEでのパーティーに、リリーとクララと出かけた。わたしを欲しがる人がいると証明したかった。バターフィールド寮A棟に住む額が脂っぽくにきびだらけのハンターを見つけて近づいた。ダンスフロアで彼はわたしの体をなでまわした。二日後、セックスをした。まったく気持ちよくなんかなくて、また感じているふりをしなければならなかった。彼が服を着て出ていこうとしたところに、ちょうど授業を終えたフローラが帰ってきた。

「あ、おかえり。ふたりで勉強してたの」とわたしは言った。廊下を通りかかったサリーがわざわざバスルームのまえで立ち止まって笑うのが見えた。

そのとき「じゃ、またね、アンバー」とハンターに言われて頬がかっと熱くなった。彼は典型的なスポーツマンタイプ――つまり一度かぎりの関係を持つのにうってつけの男の子だった。それなのに名前も覚えてもらえないようでは、わたしの優位を証明できない。

「バイバイ、ハドソン」サリーがうしろから声をかけて舌をぺろっと出した。

「ハンターだけど」苛ついた声で言って振り向いた彼は、サリーを見つけた。「やあ、サリー」

フローラの顔をまともに見ることができなかった。わたしの行動をよく思っていないに決まっているから。バッグを引っつかんでオーリン図書館に向かった。図書館なら勉強に集中する学生たちに紛れてしまえる。サリーが追いかけてきて、冷たい手をわたしの肩においた。

「あいつって脳細胞が一個しかないような馬鹿なのよ」と彼女は言った。「それに、あそこは曲がってるし。気がついた？」

わたしははじかれたように振り向いた。「サリーも彼と寝たの？」

サリーは笑いだした。「おもちゃの数が少なすぎるよね？　仲よくシェアしないと」そう言って、わたしのネックレス――十六歳の誕生日にビリーからもらったプレゼント――に手を伸ばし、ずれていた花のモチーフを中心に戻した。「わたしはあなたの名前を忘れたりしない。とっても大事だもん」

「別にいいの。あいつ、下手だったし」正直に言うと、セックスのうまい下手がわかるほど経験があるわけではない。誰と寝てもおおむね同じだった。暗闇で部品をつなぎあわせて、突いて、あえぐ。

「ここには下手なやつしかいない。それでもとにかく楽しむのがコツ。一緒に行こ、教えてあげる」

図書館の席に着いた。サリーの指がタイツの穴をぐいぐい押し広げている。彼女は美しかった。大きな緑色の目の上に君臨する吊りあがった眉。彼女はパーカーのポケットからシルバーの何かを取り出すと、机の向こうからわたしのほうへ押しやった。〈ノキア〉の携帯電話だった。「昨日の夜、ジェマとニコルソンホールのパーティーに行ったんだ。みんなハイになっちゃってて、そこでバディに出会った」

おなじみの寒気が戻ってきた。あちこちでパーティーが開かれ、あちこちで出会いがあるのに、わたしには誘われるだけの価値がないのだ。

「アムも誘おうとしたんだけど」サリーは続けた。「あのルームメイトが、ふたりで〈アメリカズ・ネクスト・トップモデル〉を観る予定だって言うからやめちゃった」

フローラがわたしの足を引っぱっている。あの気の毒な彼氏を、無意味な電話に毎晩つきあわせて支配しているように。怒りがふつふつと沸いた。

「とにかく、バディはむかつくやつだった。無理やりわたしの頭を押さえつけたりして。わかるでしょ。やりたくないって言ったら、クズ女呼ばわりしてきた。だからそれ、盗んでやったの。中身は女の子だらけ。きっと全員をゴミみたいに扱ってるんじゃない」

わたしは携帯電話を手に取った。まだ新しくて、わたしのよりいいモデルだ。メッセージを開いてみると、まるで女の子の百科事典だった。サラ、ニコール、ステフ、アンナ、ブリジット、倫理学の子、モリー、ジャズ。

「からかってやりましょ」サリーは猫が爪を研ぐように、机に爪を立てた。「ひとり選んでメッセージを送って。あいつを困らせてやろう」

わたしはためらわなかった。**勝ちたい**衝動に逆らえなかった。「わかった、アンナにする」彼女から来た最後のメッセージは三週間前の午前四時だった。アンナは誰かを彷彿とさせた――わたしだ。もうとっくに終わっているのにマットにメッセージを送りつづけて、ずたずたになったわたしのプライドを思い出させる。ジェシカ・フレンチの細すぎる眉が脳裏にちらついた。これはゆがんだ復讐だという気がした。この男は、かわいそうなアンナの最後のメッセージに返信すらしていない。**来てくれるんじゃなかったの？**

わたしは親指でメッセージを打ちこんだ。「これはどう？　『やあベイビー、きみが恋しい。また会ってヤろうよ』」

サリーは鼻を鳴らして首を振った。洗いざらしのブロンドの髪が、首の動きに合わせて左右に揺れた。「ねえ、アムならもっといいのが思いつくはず。ふたりが会うように仕向けないと」

わたしはさっきの下書きを消して打ち直した。声に出して読むと、サリーはところどころ穴のあいたタイツから飛び出た、がりがりの膝をぴしゃりと叩いた。「完璧。アムはきっとこういうの得意だって思ってた」

褒め言葉が心地いい。送信するまえに、画面の文字をもう一度眺めた。**やあ、久しぶり。まえに僕が素敵だって言ったあれを着てきて。ずっときみのこと考えてた。どうしてもまた会いたいんだ。あとで部屋においでよ。待ってるよ。**

「ショータイムよ」とわたしは言った。自然と笑みがこぼれた。

フローラが知ったらどんな反応をするだろう。嫌悪感で眉をひそめる顔が目に浮かんだものの、どう思われようがかまわない。ヒエラルキーの壁を登りつづけるには、同じ足場にとどまって満足していてはいけない——そんなことを、彼女は考える必要すらないのだ。

メッセージを送ってまもなく着信音がした。サリーはわたしの手から携帯電話をひったくり返信を見て笑った。「この子、必死すぎ。**すぐ行くね**だって。バディへのサプライズ成功ね」

　このあとアンナはどうなるのだろう、バディはどういう反応をするのだろう。そんな心配をしたものの、一分も経たないうちに気にならなくなった。あとでわかったことだけれど、バディは名前ではなかった——サリーは関係を持った男の子全員をこう呼ぶのだ。共通のあだ名のようなものらしい。

「エクレクティックでやるセックスパーティーのこと聞いた？」サリーが言った。

「ううん、何それ？」

「基本的にみんな裸で、クレイジーなパーティーなんだって。今週末なの。アムも行くのよ」

「ハンプトンズには行かないの？」

　彼女は首を振った。「ハンプトンズなんてつまんない。わたしたちはここでもっと楽しいことしよう」

　ローレンがいくら頑張ってもこれほど魅力的な提案はできないだろう。ローレンの嫌味にうんざりしながら海辺の別荘で週末を過ごすより、こっちのほうがずっといい。

　サリーがにやりとする。「どんな男の子で遊ぼっかな」

　彼女は彼らがおもちゃであるかのように話す。

　けれどもほんとうにお気に入りのおもちゃは女の子たちだった。

7 現在

宛先 〝アンブロージア・ウェリントン〟 a.wellington@wesleyan.edu
差出人 〝同窓会実行委員会〟 reunion.classof2007@gmail.com
件名 二〇〇七年卒業生同窓会

アンブロージア・ウェリントン様

今はなきモーコンでの食事から、ウェズリアン卒業生だけが知る伝統の儀式（オーリン図書館で下着姿になって勉強したり……）まで経験した皆さんには、赤と黒の血が流れていますよね。わたしたちは、卒業生の皆さんと直接お会いし、伝統を再体験できる日を指折り数えて待っています。試験期間じゃないけれど、あの伝統のストレス発散、皆さんの渾身の叫び《プライマルスクリーム》がもうここまで聞こえています！

同窓会までの緊張をはらんだ数週間が飛ぶように過ぎていく。ハドリーとヘザーのあいだを興奮気味のメッセージが飛び交う。わたしもしかたなく、**いいね！　楽しみ！**　などと返信をするものの、頭の中はカードのことでいっぱいだ。

エイドリアンの些細な問いかけにも、いちいち嚙みついてしまう。フォーマルディナーはスーツじゃないとだめ？　それともジーンズでいい？　傘は持っていく？　避妊をやめてもう六カ月だよ、不妊治療専門の病院に行ったほうがいいかな？　彼は何も期待していないかのように、さりげなくこの話をはじめようとするが、実際は期待でいっぱいなことをわたしは知っている。すべての男性がそうであるように、彼も自分そっくりの生き物の誕生を望んでいるのだ。

「ちょっと心配になってきただけ」と彼は言う。「アムは三十一だろ。どっかで読んだんだけど、三十すぎたら卵子の数は半分になるらしいよ」

わたしが寝たあと、ベッドの中でグーグル検索するエイドリアンを想像する。いつものように、苛立ちがヘビのようにとぐろを巻きはじめる。「わたしの卵子のことはどうぞおかまいなく。たくさんありますから。問題があるのはあなたのほうかもよ」

彼はベッドに寝ころがったまま何も言わない。そばには荷造り中のスーツケースがおいてある――あのうっとうしい同窓会のメールは彼には届いていないはずなのに、どうしたわけか従順な子どものように、メールの言うとおり準備を進めている。「そうかもしれない。僕が検査するのは全然かまわないよ。数カ月前にもそう言ったけど。僕はただ、子どもがたくさんいる家庭を築きたいんだ。ちっちゃなアムたちがいる家庭を」

彼が初めてその言いまわしを使ったのは結婚式だった。ほろ酔いの彼は披露宴のスピーチで、じきに孫ができますよと両家の親に約束した。並んで立つわたしは、作り笑いのしすぎで顔を引きつらせながら、夫をもっと幸せにできるただひとつのものなんだから、自分も望まなくてはと考えていた。エイドリアンは、この結婚はうまくいくと一点の曇りもなく確信していた。これからふたりで歩んでいく人生を信じていた。**彼って素敵な人ね。**バージンロードを歩くまえのわたしに、ビリーがしみじみと言った。そのとおりだった。あれだけのことをしたわたしが、今度こそほんとうに素敵な男性に愛されることができたのだ。

「わたしもそういう家庭が欲しい」どこにそんな大家族が住める家があるの、という突っ込みはやめておく。まだ大きな夢を見ていたころは、夜通し熱っぽく語りあった。**旅行し**

よう、やりたいことは全部やろう！　ところが徐々に現実が見えてきた——毎月の家賃やその他の支払い。現実に伴ってやってきた怒りは、強い陽差しのようにわたしの肌をじりじりと焼いた。エイドリアンは現状に満足していて、暮らし向きをよくしようという気はないらしかった。いくら彼が言葉や行動で愛を示してくれても、すでにわたしの中で固い胎児となっていた怒りは少しも鎮まることがなかった。

エイドリアンが頭に描いているものを、わたしも見てみようとはした。ペニントンの実家の裏庭を転げまわるよちよち歩きの子どもがふたり。テラスの椅子でワイングラスを片手にしたエイドリアンとわたしは、愛くるしいふたりを見て目尻を下げる。ワインの味とバーベキューの肉が焼けるにおいまでするのに、肝心な部分がうまくイメージできなかった——子どもたちの姿が。

「もっと頻繁にセックスしたほうがいいんじゃない？」エイドリアンの手がわたしの太ももに伸びる。「僕たち、きちんとタイミングをはかってないだろ？　このまえ飲んだとき聞いたんだけど、ジャスティンとハドリーもそろそろ子どもが欲しいって。地に足をつけたいんだって」

「そうなんだ」と言うものの、ハドリーが直接話してくれなかったことに内心腹が立つ。

地に足をつける。地面に根を下ろす木のように女がつなぎとめられているほうが、男は安心できるのだ。

「うん。ねえ、最後にしたのっていつだっけ？」

以前は毎日のように、その気になればいつでも、アパートメントの部屋のあちこちでセックスした。ビリーとライアンがセックスするのは毎週金曜デートに出かけたときだけと聞いたとき、わたしたちはそうはならないとひそかに思ったものだが、今は週に一度するかしないかだ。寝ているふりをして意識的に避けることすらある。

「さあ。また今度すればいいじゃない。そろそろ行かないと。ビリーに会うから」

「せっかく僕の仕事が休みなのに」エイドリアンが拗《す》ねたように唇を突き出す。「ふたりでゆっくりできると思ってた」

「もう約束しちゃったの」わたしはパジャマのズボンを脱いでジーンズに足を突っ込む。

「ビリーとはたまにしか会えないし」

エイドリアンは肘をついて上体を起こす。はらりと落ちた髪が目にかかる。「ビリーとはいっつもメッセージを送りあってるだろ。まるで彼女も僕たちとずっと一緒にいるみたいだよ。きみがたまにしか相手にしないのは僕のほうじゃないか」

「あなたの相手はいつもしてる」お腹をぐっとへこませ、ジーンズを上げる。「こんな狭い家じゃ、おたがいから逃げることもできないんだから」

「それも悪くないけど」と言い、エイドリアンはやさしく訊く。「今の生活が不満？」

ブラウスのボタンを留めながら彼の傷ついた表情を見てイラッとする――わたしがつけた傷。「不満ってわけじゃない。ただずっと今の生活が続くのは嫌なの」

こんなふうに正直に気持ちを話したのは久しぶりだ。彼はわたしの髪に手を入れ、顔を近づけてキスをする。不意に、触れられるだけでは物足りなくなる。もっとわたしを感じて、わたしを見て。彼のもう一方の手がジーンズにすべりこむ。もう行くからあとで――**あと**とはなんのあとなのか、いつもはっきりしない――と言うのはやめて、黙って抱き寄せられる。

「愛してる。知ってるよね？」彼の息が頬にかかり、わたしの息は荒くなる。だって確かにいつもなら**知ってる**と言うところを、「わたしも愛してる」と応える。だってわたしは夫を愛しているから。彼の目に映る自分の姿を愛しているから。エイドリアンとの結婚生活は、いつでも褒めてくれる鏡をのぞきこんでいるようなものだ。彼が見ているのは、わたしがなりたいわたし。自分でその女性をはっきりと見ることができたらどれほどいいだろう。

ビリーとは、ちょうどふたりの中間地点グリーンポイントにあるバー〈ブロークン・ランド〉で待ち合わせていた。店に着くと、彼女はすでにカウンター席でワイングラスを傾けていた。オリーブ色の肌に赤みが差している。わたしは酔っているときのビリーがいちばん好きだ。声が大きくなって、いつもより色っぽくて、家においてきた夫や子どもやインスタグラムでの人格を忘れてしまっているビリーが。彼女が今のわたしたちふたりの写真をSNSに上げることはないけれど、それはわたしとの関係が人に知られたくない秘密だからではなくて、わたしといるときの彼女は、フィルターをかけないほんとうの自分だからなのだと思う。

ビリーはわたしの頬にキスをして言う。「ダイエットしてるのね。同窓会のため？　すごく痩せたみたい」

「違うの」と言って彼女から離れる。高校時代のわたしたちは、太ったと感じたら昼ご飯を抜いたり、母親の体重計にのってはただの数字に一喜一憂したりした。「ストレスのせい」

「ストレスっていったい何が？　何も間違ったこととかしてないでしょ？」

「うん。わたし最近変なの、別の人間になっちゃったみたい」フェルティ刑事はそうは思わないだろうが。刑事のことを思い出して、つかの間パニックに襲われる。ひょっとして彼がカードを書いたのかも。ちゃんとジョン・ダンの本に戻しておいた写真のことも、わたしがあの男子と最後に交わした会話も、すべて知っているのではないか。

　バーテンダーが注文を取りにくる。プロセッコをグラスで頼んだものの、気が変わってボトルにしてもらう。家に帰ってエイドリアンに訊かれたら、一種類だけ飲んだと答えよう。そうすれば嘘にはならない。

「あの部屋に泊まるんでしょ？」ビリーが言う。「〝C寮の死〟事件の。エイドリアンにはまだあのこと話してないのよね。じきに知られちゃうわよ」

　わたしは呆《あき》れて目をぐるりとまわす。「その呼び方やめて。ただの寮よ。それにホテルを予約してあるって言ったじゃない」エイドリアンに秘密にしていることについてはコメントしない。わたしはまだ、彼に何も知られることなく終わればいいと思っている。同窓会のあいだ、ジャスティンとモンティ、それに飲み放題のバーに気を取られていてくれればいいのだけれど。

　ビリーがわたしの両手を握る。ティファニーブルーのマニキュアが目に留まる。馬鹿馬鹿しく聞こえるかもしれないが、爪は人の精神状態をよく表すから、マニキュアには注意を払うことにしている。ビリーの爪はいつも完璧だ。もし生え際が荒れていたり嚙んだあとがあったりしたら、何か問題があるということだ。

「ねえ、アム。わたし、あなたのこと誰よりよく知ってるのよ。何かあるんでしょう？」

ウェズリアンに入ったばかりのころ、ビリーは「早く友達ができるといいね、ただし親友はわたしだけよ」と励ましてくれた。サリーという友達ができたことは話したものの、くわしくは言わなかった。

「ほんとにただのストレスだって。最近仕事がめちゃくちゃ忙しくて」わたしは彼女の指を痛いくらい強く握りしめてから離す。

ビリーがお酒をひと口飲んで、グラスのふちにふたつめの赤い唇の跡が残る。大学が夏休みになるとわたしたちはペニントンに帰省して、レストラン〈ヴィラ・フランチェスコズ〉で一緒にアルバイトをした。女性客のグラスが空になるにつれ、口紅のスタンプが増えていくのを見て、くすくすと笑いあったことを思い出す。

「彼には会うの？」声を落としてビリーが訊く。「アムが夢中だった人。その人のこと、何も話してくれなかったけど」

「バディのことね」わたしはため息とともに吐き出すように言う。「もちろん会わない」

「ねえ、そんなに重く考えないで。彼と寝るのか訊いたわけじゃないんだから。わたしだってコルトンとのことがあったじゃない。わたしの独身最後のパーティーで、あとちょっとのところまでいったのよ。彼の理性が働かなかったら、きっとそうなっちゃってた」ビリーはそう言って両腕をさする。

「コルトンに連絡しようと思ったことはない?」と訊いてみる。バーテンダーがプロセッコのコルクを抜く小気味いい音がして、今日は何かのお祝いだっけ? と思う。

「連絡してなんて言う? 『久しぶり、わたしもう子どもがふたりいるの』って? 彼がもっとずるいやつだったら、今ごろどうなってただろうって考えることならある」ビリーはそこでいったん言葉を切る。「実はまえにインスタグラムで彼を探したの。アカウントは非公開だったけど、プロフィール写真が彼と犬だったからわかった。そんな写真を選んだってことは、まだ結婚してないってことよね?」

「どうして気になるの? 結婚してなかったら、ビリーにもまだチャンスがあるから?」

彼女は肩をすくめた。「彼はわたしのものにはならないけど、ほかの女のものになるのは嫌なの。わかるでしょ?」

わかりすぎるほどわかる。

ビリーがこんなふうに心の内側を見せてくれるとき、わたしも同じようにしたくてたまらなくなる。しょっちゅうおたがいの家に泊まって、真っ暗な寝室で秘密を打ち明けあった高校時代のように。彼女は、わたしがバディという男の子を好きだったこと、でもその恋はうまくいかなかったことしか知らない。冬休みに彼を連れてきて、ビリーに紹介できたらどれほどよかっただろう。

「来ないわ。バディは同窓会には来ない」

「そっか。でももしかしたらってこともある。心構えをしておくことね」ワインがわずかに残ったグラスを、ビリーはくるくるとまわす。「浮気を勧めてるんじゃないのよ。エイドリアンはいい人だもん。でもあなたには気持ちの整理が必要なんじゃないかな」

わたしの意志に関係なく唇が表情を作ろうとするのを、グラスの中身を流しこんで押しとどめ、そのまま飲みつづける。表れようとしているのが笑顔なのか、しかめ面なのか知るのが怖かったから。その答えは無事にわたしの頭の中だけに閉じこめることができた。

彼が姿を見せられるわけがない。だってわたしは彼にあんなことをしたんだもの。

8　あのころ

たくさんの人間がいて、サリーとフローラはその両極にいた。わたしはふたりのあいだを行ったり来たりするゴムボールだった。その他大勢の女の子のほとんどは感じのいい子たちだった。それでもわたしは彼女たちといると、相手をはっきり知りもしないのに、緊張して自分らしくいることができなかった。お酒を飲んだあとは、変なことを言わなかっただろうか、ニュージャージーなまりが出なかっただろうか、高校時代のくだらない話をいくつしてしまったんだろうと思い悩んだ。ほかの子たちの特徴を寄せ集めてできたわたしは、つぎはぎだらけのモザイクだった。たぶん、わたしがサリーをうらやんだいちばんの理由は、彼女がいつもありのままだったから。自然な姿でいるだけでおもしろくて、独特で、魅力的だったから。

そのころのわたしはもう、自分が生まれながらにおもしろくも、独特でも、魅力的でもないことを悟っていた。でもわたしには演技という特技があったから、他人を真似してその人になりきることができた。サリーといるときのわたしとフローラといるときのわたしは別人だった。わたしはそのふたつの人格を使い分けた。

フローラといるほうが気は楽だった。事あるごとに**すみません**と**ありがとう**を繰り返す、礼儀正しくかわいらしい彼女を、わたしの両親だって気に入るだろう。フローラは家族が恋しい、特に妹のポピーに会いたいとこっそり教えてくれた。ポピーはわたしたちより四歳年下の高校一年生で、フローラがケヴィンと同じくらい頻繁に電話をする相手だった。

「妹が遊びにきたいって言ってるの」とフローラは言った。「あなたのことは全部話してあるわ。ポピーはすごい芸術家なの。将来ウェズリアンに入りたがってる。高校に入学してからいろいろと苦労しているみたい」

一度だけポピーと話したことがある。「今日は嫌なことがあったんだって。すぐにまたいいことがあると言ってやってくれる?」フローラはそう囁いて、わたしに通話中の携帯電話を寄こした。

「すぐにまたいいことがあるはずよ」とわたしは嘘をついた。

フローラには羽毛布団のような安心感があった。彼女はいつもそばにいた。ドーラの部屋で飲みすぎた日の翌朝、激しく嘔吐するわたしの髪を押さえていてくれたうえ、授業の合間に様子を見に戻ってくれた。九月の涼しい夜はよくふたりでキャンパスを散歩して、将来の夢を語りあった。フローラになら安心して話せた。彼女なら呆れ顔でわたしの夢を吹聴してまわったりはしないだろう。**アンブロージアったら本気でハリウッドで成功できる気でいるのよ。**彼女の売りであるやさしさは見せかけではなく、わたしがいくら穴を開けてへこませようとしてもびくともしないのだった。

　フローラはわたしのことを心配してくれていた。ただそれは親切心から来る心配の域を超えていて、裏に見え隠れするわたしへの非難が癇《かん》に障った。

「どこ行くの？」とフローラが訊いた。わたしはセックスパーティーに出かけるため、サリーに借りたコルセットの紐を締めているところだった。

「パーティー」と小声で答えた。

「そう」ベッドに座った彼女はウサギのスリッパをぶらぶらさせた。そのたったひとことで、本を丸ごと一冊読んだのと同じくらい彼女の考えていることがわかった。**またパーティー。しかもスローンと。**

「フローラも来ればいいのに」絶対に来ないと知っていながらわたしは言った。

「課題をやらなきゃ。でももし何か困ったことがあればいつでも電話して」わたしが電話することは絶対にないと知っていながらフローラは携帯電話を持ち上げて言った。

　フローラが柔らかな羽毛だとすると、サリーはわたしの頭をかすめて羽ばたく黒鳥の翼だった。セックスパーティーで、わたしは生まれたての子鹿のようにおぼつかない足取りでサリーのあとをついてまわった。ホールはお腹にずんずん響く音楽とポルノで血塗られていた。あちこちで人目をはばからず交わる男女。その光景はまるで酒と祭礼の神ディオニュソスに捧げる儀式の再演だった。誰もがけだものになり果てていた。その夜わたしは会場であるエクレクティック寮の部屋のひとつで、初めてのコカインを吸った。白い粉で引いた直線の上に屈みこむサリーの首が優雅なクエスチョンマークを描くのを眺めながら。恥ずかしいくらい怯《おび》えていたわたしは、ビリーと一緒にテレビで見た薬物過剰摂取のシーンを次々に思い出した。サリーの影から恐れは少しも感じられなかった。鼻が燃えるように熱くなったけど、生きていた。今までよりずっと。

「アムは誰とヤる?」ランチ何にする？ と訊くのと同じくらい軽い調子だった。「わたしはとりあえずキッチンにいるあのバディ。そのあとのことはまた考える」サリーはそう言って顔にかかる髪を払った。

「まだ決めてない」わたしはガチガチ鳴る歯を噛みしめて答えた。誰かを選ばないといけないのだ。

「地元に親友がいるんだけど、きっとアムと気が合うだろうな」そう言ってサリーは、小指で歯茎にコカインをこすりつけた。「イヴィはとにかくなんでもやってみるの。怖いものなしって感じ」

「おもしろそうな子ね」わたしはかろうじてそう言った。何もおもしろくなんかない。また競争だ、今度は会ったことすらない子との。

昂っていた神経が落ち着いて、気がつくと階上の部屋に男の子とふたりきりだった。肩幅が広くてカリフォルニアの人みたいに日焼けしたその男の子を、わたしはバディと呼んだ。ほんとうの名前は重要ではなかった。彼の手がわたしのショーツに入ってきてそのまま引きずりおろすと、裸の女性のポスターだらけの壁に押しつけられた。弓なりになったわたしは、壁の女の子たちのひとりになる。彼の手が野生動物のように荒々しくわたしの髪をつかんだ。

次の日の午後、フローラがオーリン図書館から帰ってきたとき、わたしはサリーと一緒に部屋にいた。まだ全身がひとつの大きな傷になったみたいに脈打っていた。「ふたりのこと心配してたんだから」と、いつもどおり完璧なフローラは言い、椅子にちょこんと腰かけた。「アム、あなたが行こうとしてたのが、あの……そういうパーティーだなんて、わたし知らなかった」

誰が彼女にセックスパーティーのことを話したのだろう。ほとんど全員が**ローレンの**に行っているのに。昨夜の記憶が鋭利なかけらになって突き刺さる。ポスターの壁の男子、わたしの骨盤にコカインをのせて吸った別の男子、挑発的に踊って誰彼かまわずキスしまくるサリー。

「ただのパーティーよ」とわたしは言った。「心配することなんて何もなかった」

「まあまあだったね」サリーがごろんと寝返りを打った。「もっとすごいのを期待してたのに」

めまいがした。わたしにとってはすごいことが、サリーにとってはなんでもないことなのだ。そもそも彼女とわたしでは立っているスタートラインが違った。やっぱりわたしは簡単なレースにだけ参加するべきなんだと思ったそのとき、サリーがわたしに腕をまわして言った。「でもアムのおかげで楽しかった」

パーティーから数日後、モーコンから寮に戻る道で、フローラは予想していたとおりのことを言った。「誤解しないで聞いてほしいんだけど」彼女は胸の骨にのっかる、華奢《きゃしゃ》なゴールドのハートの位置を直した。「スローンはちょっと暴走しすぎじゃないかな。いつかとんでもないことをしちゃうんじゃないかって怖い。彼女といると、アムもそうなっちゃうんじゃないかって」

「サリーは問題ないって。もちろんわたしも」と強い口調で言い返すと、フローラは平手打ちでもくらったようにひるんだ。どんな形であれ反対されることに耐性がないのだ。原因はおそらく両親にあったと、のちに知った。このときはまだ、フローラは両親の話をしたことがなかった。わたしにはおとぎ話のような人生を生きているのだと信じていてほしかったのかもしれない。

「そういう意味じゃないの。ただ、お酒が入った男の子たちがいるパーティーがどんな感じか耳にしたものだから。あなたには嫌な目にあってほしくない」

「大丈夫」わたしは声をやわらげて言った。「自分をコントロールする方法なら知ってるし」フローラはわたしの腕の下に自分の腕をすべりこませた。彼女の肌は柔らかく冷たかった。

「アムにとってのケヴィンを見つけてほしい。待っていれば必ず出会えるわ」フローラの言葉を信じたい気持ちもあった。女の子には〝運命の相手は必ずどこかにいる〟という考えが刷りこまれているし、期待は捨てるのが難しいものだから。

それでも〝わたしのケヴィン〟を黙って待っているつもりはなかった。その週、あそこが曲がったハンターとまた寝た。それから部屋に連れこんだ別の男の子とも、さくっとセックスをした。彼の熱い吐息が耳の中で果てた。オーガズムを感じるどころか、たったひとつのお世辞すらもらえなかった。男の子たちと会話とも呼べない会話をするとき、相手の名前は頭の中ですべて**バディ**に置き換えた。彼らはみんな使い捨ての消耗品だった。事が終わったあとトイレットペーパーにくるっと丸めて、ベッド脇のゴミ箱に放りこむコンドームと同じ。

別れ際に「またね」とつまらなそうに言うのがお決まりだったけど、実際にまた会うことはほとんどなかった。わたしのせいかもしれない。彼らがドアを出ていくとき、握ってほしそうなわたしの手が無意識に差し伸べられた。わたしの体はいろんなやり方でわたしを裏切った。

わたしは特定の相手を見つける気はなかったけれど、早くもボーイフレンドを作る女の子もいた。そういう子たちをサリーは馬鹿にした。「ボーイフレンドって、わたしたち女子の自由を奪うために世界に仕掛けられた罠よ。でないとわたしたちは危険すぎるから」と言う彼女に、わたしは熱心に相槌を打った。

そんなとき突然、その世界から大きな賭けを迫られた。


それはビリーとわたしが夢中だった安っぽいラブコメディ映画に、いかにもありそうな出会いだった。その日、わたしは寮の子たちと勉強するため、オーリン図書館で待ち合わせをしていた。図書館に駆けこむところで落とした本を拾ってくれたのが彼だった。

短い髪にスーパーマンのようなたくましい顎、いちばん上まで留めたシャツのボタン。

年上に見えるから四年生あたりだろうか。フラタニティの男の子っぽい——もしそうならベータ寮じゃなくてDKE寮でありますように。「落としたよ」と彼が言った。

「すみません——じゃなくてありがとう」

「どういたしまして」白い歯がのぞいた。近くで見るとなんとなく知った顔のような気もした。パーティーで見かけたことがあるのかもしれない。まさか、セックスパーティーで関係を持ったふたりのうちのどっちか？　ひとつの顔がもう一方の顔と溶けあってぐちゃぐちゃになる。まったく、自分に呆れる。

「ジョン・ダンの本だね。ジョン・ダンならよく知ってる。もちろん知り合いって意味じゃないけど。実は今、彼について勉強してるんだ」

「わたしもよ」彼が言い終わるか終わらないかのうちに、勢いこんで言った。「って、本を持ってるんだから当然だよね。でもあなたほど彼のこと知ってるわけじゃないの。理解しようと頑張ってるんだけど、難しくて」

嘘だった。もう死んでる白人男性を理解して何になる？　彼らの考えていたことなんてどうせひとつしかない。

彼が微笑むと白い歯が輝いた。可能性という後光が射した気がした。

「僕の指導が必要みたいだ」そう言うと彼は、革のバンドに大きな青い文字盤の腕時計にちらりと目をやった。「特別講座を開いてあげる」

わたしが彼に何かを教えてもらう必要があるだなんて、思い上がりもいいところだったけれど、その愚かな台詞に無意識にうなずいてしまった。性的な目的以外で自分に興味を持ってくれる異性に飢えていたのだ。図書館に行くのはやめにして、茶色い葉を震わせる木々のあいだを通り抜け、フォス・ヒルに彼を連れていった。

「いい眺めだ」丘のてっぺんで腰をおろすと、その男の子は言った。

彼はほんとうにジョン・ダンに並々ならぬ情熱を注いでいて、そんな姿は微笑ましくもあり、セクシーでもあった。ジョン・ダンは嫌いだけれど、ビールと女の子の胸以外に夢中になれる男性は好きだ。昔の詩人にこんなに興奮できるなら、どんなことでもできそうだ。こんな人の恋人になったらきっと、自分は都合のいいATMではなく彼と対等な人間だと思えるんだろう。

「難しいと言ってたけど、よく理解できてるじゃないか」と彼は言って、風が吹いて顔にかかったわたしの髪をやさしく耳にかけてくれた。

「きみは自分で思ってるより賢いんだよ。自分がどれほど美しいかも、気づいてないんだろうな」

美しいの言葉が奏でる音楽に、わたしは魅入られた。今後、この場面を何度も振り返ることになる。考えてみれば単純なことだ。これまでの男の子たちは人を褒めることを知らなかったから。

「ジョン・ダンはロマンチストだったんだ。愛する女性のためにすべてを失ったくらいに」

わたしは息を止めた――キスするんだ。受け入れる準備はできていた。フォス・ヒルが恋に落ちるのにぴったりな場所に見えはじめた。滑稽なほど、恋をしたい衝動に駆られていた。ところが彼は親指でわたしの顎に軽く触れただけで、あのいまいましい腕時計に目をやった。

「くそっ、時間がないや。もしダンについて何か質問があればいつでもメールして」彼は身を乗りだしてノートに走り書きをした。bigmac10@gmail.com――ビッグマック？ださいメールアドレスに、この出会いを台なしにはさせない。このくらい大目に見たってかまわない。かわいいと思えるようになるかもしれないし。

「ありがとう、メールする」想像力が遠い未来に向かって暴走しだした。彼は結婚式のテーマカラーをわたしに選ばせてくれるはずだ。そしてウエディングプランナーにこう言う。**彼女の望みはすべて叶えてやってください。**会場を飾る花はシャクヤクがいい。風車のような大輪の花が開くまえの、丸まる太った、真っ白で愛らしいつぼみ。わたしは言う、望みならもう全部叶ってるわ、と。

すぐさまビリーにメッセージを送った。**運命の人に出会ったかも？　美しい**の言葉を燃料にして、わたしの体は活き活きしだした。立ち寄ったモーコンで食べた、ぱっとしないサラダもいつもよりおいしく感じた。寮に戻っても、ビリーからの返信はまだ来ていなかった。なんでもいいから反応が欲しいのに、と思ったそのとき、彼の名前を知らないことに気がついた。そういえば名前を訊かなかったし、訊かれもしなかった。がっかりしたものの、すぐ気を取り直した。メールアドレスは知っているんだから大丈夫——ただふたりともうっかり自己紹介を忘れただけ。

フローラのはじけるような大げさな笑い声が廊下まで聞こえてきた。そうだ、フローラにさっきのことを話そう。今こそ彼女のエネルギーが必要だ。

寒いとき用のピンクのバスローブを羽織ったフローラが、ベッドに腰かけていた。彼女はひとりではなかった。彼が隣に座っていた。さっきの謎の男の子だ。**わたしの**謎の男の子、**美しい**の男の子。思考が一時停止した。どうして彼がわたしの部屋を知ってるの？　どうしてフローラのベッドにいて、どうして彼女は平気な顔をしてるの？

「アム」フローラが手招きした。「おかえり。ケヴィンを紹介するわ。連絡もなしに突然来たから驚いちゃった、こんなことをするなんて信じられる?」

彼がこちらを向いたとき、その顔にかすかに驚きが表れた。

「こんにちは」とわたしは言った。一瞬「わたしたち、さっき会ったのよ」と言おうとして、思いとどまった。

彼も言わなかった。

「ケヴィンです」フォス・ヒルにいた男の子の声ではなかった。かしこまった、まるで別人の声だった。「はじめまして」

「はじめまして」と応えるのがやっとだった。

ケヴィン。だから、なんとなく見たことがあったのだ。写真の彼と現実の彼は全然違ったけれど。髪は短いし、にきびが消えた肌はきれいだった。この人は嘘つきだ。マットと同じように。ほかのすべての男と同じように。

よりによってこんなときにサリーが姿を現した——ドアを閉め忘れていたらしい。

「誰?」近づいてきて、彼女は訊いた。「ここの学生じゃないでしょ? もしそうだったら知ってるはず」

「わたしのボーイフレンドなの。ケヴィンよ」フローラはケヴィンの手を取った。その言い方が不快だった。彼女の口から出た**ボーイフレンド**はあぶくのようにふくらんだ。きっとフィアンセや夫も、必要以上に熱をこめて発音するに違いない。「ケヴィン、こちらはスローン」

「サリーって呼んで」彼女は彼に体を近づけ、頬にキスをした。サリーの定番の挨拶だ。そしてわたしに言った。「あとで部屋に来て。一緒に準備しよ」わたしはただぼんやりうなずいた。

「噂のアムだね」サリーが出ていったあと、ケヴィンは言った。「フローラからきみのいいところ、たくさん聞いてるよ」彼の顔を探るように見ていて気がついた。その目には懇願がちらついていた——黙っていてくれ。

「あなたのいいところも、よく聞いてる」

フローラはわたしのケヴィンを見つけるように言ったけれど、そうはならなかった。わたしが見つけたのは、彼女のケヴィンだった。

9　現在

宛先　〝アンブロージア・ウェリントン〟　a.wellington@wesleyan.edu
差出人　〝同窓会実行委員会〟　reunion.classof2007@gmail.com
件名　二〇〇七年卒業生同窓会

アンブロージア・ウェリントン様

今週金曜日はイベントへの参加申請の日です！　何ひとつ見逃したくないあなたは、こちらのリンクのスケジュールをご覧ください。当日、ユーズダン・ユニバーシティ・センターで受付後、食事券、日程表、宿泊する寮の部屋のカードキーを受け取れます。

皆さんと共に、忘れられない週末のスタートを切れることを楽しみにしています。

一年生のころは、ウェズリアンを退学することを考えた。ビリーがいるマイアミ大学でもいいし、とにかく別の学校で、また一からやり直したかった。でもそんなことをしたらますます怪しまれただろう。しかたなくウェズリアンに残ることにしたものの、大学から警告を受ける寸前まで、成績は急降下した。二年生になる直前、もともとウェズリアンに入りたかった理由——男の子ではなく演劇——をようやく思い出した。本来の目的からあんなに大きくはずれてしまうなんて愚かだったけど、まだ遅くはないと自分に言い聞かせた。ところが専攻を決める時期になっても、必修科目の単位を満たしてもいなければ、夢を追う気力も失くしたままだった。

「わたしは演技には向いてないって気づいちゃったの」ハドリーとヘザーにはそう言ってごまかした。彼女たちは〝C寮の死〟を聞き知っていたものの、それに付随する噂は信じていないようだった。というより、彼女たちの属する学生アスリートの輪の中が心地よく、それ以外のことに興味がなかったのかもしれない。

ウェズリアンを辞めなかった理由はもうひとつある。**彼**はもう戻ってこないだろうけど

――わたしはそう確信していた――、サリーは戻ってくるかもしれなかったから。

だが、こうしてミドルタウンにふたたびやってきた今、後悔が押し寄せる。やっぱりどこかほかの大学に編入するべきだった。そうしていれば、お腹の中で重石《おもし》のように内臓を押しつぶすこの塊《かたまり》もなかったはずだ。エイドリアンが運転するレンタカーが、ヴァイン通りのV駐車場にゆっくりと進入する。わたしはぐるぐると同じことを考える。**なぜ今なの？　なぜ十年も経った今？**

「いいところだね」ニコルソンホール寮の裏手からキャンパスに入り、フォス・ヒルの頂上に向かう道でエイドリアンが言う。「雰囲気がいい。もし僕がここに通ってたら、ちゃんと卒業する気になってただろうな」

わたしはサングラスに隠れて呆れた表情をする。エイドリアンは、大学を中退したことを誇りに思っているふしがある。もし彼の小説が出版されるようなことがあれば――万が一書きはじめることができて、さらに万が一書き終わることができればの話だが――大学を出ていないことを嬉々として話すのだろう。大学が必要ないくらい僕には才能があったんだ、とほのめかすために。

「ええ、素敵でしょ」とわたしは言う。

キャンパスには人があふれていた。今週末は同窓会がいくつか並行しておこなわれ、日曜には卒業式も予定されている。観光客よろしく、ヴァン・ヴレック天文台や、フォス・ヒルからの眺望を写真におさめている、今週卒業する学生とその親たちを眺める。ゆるやかに広がった女子の群れの中で、いちばん悪いことをしたのは誰で、ついていこうと必死でもがいたのは誰なんだろう。

フォス・ヒルから見渡せるアンドラスフィールドに、オーリン図書館の背面から影が伸びている。優雅で威厳あるオーリン図書館はお気に入りの場所だった。ケヴィンと初めて会った日、あそこに行っていなければどうなっていただろうと、何度も何度も考えた。

「このフィールドでフットボールの試合を見た？」エイドリアンが訊く。彼らしい質問だ。わたしはただ笑う。

「フットボールはそこまで人気じゃなかったの」**わたしたちはほかのゲームで忙しかったから。**

「きみが住んでた寮はどこ？」エイドリアンが訊く。「泊まれないのがいまだに残念だよ。ジャスティンたちは寮の部屋を取れたって。部屋をシェアする相手は選べなくても、知り合いと近い部屋にするくらいはやってくれそうだよね」

「うん、予約が取れなくて残念だった。キャンパスの案内はあとでするね」

エイドリアンを連れてユーズダンに入る。そこかしこにおしゃべりに興じる同窓生のグループができている。わたしに気がつく人もいるだろう。あの一件のあと、ネットの〝ダレコミ掲示板〟にAW——アンブロージア・ウェリントンのイニシャル——のスレッドができて、わたしに対する攻撃的な書きこみが集中した。その掲示板はウェズリアンの学生が立てた、匿名でさまざまなことを暴露する掲示板で、当時この戦場には次々にゴシップの種が蒔かれた。すべてはわたしのせいだという書きこみや、犯人だと断言するものもあった。ほかにも、とにかくわたしを悪者にしたい人が集まっていた。

受付の列に並ぶ。ロビーの向こうにタラ・ロリンズがいる。編みこんだ髪をアップにしているが、似合っていない。わたしはバッグから携帯電話を取り出し、ハドリーとヘザーにメッセージを送る。**もう着いた？**

「アンブロージア」と呼ばれ、はっとして振り向く。そうだ、サリーのわけがない、彼女はわたしを愛称でしか呼ばない。ローレンだ。双子パーティーでわたしがしたことを、大学一年目の二学期に彼女が言いふらしはじめてから、口をきかなくなった。それなのに今、ローレンはハグをしようとこちらに身を乗りだしている。

「わあ、ローレンじゃない、懐かしいわ」と言ってハグをする。昔の偽りの姿にいともたやすく戻れることに、自分でも驚く。

ローレンは、大学時代には見せたことのない満面の笑みを見せる。彼女も自分を偽っているのだ。「ちょうどあなたのこと考えてたの、どうしてるかなって。フェイスブックで作ったグループへの招待を送ったはずなんだけど、届かなかった？」

届かなかったんじゃなくて、送らなかったんじゃない？ ハンプトンズに誘われなかったことを思い出して、わたしは肩をすくめる。ローレンはいつも排除することで力を得ていた。いらない脂肪を取り除くように、いらない人間をのけ者にするのが彼女のやり方だった。脂肪といえば、彼女は最後に会ったときからずいぶん太ったようだ。その事実にわたしは気をよくする。

「夫のエイドリアンよ」と紹介すると、彼はローレンの手を握ってぶんぶん振る。エイドリアンは第一印象にこだわる。力強い握手は好印象を与えると、どこかで読むか何かしたのだろう。

「はじめまして。アムの友達とたくさん知り合えてうれしいよ」と彼が言う。

ありがたいことに、ローレンは訂正しない。

「わたしもお会いできてうれしいわ、エイドリアン。うちの夫はどこ行ったのかしら？彼とはこの大学で出会ったのよ」と言ってわたしを見る。「大学のころは友達だったんだけどね。ジョナ・ベルフォードって覚えてる？」

「いいえ。でもここで出会ったなんて素敵」

ジョナ・ベルフォードなら覚えている。正確には、二年生のとき彼と過ごした夜のことを。ウェスコ寮のヌードパーティーで、彼もわたしもひどく酔っぱらっていた。わたしはその夜サリーに会えるのではないかと期待していた——彼女はドレスコードが裸のイベントには目がなかったから。結局彼女は来なかったものの、ジョナを見つけた。というか、ジョナがわたしを見つけた——きみの体、きれいだね。そのあと彼の部屋で、まだわたしの中にいるのに、〝C寮の死〟のことを知りたがった。「なあ、噂ってほんとなの？」うめき声。「教えてよ」

「ええ、まあ仲よくやってる。ふたりはどこで出会ったの？」とローレンは訊く。

大きく息を吸ってインターネットへの感謝を述べようとするエイドリアンを、わたしはさえぎる。「話すと長くなるの。あとでまたゆっくり話しましょ」これ以上ローレンの芝居を見ていられない。彼女には〝いい人〟が似合わない。わたしと同じくらい。ちょうど、受付をして日程表とつけるつもりのない名札をもらう順番が近づいている。

「そうね、またあとで」ローレンは言う。「同窓会のあいだ、何度も顔を合わせるだろうし。あ、ちょっと待って、子どもたちの写真を見せてなかった。三人いるの。昔はひとりも欲しいと思わなかったのに」ローレンはさっと携帯電話を取り出し、画面をスワイプして写真を見せる。ブロンドの子どもが三人、大中小と並んでいる。「毎日この子たちの世話と仕事でいっぱいいっぱい。二十四時間、頭にあるのは自分以外の人間のことばかりよ」

「お仕事は何を?」自慢したくてしかたない彼女が撒いた餌に、エイドリアンが食いつく。数年前にフェイスブックのページをこっそり見たから、わたしは彼女の職業を知っている。ローレンはブルックリンで心理カウンセラーをしていて〝先生〟と呼ばれている。彼女が誰かの心の中をのぞくのを想像するだけで肌が粟立つ。

「心理カウンセラーよ」ローレンが答える。「患者は主に子どもなの」

子どもという言葉に、わたしは反応する。それはフローラの夢だったはずだ。ローレンはフローラに執着していた。たぶん彼女といると、不思議と自分が特別な存在に感じられたからだろう。フローラだけの特殊な力だった。

「へえ、立派な仕事だ」エイドリアンが言う。「僕も子どもが好きなんだ。だから父親になれる日を楽しみにしてる」お願い、もう黙って。

「近いうちになれるといいわねえ」棘《とげ》がある言い方だ。その子どもの母親には問題があるけどねとでも言いたげだ。職業柄、問題を見つけるのが得意なのだろう。わたしは自分を、そしてわたしたちを弁護しようとするが、ローレンにさえぎられる。「そうだ、忘れるところだった。ね、誰が来てると思う?」

彼女の名前だけは言わないで、と口から出そうになるものの、**彼女**が誰を指すのか自分でもわからない。「誰なの？」

「エラよ。来るのは知ってたんだけど、見たら驚くわよ。とってもきれいなの。それから、なんとジェマは〈グレイズ・アナトミー〉に出演したんだって。すごいと思わない？」

わたしはうなずく。「へえ、すごい」ローレンは楽しいからというだけで、わたしの神経を逆なでしてくる。ジェマは演劇学科を卒業したけれど、わたしはできなかったと知っているから。

ローレンに背を向け、折り畳みテーブルに着いている女性と向き合う。「アンブロージアと、エイドリアン・ターナーです」

「アンブロージアって、素敵な名前ね。ああ、あったあった。ニコルソンホール寮に宿泊、と。カードキーに、ウェルカム・キットに、食事券、それから日程表は変更されてるから気をつけて。名札に名前を書くのを忘れないでね」

「ニコルソンホールのはずがないわ、ホテルに宿泊する予定なので」

テーブルの用紙を再度確認する女性の髪の生え際に皺ができる。「うーん、やっぱり寮に宿泊することになってるけど」

わたしは手のひらをジーンズでぬぐう。「何かの間違いじゃないですか？」

女性が笑う。「あなたのようなめずらしい名前だと、間違いが起きることはそうそうないわ」

エイドリアンはすでにカードキーに手を伸ばしている。「よかったね。ホテルはキャンセルすればいいよ。寮を予約しておいて、そのこと忘れてたんじゃない？」こういうところだ。エイドリアンのだめなところ。寮はもう予約でいっぱいだと言ったとき、わたしが嘘をついていると疑いもしなかった。今わたしに隠し事があるとは夢にも思っていないのと同じように。

「でも――」とわたしは言いかけてやめる。うしろには長い列ができているし、ローレンはまだそこにいて興味深そうにこちらを見ている。「いいわ、行きましょう」

ニコルソンホールは〝C寮の死〟事件の舞台ではない。わたしが二年生のときに住んでいた寮だ。二人部屋ではあったけれど、それぞれの空間が壁で仕切られ、個室になっていたのがありがたかった。ルームメイトのヴェロニカは赤毛で、毎日バンドTシャツ――ジム・モリソンの顔が胸の上で横に伸びていた――を着ていて、みんなを「あんた」と呼んだ。当時の出来事で特に印象に残っていることはないものの、急に何もかもが重荷になってくる。ロビーの隅にでも逃げこもうと、あたりを見渡す。そのとき、心から会いたくなかった人物と目が合った。

フローラ・バニングは何も言わない。上がった口角、陶器のような肌、十年前と同じホワイトブロンドの髪、額の上のカチューシャ。

「変わらないのね」エイドリアンに聞こえないくらい小さな声でつぶやく。

「どうかした、アム？　バッグを取ってきて、荷ほどきをしようか」

喉がからからだ。これは先に視線をそらしたほうが負けのゲームだ。じっとこちらを見つめるフローラに、ついに根負けする。

「うん」と返事をして彼の手を取る。「もうここから出よう」

出口に向かうわたしたちを、いいえ、わたしをフローラは見ている。

10　あのころ

翌日ケヴィンがダートマスに帰ると、ビリーに電話をした。ふたりの物語を正しい形で語りなおしたかった。図書館である男の子に出会い、その子がわたしを美しいと言った物語。ビリーならわかってくれる。

ケヴィンの名前も、フォス・ヒルのあとで起きたことも言わなかった。昨夜遅くサリーと行ったパーティーから帰ってきて、目にしたもののことも。くぐもった笑い声、サラサラ音を立てるシーツ、その下でうごめく塊——絡みあうフローラとケヴィンの体。濡れた髪のようにもつれあうふたりを想像してしまったことも言わなかった。

「それで、その男の子のことどうやって探しだすつもり？」ビリーが尋ねた。「出会ったことには理由があるのよ、もう一度会わなくちゃ」彼女の天真爛漫《らんまん》さが鼻についた。サリーとは正反対だ。

「わからないけど、メールアドレスは知ってる。それに、また偶然会うかも」

顔を上げると、片手にひとつずつマグカップを持ったフローラがドアの前に立っていた。いつもヴィーガン用ココアを飲むために使っている食堂の紙コップではなく、磁器のマグカップだ。片方からは白いマシュマロがエヴェレストのように突きでている。

いつから聞かれていたのかはわからない。フローラは微笑んでいたけれど、彼女が微笑んでいるのはいつものことだった。わたしが携帯電話をおくと、彼女はわたしのベッドに来て座り、マシュマロ入りのマグカップを渡した。

「何、これ？」

「ココアよ。おそろいのマグカップを使いたくて。こっちには**ベスト**、そっちには**フレンド**って書いてある。**ベスト**のほうがよければ、もちろん交換するわ。マシュマロが入ってるほうをあなたに渡しただけ。わたしはゼラチンがだめだから、マシュマロは食べられないの」

「わあ、うれしい」そこまで親しくもないはずだけど。おたがいの姉妹の話をして、彼女は恋人の話をする。彼女がマットのことを訊き、わたしは嘘をつく。ときどき一緒に食事をして、わずか一・五メートル先のベッドで眠る。彼女はわたしの爪にマニキュアを塗り、髪を結う。でもフローラとわたしのあいだには、サリーとわたしのあいだにあるものがなかった。高揚と興奮が。マグカップはプレゼントではなく、束縛するための道具だ。いつも忙しく動くフローラの脳内には〝やることリスト〟があって、彼女はそのなかの**大学時代の親友**の項目にチェックを入れたいだけだ。**なぜわたしなんだろう?** 純粋な好意? それとも別の理由がある?

「昨日は遅くまで出かけてたのね。いつ帰ったのかわからなかった」フローラの頬が鮮やかなピンクに染まった。

「音を立てないように気をつけたの」ココアをひとくち飲んで、口の中を火傷した。わたしの行動を見張るような真似はやめて、と言ったら彼女はどうするだろう。「起こしたくなかったから」ケヴィンとのセックスを聞かれたと気づいただろうか。彼女に恥じらいの表情が浮かぶのをわたしは待った。

「もうケヴィンに会いたくなっちゃった」フローラが枕を背にして壁にもたれると、おだんごにした髪がぐしゃっとつぶれた。「でも、顔を見られて安心した。離れているのはやっぱりつらい。たとえ、わたしたちなら大丈夫だって信じていても。わたしのいないところで何してるのかなって、ときどき不安になるの」

「それが普通よ」とわたしは言った。フローラが**いい子**だから、ケヴィンの良心には装置が埋めこまれているのかもしれない。彼がよからぬことを考えるのを察知するたび、自動的に彼女のもとに帰す装置。わたしはココアに浮かぶ巨大マシュマロを沈めてやりたくなる衝動を抑えた。

「そうかな。わたし、考えすぎね」そう言ってフローラはココアを飲んだ。「会えない時間が長いほど愛が深まるって言うけど、まさにそんな感じ。わかる？」

わからなかったけど、うなずいてみせた。会わないあいだにわたしへの愛を深めた人なんていなかった。高校一年生のとき、わたしが演劇部のサマーキャンプでニューアークに行っているあいだに、当時のボーイフレンド、ウェスリーの心は離れてしまった。行くまえは、荒々しくキスをして、きみがいないと寂しくておかしくなりそうだと言っていたのに。キャンプから帰ったわたしが、クンケルパークで催される夜の映画鑑賞会をすっぽかしてサプライズで彼の家に行くと、彼は玄関から出てこようともせず、僕たち友達に戻るって決めなかったたっけ、と死んだような目で言った。

「ケヴィンはハロウィンにまた来てくれるって」フローラは言った。「何かカップルらしい仮装をしたいな、スカーレット・オハラとレット・バトラーなんていいかも」

わたしはその情報を心のメモに書きとめた。また会うチャンスがあるということだ。

「いいね。ハロウィンのことすっかり忘れてた」

「大好きなイベントなの」フローラはスリッパを履いた。「コスチュームを着て、自分じゃない誰かになるって楽しいじゃない」

その発言は、わたしを一気に苛立たせた。動物だったら背中の毛を逆立てていただろう。フローラはなんでも持っているくせに。ほかの誰かになりたがる図々しさも含めて。

「アムとスローンがハロウィンパーティーに行くなら、連れてってくれない？　ケヴィンを友達に紹介したいの。何よりアムはわたしの親友だし、ね？」

このココアはちょっと甘すぎる。わたしはフローラの親友じゃない。彼女の親友は荷が重すぎる。隣にいると自分が劣っているような気がする友達なんて、一生満たすことのできない基準を押しつけてくる友達なんていらない。

「うん」それでもわたしは弱々しく言った。「そうだね」

ケヴィンにメールするつもりはなかった。彼はフローラが言うような聖人ではないと知っているだけで満足だった。もしそうだったら、メールアドレスを渡したりしなかったはずだし、わたしたちふたりがすでに会ったことをあの場でフローラに話したはず。それ以前に、そもそも出会わなかっただろうし、フォス・ヒルで過ごした時間もなかっただろう。フォス・ヒルでの記憶はどんどん薄れつつあった。

わたしがケヴィンと共有したほんのわずかな現実が消えていく一方で、フローラが彼と過ごした一日は、何度も詳細に語られた。「そうだ、まだアムに話してないことがあった」モーコンにいるとき、フローラは突然思い出したように言った。それから、わたしが何？　と訊くのを待ちもせず、さも重大な事実かのように語りだした。「彼ったら、ベッドのそばにわたしの写真をおいてるんだって。そうすれば眠るまえ、最後に目にするのがわたしの顔になるから」

フローラの言葉が釣り針のように食いこんだ。あなたは独りぼっちなのよ、と言われているみたいだった。無視しようとしたのに、彼女は続けた。

「ケヴィンは夜になると星を眺めてわたしのために願い事をしてくれるの。そうするとわたしとのつながりを感じられるんだって」

もうケヴィンの話はやめてと言ってやりたかった。幸せを絵に描いたような、満面の笑みとほんのり染まった頬を見るのも嫌だった。マットとつきあっていたころのわたしもこんなふうだった。呆れ顔のビリーが冗談めかしてこう言ったのを覚えている。**見てると腹立つんだけど。**

そのせいかもしれない。ケヴィンが帰った日から三日後、パソコンに向かったのは。**美しい**の声は、いまにも消えそうな残響でしかなくなっていた。こうなったら、フローラがしつこく聞かせてくるつながりとやらを、穴が開くまでつついてやる。彼女が言ったことで、気になったことがある。**わたしのいないところで何してるのかなって、ときどき不安**

になるの。そう、不安になってしかるべきだ。フローラのように見境なく人を信じるのは、無責任な人間のすることだ。

〝努力しなくても賢くて、かつ親しみやすいわたし〟を演出するため、ウィキペディアのジョン・ダンのページを利用した。**こんにちは、アムです。このあいだはアドバイスをくれてありがとう。おかげでレポートの評価はAだった！** ところどころでジョン・ダンの詩に言及した。ケヴィンはこういう気の利いた文章が好きなはず。送信をクリックした。

返事が来るまで二日かかった。その二日間、隙あらばメールをチェックした。bigmac10から何か届いていないか、気になって気になってしかたがなかった。金曜の夜、サリーとジェマとサマーフィールズ食堂で食事をして帰ってくると、それは来ていた。**やあ、アム。先日は会えてよかった。ＪＤは僕の専門だからね。きみなら最高のレポートを書けたはずだ。読まなくてもわかる、きみはめちゃくちゃ頭がいいから。**

フローラにはひとことも触れられていなかった。でも、**めちゃくちゃ頭がいい**わたしに気がある様子は、メールからは読み取れなかった。

返信をしないという選択肢もあった。けれども賭けを始めてしまった以上、彼がどこまで行けるのか、パソコンのスクリーン越しにどれだけ本性を見せてくれるのか、知りたかった。

次のメールには共通のお友達ジョン・ダンのことは書かずに、脚本入門クラスのつぶらな瞳のオグデン教授について愚痴った。女優になりたいことも書いた。これは実験だった。お返しに彼が何をくれるかを確かめるための。サリーの男の子との接し方をさんざん見てきたので、どうすればいいかはわかっていた。彼女にとって、彼らは取引の相手だった。与えるのは少しだけ──寄り添って、ジョークに笑ってやり、ブラジャーのストラップを片方だけ、むき出しの二の腕にずり落とす。それだけで大きな利益を得た。サリーにとって利益がコストを下まわるのはありえなかった。

今度の返事はすぐに来た。わたしはキーボードの上に身を乗りだすケヴィンを想像した。彼がいるベッドは狭すぎた。彼自身の子どもっぽさに占領されていたから。

嫌な先生っているんだよな。きみの先生は特にろくでもないやつみたいだ。ところで演劇専攻ってどんな感じ？　すごくおもしろそう。きみが女優になった姿、想像できるよ──見た目がそれっぽいもん。僕はロースクールに進む予定だけど、せっかくの人生、もっとおもしろいことをやりたいと思ってる。両親は賛成しないだろうけど。学費やら何やらを出してるのは両親だからねｗｗｗ

最後のｗｗｗは見なかったことにした。わたしは文章とも呼べない文章や略語など、ネット特有の書き方が苦手だった。ペニントンの自宅のベッド下に、父方の祖父が従軍中に祖母に向けて書いた手紙の箱がある。緊迫した状況や生と死が、生真面目な文字で綴られていた。手紙の中で祖父は、祖母を**愛しい人**と呼んだ。わたしが**www**に目をつむることにしたのは、彼が正直な気持ちを見せてくれたからだ。フローラが彼の気持ちのはけ口になれるかどうかは怪しいものだ。彼女は巨大な天使の羽で彼を囲いこみ、そこに負の要素が入ることを許さない。

　わたしはより大胆に出ることにした。**わたしもこの大学に入るために両親を説得しないといけなかった。でも、欲しいものはあきらめずに追いかけるべきだって気づいた。いずれ必ず手に入れるわ。**

　やりすぎた、と送信してから思った。これでは、彼が越えるつもりのない一線のこちら側から手招きしているのが丸わかりだ。

　ところが、返事はまたすぐに来た。金曜の夜なのに遊びに出かけないんだろうか？　エクレクティックでやるコンサートにいこうとサリーと約束していたけれど、急に部屋を出るのがおっくうになった。行ったってどうせケヴィンほどわたしに関心を持ってくれる人はいない。最後に男の子がきちんと話を聞いてくれたのは、もうずっとまえのことだった。

　ちょっと待って、もしかしてきみ、末っ子じゃない？　末っ子ってどんな手を使っても欲しいものを手に入れようとするんだよね。僕も例外じゃないよ(^_-)

彼、わたしに気があるんだ、絶対にそう。授業で使っているノートを急いで取り出し、箇条書きにした――**末っ子。ロースクールに進む予定。トニっていう二歳上の姉がいる。形のいい鼻と理系の頭脳は姉が持っていっちゃって、わたしには残らなかった。**

欠点を認める発言にはリスクがあった。送信したあとに撤回したくなったものの、彼のまえでは別の女の子になればいいと思い直した。容姿を気にしすぎてちょっと不安定な女の子。自分ではない人格が必要だった。

そんなに自分を悪く言わないで。きみの鼻もきれいだよ。ていうか、きみはすごくきれいだよ

口の中に溜まった唾でむせそうになった。彼は今この瞬間、わたしを思い出している。ひょっとすると片手をパンツの中に寄り道させているかも。主導権はわたしにあった。

機知に富んでいて、自信があって、しっかりしていて、それなのに自分を卑下するところもあって――と次の返信を考えていると、フローラが割りこんできた。携帯電話を手にした彼女は、ケヴィンを相手にするときしか出てこない、甘ったるい笑い声を上げた。

「そう、昼食はアダムと一緒だったのね」と言いながらわたしを見て、ごめんね、というように微笑んだ。電話していたことに気づかなかった。ケヴィンはいつからわたしたちの両方と同時に会話していたんだろう。フローラは、彼が誰と食事をして、今どこにいるのか尋問中だ。

次のメールでは正直に弱みを見せることにした。フローラがこんなふうに恐れを打ち明けるところは想像できなかった。

ときどき自分じゃない誰かになることを期待されてるって感じるの。わたし自身がどんな人間か、気にする人はひとりもいない。同じような悩みを持った人にも出会ったことがない。もしかしてあなたは、わたしと同じように感じてるのかな？　あなたが人生でほんとうに成しとげたいことは何か、聞かせて。

もし彼がフローラとの電話中に返信をくれたら、それは何かを意味するはずだ。わたしより優《すぐ》れて生まれてきた女の子に勝ちたい。けれども、返信を待てば待つほど自分が愚かに思えてきた。ひとりでおとぎ話を夢見ているだけなのかもしれない。わらの小屋を建てる材料すらないのに、立派なお城を建てようとしているのかも。

そのとき届いたメールを読んで、待っていてよかったと思った。

よくある話さ。父は、兄のトーマスと僕に、自分のようになってほしいんだ。つまり、弁護士になって、大金を稼いで、大きな家を建てて、それぞれ子どもをふたり持ってほしいってこと。兄はお金持ちになりたいから異論はないらしい。僕はただ自分を理解してく

れる人が欲しい。秘密にしてくれる？　実は文章や詩を書くことのほうが好きなんだ。物書きになりたいと思うこともあるけど、それはだめだって自分に言い聞かせてる。

体のスイッチが入り、音を立てて稼働しはじめた。秘密の共有よりも挑戦に近かった。ケヴィンは空高く放り投げたボールに、わたしがどう対処するか見ているのだ。今度はより慎重に言葉を選んだ。

絶対にやるべきよ。なぜためらう必要があるの？　あいた時間に書きはじめてみたら？　あなたはすごい才能を持ってると思う。

ｗｗｗ　きみはやさしすぎるよ。もうひとつの問題は何を書くべきかわからないってこと。僕の人生って同じところをまわりつづける歯車みたいなんだ。それが嫌で逃げだしたくなるけど、どうすればいいかわからない

彼は理解されたがっていた。ありのままの自分を見てほしがっていた。彼なら、ありのままのわたしを見てくれる――いつの間にかそう感じはじめていた。少なくとも彼にとって自分は透明人間ではないと知って、何より慰められた。

ええ、わかる。おかしなことを言うって思われるかもしれないけど、わたしたちはおたがいをわかりあえる気がする。逃げだしたいときはいつでも連絡して。

そこでメールが途絶えた。わたしは爪をかじった。痛みを感じるまで、爪の下からスポ

ンジ状の組織が痛々しい赤の栄光として現れるまで、獰猛《どうもう》な野獣のように噛みつづけた。

フローラの電話はまだ続いていた。絶え間なく続く単調なおしゃべりと、ときどき起こるくすくす笑いを、わたしは暗闇の中ベッドに座って聞いていた。怒りがお腹の中で巨大な熱い玉になった。世界は自分に借りがあるからケヴィンを手に入れられて当然だと、フローラは思っている。そんなふうに考える女は、ケヴィンにふさわしくない。

十回以上受信箱を更新してようやく新規メールが来たとき、焦るあまりパソコンを落としそうになった。その返信は、わたしが求めていた確証だった。**出会ったときの僕の直感は正しかった。きみの特別だ。僕たち、支えあえると思う。だけど、今はこの関係をふたりだけの秘密にしておこう、いいね？　ほかの人にはきっと理解できないから。**
きみの特別だ。誤字には目をつむろう。早く正直な気持ちを伝えたくて、急いでタイプしたのだろうからしかたがない。後半部分が何を意味するかは明らかだった。フローラに隠しておきたいのだ。ぞくぞくした。ふたりだけの秘密。

時計を見て、パソコンを閉じ、まだ電話中のフローラにひらひらと手を振った。サリーの部屋のドアをノックすると、彼女は音楽に負けないくらいの大声で「どうぞ」と言った。

「遅かったじゃない」ノーブラにタンクトップ姿のサリーが、ベッドに腰かけて脚を組んでいた。

「ごめん、先に課題を終わらせちゃいたくて」わたしはそう言ってドアを閉めた。

「あっそ」サリーはわたしをじろじろ見た。「その髪どうしたの？　たった今ヤッてきましたって感じだけど」

わたしは首を振った。「まさか。整える時間がなかっただけ」おもしろがっているのか、気分を害しているのか、彼女の表情からは読み取れなかった。

「今日のアム、なんか変」そのあとのコンサートでバンドが演奏するロックに合わせて飛び跳ねながら、サリーは叫んだ。体がぶつかりあうほど、会場は人でいっぱいだった。男の子の一団がかわるがわる、わたしたちを眺めては指さしていた。まるで珍獣でも見るみたいに。彼らが見ているのはわたしそのものではなく、汗で光る肌だけだ。

「わかってる」わたしは言った。「ごめんね。気にかかることがいくつもあって」

「まさか男じゃないよね？」サリーは無表情で言い、わたしの手首をつかんだ。「男のせいで何もかも台なしにするなんてありえない」

「違うって」ケヴィンのことを話す心の準備はできていなかった。彼女が言った大げさな**何もかも**に戸惑ってもいた。それは彼女が思いがけず見せた弱さで、わたしが安心して立っていられる足場をついに確保できたことを示していた。

「ならいいけど」頬をわたしの肩にのせ、サリーは言った。

そのときは考えなかった。わたしたちの存在が彼女の巧みに隠された恐怖心の上に成り立っていることの危うさを。失うものがなかった彼女が、わたしを失うのを恐れるようになったことの危うさを。

11 現在

宛先 〝アンブロージア・ウェリントン〟 a.wellington@wesleyan.edu
差出人 〝同窓会実行委員会〟 reunion.classof2007@gmail.com
件名 二〇〇七年卒業生同窓会

アンブロージア・ウェリントン様

大学に戻ったからには、祝宴を始めるのはやっぱり寮ですよね。あのころのどんちゃん騒ぎを覚えていますか？ 誰もが、少し羽目をはずしすぎていましたね。今でも、あとさき考えずに盛りあがれる人はいるでしょうか？ 確かめてみましょう！

同窓会実行委員会

わたしたちはニコルソンホール寮一階の、ふたつの個室からなる二人部屋をあてがわれた。二年生のときヴェロニカとシェアしていた部屋と同じ造りだ。ハドリーとヘザーがどの寮に宿泊するのか尋ねるメッセージを送ったものの、返信はない。

部屋に入るやいなや、エイドリアンはわたしをドアに押しつける。目を開けたままキスを返していると、奥の個室のドアが開いていることに気がつく。

夫の肩をなでて腕の中から抜けだし、ドアをそっと押す。ベッドのそばに白と黒のチェック柄のスーツケースがある。誰かがすでに来ていて、その誰かもこの部屋に泊まるということだ。

エイドリアンものぞきにくる。「ルームメイトがいるみたいだね」

「わたしたち夫婦だけだと思ってたんだけど」とわたしはつぶやく。こうなることは予想すべきだった。熱くほてると同時に冷や汗が出る。振り返ってエイドリアンの顔を見る。

「急に気分が悪くなってきた。家に帰ったほうがいいかも」

彼はわたしの頭頂に唇をつける。「緊張してるだけだろ。大丈夫、きみは魅力的だから」彼の唇がわたしの首筋を降りてくる。「帰るなんて無理だよ、まだ始まってもないのに」

おっしゃるとおりと心の中でだけつぶやく。

そのとき、ガチャと音がして廊下へのドアが開き、彼女が現れる。わたしが記憶しているままのサリーが。

あのころと同じロングヘア、十代の少女のようにがりがりの体、濃い色のジーンズにタンクトップ。特徴的な太く吊りあがった眉と、絶えず薄ら笑いが浮かぶ唇も健在だ。ずうずうしくも、目を見開きショックを受けた表情をしている。わたしたちが相部屋だったことに、彼女も驚いているとでもいうつもりだろうか。サリーはドアの枠に寄りかかり、アンクルブーツで床をこする。

「じゃあ、あれを送ってきたのはアムなんだ」彼女がしゃべるのを聞いて嫌な気持ちになる。忘れていた――サリーの声には、聞いた者を魔法のように惹きつける力があるんだった。

少し間をあけて、ようやく彼女の言ったことを理解する。「いいえ、わたしじゃ――」と言いかけて言葉を切る。隣にいるエイドリアンが、いまかいまかと握手の機会をうかがっているのだ。

「送ったって何を？　やあ、エイドリアンです、アムの夫の」

サリーの口角が上がり、メガワット級に明るい笑顔を作る。「サリーよ。はじめまして。

アムは何も送ってなんかないわ、ただの内輪のジョーク」

「ということは、ふたりは友達？」

「そうとも言える」サリーが言う。「同じ寮だったの。一年生のとき」

「ルームメイトだった？」

「そうだったらよかったけど」わたしが何か言うまえにサリーが答える。「わたしたち、いつも一緒だったから」

「へえ。その話もっと聞きたいな」

サリーは素早くわたしを見る。彼女が考えていることならわかる。**悪い子。彼に何も話してないんだ。**

「これからいくらでも聞けるわ」軽快で、気をひくような話し方。そうだった、**これがサリーだ。**「週末は始まったばかりじゃない。わたしたちが巻きこまれたトラブルの話をする時間はたっぷりある」

エイドリアンが、ほかの学生のレポートを書いて小遣い稼ぎをしていた、大学一年目のルームメイトの話を始める。わたしも聞いたことがある話だ。わたしはサリーを、彼女の顔の輪郭を、じっと見つめる。怖いというより、どうしようもなく悲しい。彼女とはたくさんの思い出を共有するはずだった。卒業式でガウンを着て写真を撮り、ロサンジェルスに引っ越し、オーディションを受け、そろってアカデミー賞授賞式に出席する――そのすべてが過去の思い出ではなく叶わなかった夢となってしまった。

「ねえ、エイドリアン、充電器を車においてきちゃったみたい。取ってきてくれる？ 駐車場はちょうどこの部屋の裏あたりよ」

「ああ、いいよ。積もる話でもしてて」彼はキャップをかぶり、車のキーをじゃらじゃらいわせて出ていく。彼と離れたくない気持ちはあるけれど――しっかり首輪とリードでつないでおかなくちゃいけないから――、いつわたしの過去に触れてしまうかわからないこの部屋にいるほうが、今は危険だ。

サリーがドアを閉めてもたれかかる。それからバッグに手を入れ口紅を取り出す。「もし何も知らなかったら、アムはふたりきりになりたいんだって思うところよ」

あのころと同じ声のトーン。真剣でいるべきときも決してそうは聞こえない、からかうような話し方。焼けつくような視線。おかしなことに、サリーの手の内は知っているにもかかわらず、また例の魔法にかかりかけている自分に気がつく。

「これ、受け取ったわ」わたしはバッグから封筒を取り出し、カードを引き抜く。「〝**あなたも来て。あの夜わたしたちがしたことについて話がしたい**〟いったい何を話すっていうの？ あのことに対するあなたの意見なら、もうはっきり聞いたけど」

サリーは自分の部屋に行き、スーツケースの中身を引っかきまわし、封筒を手にして戻ってくる。「わたしが送ったんだとしたら、これはどう説明する？」封筒をわたしの手に押しつける。わたしは見なくてもわかるカードの中身を一応確認する。

カリグラフィでスローン・サリヴァンと書かれた宛先以外はまったく同じだ。住所に目をやる――マンハッタン。鼓動が速くなる。彼女はずっと近くにいたのだ――何度も道ですれ違ったかもしれない。

「わたしが書いたんじゃない」とわたしは言う。

「わたしでもない」

どちらが先に視線をほどいて攻撃を開始するのかうかがいながらにらみあう。結局わたしが態度を軟化させる。「あのときほかには誰もいなかった」

サリーが鋭く乾いた笑い声を上げる。「みんないたじゃない、冗談はやめて。あそこにいた女子の半分は、あなたが彼とバスルームに入るところを目撃した。あとの半分はそれをわたしだと思ったみたいだけど」

「でももう昔のことよ。誰がいまさらこんなものを？」

彼女は肩をすくめる。すっきりした顎のライン、華奢な首。「何者かはわからないけど、送り主はわたしたちを相部屋にしたかった。同窓会はいい口実だったんじゃないの」

わたしは首を振る。「ほんとうに来るかどうかも定かじゃないのに」

「おたがいのためにきっと来るって知ってたからよ」古い皮膚を剝がすようにわたしを捨てた人とは思えない台詞だ。

「目的は？」わたしはジーンズをはいた自分の脚を見つめる。めまいがする。サリーは正しい、あの場にはみんないた。わたしたちは十分に注意を払わなかった。

知っている人物がいるのだ。あのときからずっと知っている人物が。

「そんなの決まってる」とサリーは言う。「真実を知るためでしょ」

12　あのころ

その週末はずっとケヴィンとメールをした。会話のようにテンポよく、人生を語りあった。実験として始めたはずが――少なくとも自分にはそう言い聞かせていた――すっかりはまってしまっていた。ケヴィンは二百キロ以上も離れた場所にいるのに、彼との関係はキャンパスにいる男の子たちとの関係より現実味があった。

ケヴィンは十代になってから、ぽっちゃりした体型に悩みはじめた。それがフットボールチームに入るためのテストをきっかけに変貌をとげたらしい。のちにどんな魅力を持つことになるか気づいていない、うぶな少年時代の彼を想像するのは楽しかった。今書いている小説をいつか読んでくれないかってきみに訊きたくて早く目が覚めたんだ、と彼は言った。

きみなら正直に感想を言ってくれそう。ユーモアのセンスも抜群だし。魅力的でおもしろくて、しかも頭がいい女の子は存在しない、なんて言ったやつがいたけど、きみに会っ

たことがないからだね(^‿-)

マットの件で徹底的に傷ついたわたしの自尊心に、ケヴィンがそっとカバーをかけて、回復をうながしてくれるみたいだった。わたしは彼に、将来やってみたい役柄を教えた。男性に人気があって、国民の恋人と呼ばれる不器用な愛されキャラではなくて、生々しく醜い部分をさらけ出すような役をやりたい。役柄によって頭を剃りあげたり、痩せたり太ったりする俳優になりたい。カメレオンと呼ばれるような。

きみなら名優になれるよ。ただし、有名な映画スターになっても僕を忘れないで。彼はいつも〝きみ《you》〟を正しく綴らないでUと省略するけど、それも許した。彼は鏡を見せてくれていた。欠点を指摘するのではなく、いいところだけ強調して映してくれる鏡。

わたしは受信箱のKMと名づけたフォルダに彼とのメールを保存し、毎日それを開いては一から読み返した。そのたび、もう何百通もやりとりした気がするのに、実際は数えられる程度でしかないことに驚いた。

わたしたちがまだ話題にしていないことがあった。フローラだ。彼女のことを書いて、ケヴィンの反応を見てみたい気もした。この話題はたぶん水門のようなもので、一度決壊したら最後、ケヴィンもわたしも際限なくフローラの欠点をあげつらいはじめるだろう。本人は隠してるつもりでも、わたしのやることを非難してるのは明らかなのよね、とわたしが言えば、正直フローラと離れてると解放された気分になる、と彼は言うだろう。

　ふた晩続けて、ケヴィンはフローラとの電話とわたしとのメールを同時進行した。馬鹿にされていると感じてもおかしくなかったのに、まったく逆の気分だった。女の子同士の競争はヒマワリのそれに似ている。母の庭のヒマワリは、ひとつもまともに育たなかった。あまりに密集して植えられたヒマワリたちは、競うようにたったひとつの太陽を追い、緑の首を絞めあって、黄色い顔をぱんぱんにむくませた。フローラがしおれていく一方で、わたしは大輪の花を咲かせようとしていた。

　ある質問が届いたとき、わたしの体はガタゴトと稼働音を立てだした。**なぜ誰ともつきあわないの？**

　高校のとき彼氏に浮気されて、と急いでタイプした。**男性を信じられないの。**送信するかどうか、最後まで迷った。彼の目に映る自分の価値を下げたくなかった。ケヴィンの目を通したアムの存在が必要だった。

　彼の返信に思わず涙がこみ上げた。**アム、その男は大馬鹿野郎だ。きみは本気でめちゃくちゃ素敵な子なのに、それに気がつかないなんて、きみとつきあう資格はない。きみはそんなくだらない相手で満足しちゃいけないんだ。**

　月曜日、男の子とメールしてる、とだけビリーに知らせた。サリーがくるくると入れ替わる遊び相手をそう呼ぶように、わたしもケヴィンをバディと呼んだ。サリーのお相手のぼさぼさ髪の男の子たちは、彼女がありもしない絆を認めてくれるのを期待して、しょっちゅうバターフィールド寮C棟にやってきた。わたしのことはひとくち味見をするだけで満足する男たちが、サリーのことはしつこく求めつづけた。だけど、そんなこともうどうだっていい。わたしはケヴィンにとって意味のある女なんだから。

「彼に会わなきゃ」とビリーは言った。「メールもいいけど、直接話したくならない？ キャンパスでばったり会うこともないなんて信じられない」

「大きい大学だから」とわたしは言った。実際はそうでもないのだが、彼がダートマスの学生だとは言いたくなかった。もちろん洗いざらいぶちまけてしまいたい気持ちもあった。ケヴィンに彼女がいると知ったらビリーは慎重になるだろうけれど、わたしが好きになれる人を見つけたことは喜んでくれるだろう。結局わたしは沈黙を選んだ。ケヴィンもマットと同じただの浮気者だと言われてしまうのではないかと、不安だったからだ。

「そっか。でもいつか、どっちかが返信しなくなったらどうする？ メールって簡単に無視できちゃうし。わたしだったら、彼に忘れられないように行動を起こすけどな」

そう言われると、のめりこむのが早すぎた気がしてきた。この関係が発展するわけない、だって彼はフローラの恋人なんだから。それでも、彼との絆は本物だと感じたし、あきらめるなんて想像するのも耐えられない。このラブストーリーはきっと、簡単にはハッピーエンドにならない筋書きなのだ。

「もうちょっと様子を見てみる」とビリーに言った。「ビリーの言うとおりかも」

その夜ケヴィンから来たメールは、何かのサインに見えた。**僕のことこんなに理解してくれるなんてすごいよ。きみがここにいたらもっと仲よくなれたのに。うちの大学の演劇専攻じゃないのが残念だ。**ここで引き返すのか、始めたことを最後までやりとげるのか、決めるなら今だった。

何度も同じ言葉を書いては消し、書いては消して、ようやく納得のいくものができた。それは彼が答えなければならない問いかけを含んでいた。**実際それほど遠くはないよね。いつか遊びにいこうかな。**

返信を待っていたけど来なかった。寝てしまったはずはない――フローラがまだ電話をしているから。緊張と苛立ちで身もだえした。あの子、いったい何をそんなに話すことがあるわけ？

きっと時間をかけて完璧な文面を練っているんだ、と思うことにした。フローラがようやく電話を切った。あとはただ待っていればいいだけだ。時間が過ぎれば過ぎるほど、彼は何か特別なことを言うつもりなんだという気がした。

「映画でも観ない？」フローラがスリッパに手を伸ばしながら言った。「今夜はアムが出かけないで部屋にいてくれてうれしい」

言いたいことが山ほどあった。わたしはフローラの爪を凝視した。少しくすんだピンクに白の水玉模様。

「課題がたくさんあるの。また今度にしよ」

そのあと百回はメールの受信箱を更新した。こわばった指をキーボードにのせ、執拗にクリックを繰り返した。ケヴィンよりもそんな自分に腹が立った——なんでわたしは、ほかにも男がたくさんいるなかで、よりによって彼に執着してるの？

翌朝目が覚めると、パソコンは恋人にないがしろにされたみたいに、わたしの背中と壁のあいだにあった。アドレナリンが急上昇し、びっくりマークよろしく飛び上がった。彼のメールがわたしを待っているかも。

待っていなかった。

最後のメールから三日経つころには、もうおかしくなりそうだった。フローラとケヴィンの電話は続いていた。毎晩、勉強しようとするわたしの背景に、彼女のおしゃべりがバックミュージックとなって流れた。電話の向こうのケヴィンに、もうきみとはつきあえないと宣言されたフローラは、驚きのあまり声も出なくなる。そんな空想をわたしは何度も脳内で再生した。

そんなとき、サリーにクララの部屋のパーティーに引きずり出された。参加者全員がウォッカを飲み、マリファナを吸った。サリーはくるくるとダンスをしながら、飽きたから次のパーティーに行こうとわたしを誘った。ベータに住んでるラクロス部の男子ってサイテー、と言いながらも彼女は何度も彼らのもとに戻った。たぶんサリーも、わたしやほかの女の子たちと同じくらい、自分の価値を証明したかったのだろう。

「今夜は誰と寝る？」サリーがわたしに訊いた。「ジョーダンは？　あいつ、アムのおっぱいが好みだって言ってた」

確かに彼はそう言っていた。わたしがブラをはずした直後、酔いがまわってぶっ倒れるまえに。わたしの本質を見ようとしない男のひとりだった。

「疲れちゃった。今夜はもう帰る」そう言ったとたん、ほんとうに疲れがどっと押し寄せた。ウェズリアンに来てまだ二カ月も経っていないのに、もう何年も経ったみたいだ。

ノーと言われることに慣れていないサリーは、わたしをにらんだ。

「本気？　わたしをおいていくつもり？　あと一時間はここにいようよ」そう言って、爪をわたしの腕に食いこませた。

「でも——なんていうか、今はパーティーの気分じゃなくて」

ケヴィンのことを話したいけど、それはできない。サリーにとって男の子は、下着並みに頻繁に取り換えるアクセサリーでしかないから、理解してもらえないだろう。

「そうね」とサリーがうなずきながら言ったので、わたしはつかの間安堵した。「このパーティーつまんないもん。完全にクレイジーなことがしたいな。3Pってしたことある？」

わたしはぽかんと口を開けた。「ない。サリーはあるの？」

「もちろん」彼女は親指でわたしの唇をなぞった。「イヴィと適当な男と。まず、うんとエクスタシーをやってから。大したことじゃないって」そう言って天井を見上げ、チョーカーのずれを直した。「イヴィにアムのこと話したら、あの子、嫉妬してるみたいだった」

これは鞭だ。歩調を合わさせ、賭け金は吊り上がるばかりだと教えこむために、振り下ろされる鞭。サリーはわたしじゃなくてイヴィがここにいればよかったと思っているのだろう。

「今夜は無理。ごめんね」

彼女はようやくわたしの腕から手を離し、肩にかかる髪を払いのけた。「あっそう。じゃ、ほんとにわたしと仲よくしたい子を見つけるわ」冷たい声だった。

「わたしだってサリーと仲よくしたいって、知ってるでしょ。中間試験のストレスのせい。かわりに明日何かしようよ」と言いながら、わたしたちが何をするか決めるのはいつもサリーだと気がついた。

「どうかな」サリーは静かに言うと、行ってしまった。

わたしは彼女をベータ寮に残し、目立たないようバターフィールド寮C棟に向かった。喧嘩というほどではないにしても、間違いを犯したこととと、そこにあると認識していなかった線を踏みにじってしまったことは確かだった。一歩進むごとに、きびすを返したくなる衝動と闘わなければならなかった。

部屋に戻ると、フローラはまだ起きていた。フリースのパジャマを着て、ベッドの上であぐらをかいている。「アム、信じられないと思うんだけど……」と彼女は震える声で言った。

来た来た、きっとケヴィンに捨てられたんだ。それで、現実を直視できないでいるんだろう。悲しみや怒りの感情はフローラの許容範囲外だから。

「どうしたの？」息が苦しくなるほどドキドキして、メールをチェックしたくてたまらなかった。

「ケヴィンがわたしの小説を書いてくれたの」

お腹にパンチをくらったどころか、内臓を根こそぎ持っていかれたくらいの衝撃だった。

「ずっと書くことが好きだったんだけど、誰にも言ったことがなかったらしいの。それで、今日のメールで教えてくれた、これまでは創造性を押し殺すばかりだったけど、もう怖がるのはやめて、心の中にあるものを文章にすることにしたって。こんなにロマンチックなことってある？　それで、今書いてる途中の短篇を送ってくれた。わたしたちふたりの物語だから、わたしに読んでほしいんだって。はっきり言われたわけじゃないけど、お話に出てくるクラリッサっていう女の子が、完全にわたしなの。もう、幸せすぎて死にそう」

ほんとうに死んじゃえばいいのに。そんなに都合よくいくわけないか。ひどい考えが頭をかすめた。わたしは興味がある顔をしようと努力した。

「読んでみたら、実際すごくよく書けてたわ。特にわたしがモデルのヒロインの描写！　彼の愛はどこまでも深いんだなって思っちゃった」

　フローラの華奢な首に両手をかけて、**どこまでも**絞めてやりたい。

「作家になりたいこと、今まで隠してたなんて信じられない。けど、ほかには誰も知らないの。最初にわたしに話してくれたことに意味があるわよね」

　彼女に向かって叫びたくなるのを、体中の細胞を総動員してなんとかこらえた。彼が最初に話したのはあんたじゃない、**わたし**よ！

「書こうと思ったきっかけはなんだったの?」何か言わなければならない気がして、こう尋ねた。

フローラは爪を見つめた。小さなピンクのハートが、ひとつひとつの爪に丁寧に描かれている。彼女の我慢強さは度を超えている。寝るときですら爪を保護する手袋を欠かさない。手袋はベッド脇のサイドテーブルという特別な場所に鎮座している。普通は携帯電話やコンドームの箱をおくところだ。

「ようやく自分自身に問いかける気になったらしいの、なぜためらう必要があるのかって。そしたら、やらないことに納得できる答えが見つからなかったんだって」

なぜためらう必要があるの? そう問いかけたのは彼自身ではなくて、わたしだ。

そのときひらめいた。クラリッサはフローラじゃないかもしれない。クラリッサは**わたし**なんだ。

「すごいじゃない」とわたしは言った。すっかり理解できた。ケヴィンは初めから、わたしを最初の読者にするつもりじゃなかった——まだ知り合ったばかりだし、重荷になるかもしれないから。フローラに送ったのは、創作活動を初めて披露する相手に、決して批判しなさそうな彼女がうってつけだから。

「ココア飲む?」フローラが言った。「アムがこんなに早く帰ってくるとは思わなかった。

スローンと何かあった?」

フレンドのマグカップでヴィーガンココアを飲むのも、爪にちっちゃなハートをつけるのもまっぴらだ。それよりも、彼女のいい子ちゃんの皮をかさぶたのように剝いでやりたい。その下には残忍さが隠されているはずだから。

「何もない、大丈夫」わたしはベッドに腰かけてパソコンに手を伸ばした。わたしにはどんなメールが来ているのか確かめないと。新着メールがないのを見たとき、パソコンを壁に投げつけたくなった。「いつか読んでみたいな。ラブストーリー大好きなの」ケヴィンの言葉が欲しくて、禁断症状のように体が震えた。

フローラの答えは予想外のものだった。腕を組んで、フリースを着た盾になったのだ。「うーん、なんていうか、もうしばらくひとりじめしたいの。それに、彼の作品を勝手にほかの人に見せていいかわからないし」

「確かにそうよね」**わたしはほかの人なんかじゃない。クラリッサよ。**やっぱりそうだ。フローラもわたしたちと同じでシェアすることを知らないのだ。

奇跡を祈りながら、最後にもう一度更新をクリックした。そして見つけた。わたしの人生を変えることになるメールを。

そうだね、もしきみがいつか遊びにきてくれたら楽しいだろうな(^-^)

思わず顔がほころんだ。いつものメールとは違う。いつものおやすみ、アムとは違う。
これは招待状だ。

13 現在

宛先　〝アンブロージア・ウェリントン〟　a.wellington@wesleyan.edu
差出人　〝同窓会実行委員会〟　reunion.classof2007@gmail.com
件名　二〇〇七年卒業生同窓会

アンブロージア・ウェリントン様

ラッセルハウスの芝生にて、ピクニック形式のランチとゲームをおこないます。この週末の最初の公式イベントですので、お腹をすかせてお越しください。とっておきの思い出話も忘れずにご用意を。誰もがひとつはそういう思い出を持っているものです。ためらわずシェアしてください！

サリーはバルコニーに立ち、ヴァイン通りとこの部屋を隔てる木立を眺めている。「あの子たちを見た?」

「まだ。ローレンだけ。彼女太ったわね」意地悪な台詞だが、わたしが意地悪じゃなかったことなどないのかもしれない。サリーは毒を抽出するようにそれをわたしから引きだす。

彼女は声を上げて笑い、煙草に火をつける。「大学のころも太ってたけどね。ううん、そうじゃなくて、あの子たちっていうのは今年卒業する子たち。すごく幼く見えた。信じられない、わたしたちもあんな感じだったなんて」

〝わたしたち〟という言い方には違和感がある。卒業のころには、友情が終わってからずいぶん経っていたから。

「カードを送ってきたのはサリーだって確信してたのに」とわたしは言う。「あなたでもわたしでもないとすると、もうひとり可能性のある人物がいる。フェルティよ」

サリーは煙草を指で軽く叩く。「フェルティ。事件の解決に本気だったからね。あの人まだ警察にいると思う?」

「ええ、まだミドルタウンの警察署にいる。数年前に警部に昇進した」

「非情な刑事ぶってたわりに、大きなテディベアみたいだった」

わたしは首を振る。そよ風が髪を揺らす。フェルティには抱きしめたくなる要素なんかこれっぽっちもなかった。「わたし、嫌われてたから。いまにも嚙みつかれそうだった」

フェルティをグーグルで検索して以来、彼がわたしを捕まえにくる悪夢を繰り返し見るようになった。目が覚めると、決まって全身が硬直し、死体のように両腕が体の脇にぴったりついている。汗はかいていないし、シーツの上でもがいた跡もない。ただ身動きひとつ取れないでいる。もしほんとうに彼が逮捕しにきたら、わたしはこんなふうに戦意を喪失してしまうのだろうか。

「嫌ってたんじゃないでしょ」サリーは言う。「セックスしたかっただけだって」

「あなたに言わせれば、男はみんなわたしとセックスしたがってたもんね」

「ほとんどの男はそうだった」彼女はわたしを見つめ返す。「アムは一緒にいるとすごく楽しい子だってこと思い出した」目をそらさなければ――いますぐ――なのに彼女の緑のガラス玉のような瞳に映る自分の姿に釘づけになる。

ドアをノックする音がして、エイドリアンだとわかっているのに、わたしとサリーは飛びあがる。手と手が触れたほんの一瞬、わたしたちは十八歳に戻る。

「充電器なかったよ。バッグに入ってない?」わたしがドアを開けると、エイドリアンはそう言いながら部屋に入ってくる。「モンティから連絡があった。ピクニックに行くって。僕たちもそろそろ向かったほうがいい」

　突然この部屋から逃げだしたくなる。サリーからも、彼女の引力からも、暗雲のように忍び寄る脅威からも。ハドリーとヘザーは安全圏だ。ふたりが知っているのはサリーが去ってからのわたしと今のわたしだけだ。

「一緒に行くわ」と言い、サリーはわたしの背中に手をおく。「お腹すいちゃった。それに歩きながら、もうちょっと話したいし」

「そうね」話すことなんかない。共通の話題といえばあのカードだけ。二枚の紙切れが、わたしたちをふたたび結びつけたのだ。

「いいね」エイドリアンが言う。「何か昔のおもしろいエピソードがあるでしょ？　アムがどんな大学生だったか聞かせてよ」


　ラッセルハウスに向かうあいだ、エイドリアンが会話の主導権を握り、わたしたちは沈黙に陥らずにすんだ。彼はティーンエイジャーのころのわたしのことを根掘り葉掘り聞きたがり、サリーには話せることがたくさんあるはずだけれど、真実はばらさないでおいてくれた。「わたしについてこられたのはアムだけだった。最高の友達だったのよ」

あのころだったら、サリーがこう言うのを聞くためになんだってしただろう。サリーは普通の人がするような愛情表現をしなかった。**ベスト**のマグカップも**フレンド**のマグカップもくれなかったし、言葉にすることももちろんなかった。

ニコルソンホールからラッセルハウスに行くためには、ジャクソンフィールド沿いの芝生にランダムにちりばめられたコンクリートの建造物群、センター《C》・フォー《F》・ジ・アーツ《A》を通り抜ける。夜、酔っぱらったりハイになったりしたわたしたちは、ときどきこの芝生の上に腰をおろして夜空を眺めたものだ。「このような建物の奇妙な配置は、もともと生えていた木を切らずに保存するためなんです」というのが、キャンパスのツアーガイドが入学希望者に必ず紹介するエピソードだった。ウェズリアンらしい。世界を救うことに興味津々なのに、その世界の攻撃から自分自身を守ることさえできない女の子たちであふれていた。

CFAシアターの前に群がる卒業予定の学生たちの向こうにフローラが見える。人々の頭越しにこちらを見つめている。サリーは彼女のほうを見ない。立ち止まって彼女にひとことかけるべきかとも思うけれど、なんと言えばいいか見当がつかない。ここが、フローラがそれほど**いい子**ではないパラレルワールドだとしたら、カードを書いたのはフローラだと思っただろう。見るたびに消極的な攻撃を受けている気がした、部屋のドアを彩っていたあのポストイットの再来というわけだ。でも、彼女にあんなことができるはずない。

ラッセルハウスは立派な柱が並ぶ、品のある建物だ。庭に大きな白いテントが設営されている。グループごとに芝生に座る人々は、おしゃべりをし、笑い、くつろぎ、幸せそうだ。わたしは馴染めそうにないし、これまでも馴染めたことなど一度もない。

「一緒に食べない？」エイドリアンがサリーを誘う。「ほかの友達と合流する予定なんだけど、よければきみもぜひ」

「ありがと」サリーは答える。「でも演劇学科の仲間と待ち合わせてるの。前にロスに行ったときに会って以来よ。じゃ、またあとで」サングラスをかけている彼女の表情は読めない。わたしを傷つけるためにこう言ったのだろうか。痛めつける方法をよく知っている彼女のことだから。**演劇学科の仲間**。わたしはその一員じゃない。

じっくり考える間もなく、チーズバーガーをのせた皿を持ったハドリーとジャスティンが目のまえに現れる。「やっと来たのね！」とハドリーが微笑むと、そばかすのある上を向いた鼻に皺が寄る。「いまさら驚きはしないけど、相変わらず食事はまずいわ。モーコンの魂が受け継がれてるとわかって安心したけどね」

ハドリーの顔を見てほっとする。流れに身をまかせるタイプの彼女とは、肩肘張らずにつきあえる。〝C寮の死〟事件のあと、わたしはそんなハドリーに惹かれた。さらに彼女はもともとヘザーと仲がよかったので、それほど努力せずにふたりの友達を得ることができた。ふたりのまえではいい印象を与えようと必死になる必要がなかった。ヘザーが別の女友達と笑っているのが見える。濃い茶色の肌に、うらやましいほど艶のある巻き毛が映えている。いつの間にか、エイドリアンはジャスティンと一緒にフリスビーを追いかけていた——よかった。やっとひと息つける。ここに危険はない。

「あそこに場所をとっておいた」と言ってハドリーが赤いレジャーシートを指差す。「ジャスティンとモンティはもう飲みはじめてる。わたしたちがもう昔みたいに飲めなくなったってこと、認めたくないみたい」

わたしは気をつかって笑う。感謝はしているものの、**わたしたち**に入れられたことにイラッとした。ハドリーはビール二杯以上のお酒を飲むと、ひどく酔っぱらったかのようにふるまう。大学時代、彼女とヘザーはほぼ毎朝、まだわたしが寝ている時間に忍び足で部屋を出て、テニスの練習をしていた。ふたりがドラッグをやっているところも、話題にしているところも見たことがない。彼女たちを堕落させたいとは思わなかった。そのころにはすでに教訓を得ていたから。

ハドリーがレジャーシートに戻ると、わたしは白いテントに行き紙皿を手に取る。ビュッフェ形式で、シルバーのドーム型の容器の中にハンバーガーとホットドッグが用意されていた。ボウルに山盛りのパスタサラダとポテトサラダには、虫が入らないよう虫よけネットがかぶせてある。わたしはアイスホッケーのパックによく似たハンバーガーを皿にのせる。

「アンブロージア・ウェリントン」ゆっくりなぞるように名前を呼ばれ、例の封筒に丁寧に綴られた文字を思い出す。振り向いたものの、その女性が誰かピンとこない。彼女もそれを自覚しているのか、ありがたいことにみずから名乗る。

「エラよ。わからないわよね、かなり変わったから」

わたしはショックを受けたのを悟られないよう努める。あのエラ。ひそかにウェズリアンに来るまえの自分を重ねていた冴えない女の子。サリーとわたしがしたことの目撃者でもある。ただし彼女はそれがわたしたちの仕業とは知らなかった。

わたしは食べたくもない薄い灰色のパスタサラダをとる。「エラ、わあ、会えてうれしい。すごく素敵ね」

嘘ではない。顔まわりの脂肪、ぶよぶよの腕、趣味の悪い服はもうどこにもない。今の彼女はほっそり引き締まり、濃い茶色だった髪が今は別の色だ。

「ありがとう」と彼女は言い、前髪に触れる。すでにさんざん褒められたのだろう。濃い赤に塗られた完璧な楕円形の爪は、彼女が細部にまで注意を払う人間だということを示している。

　大学一年目が終わると、エラはわたしの人生からいなくなった。わたしはキャンパスで彼女に会うことも、彼女のことを考えるのもやめてしまった。彼女の影は亡霊のように薄くなっていった。サイズの合わないジーンズと醜いスリッポンサンダルをはいた亡霊。エラはいつもそのサンダルで、寮の廊下をドスドス音を立てて歩いていた。

「これまでどうしてた？　ねえ、もう三十代なんて信じられる？　わたしは環境法関連の弁護士で、事務所のパートナーなの。アムは？」

　ローレンは児童心理カウンセラーで、エラは環境法の弁護士。ふたりがフローラとランチをしているところを思い描いてみる。それぞれのやり方で熱心に世界を救おうとしている三人を。

「へえ、すごい」わたしはぎこちない動きで列を進み、保冷ボックスのダイエットコーラをつかむ。「わたしはPR業界。マンハッタンで働いてる」なぜマンハッタンをつけ足したんだろう。なぜエラを感心させたいんだろう。

「じゃあ近いわ、わたしの事務所はトライベッカにあるの」

「いいわね」わたしは間の抜けた返事をする。エラはニュージャージーに戻って、退屈でありきたりな人生を送るものと決めつけていた。人は変わって当然なのに。

「同じ寮に住んでた子たちのほとんどと、もう会ったわ」エラが言う。「スローンにも。来ないと思ってたのに。アムは会った？　ほら、あそこ。スローンらしいわ、またいい男といる」

エラが指差すほうを見て凍りつく。フリスビーをしているはずのエイドリアンが、サリーと顔を近づけて何やら話している。

「あれは違うの」言い訳をするように急いで言う。「わたしの夫よ。彼、人なつっこくて」

「ああ、そうなんだ」

エラには動機があるかもしれない。友達になろうとしてくれた彼女を、わたしはサリーと一緒になって冷たくあしらった。わたしたちのしたことを知った彼女が、ここに呼び寄せるためにあのカードを書いたということも十分ありうる。

もしそうだとしたら、理由を知るのが怖い。

「わたし、もう行かなきゃ。あとでまた近況を教えあいましょ。話したいことがたくさんあるし」と言ってエラは去った。軽く手を振って、完璧な髪をなびかせて。髪色はフローラそっくりのホワイトブロンドだった。

14　あのころ

エラ・ウォールデンに出会ったとき、自分が彼女の人生をめちゃくちゃにすることになるとは夢にも思わなかった。ただ確かなのは、彼女は、大学でわざわざ友達になりたいタイプではなかったということだ。体型に合わない安っぽい服と、ひと昔前のパステルカラーのアイメイクは、ペニントンを思い出させた。わたしが必死で捨てようとしている地元の雰囲気を、彼女は恥ずかしげもなくまとっていた。

それでもときどきは、ほかに誰もいないときを見計らってエラと地元の話をした。懐かしい場所に帰るようで心地よかった。高校時代の話を聞くかぎり、彼女はないがしろにされることに慣れているようで、その点はわたしと相性がよかった。けれども、みんながいるまえでわたしとの共通点をいちいち話題にして、仲のよさをアピールするのには辟易《へきえき》した。

そんな状況にサリーはいち早く気がついて口を出してきた。「エラはアムと似てる部分がたくさんあると思ってるみたいね」唇の端を曲げて、にやりと笑う。

「似てなんかない」

「じゃあ、そう言ってあげれば？」サリーは指で首を切るしぐさをした。それからというもの、わたしはエラが余計なことを言うたびに、やんわりと否定しはじめた。

ある夜、バスルームで並んで顔を洗っていると、エラはウェズリアンのことをこう言った。「ほんと地元とはぜんっぜん違う」〈ニュートロジーナ〉の洗顔料で顔をごしごしすると、雲の合間に山頂が顔を出すように泡からにきびがのぞいた。「アムは帰りたくならない？」

「まさか」わたしは突っぱねるように言った。「あそこにいたころのわたしとは違うの」

彼女は一瞬傷ついた表情を見せてから、泡を洗い流すため洗面台に向かって顔をふせた。

「信じらんない」数日後、エラが寮のラウンジを出ていったあとサリーは言った。ふたりでいろんなお酒を手当たりしだい飲んでいるところに、エラが話しかけてきたのだった。これから行こうとしているニコルソンホールでのパーティーに誘ってほしかったらしい。

「まだあんな子と友達だなんて」

「友達じゃない」わたしは慌てて言った。「何を言ってもまた戻ってきちゃうんだもん」

サリーは煙草を一服した。「アムはやさしすぎ。それが問題」

やさしすぎは皮肉だった。彼女にとってやさしさは捨てるべき欠点だ。

「わたしがやさしいんじゃなくて、あの子が鈍いだけ」

「エラの弱みを探らなきゃ」サリーは窓に向けて煙の輪っかを吐きだした。「すぐ見つかりそう」

その自信は寒気がするほどだった。わたしはうなずいた。自分の居場所を確保するためにしなければいけないことに対して、早くも言い訳を考えていた。エラの人生を少し知っているからといって、そしてエラがわたしを信頼する相手に選んだからといって、彼女に借りはひとつもない。わたしはサリーの友達だ。**わたしたち**は彼女の弱みを見つけるのだ。

そして、見つけた。エラは処女であることを打ち明け、わたしは誰にも言わないと約束した。大して重要な事実とは思えなかったものの、サリーには知らせた。その情報をどう利用することになるか想像もしなかった。

サリーの部屋で出かける準備をしているとき、エラがドアをノックした。サリーは中に入れてやり、お酒を勧めた。エラはにこにこして、ベッドのわたしの隣に腰かけた。わたしは、これは罪悪感じゃないと自分に言い聞かせた何かを呑みくだすため、お酒のペースを速めた。

サリーは鏡に向かってアイライナーを引きながら、出し抜けに言った。「昨日の夜ものすごいオーガズムを経験したんだ。全身が大地震って感じのやつ」

わたしは笑いをこらえた。ベッドでブランケットをかぶって勉強していたローレンは、呆れたように首を振っただけで何も言わなかった。エラは床に視線を落とした。

「誰と？」わたしは先をうながした。

サリーはアイライナーペンシルを目尻に押しつけた。彼女はいつも粘膜にまでラインを引く。わたしがそれをやると涙が出てくるのだけれど、サリーのように大きく印象的な目に見せたくて彼女と同じようにしていた。「自分に決まってるでしょ。そんなことできる男には会ったことない。もし出会ったらゲームオーバー」

エラの頬が赤くなった。サリーがバイブレーターの話をするあいだ——トニが大学に入るまえにハマっていたドラマ、〈セックス・アンド・ザ・シティ〉に似たようなエピソードがあった——彼女はお酒をちびちび飲んでいた。サリーの話がほんとうなのか嘘なのかわからなかったけれど、少なくとも男の子相手にオーガズムを経験したことがないというのは、ほんとうであってほしい。わたしもそうだから。マットとわたしがおたがいの体に触れはじめたとき、きみを気持ちよくさせたいんだけど、してほしいことはない？と訊かれた。でもそんな話題自体が気まずかったから、わたしはなんでもかんでも感じているふりをして、暗闇の中、彼の指がわたしをなでるのに合わせてあえぎ声を上げた。

マットの両親が遠出して、処女を捨てるのに絶好の機会が訪れた夜、じゃれ合いが本物のセックスになった。感想は「槍でつかれたみたい」で、それ以上でもそれ以下でもなかった。以来、チャンスさえあればいつでもするようになったけど、行為そのものより、終わったあと彼とくっつきあっている時間が好きだった。初めて絶頂に達したのは、ある夜バスタブの中で温かいお湯が水に変わるまで自分の指に身をまかせたときだ。しだいに昂《たか》まり、解放されて、脚が震えた。お腹の皮膚が紅潮していた。オーガズムがどんなものかようやく理解したものの、何をしてほしいかマットに言うなんて、とてもできなかった。握りしめた拳のように固まった欲望を言葉にできなかった。

「今夜はあなたにぴったりの男を見つけなくちゃね、エラ」サリーは言った。「魔法みたいに素敵な男を。もちろんアムにもね。わたしたちと一緒に来れば、セックスできるはず。服も貸してあげる」

サリーのクローゼットに、エラが着られる服なんてあるわけなかった。サリーのお尻ですらぎりぎりカバーできるかできないかのミニスカートを、エラがはくなんてとんでもない。

「今夜はどこに行くの?」とエラが尋ねた。興味津々な言い方がうっとうしい。こっちまで恥ずかしくなるし、ぎくりともした。彼女の立場だったら、わたしも同じだっただろうから。

「ニコルソンホール」とサリーは言った。「ところで、今まで誰とヤった？」

エラの顔はほんのり赤いどころかまだらのむらさきになった。彼女がわたしをちらりと見たとき、その顔に浮かんでいたのは屈辱だけではなかった。傷ついていた。わたしが秘密を漏らしたと気づいたのだ。エラが先に視線をそらすのを待った。ほんとうはわたしがそうしたかったのに。

「特別な相手ってわけじゃない」エラは消え入りそうな声で答えた。「ほんの二、三人」

サリーは脚を組んだまま身を乗りだした。お遊びはまだ終わっていないのだ。「ねえ、エラ、その男たちの名前を教えて。それともわたしたちに盗《と》られるのが怖い？」

サリーの標的にされているとエラはわかっているはずだった。下手に抵抗しませんようにと、わたしは願った。そんなことをしても罠が手足により深く食いこむだけだから。エラはいつまで嘘を押し通すつもりだろう。

「教えてよ、エラ」わたしはサリーの言葉を繰り返した。

「わたし、やらなくちゃいけない課題が山ほどあるんだった」エラは立ち上がった。「ふたりは楽しんできて」そう言うと飲みかけのコップをおいた。

意外にもサリーは引き止めなかった。「もし気が変わったら戻ってきて」そうしてエラはいなくなった。サリーは鮮やかなピンクの口紅を塗りながら、笑いを抑えようと唇を震わせた。

「ほら、これでポイできた。ちょろいもんね」**ポイできた**。まるで死体でも捨ててきたような言い方だ。泣き崩れるエラが頭に浮かんだ。わたしはこみあげた吐き気がおさまるのを待った。

「ありがとう」サリーが待っている台詞を、わたしは言った。

「なんて意地が悪いの」ローレンが割って入ってきた。「確かにあの子、ちょっとださいかもしれないけどいい子じゃない」ローレンは、わたしが嫌いだからエラをかばっているだけのような気がした。あるいは、ずっとフローラと一緒にいるから、自分にも**いい子**が似合うかどうか試してみたくなったんだろう。ローレンが立ち上がって、シャワーバッグを持ってそのそと出ていくと、そのうしろ姿に向かってサリーは両手の中指を立てた。

わたしが口紅に伸ばした手を、サリーはぴしゃりと叩いて言った。「そのまえにもう一杯飲んで。ていうか、そのカップ何？」

わたしは**フレンド**のマグカップを持ち上げてみせた。「これしかなくって。フローラにもらったやつ」

サリーはマグカップをひったくった。一瞬、床に投げつけるのかと思ったけれど、丸っこい字体と過剰なピンクをじろじろ見ただけだった。それからウォッカの瓶を開けて、マグカップに注いだ。

「一気飲みして」淡々とした声だった。

その瞬間、わたしはマグカップを恨んだ。このカップでわたしに呪いをかけたフローラも。エラに対する残酷な気持ちは、この醜い食器の陰に隠れて消えた。そのときはあまりに怯えていたから、わからなかった。サリーは失望していたのではなく、嫉妬していたのだということが。

さらに何杯かお酒を飲み、コカインも吸った。おぼつかない足取りでニコルソンホールへ向かう道中、サリーは口をきかなかった。沈黙を破りたくて、フォス・ヒルの上り坂でわたしは言った。「わたしもセックス中にオーガズムを感じたことがないの。誰ひとり正しいやり方を知らないんだから」

サリーはのけぞって笑いだした。白くてなめらかな首がむき出しになった。「マジで？すごくかわいそう。わたしってめちゃくちゃ感じやすいんだよね。さっきのはエラを追い払うための、ただの嘘」

それを聞いて、つかの間わたしはサリーを憎んだ――何を着ても似合う体型、洗わなくてもきまる髪、成績、どれをとっても彼女は努力する必要がない。常にイメージをよくしようと頑張っていた、高校時代の人気者の女子たちとは正反対だ。

でも実のところ、わたしが誰より憎んでいたのは自分自身だった。ようやく安心できる足場を見つけたと思ったとたんに足をすべらせるし、体は欠陥品で、頭は鈍い。もっともっと努力しなきゃ。

「作戦成功ね」わたしは言った。「じゃあ次はフローラをなんとかしなくちゃ。彼女、いつもわたしを――ていうかわたしたちを、内心馬鹿にしてるのよ」

サリーはわたしの肩に体を軽くぶつけたものの、いつものように腕を絡めようとはしなかった。「うん、フローラは嘘だらけだもん。ああいう子がいちばん壊しやすいの」

あの夜わたしたちがしたことがなければ、このままエラはただの背景になるはずだった――大学時代のアルバムの写真にたまたま写っていた、流行遅れの服を着て、わざとらしい笑みを貼りつけた誰かに。けれども、彼女は図らずもある役割を演じることになった。

もしかすると、今の彼女は新しい役を演じているだけなのかもしれない。

15　現在

宛先　〝アンブロージア・ウェリントン〟　a.wellington@wesleyan.edu
差出人　〝同窓会実行委員会〟　reunion.classof2007@gmail.com
件名　二〇〇七年卒業生同窓会

アンブロージア・ウェリントン様

リラックスできないなら、わたしたちと夕日を眺めながら、フォス・ヒルでヨガをしてみませんか？　そして、立食形式のカクテルパーティーと、そのあとエクレクティック寮でおこなわれるパーティーに備えて、力を蓄えておいてください。まるであなたがずっと大学を離れなかったかのように、あるいはウェズリアンの魂がずっとあなたから離れなかったかのように感じる夜になるでしょう！

ハドリーとヘザーに、昼食のあと、彼女たちが滞在するベネットホール寮で一緒に飲もうと誘われたが、わたしにはエイドリアンにキャンパスを案内するという約束があった。夫にオーリン図書館、天文台を見せたあと、〈ルルレモン〉のパンツをはいてヨガをする人たちを横目にフォス・ヒルを下り、ファウンテン大通りに出る。わたしは木造の家を指差す。あれが四年生のときハドリーとヘザーと住んでたシェアハウスよ。あそこでよく勉強したの、あそこで友達と遊んだの、お昼はあそこで食べたわ、と彼に見せてまわるが、あちらこちらでやった別のことについては黙っておく。

「サリーはおもしろそうな人だね」部屋に戻る道でエイドリアンは言う。「きみたちが疎遠になったのは残念だ。何かあったの？」

まず前提が間違っている。疎遠になったわけではない。**初めからわたしたちは近くなどなかった。**

わたしは最も平凡で害のない答え方をする。「ただ、なんとなく連絡をしなくなっただけ」

彼は片腕をわたしの体にまわす。「一年生のとき一緒に住んでた子は？　同窓会には来てる？」

ええ。実はもう二回も顔を見たのに、知らんふりをしたの。「わからない、これだけ人が——」と言いかけたものの、すぐに口を閉じた。

「なんだい？」不意に、彼の腕がわたしを抱き寄せる感じが完璧だという気がしたから——力強いけど独占欲はなく、愛はあるけど息苦しくない。彼に抱きついて、どれほど混乱し怯えているか話したい。でもそうはいかない。

「なんでもない」

結局わたしたちは、ベネットホールの仲間に合流した。ウェズリアンのパーティーには二度と参加したくなかったのに、ハドリーとヘザーがものすごく楽しみだと言うので、わたしも乗り気なふりをして、昔みたいに無邪気に腕と腕を絡ませあう。わたしが無邪気だったことなんて一度もないけれど。無邪気に見えたとしても、ほかのすべてと同じように計算したうえでのことだった。

カクテルパーティーの会場はヒューイット寮の中庭で、飲み放題のバーを設えておく程度には気がきいていた。今夜はエイドリアンが、**きみはそんなに飲まないほうがいいかも**と小声で言ってきたって気にしないことにしよう。

会場に向かう途中、ずっと年上の集団とすれ違う。わたしたちよりまえの代の卒業生たちだ。あんなふうに昔の自分とは似ても似つかない姿になったら、同窓会になど決して顔を出したくない。フローラが超自然的にずっと若く美しいままでいる場合は特に。**時が経ってもきれいなのね**、と勇気を振り絞って言うと、**あなたはそうでもないのね**、と彼女は応えるだろう。

そのとき見覚えのある背の高い人物が背筋を伸ばして、大股で歩くのが目に入り、はっとして足を止める。そばにいるもうひとりは何度も見たことのある制服を着ている。

「アム」ヘザーが振り向いて言う。「どうかした?」

わたしは素早く息を吸いこむ。どこにいても、トム・フェルティ刑事——警部——を見間違うことはない。ただし目のまえにいるのは、パソコン画面の檻に閉じこめた彼ではなく、三次元のリアルな彼だ。恐怖に駆られつつも、フェルティを見て驚いていない自分に気がつく。彼がわたしを見つけたければいつでもそうできると、ずっと知っていたみたいに。

どうかこっちを見ないで。透明人間になりたくないと願っていた数年間とは裏腹に、今は消えてしまいたい。なぜ警察官の知り合いがいるのか、エイドリアンにどう説明しよう。フェルティの名刺を、家の古い財布にまだ突っ込んだままだとは言えない。

フェルティの髪はほぼ真っ白だ。だが顔つきは厳格さを増したこと以外は、ほとんど変わっていない。青い瞳は相変わらず北極のように冷たく厳しい。これほど恐れていなければ、セクシーだと思っただろう。

　フェルティはサリーがあの件に関与しているとは考えていなかった。証拠は見つけられなかったものの、どういうわけか、あれをやったのはわたしだと知っていた。

　今バッグの中にあるカードを、フェルティが書いたということも十分ありうる。カリグラフィを習ったかもしれない。**ついにあいつを捕まえるときがきた。**ご機嫌で鼻歌を口ずさみながら、封筒をポストに投函したかもしれない。あの事件が彼にとって重要な意味を持つ理由を、わたしは知っている。

　これは十四年にわたって進行中のフェルティの復讐なのかもしれない。

「ちょっと待って」友達のあとを追いながら、わたしはエイドリアンのくせ毛の後頭部を見つめる。幸いにも、フェルティのそばを通っても声をかけられなかった。ひょっとしてわたしに気づいていない？

　そこでわたしは間違いを犯す。中庭の人混みに紛れるまえに振り返ってしまったのだ。こちらをまっすぐに見据える青い目。真面目くさった表情。過去は水に流そうという気はさらさらなさそうだ。そう、過去を水に流すことなどできない。だからわたしはみずから過去に足を踏み入れた。

16 あのころ

ウェズリアンがわたしの世界だとすると、サリーはパスポートだった。普通のパーティーだけではなく、彼女がいなければその存在すら知らなかっただろうパーティーへのパスポート。まるでサリーはそのほっそりした指をウェズリアンの血管に押し当て、キャンパスそのものの鼓動を感じているようだった。ノリのよさをわかっていたからか、誰もが何かあれば彼女に知らせ、参加してほしがった。彼女の奔放なふるまいは早くも伝説になりつつあった。わたしってすぐ退屈しちゃうの、というサリーの言葉は嘘ではなかった。

十月の二週目に、〝墓〟の入口でフードをかぶった謎のふたりから、よくわからない質問の数々を受けることになったのも、サリーが原因だった。あとで知ったことだけれど、〝墓〟の鍵を持つのは、大学内の秘密結社〈スカル・アンド・サーペント〉のメンバーだけらしい。選ばれた人のみが知る特別なイベントに参加するのは気分がよかった。サリーとわたしは暗闇の中、何か台のようなものの上で踊った。普通のパーティーとは違って、高尚な感じがした。これがサリーと一緒にいる特権だった。クモの巣のように張りめぐらされた人脈のおかげで、行列に並ばなくてもＶＩＰ待遇を受けられる。

「踊ろ」サリーは言った。夜明けになって、ようやく会場を出てきたところだった。彼女はハイヒールを手に持ち、空を見上げながらくるくるとまわった。「次はどこ行く？　まだどこかでパーティーしてないか、バディたちに訊いてみる」

「無理、授業のまえに少し眠りたい」ほんとうは部屋に戻ってメールをチェックしたくてうずうずしていた。ケヴィンからメールが来ているはずだった。

サリーは突然立ち止まり、わたしの手首をつかんで引き寄せた。汗でべとつく腕と腕が触れあった。「アムは変わった。わたしが気づいてないと思う？　男なんでしょ」

彼女は真っ赤な口紅を塗った唇の口角を下げ、拗ねたように突き出した。ケヴィンのことを話したら、何かが終わる気がして怖かった。

「アムだけは、くだらない男にたぶらかされたりしないと思ってたのに」サリーは一歩下がって煙草に火をつけた。「アムはペニスに夢中になったりしない、わたしと似てるからって」

「違う」そう返事をした以上、ケヴィンは**くだらない男**ではないと説明しなければならなくなった。「そうじゃない。彼は——ほかの男の子とは違うから。ダートマスの学生で…

……」

サリーはあくびをして、携帯電話に何やら打ちこんだ。もうわたしのことなどどうでもいいんだ。つなぎとめなくては。何か見直してもらえることを言わなくては。

「フローラのボーイフレンドなの」

自分の言葉に不安になった。サリーがどう受け取るか予想できなかったからだ。興味を持つのか、嫌悪感を抱くのか。最悪のケースはつまらないと思われることだった。

サリーの顔が薄闇の中ぱっと輝いた。「悪い女ね！　もうセックスした？　フローラは勘づいてる？」

わたしは頭のてっぺんで髪をひとつにまとめた。こうやって結んでも間抜けには見えないと、以前サリーに説得された。「まだしてない。それにフローラは何も知らない」

フローラに対する気持ちは、日ごとにどす黒くなっていた。彼女のようなタイプがいちばん質《たち》が悪い。自分の完璧さが放つ光で、意図的にまわりの目をくらませる。**わざわざ断らなくてもいいのよ。好きなのを好きに使って。**初めて会った日、フローラはそう言ったけれど、本気ではないとわかっていた。ただ誰かを監視下におきたいだけ、従順なペットが欲しいだけだ。

わたしはクラリッサの物語が読みたくて、毎日フローラがシャワーを浴びにいっている隙に、パソコンのキーボードに指を走らせ、侵入を試みていた。それでもいまだにパスワードは解除できない。イライラが募って、フローラが壁に貼った写真の中から、最新のケヴィンの写真をくすねた。写真の端っこに、うつ病に関する雑誌記事の切り抜きが重なっていた。フローラはうつ病がテーマの心理学の授業をとっている。写真はジョン・ダンの本に挟んでおいた。これ以上ない隠し場所だ。共通の友人ジョン・ダンが、わたしたちを出会わせたようなものだから。

「それで、どうすんの？」サリーが訊いた。

わたしは首を振った。「わかんない」メールをしていることも、わたしたちの絆は本物だということも、あえて話さなかった。

「やるなら本気でやらなきゃ」サリーは吸いかけの煙草をわたしに渡した。「何か方法を考えなくちゃね」

サリーはもう別のパーティーに行こうとは言わなかった。バターフィールド寮に戻ると、わたしの頬にキスまでした。「わたしがいるってこと、忘れちゃだめだからね」

「忘れるわけない」と応えた。そのあと顔を洗うとき、赤い唇の跡を頬に見つけた。

実をいうと、わたしはケヴィンの心が徐々に離れていくのを感じていた。その週、メールの頻度は減り、来たとしても当たり障りのないものだった。**きみがこの大学にいたら、**

今とは違っただろうな。と彼は言い、**うん、そうだったらよかった。**とわたしは返した。

必死にすがるのではなく、同じくらい冷めたトーンに聞こえるようにした。去っていこうとする誰かを引きとめるには、そうするのがいいと本能的に感じたのだ。

昨夜の興奮が二日酔いに形を変えた朝、受信箱に一通の新着メールがあった。二時間前にケヴィンが送信したものだった。**僕のフラタニティの寮で、今週末パーティーがあるんだけど、そんなのよりきみと過ごすほうがずっといいだろうな。一緒にジョン・ダンを読んだりしてさ**

いつものようにすぐには返信せず、このメールについてじっくり考えてみることにした。**意外と近いのよ、車で三時間もかからない。**フローラの声が脳内で再生されても、もう不快ではない。突然パーティーに行って、驚かせようか。彼がわたしのことをどう思っているかを探る、究極のテストだ。

わたしは仰向けで眠るフローラを観察した。体の脇にある手袋をした両手、編まれた髪。**ベストとフレンド**のマグカップは、どちらも彼女の机の上にある。昨夜、彼女がキッチンで洗ってきたのだろう。わたしが散らかしたあとをいつも片づけてくれるやさしいフローラ。これからわたしが起こすのは、彼女をもってしても収拾不可能な大惨事だった。

次の日、脚本入門のクラスで主人公と、主人公の破滅について議論した。オグデン教授は両の拳を振りあげ、熱っぽく一席ぶった。「登場人物を徹底的に再起不能にするには、その人物を何から何まで知っていなければならない。その人物にとって最も重要なものを知り、それを取りあげる。そうすれば意のままに動かすことができる。殺したっていい。すでに大事なものをすべて失くしているんだから」

サリーが手を上げた。「ってことは、誰かを破滅させる唯一の方法は、その人が大切にしているものを奪うことなんですか」

教授は両手を握りあわせた。「そのとおり。『オセロー』がいい例だってことはもう話したね。大切なものに加えて主人公のモラルまで奪ってしまえば、物語はよりいっそうおもしろくなるんだ。主人公の大切なものはたいてい人物として描かれる。つまり恋人だ」

主人公の恋人の話には飽き飽きしていた。つい自分をその女性と比べてしまうから。〝人と比較することで幸せは損なわれる〟とよく言うけれど、ほんとうの元凶は比較ではなく奪いあいにある。なのに、ひとつしかないものを複数の人間が欲しがるとどうなるのか、誰も教えてはくれない。

「今日の授業、楽しそうだったね」昼食時にモーコンで、わたしは言った。サリーは巨大なラザニア、わたしは食べたあと決まって胃もたれを起こすブリトー。「脚本のアイデアがひらめいた？」

サリーは冷めて固まったチーズをフォークで剝がしてよけた。「ううん、どちらかっていうと、アムの状況を考えてた」

「わたしの？」ブリトーはわたしの片腕くらいの大きさで、具がいっぱいに詰まった生地は赤ちゃんをくるむおくるみのようだった。かぶりついたら、ぎらぎらした脂が顎を汚すだろうけど、気にしていられないほどお腹がすいていた。

「そっ、ケヴィンとのこと。障害を取り除くのは案外簡単そう」

わたしは硬い牛肉とウジ虫のような米粒を奥歯で嚙みつづけた。そうしているほうが何かしゃべるよりましだった。ようやく飲みこんでナプキンで口をぬぐうと、ナプキンにオレンジ色がついてきた。「どういう意味？」

「つまり、男に恋人のことを忘れさせるのは難しくないってこと。男がやたらとひとりの女に忠誠を誓いたがるのって笑えるよね。ううん、笑えないか。だってそう誓わせてるのって女のほうだもん。女はパーティーで会った男にフェラチオをする正当な理由が欲しい。だから訊くの、わたしってあなたの恋人よね？　って。男はイエスと言うに決まってる、フェラチオされたいから」サリーはそこで言葉を切った。それからラザニアにフォークを突き立て、生地を引き裂いてぐちゃぐちゃにした。そのやり方があまりに残忍で、わたしは思わず目をそらした。

彼女がいう女はわたしだ。当てこすっているのだ。男の子に偏《かたよ》った理想を抱いているから、自分にとって重要でない男の子にまで執着していること、マットの戯言《たわごと》をすべて鵜呑みにしたことを。ハンターにアンバーと呼ばれても訂正しなかったこと、**今から会わない？** とドリュー・テナントからメッセージが来て数分後に彼の部屋に参上したことを。

「とにかく」サリーは続けた。「男にとって女はみんなおんなじ。体のパーツはおんなじだもん。大事なのは、女が何をしてくれるかってこと。ほとんどの男が誘惑に負けるのはどうしてだと思う？　独身最後の男だけのパーティーがあんなに大規模な産業なのは？　男は誰でも浮気するものだって考えのもとに成り立ってるからよ。違うのはいつするかってだけ」唇の両端に赤いソースがついている。

「ケヴィンに浮気させようって言いたいの？」

「正解」フォークがサリーの手からすべり落ち、ガチャンと音を立てて皿にぶつかった。

「どっちにしても、もう浮気してると思うけど。あそこが乾く間もなく次々に女と寝るなんて、男には訳ないし」

「だけど、彼が浮気したとしても、フローラが今よりもっと天使に見えるだけじゃない？」涙に濡れた顔、かわいらしいすすり泣き。悲嘆にくれても完璧さを失わない彼女の姿が目に浮かんだ。

サリーはわたしに人差し指を向けて振った。「ううん、それは違う。話はまだ終わってない。わたしの計画では、フローラにも同じことをさせるの」

わたしは大声で笑った。「いい考えね。で、いったい誰と？　マスターベーションですら浮気だと思ってるような子なのに。ありえない」

サリーはくじけるどころか、得意のチェシャ猫のような笑顔を見せた。口角を限界まで上げてにやついている。

「わたしに任せて。アムはもうひとりのほうに集中すること」

もちろん、そうさせてもらう。ケヴィンのフラタニティの寮でパーティーがあること、実質そのパーティーに招待されていることをサリーに話した。

「絶好のチャンスじゃない、ふたりで行こ」そう言ってサリーは椅子の背にもたれかかった。

わたしはダートマスでケヴィンと再会する場面を思い描いた――その想像はレースのカーテンのように理性を覆い隠してくれた。映画に出てくる女の子みたいに、駆け寄って、飛びついて、彼の腰に足を巻きつけるわたし。すると、彼はわたしの体重など感じないかのように抱きしめ、無我夢中でキスをする。気がはやるあまり唇同士はなかなか出会えず、まぶた、頬、額、髪の生え際に着地する。歯と歯がぶつかる。ドタバタで、甘くて、大切な再会。柳の木の下だとよりドラマチックだ。その柳はわたしたちの思い出の木になって、彼はいつかその下でプロポーズをする。わたしの指にはめる指輪は最低二カラットの一粒石。その石を一生懸命支えるリングにもはかなく光るダイヤモンドが並ぶ。

女の子が持つ最も致命的な凶器は体だと思われている。わたしたちの想像力が山をも動かすことは、知られていないから。

「なんで協力してくれるの?」わたしは訊いた。「そんなにおもしろくもないでしょ?」

サリーがいきなりテーブルをドンと叩いたので、飛びあがりそうになった。「冗談のつもり? ほかでもないアムのためだもん。もちろんなんでもする」

サリーに親切は不可能だと知っていても、わたしはその言葉をゆっくり味わうことにした。**ほかでもないアムのため。**

ほんとうはわたしなど問題ではなかったことに、気づくべきだった。

その夜、サリーが部屋のドアをノックした。フローラはパソコンをカタカタやっていた。サリーは囁いた。「車を用意した」


金曜の授業はさぼって、荷造りをした。フローラと顔を合わせたくなかったけれど、彼女は朝一の授業が終わるとすぐに戻ってきた。ところがいつもの笑顔は浮かべていない。わたしはスーツケースにちらりと目をやった。明らかにこの部屋で浮いている。**彼女、知ってるんだ。**

「ただいま」フローラは言った。「今朝はひどい気分よ。昨日の夜、妹と大喧嘩したの。ハロウィンにケヴィンが遊びにくるって言ったら、お姉ちゃんはケヴィンがいないと楽しんじゃいけないの？　ってポピーが言うの。彼はわたしがひとりで出かけるのが気に食わないんだって」

　口の中が乾いた。フローラが退屈な人間なのがケヴィンのせいだとは、考えたこともなかった。

「そんなわけないじゃない」フローラはベッドに腰かけた。「ポピーにはわからないのよ。まだ十四歳で、恋人がいたこともないんだもん」

「ケヴィンは恋人を束縛するような人には見えないけど」そう言ってから、しまったと思った――**見えなかった**と過去形にするべきだった。わたしは彼に一度会っただけのはずだから。

「もういいの」暗い表情が笑顔に変わった。「雰囲気を悪くしてごめんね。ちょっと感情的になっちゃった。月のもののせいね」

「月のものが来たんじゃしょうがないわ」生理のことを月のものと呼ぶ女の子を、サリーはどう思うだろう。「ときどき女でいるのが嫌になる」

フローラは枕にもたれて大げさなため息をついた。「わかるわ。わたしもできることなら卵巣とタマを取り換えたい」

フローラの口から**タマ**という言葉が出たのが衝撃的すぎて、わたしは笑ってしまった。心から大笑いした。フローラもつられて笑い、その瞬間だけはほんとうの友達になれた気がした。なんでわたしはフローラを嫌ってるんだっけ？　ケヴィンが彼女のものだから？　それともほかのすべてが彼女のものだから？　たぶんわたしは、ありもしない天使の輪を勝手に彼女の頭上に見てたんだ。フローラもわたしたちと同じ、生きづらさを抱えた普通の女の子なのに。

ところが、彼女が膝をぽんっと叩いたとき気がついた。爪にひとつずつ文字が書かれている。ケヴィン《Kevin》。しかもiの点がハートだ。わたしの顔からすっと笑みが消える。フローラはケヴィンに理想を押しつけているだけで、彼の本質は理解していない。つまり、彼とつきあう資格はない。

「今夜はジャンクフードをいーっぱい食べて、笑える映画でも観ましょうよ」そう言ってフローラはウサギのスリッパを履いたものの、スーツケースが目に入ると表情を変えて、それを指差した。「アム、どこか行くの？」

「うん、急に決まってね。姉が週末うちへ帰るらしいから、わたしも帰って両親を驚かせようと思って。昔は秋になると家族でリンゴ狩りに行ってたんだけど、その恒例行事を復活させるのもいいかもって話し合ったの」あらかじめ用意しておいた嘘がすらすらと出てきた。

リンゴ狩りは嘘ではなかった。両親は定番の行事が大好きで、ペニントンではそういうイベントが年中催されている。ペニントンデイのお祭り、クンケルパークでおこなわれるイースターのエッグハント、メイン通りのクリスマスツリー点灯式、そこでふるまわれるクッキーにココア、母の四年生の生徒たちが歌うキャロル。素朴で健全なご近所づきあいだ。

「へえ、素敵ね。わたしも家族でそういうことをしたかったな。うちの父と母はもう同じ部屋にいることとすら耐えられないみたい」

てっきりフローラは何もかもパーフェクトな家の出身なんだと思っていた。仕事から帰った父親を犬が玄関で出迎える。シャネルの5番を振りかけて、ご機嫌でディナーに出かける支度をする母親を、幼いフローラが眺めている――そんな家の出身だと。この寮へ引っ越してきた日、一般的な核家族をイメージしたわたしは、彼女を手伝っていた男女は父親と母親だと思いこんだ。

「あ、ごめん、わたし……」フローラが両親の話をするのは初めてだった。これ以上の聞き苦しい詳細は、話すつもりがないようだ。彼女の生焼けの中心部に触れた気がした。

「気にしないで」彼女は言った。「八歳のときに両親が離婚してからずっとこうだから。ポピーとわたしは、休暇ごとに父と母のもとを行ったり来たりすることにすっかり慣れちゃった。今ではふたりとも再婚して少しはまともになったけど、一時期、妹とわたしは世界にふたりぼっちって感じだった。たぶんそのせいで、ポピーと喧嘩するとこんなにもやもやしちゃうのね」

今夜はどこにも行かず部屋にいようか。まだ何もしていないんだから、遅くはない。これからわたしのケヴィンを見つけたっていい。まだ誰のものでもないケヴィンを。クラリッサを引っぱりだすために、フローラのパソコンのパスワードに挑戦するのが日課になっているけど、もうやめたっていい。結局彼女はケヴィンの空想の産物に過ぎないんだし。

携帯電話が鳴ったとき、サリーだと思った。けれども受信したのはハンターからのメッセージだった。**やあ、アンバー。今夜遊ばない？** わたしが宇宙の啓示を信じる人間だったら、このタイミングで来たメッセージに意味を見出して、**いいよ、遊ぼう**と返信しただろう。

残念ながらわたしはそんなもの信じない。この宇宙はわたしに何かを与える気など、さらさらなさそうだから。

サリーのことを考える。ハンターの曲がったペニスと、それを笑ったサリーの顔。もしもわたしが今週末出かけるのをやめると伝えたらどんな顔をするだろう。わたしたちの仲はきっと終わる。ダートマス行きはもともとはわたしのためだったけれど、**わたしたち**のためでもあった。サリーはわたしがどこまで行けるか、どこまでやれるか知りたがっている。だったら教えてあげなくちゃ。

ようやく必要としていたパワーが充電された。わたしは携帯電話をおいた。ハンターに返信はしない。今度彼をキャンパスで見かけたら、思いっきり無視してやる。

「わたしにも出かける予定があればよかった」フローラは立ち上がり、手を上げて伸びをした。「ほんとはケヴィンと会うはずだったのに、今夜フラタニティの寮で大規模なパーティーがあるから、参加しないといけないんだって」と言って呆れた表情をした。「もっと頻繁に会いにきてくれたらうれしいんだけど。彼、そうするよって言ってたのに、今のところ来たのは一回だけ。でも、少なくともハロウィンには会えるし、感謝祭も一緒に過ごせそうだから我慢しなきゃね」

「そうね。気持ちはよくわかる」と相槌を打ったものの、わたしが聞いていたのはケヴィンに対する不満の部分だけだった。フローラは達成不可能な基準を彼に押しつけている。

「いろいろ気をつかわせちゃったわね、ごめん」フローラは髪をうしろに振り払った。

「週末アムがいないのは寂しいけど、ご実家で楽しい時間を過ごしてね。家族に会えるのはとてもいいことよ」

引き返すなら、今が最後のチャンスだ。決心しかねるうちに、ノックの音がした。ドアを開けるとサリーがいた。片方の肩にリュックサックをぶら下げている。

「準備できた？」サリーが訊いた。

フローラの表情が、傷ついたようにわずかに曇った。もうひとつ、そこに表れた感情は怒り？　失望？　わたしの両親とのリンゴ狩りに、なぜサリーが誘われて自分が誘われなかったんだろうと思っているようだ。

「こんばんは、スローン」単調な声だった。

「ハーイ」とサリーは返して、フローラの足元を凝視した。サリーはたいてい人を喜ばせる言葉を用意していた。彼女にかかればわたしたちはみんな、**素敵ね**とか**かわいい人**とか**すごいおっぱい**だった。ところがフローラには**ハーイ**だけだ。サリーがどんな魔術を使うにしろ、フローラには効かないことを知っているのだろう。

「行こ」と言ってから、サリーはわたしのスーツケースを指差した。「まさか、そんなでかいものをわざわざ――」

「そう、わざわざペニントンまで持っていくの」わたしはサリーがにやついているのを尻目に、スーツケースのハンドルをつかんだ。「見た目ほど入ってないのよ」

「楽しんでね」フローラは、ケヴィンの名が書かれた指で手を振った。ドアが完全に閉まるまえに、サリーはふんと鼻で笑って言った。「ああいうウサギのスリッパ、八歳のころ履いてたっけ。計画を実行することにしてよかった」

フローラの両親は、彼女が八歳のとき離婚したのよ、とは言わなかった。意味があるのは実際に口にすることだけなのに。

「ほんとね」

17 現在

宛先 〝アンブロージア・ウェリントン〟 a.wellington@wesleyan.edu
差出人 〝同窓会実行委員会〟 reunion.classof2007@gmail.com
件名 二〇〇七年卒業生同窓会

アンブロージア・ウェリントン様

正直に認めましょう――ウェズリアンに来たのは勉強するためだったけれど、授業よりもパーティーのほうが、多くのことを教えてくれましたよね？ 今夜も例外ではありません。カクテルパーティーが終わってもまだ帰らないでくださいね。そのあともお楽しみが続くこと、間違いなしですから。

フェルティがわたしの一挙手一投足を見張っているのを感じる。フローラの視線を感じるのと同じように。〝C寮の死〟が起きた直後にタイムスリップしたみたいだ。あのときはみんなが好奇の目でわたしを見ていた。ウェズリアンに入学したばかりのころは、関心を持たれたくてたまらなかったのに、最悪の形でそれが実現してしまった。夢見ていた舞台のスポットライトではなく、懐中電灯の光を浴びているようだった。

当時囁かれた噂やタレコミ掲示板への書きこみが、紙吹雪のように頭の中を舞う。**トイレであの子を見たの、彼と一緒にいた、あれは絶対彼女だった、そのあと寮から走って出ていく彼女を見たわ。**

わたしはエイドリアンのそばを離れないようにする。フェルティはどこかと、あたりを警戒する。ローレンとジョナがなんとなく見覚えのある誰かと話している――ハンターだ、ペニスが曲がっていて女の子の名前を覚えられない男。彼の腕は黒髪の小柄な女性の背中にある。女性が額の髪を払いのけたとき、バターフィールド寮C棟のクララだと気づいた。ためらいがちに手を振るクララに、なんとか笑顔を作って手を振り返す。もう何年も経っているのに、体の中で何かがこわばる。誰もわたしを選ばなかった。わたしが気にもかけなかった子たちでさえ。

　サリーが見あたらない――というより、サリーを**感じない**。彼女がいないとわかって落胆する自分にうんざりする。ここにいる誰よりも、彼女の不在のほうが存在感がある。

「アム、みんなと話さないの？」エイドリアンが手を広げる。「この人たちと再会するために来たんだよ？」

「わたしが会いたかった人たちにはもう挨拶したもの」厳密にいえば嘘はついていない。彼に何か言われるまえに続ける。「あ、モンティだ」とバーを指差す。モンティが酒飲みでよかった。だいたいバーのあたりをうろちょろしているから見つけやすい。「わたし、お手洗いに行ってくるから、彼と話しててくれる？」

　エイドリアンが、話をしてはまずい相手には近寄らず、モンティと盛りあがっているのを確認してからその場を離れる。ヒューイット寮の入口に向かう途中、タラ・ロリンズに引き止められる。ハドリーやヘザーたちと、女子だけで旅行をする計画を立ててるのに、今が絶好の機会だと思ったらしい。視界の隅にフローラのホワイトブロンドの髪がちらつくものの、そちらを見ると彼女はいない。今夜は、かわるがわるみんなが彼女を取り囲んでいるはずだ。同情をたたえた目と偽りの笑顔で。近寄らないでおこう。彼女はわたしとは話したくないはずだ。

ようやく寮内のバスルームにたどり着くと、個室に逃げこんでビリーにメッセージを送る。**この人たちを心底嫌ってたこと忘れてた。来るんじゃなかった。**

爆笑の文字とあっかんべーをして笑う絵文字が、すぐに返ってきた。**それでもわたしよりはいいって。子どもたちは寝ないし、ライアンはいつもどおりテレビのまえでごろごろしてるし。**

できることなら入れ替わりたい。冗談抜きで吐き気がする。

妊娠かもよ。またそれだ。ビリーはなんでも妊娠に結びつける。頭痛がすると言えば〝妊娠かも〟、ワインのおかわりをしなければ〝妊娠かも〟、スシの気分じゃなければ〝妊娠かも〟。

違うわよ、とだけ返す。

ざんねーーーん。子どもがいる生活の大変さをいつも愚痴っているわりに、わたしには妊娠してほしがるので笑ってしまう。わたしたち夫婦が子どもを望んでいると、ビリーは思っている。ふだんは自由を重んじているように見える彼女でも、さすがにわたしのしたことを知ったら、卑劣さに驚くだろう。わたし母親になる！　と宣言して、避妊のためのピルをトイレに流すというショーを派手に演じたその翌日、薬局に行ってまたピルを処方してもらい、バッグに隠した。半年前のことだ。罪悪感を持つべきなのだろうが、子どもを授かろうとするほうが、わたしにはいけないことのように思える。世の中には母親に向かない人間がいるのだ。

わたしは携帯電話の画面を見つめる。昨日が生理の開始予定日だったけれど、一日や二日遅れるのはよくあることだ。わたしは十六のときからずっと、毎晩決まった時間に忘れずピルを飲んでいる。

携帯電話の音がする――メッセージを受信した音。わたしのではない。隣の個室から聞こえる。気にせずにいると、電話の着信音が鳴りはじめた。

普通の着信音ではなくて曲だ。

〈アイ・ドント・ウォント・トゥ・ミス・ア・シング〉の前奏。

わたしはコンクリートのようにかたまる。携帯電話を引っつかんで申し訳なさそうに言うフローラを思い出す。「ごめん、またケヴィンからよ」ありえない。ケヴィンから彼女への電話だなんて。

「フローラ?」ほとんど声にならない。ドアの下には誰の靴も見えない。返事もない。

音が鳴りやんだ。ドアを開けて出て、隣の個室の前に立つ。ブーツで軽くドアを蹴る。トイレットペーパーのホルダーの上に、携帯電話がある。

放っておくべきなのはわかっている。シルバーの折りたたみ式のものだ。今どき折りたたみ式を使っている人はいない。手に取って開いてみる。わたしがこうするのを、彼女は望んでいるはずだ。

開いたとたんに目に飛びこんだ画像は、わたしのために用意されたものに違いなかった。わたしは電話を叩きつけるように戻すと、個室から転がり出て、シャワーブースとトイレが並ぶバスルームのドアをぐいと開け、廊下に飛び出す。中庭まで出ると、さっきの人混みには戻らず、ニコルソンホールまで慌てて走る。サリーは部屋にいるだろうか。今見たもののことを知らせないと。

部屋のドアを開けようとしたとき、声が聞こえた。忍び足で中に入る。昔は午前三時にサリーとやかましくおしゃべりしながら寮に帰ってきて、部屋に着くと寝ているフローラを起こさないようそっと歩いたものだ。内側のドアは閉じているが、吠えるような声がして肝を冷やす――サリーの笑い声だ。誰かと話している。わたしは息を止めて耳を澄ます。

「彼女は何も気づいてない」とサリー。もうひとりの声がしないところをみると、電話しているのだろう。「わたしたちのこと、ちっとも疑ってない。彼女のことはよくわかってるから」

彼女は何も気づいてない。彼女のことはよくわかってるから。その〝彼女〟とは、ひとりしかいない。

わたしだ。

部屋を出たときのまま、ベッドの上にバッグが転がっている。それだけ持って部屋を出よう。不安のせいで頭痛がする。早くここを出たほうがいい。けれどもサリーが話している相手は誰なのか、彼女が言う**わたしたち**の新メンバーが誰なのかが気になる。

わたしに取って代わった誰かがいるらしい。自分に近づくことを許した人間に、サリーが何を望むのか、わたしは知っている。

あとずさりして静かに部屋を離れる。ニコルソンホールを出ると、さっきと同じカチューシャをしたフローラの姿があり、心臓が止まりそうになる。まるでわたしがここに現れるのを見透かしていたみたいだ。

「なんて言ってほしいのか知らないけど」唾を飲みこむ。「かかわったのはわたしだけじゃない」

フローラは返事をせず、ただ冷たい笑みを浮かべているだけだ。彼女はわたしに責任があることを忘れさせない。決して許さないし、二度とわたしと口を利くことはない。わたしは早足で歩きだす。フローラから、サリーから、そしてサリーの電話の向こうにいる誰かから逃れるために。

ヒューイットのすぐ近くで、煙草をくわえた影を見つける。フェルティに喫煙の習慣があるとは意外だ。彼は何も言わない。わたしは下を向いたまま、こそこそ通り過ぎる。気づかれなかった、とほっとしたところで声をかけられる。

「ミス・ウェリントン」昔と変わらない、低く明瞭な声。「今年はここで会えると思ってたよ」

動けなくなる。完璧な返答を思いつかない。何を言ったところで意味はないのだが。

「まずまずの人生を送っているようだな」とフェルティが言う。振り向くと、ブーツが地面に半円を描いた。

「ええ、順調です」声が震えるのを努めて隠そうとする。「刑事さんは？」

フェルティは答えずに質問を重ねる。「明日も会えるかな？」

「いいえ、無理だと思います」わたしは挑むように言う。彼が示唆することはわかっているが、あくまでとぼけることにする。「わたし、ちょっと忙しいので」

表情から彼の気持ちは読みとれない。フェルティは煙草の吸い差しを、地面に捨てて踏みつける。煙草を吸い、平気でポイ捨てするこの男は、人から高潔に見られたいようだが、ほんとうにそうなのかははなはだ怪しい。

「残念だ。しかし、この週末にまた顔を合わせることもあるだろう。コーヒーでも飲もうか。昔みたいに」

「そんな時間はありません。夫とわたしの明日の予定は詰まっているし、日曜の朝にはここを発つつもりですから」夫を持ち出すのは、精いっぱいの防御だ。わたしを大切にし、守ってくれる人がいるとわからせるため。エイドリアンに対する温かい気持ちが体を駆けめぐる。

フェルティの視線がわたしを射抜く。彼は真剣すぎる。いつもそうだった。「彼女に借りがあるはずだ」

わたしは腕を組む。レザージャケットの袖が手首までずりあがる。「今なんて？」

「ふうん、そうか、と言ったんだが。なんて言ったと思ったんだ？」

これ以上議論をするつもりはない。歩きはじめるとき、彼の大声が追いかけてこないかとびくびくしたけれど、心配は杞憂《きゆう》に終わった。

フェルティは、ウェズリアンで出会った男の子たちとはまったく異なる形でわたしを欲しがった。

彼はわたしを檻にぶちこみたかったのだ。

18　あのころ

ウェズリアン大学からダートマス大学までは、基本的に州間高速道路の九十一号線をまっすぐ走る。地図サービス〈マップクエスト〉によると、二時間半もすれば到着するらしい。車は、フラタニティのDKE寮に住むルイスのものだった。サリーは彼と何度かセックスしていた。口でしてくれるけど、お返しは求めてこないかららしい。ウェズリアンから遠ざかれば遠ざかるほど、わたしの計画は現実味を増していった。

「ほんとに行くことにしてよかった」サリーはしみじみ言った。「キャンパスにはもう飽き飽き。退屈で死にそうだった」

「うん」お腹の中の不安の塊が一秒ごとに大きくなっていた。

ケヴィンにメールをしてダートマスに行くと伝えようかとも思った。サプライズが嫌いかもしれないから。けれどもこの訪問は予想外でなければならなかった——わたしはフローラとは違う、距離を埋めるのを彼だけにまかせたりしないと、わかってほしかった。彼が大げさに驚くところを見たい。わたしはドラムのように指で膝を叩いた。スピーカーから、サリーが大好きなスリップノットのアルバム〈アイオワ〉の曲が大音量で流れていた。

「それで、ケヴィンのことだけど」サリーは音楽のボリュームを下げて言った。「何があったか教えてよ。二週間くらいまえに初めて会って、好きになったの？　電話でいやらしいこと言いあってるんでしょ？」

「ううん、そういうんじゃなくて、メールしてる」

「メールね」サリーが言うとその言葉は性感染症か何かのように聞こえた。「待って。じゃあ一回会っただけで、そのあと話してないの？」

「話してるよ。かなり個人的なこともメールに書くし、彼自身についていろいろ教えてくれた」わたしは爪で親指の甘皮を引っ掻いた。

「なんですぐ話してくれなかったの？　わたしはアムになんでも話すのに」傷ついた声をほかの誰にも聞かれたくないみたいに、サリーは小声になった。

「特に理由はない。ただ――ふたりのあいだにあるのが何かはっきりするまで、言いたくなかっただけ」ほんとうに言いたいことは言わなかった。**サリーとの関係が変わるのが怖かったの。**彼女が返事をするまで、しばらく沈黙が続いた。

「パソコンの陰からなら、どんなことでも言える。とにかく気をつけて。アムが男に振りまわされるのは見たくない」

「ケヴィンはそんな人じゃない」と言ったものの、サリーの言うことにも一理ある。彼女の趣味は、関係を持った男の子の携帯電話を盗って、その携帯電話からトラブルを起こすようなメッセージを送ることだ。送信するときはいつも、つい笑ってしまうのをこらえようと、片手で口を覆った。

「だけど、あの男にはすでに実績があるじゃない。フローラを裏切ってアムと浮気してるんでしょ？」

「違う」両手を膝のあいだに挟んだ。「違うの。わたしたちは心でつながってるの、体じゃなくて」

サリーが咳払いした。「あいつの相手ってほんとにアムだけなの？」

不安の芽が虫みたいにわたしの心に潜りこんだ。なんと答えていいかわからなかった。わたしだけだと言いたいのに、急に自信が持てなくなった。

「そんなに思いつめないで」サリーが笑ってわたしの腕を引っぱった。「深い意味はないから。でももしあいつがアムをひどい目にあわせたら、殺してやらなくちゃ」

それが冗談なのか本気なのかわからなかったものの、わたしも笑ってみせた。

彼女はハンドルを指で叩いてリズムをとった。「少なくとも、わたしたちのまわりの馬鹿な男たちよりましだといいけど。最後に寝たバディは、朝まで一緒にいてくれってせがんできたの。夕飯を作ってあげるからって。冷凍をチンしただけのナチョスなんてお断り。ハンターはそればっかり」

「ハンター？　また彼と寝たの？」

「勉強したくなかったし。そういうときってムラムラしちゃうんだよね。でももう彼とはしない。重すぎるもん。女のほうが感情移入しやすいなんて、誰が言いはじめたんだろ？」

サングラスのおかげで、表情を見られずにすんだ。ハンターはわたしが彼の部屋に入るのさえ嫌がった。会うときは、フローラがいない隙に彼がわたしの部屋に来た。両親がたまのディナーデートに出かけると、マットをこっそりうちに連れこんだのと同じだ。ハンターの言い分はこうだった。**おれのルームメイト、いっつも部屋にいるんだよ。悪いな、アンバー**。サリーは部屋に入れてあげるし、名前もちゃんと覚えているくせに。わたしが探し求めた聖杯——気軽なセックス——は、まがい物だった。いくら相手に求められても、真の力は得られない。それは誰にも期待しないことで得られるのだ。**何も**期待しないことで。単純な話。

つまりサリーが無関心であればあるほど、より多くの人が二つ折りになって頭を下げ、サリーへの関心を示すということだ。どうしてそうなるのか、トリックが知りたくてたまらなかった。

「あらためて、一緒に来てくれてありがとね」わたしは早口で言った。緊張で胃がむかついて、もう帰りたかった。

「何言ってるの」サリーはシートにもたれた。車の振動に合わせて彼女も振動する。「わたし、すぐに退屈するって言わなかった？」

わたしの計画だったはずが、いつの間にか先導しているのはサリーだった。わたしはいろんな意味で脇役なのだ。

「フローラにはリアルな人生を見せてあげなくちゃ」サリーは続けた。「ほんと嫌な女。普通とは違う意味で。卑怯なのよ。二週間くらいまえ、ラウンジでローレンと、アムのこと話してた。気に入られようと必死なのが見え見えだって」

「なんですって？」わたしはかっとなって言った。「いったい何様のつもり？　わたしのこと何も知らないくせに」

サリーは片方の眉を上げた。「ほんとよ、聞こえたの。わたしの姿を見るなり黙ったけどね。わたしたちが仲いいの知ってるから。嫌な女になるなら、堂々としなきゃ。でもフローラは完璧なイメージの裏に意地の悪さを隠してる。ああいう女がいちばん嫌い、最悪の部類ね」

わたしが最も触れられたくない部分だった。フローラはずっと嘲笑っていたのだ。その事実を知ったことで、今朝の彼女の傷ついた表情なんてどうでもよくなった。確かにフローラは最悪の部類だ。だから、これからすることを申し訳なく思う必要はない。

夕方、大きな家とブロッコリーみたいな木が立ち並ぶウェブスター大通りに到着し、道路脇に車を停めた。サリーは濃い色のリップライナーで唇を縁取ると、振り向いてわたしにも同じことをした。それから、スカートの下にはいている破れたタイツを脱ぐように言った。

「はあ、遠かった」サリーはボトルのお酒をあおった。「彼とファックするのよ、いい？そのためにはるばるこんなところまで来たんだから」

「うん、ファックする」刺激的な言葉の感触が気に入った。わたしとトニは、レディになりなさいと母に言われて育った。感情は顔に出さず、正しい時と場所でしか人に見せちゃだめと。まるで感情は檻に閉じこめた動物で、わたしたちは飼育員みたいだ。

わたしはレディじゃない。サリーにそう気づかされた。

「ほら、目つむって」アイライナーが押しつけられる。「はい、開けて」まつげがマスカラで濡れる。サリーの大きくて血のように赤い唇が、わたしの唇の近くにあった。

「見て」彼女がミラーを指差す。「わたしたち姉妹みたい」

携帯電話が鳴ったとき、ビリーからメッセージが届いたのだと思った。ビリーは、わたしが今夜バディとの関係を進展させようとしているのを知っている。わたしがどこまで行くつもりか――文字どおりの意味でも――までは話していなかったけれど。

ところがメッセージはフローラからだった。**アムがいなくて寂しいな。楽しんできて！**

返信せずに携帯電話をバッグに乱暴に突っ込んだ。

「誰から？」

「誰でもない」心からそう思った。

今はフローラのことは忘れよう。部屋で何をしているのかも、なぜこそこそとわたしの噂話をして傷つける必要があるのかも考えない。次に彼女を思い出したのは、もっとずっとあとのことだ。わたしはフローラを、頭の中の映画から退場させた。彼女がいなければ存在すらしない脚本だったにもかかわらず。

19　現　在

宛先　〝アンブロージア・ウェリントン〟　a.wellington@wesleyan.edu
差出人　〝同窓会実行委員会〟　reunion.classof2007@gmail.com
件名　二〇〇七年卒業生同窓会

アンブロージア・ウェリントン様

昨夜は大いに楽しんでいただけたことと思います——が、はめをはずしすぎてはいませんね？　まだこれからパワーが必要ですから。先に言っておきます。今日の予定は、試験中に大混雑するキャンパス内のスーパーマーケット〈ウィーショップ〉よりもぎゅうぎゅう詰めです。焦らず行きましょう。お祭りはまだ始まったばかりです！

目覚めると同時に、おなじみの二日酔いの苦しみに襲われる。エイドリアンがコアラのごとく、うしろからわたしに抱きついている。昨夜は気が進まなかったものの、エクレクティックでのパーティーに参加した。すっかりできあがっていたエイドリアンをひとりにはできなかった。いや、わたしがひとりになりたくなかっただけかもしれない。

中心にいたのはやっぱりサリーだった。行く先々で、みんなの背中に手をあて、顔を近づけ、火花が飛び散りそうなエネルギーを伝染させた。目が合うと、挑発するようにわたしを見つめた。言いたいことがあるなら言えば？　したいことがあるならすれば？

「サリーは一生変わらないわ」設置されたバーで、ローレンは酒くさい息をわたしの耳元に吹きかけて言い、しゃがれた声で笑った。「高校のとき、彼女がよくやる遊びがあったの。全員が偽造の身分証明書を持って出かけるときにね、サリーは適当な女の子の財布から運転免許証を盗んで、その子になりすますの。ほかの同級生みたいに、お酒を飲んで年上の男と遊ぶだけじゃ物足りなかったのね」

わたしは笑った。ウェズリアンにいたころ、何人ものバディの携帯電話がサリーの毒牙《どくが》にかかったことを、ローレンは知っているのだろうか。サリーの飽き性がいつ始まったのか考えたこともなかったけれど、わたしと出会うまえからそうだったらしい。

「起きてる？」首のうしろにエイドリアンの熱い息がかかる。「くそっ、飲みすぎた」

わたしは動かず、じっとしている。もう一度目を閉じて、明日の出発の時間になるまで寝ていてくれないだろうか。その思いはどうやら伝わらなかった。

「昨日の夜、結局サリーは帰ってきた？」エイドリアンはあおむけになって、わたしの腕にくるくると円を描く。「物音がしなかったよね。誰かとよろしくやってたのかな」

頬にキスをされて、わたしは言う。「かもね。昨日が初めてってわけでもないだろうし」

彼がシャワーを浴びに出ていったので、携帯電話を取り出す。ビリーからメッセージが来ていた。**今朝ライアンが、もうひとり子どもが欲しいって言いだしたの。今いる子どもたちの世話すらしないのにね。タイミングを計って一緒に妊娠するのはどう？**

やめとくわ。わたしは赤ちゃんいらないから。

送るとほぼ同時に返信が来る。ビリーの手から携帯電話が離れることはめったにない。

つまんないのね。ゆうべ少しは楽しめたの？　彼は来た？

言ったでしょ、来ないって。

携帯電話をおいて顔を上げると、デニム地のショートパンツに裸足のサリーが室内のドアのそばに立っていた。入っていい？　とも訊かずにこちらの部屋に入ってきて、デスクチェアにうしろ向きにまたがり、両手の上に顎をのせる。「皮肉ね。こんなに時が経ってから、ついにわたしたちルームメイトになれた」

わたしはもう、波に引っぱられる海藻のように彼女に惹かれたりしない。にやつくサリーににこりともせずわたしは言う。「帰ってたんだ、気がつかなかった」

「あなたたち、酔いつぶれてたから。クラーク寮に行って飲み直してたの。エラがあなたの近況を聞きだそうとしつこく探りを入れてきて、気味悪かった。何も教えなかったけど」

わたしはしばし逡巡し、多少のお返しはすることにする。「カクテルパーティーのとき、ヒューイットのトイレに行ったの。隣の個室から携帯電話の着信音がしたから、変だなと思って見にいったら、誰もいなくて古い携帯だけがあった。たぶんフローラが昔使ってたものよ」

サリーが唇を嚙む。「フローラの？　大学時代に使ってたやつ？　どうしてそう思うの？」

「折りたたみ式で、開いたら待ち受けがわたしたちの写真だった、サリーとわたしとフローラでハロウィンに撮った写真」着信音が、ケヴィンからフローラにかかってきたときのものだったことは言わない。サリーへの小さな裏切りだ。

「確かなの？　そんなことってある？」サリーが怪訝そうに目を細める。「その携帯電話はどこ？　見せて」

「おいてきちゃった。でもほんとに見たの。紙の写真を携帯で撮ったんだと思う」

サリーは指に髪を巻きつける。煙草を吸いたいのだろう。「なんでおいてきたの？　調べたら何か出てきたかもしれないのに」

「さあ」わたしは脚を組んで座り、膝をぽんと叩く。「わたしのじゃないからじゃない？」

サリーは、わたしが暗に意味したことを理解した。「あのころはそんな理由で何かを思いとどまったりしなかったくせに」

突然怒りがこみ上げる。「あのころもわたしのこと、よく知らなかったでしょ？　どっちにしてもわたしは変わったから、あのころは関係ない」すぐに言い返されると思ったのに、彼女はただ、すぼめた唇からひゅーっと小さなため息をつくだけだった。

「アムのことならよく知ってた」おだやかで真実味がある声だ。サリーはなんでもほんとうらしく言うことができる。

「パーティーのまえはどこにいたの？」現在の問題に意識を戻して、わたしは訊く。「カクテルパーティーにはいなかったけど」

「頭が痛かったの」サリーは髪をいじる手をとめる。「頭痛持ちなの知ってるでしょ」

わたしの記憶にあるかぎり、彼女が頭痛を訴えたことは一度もない。誰かを頭痛の種だと言うことはあっても。でもこれが彼女の力だ——相手に信じさせるのではなく、自分自身を疑わせるのが。

「フェルティが来てる。パーティーのまえに見たの。なんで警部さんがわざわざパーティー会場の警備なんかしてたと思う？　わたしを待ってたのよ」

「わたしも昨日の夜見かけた。カードの件、ほんとにフェルティだと思ってるの？　でも、なんで今？　わざわざここに呼びつけたのはどうして？」

「保守的だからかな」わたしは言う。「離婚するまえにしてた結婚指輪はシンプルなゴールドのリングだった。子どもはマイケルと自分の名からとったトーマス・ジュニアって平凡な名前。きっと彼なりのこだわりがあるのよ。事件が起こった場所で同窓会が開かれることに、何か意味を感じたんじゃない？」

「へえ」サリーは言う。「ずいぶん彼にくわしいね」

「まあね」恥ずかしくなったわたしは親指の爪をかじる。はっきり説明するのは難しい。フェルティを仔細にわたって調べることで安心感を得られた。サリーはそんな安心感など必要としたことはないだろうけど。

「あれから何千何百と事件を捜査してきたんじゃないの？　なんでこの事件にこだわるわけ？」

「フェルティにはお姉さんがいた。その人に起きたことが原因よ。関係ないわたしたちに八つ当たりしてるの」

着信音がしたので、携帯電話の画面をスワイプする。届いたメールをざっと読んでいるうちにげんなりした。「同窓会実行委員会のメール、うっとうしいったらない。普通、同窓会は楽しいものだってわかってるけど、わたしたちは楽しんでない。いちいち決めつけないでって感じ」

「確かにうっとうしい。けど認めなさいよ、ちょっとは楽しんでるってこと」

わたしは彼女の顔を見ずに言う。「楽しんでなんかない」

「一緒におもしろいことたくさんしたの、覚えてる？」サリーは、わたしのと同じように噛んで小さくなった爪を見つめて言う。「ときどき戻りたくなる」

「わたしも」という言葉が自然に出てくる。事実だから。なんの責任もなく身軽だったあのころが懐かしい。洗っていなくてべたつく髪をポニーテールにして遊びに出かけた夜、触れあう脚、喉を流れる甘いお酒、靴ずれで痛む足も。

「嫌な女になりたかったわけじゃない」サリーがわたしの目を見る。「嫌な女だったでしょ、わたし。そのせいですごくややこしい事態になっちゃったけど、誰にもほんとうのことは話してない。それだけは知っておいて」

彼女の言うことを、彼女を信じたい。ウェズリアンからのメールがしつこく言うように、もう一度**つながりたい**。けれどもわたしたちのあいだには過去という、電気の通る柵が立ちはだかる。乗り越えようとすれば、すべてをリスクにさらすことになる。

ニコルソンホールのバスルームはバターフィールドのより広く、シャワーとトイレがそれぞれいくつかある。わたしはシャワーブースに入って熱いお湯を出し、背中に浴びる。

サリーはよく、シャワー中のわたしをドアの下からのぞきこんで、**サプライズ！**と叫んで笑った。初めてされたときは、慌てて両手で体を隠した。あるときシャワーを浴びようとブースに入ると、サリーも駆けこんできて降り注ぐお湯の下に立ち、わたしのボディソープに手を伸ばした。まるでわたしと片時も離れたくないみたいに。それからは、のぞかれても気にならなくなった。

シャワーブースを出て体を拭き、パジャマを着て、髪にタオルを巻く。洗面台に行くと、入ってきたときにはなかったものが目につく。

ヘアブラシだ。わたしではない誰かの髪――細いホワイトブロンド――が巻きついたロールブラシ。フローラの髪。彼女の髪はたいていまっすぐおろされていた。その横にはピンクのマグカップ。側面の**フレンド**の文字はむらさきと白のドット柄だ。

わたしは吐き気で立っていられなくなり、かがみこむ。偶然かもしれない。あの髪色の人はごまんといる。フローラの仕業ではない。

でもマグカップは？　偶然ではありえない。わたしは爆発物に近づくみたいにゆっくりと近づいた。フローラがこれをわたしにくれて、自分は**ベスト**を持っていたことを知っているのは誰？　わたしたちの部屋に何度も来ていたエラなら知っているはず。何かと必要なもの――シャンプー、メイク落とし、アドバイス、提出前の課題をチェックしてくれる人、かわいいと褒めてくれる人――があるとき、フローラのところにやってきた寮の女の子たちも。

それにサリーも当然知っている。

カップには触れないようにする。指紋をつけたくない。カップの中を見るまではそう思っていた。血だ。縁から底までねっとりと滴る一筋の血。

わたしはカップを手に取り、洗面台で洗い流そうとするが、血はびくともしない。よく見ると、血にしては鮮やかすぎる――ウェズリアンの赤だ。乾いたマニキュアだった。ピンクの磁器に張りつく真っ赤なヘビ。カップをおく手が震える。

カード、ヒューイットのトイレにあった携帯電話。そして今度はわたしのマグカップにフローラのマニキュア。すでに丸一日キャンパスにいるのに、まだ誰も話があると直接言ってはこない。

そのとき霧が晴れるように理解した——**あの夜わたしたちがしたことについて話がしたい**と書いた誰かは、話がしたいわけではないのだ、と。

20　あのころ

ウェブスター大通りには、ダートマスのフラタニティの寮が立ち並んでいた。アルファ・カイはやたらと大きい、緑色の板張りの邸宅だった。女の子はドリンク無料だよ、と玄関にいた男の子が言った。ただしほかのやり方で支払ってもらうけど、というように彼の目がぎらりと光った気がした。

「わー、今夜は楽しめそう」サリーは少しも楽しそうではない表情で言った。「飲み物取ってくる。アムはケヴィンを探してきて。それからここに集合ね」

ここというのは、大きなガス暖炉のまえだった。火はついていない。マントルピースの上には、スポーツチームの人気者たちの写真を入れた真鍮のフォトフレームが並んでいた。わたしはハイヒールの不安定な足取りで階段に向かった。ケヴィンは自室で本でも読んでいるのだろう。彼はパーティーが得意じゃないし、ひとりで休む時間が必要だろうし。

「ケヴィン・マッカーサー見なかった？」わたしは、マンチェスター・ユナイテッドのユニフォームを着た、もじゃもじゃのブロンドヘアの男の子に訊いた。

「あのモテ男《マック・ダディ》？　どっかそのへんにいるだろ。いなくてもいつかは帰ってくるさ。あんなやつになんの用？　それよりおれたちと遊ぼうよ」

モテ男の冗談は気にせず、彼の無遠慮な視線から逃れた。二階にはユニフォームを着た男の子がたくさんいたものの、ケヴィンはいなかった。むき出しの脚に、肉を狙うけもののような視線を感じる。わたしはお腹に響くリズムと、誰かに顔面につきつけるようにして渡された安いビールを楽しんでいるふりをした。そのとき背中にトンッと手がおかれ、はじかれたように振り向いた。**ケヴィン！**　けれどもそこにいたのはサリーだった。

「彼、どこにもいないの」わたしは取り乱して言った。「どこかに出かけちゃったのかも」

「あいつがいなくても、誰かしら見つかるって」サリーは自分のカップの中身をわたしのカップに注いだ。「探検してみよう。この家、ちょっとおもしろそう」

わたしはサリーについてまた一階に降りた。コンクリートの廊下を行った先は別棟で、そこが〝納屋〟と呼ばれていることはあとから知った。

目の下に青と黒の縞模様を描き、ユニフォームを着た男子グループが、拳を振りあげてなだれこんできて、パーティーはいっそう騒がしくなった。どの学校にも王さまがいるものだ。みんなが目で追い、崇拝する王のような存在が。その中にケヴィンがいた。

　飲みすぎたせいで幻を見ているんだろうか。ユニフォーム姿のひとりがケヴィンに見えた。彼なら、ビリーと熱心に見たドラマ〈ドーソンズ・クリーク〉のペイシーみたいなボタンダウンのシャツを着ているはずなのに。ずり落ちたジーンズと、膝まであるチェーンもケヴィンらしくない。集団はビールサーバーに列を作りはじめた。彼らはうるさく、だらしがなく、態度が大きかった。

「彼よ、あそこ」ケヴィンはまだわたしに気がついていなかった。

「どれ?」あくびを噛み殺しながらサリーは言った。「どんな顔だったっけ。みんな同じに見えるからわかんない」

　ビアポン（テーブルの両端においたコップに反対側からピンポン玉を投げ入れるゲーム）のテーブルの向こうで、ケヴィンはハイタッチをしていた。どうやらわたしは彼の顔を忘れはじめていて、欠けた部分を脳が好き勝手に埋めてしまっていたようだ。鼻は思っていたより大きいし、唇は薄くて髪は短い。貝殻のようにかわいい耳にかかる巻き毛もたんなる想像だったようだ。彼はただの男の子だった。どこにでもいるような。

「あれよ」

　サリーはわたしに体を近づけた。「それで、ひと晩じゅうわたしのそばに突っ立ってるつもり？　それともあいつに話しかける？」

わたしは大きく息を吸った。「話しかける」

ケヴィンのそばまで行って肩を叩いた。そしてたちまち後悔した。肩を叩くなんて、セクシーじゃないにもほどがある。道をふさぐ人に「ちょっとどいて」と言うときにやることだ。ところが彼が振り向いて、わたしを見て笑顔になったとき、勇気を振り絞ってよかったと思った。

「マジかよ」彼は言った。「アンブロージアじゃないか。ここで何してるの？　いや、会えてうれしいよ、でも——あれ、飲みすぎたのかな？　それともきみ、ほんとに存在してる？」

わたしは微笑み返した。「うん、存在してる」

いったいわたしは何を期待してたんだろう——キス？　ビールを放り出して、わたしの頬を両手で包み、現実かどうか確かめる？　ケヴィンはそのどちらもせず、わたしをハグした。さっきまでユニフォームの仲間たちと交わしていたのと同じ軽いハグだった。

「どうしてここに？」と訊く彼の頬骨にはべったりとペイントがされている。フローラは許さないだろう——男らしくて人気者のスポーツ選手ケヴィンの目のまえにミニスカートのわたしがいることを。

「わたし——話せば長いんだけど」正直に話すつもりでいた。会いたくて来た、と。でもそれは重すぎるような気がしてきたから、無難な答えにした。「ダートマスに友達が何人かいて」

うなずいた彼が、がっかりしたのか安心したのかはわからなかった。「ああ、そうなんだ。でも今週末は課題で忙しいんじゃなかった？」

「そうだったんだけど……うん、そうなの」**実は課題ってあなたに会いにくることだったの**。いろんなラブコメディから拾い集めた甘い台詞の数々が頭に渦巻いたものの、そのどれも口にする勇気はなかった。なりふりかまわずに行動して、あとから恥ずかしさのあまり震えあがる——そんな経験をわざわざ増やすつもりはなかった。

「ねえ、僕たち——」探るようにわたしの顔を見ながら彼は言った。

その続きを聞くことはできなかった。ちょうどサリーがやってきて、わたしの腰に腕をまわしたからだ。わたしの目的を知っているくせに割りこんできた彼女への苛立ちをなんとか抑えた。

「ねえ」サリーはわたしにぴたりと寄り添った。「ふたりでこのパーティーを本物のパーティーにしちゃわない？」

「サリー」どうか**本物のパーティー**が何か、ケヴィンには言わないで。「ケヴィンを覚えてるよね？　彼もダートマスの学生なのよ」

「もちろん覚えてる。気の毒な男の子でしょ」

サリーをひっぱたいてやろうかと思った。会場ではウォッカのショットグラスが配られた。ケヴィンは自分のグラスを、飲んではいけないもののように見つめていた。フローラは今ごろ、脚を組んでベッドに座っている。まるで大事なペットのようにかたわらの布団に携帯電話をおいて。鳴らなければ、彼女のほうから彼にかけてくるだろう。運転していて水路に突っ込んだんじゃないかしら、部屋でひとり倒れているんじゃないかしらと心配して。そんなふうに彼女が最悪の事態を想像したとき、そこにわたしとサリーはいなかったはずだ。フローラはもっと想像力を豊かにすべきだった。


ケヴィンの友達はウェズリアンの連中と同様、サリーが欲しがるだけの生気を与えた。彼女もお返しに甘い蜜を吸わせた。腰を押しつけて、彼らが何か言うたびにうんと顔を近づけ、ブラのストラップを肩から落として。ケヴィンとわたしは会場の隅にいた。彼はサリーと、だんだんと密度が高くなっていくダンスフロアを眺めるばかりで、わたしには指一本触れなかった。まるで母親に、お店のものに触れてはだめ、壊しちゃったら買わなきゃいけないのよ、ときつく言い聞かされた子どものように。彼は腕時計に目をやった。その時計はフローラからのプレゼントだと、わたしは確信していた。時計や、冗談みたいに高級なペンは、いかにも彼女が選びそうな贈り物だった。

「きみがここにいるなんて、まだ信じられない」ケヴィンが言った。「僕はパーティーに出る気はなかったんだけど、フラタニティの一員として顔を出さないわけにいかなくて」

「わかる。わたしもウェズリアンのパーティーはもうお腹いっぱい。もっと意味のあることがしたいの」

手と手がわずかに触れた。「だろうね」

「そういえば見学ツアーがまだよ、案内してくれる？」ケヴィンはダートマスにいるはずのわたしの友達についてひとことも尋ねない。嘘を見抜いているみたいだ。

「もちろん」気さくで自然体な彼につられて、わたしも肩の力を抜いた。

ツアーのあと、〝納屋〟の二階にある彼の部屋に落ち着いた。幸いにもルームメイトふたりは留守だった。きちんと整えられた彼のベッドに並んで腰かけた。サイドテーブルには本が積み上げられている。フローラの写真などひとつもないのを見て、わたしは満足した。部屋の様子は想像していたとおりだった。一部ではあるものの、頭で思い描いていたケヴィンと現実が合致して、うれしくなった。彼はわたしがちびちび飲んでいたビールのカップを取って唇に運んだ。

「変な感じ。メールではあんなにいろいろ話をしたのに、実際きみを目のまえにすると、何を言っていいかわからないよ」

「何も言う必要ない」とわたしは言い、彼がキスしてくるのを待った。けれども動く気配がないので自分からキスをした。

ケヴィンが反応を示さなかったので、一瞬にしてパニックになった。ああ、またわたしはひとりよがりのおとぎ話を夢見てたんだ、こうやっていとも簡単に壊れてしまうファンタジーを。そのとき、彼の唇がわたしの唇を覆った。彼は片手をわたしのうなじに持っていき、髪を砂のようにさらさらとかき分けた。こんなのは初めてだった。わたしの中に入ったことがなくても、内面をよく知ってくれている人とするキス。マットとは何百回もキスしたのに、**この感じ**がしたことはなかった。

ところがわたしが夢中になりはじめたところで、終わってしまった。

「やっぱりできない」彼は身を引いた。「ごめん、アム。でも——僕にはガールフレンドがいる。知ってのとおり。ただでさえ彼女は僕の居場所を常に気にしてる。これ以上彼女が神経質になる原因を作りたくないんだ。それにきみは——きみは特別だし」

彼が**知ってのとおり**と言ったのも、口をぬぐったのも、気に入らなかった。

「すまない。きみを傷つけるつもりはないんだ。ただきみにふさわしいのは、すべてを捧げてくれる男だ。僕にはそれができない。浮気はしないって決めてるから。こんなことすべきじゃなかった」

「でもわたしたちは――」

「きみならわかるはずだ。恋人に浮気されたことがあるんだろ？　それがどんなにつらいことか、知ってるはずだよ」

それはほとんど警告だった。彼が思いとどまらせようとしているのはわたしだろうか、それとも彼自身だろうか。彼がマットの浮気を持ち出したことにもイラッとしたけれど、彼の大事なフローラは、わたしの経験した苦しみを味わうこともなければ、その苦しみで完璧さを損なうこともないのだと思うと、猛烈に腹が立った。

わたしはなんとか笑顔を作ってみせた。「そうね、あなたの言うとおり。ごめんなさい」

それ以上のことを言う気になったのは、**ごめんなさい**という自分の声を聞いたからだった。もう謝るのはうんざり。サリーならどうする？　彼女は、自己中心的になってもいいと教えてくれた。世界が与えてくれないものを、みずからつかみとりにいってはいけない道理はないと。

「ねえ、ひとつだけ知っておいてほしいことがあるの」わたしの声は震えていた。このショーには説得力がなければならない。今までで最高の演技を見せなければ。「こんなこと話していいかどうかもわからない。だけど、わたしたち理解しあってるし、わたしだったら話してほしいと思うから」

「何？　なんのこと？」

ショータイム。「何も悪いことをしてないのに、なぜフローラがあなたの動向をあれほど気にするのか、考えたことはある？」

「どういう意味？」ケヴィンはそれで答えがわかるかのように、自分の髪を引っぱった。

「実はね……」わたしは片手で頬をなでた。「すごく言いにくいんだけど。わたしが口を出すことじゃないし。でもあなたが言ったように、わたしは浮気をされた側だから、そのつらさがわかる。実はフローラが最近仲よくしてる男の子がいるの。これから関係が発展する可能性もあると思う」

「まさか。フローラは――彼女はほかの男とそんな関係になったりしないよ」

わたしは唇の隙間から、震える息を吐いた。「部屋で一緒にいるところを見た。同じ寮の子でハンターっていうの。フローラは一緒に勉強してただけって言ってたけど、あとから彼が部屋に来てたことは誰にも言わないでって頼まれた。変な噂が立つのを心配してるみたいだった」

ケヴィンは歯を食いしばっていた。わたしは有罪の証拠をもっと並べたてたいのを我慢して、今言ったことが浸透するのを待った。

「妹と電話しているときにも彼の話をしてるみたいだった。わたしが部屋に入ると慌てて電話を切っちゃったけど」

「僕はフローラの妹に嫌われてる」ケヴィンはぼそぼそと言った。「初めからずっと」

わたしは引きつった笑みを浮かべた。ポピーは、フローラとケヴィンのあいだに入った亀裂なのだ。どこを突けば血が流れるか見極めるやり方は、サリーから学んだことのひとつだった。

「僕たちはほぼ毎晩電話してる。フローラはなんでもかんでも共有したがるんだ。僕が誰といるのかって、いつも訊いてきたりして」

「それは彼女のほうが何をしているか、あなたに知られたくないから。心理操作のひとつ。ケヴィン、あなたにこんな話をしなきゃならなくて残念よ。フローラのことは好きだし。でも彼女には裏の顔がある」フローラの虚飾にナイフを入れて、少しずつ剝がしていくのはいい気分だった。

ケヴィンがじっと床を見つめる姿を見て、くじけそうになった。でも始めたことは終わらせなければならない。道路脇に倒れた傷ついた動物みたいに放置したままにはできない。

「何か変わったってあなたも感じてたでしょ？　それが引き金のひとつになって、わたしたちはメールをするようになったんじゃないかな。あなたには話を聞いてくれる人が必要なのよ」

「そんなことない」彼の声は硬さと柔らかさを同時に帯びていた。わたしは疑惑の種を植えた。繁殖力の強いミントのごとく、疑惑はやがて心の隅々まで埋めつくし、ほかの感情を根こそぎ枯らしてしまうだろう。「パーティーのあと電話をすることになってるから、訊いてみるよ」

「訊いても否定されるだけよ。本人だって受け入れられてないんだから。ほら、フローラって間違いがあっても素直に認めないでしょ？　それにわたしがあなたに話したことがばれちゃう。ハンターが部屋にいるのを目撃したのはわたしだけだもの」

「くそっ」彼はすがるような目をした。「きみが嘘をついてるとは思ってない。ただ、これが真実であってほしくないんだ」

わたしは真実であってほしい。「フローラはハンターのこと、バディって呼んでる。愛称のようなものみたい」

「あー、くそぉ。どうしたらいい」

「わたしがあなたなら、心から望むものは何か考えてみる。自分にふさわしいものは何かを。だって、この状況はあなたが望むものでも、あなたにふさわしいものでもない」

彼はうなずくと、わたしを引き寄せてハグをした。誰かにちゃんと抱きしめられるのはずいぶん久しぶりだった。特に、こちらの体が震えるくらい熱烈に抱きしめられるのは。

きっとうまくやれる。やっぱりわたしはすごい役者なんだ。

「こうなると思ってた」ケヴィンは言った。「大学に入ったら、僕なんかよりずっと自分にふさわしい男がいると彼女が気づいてしまうって」

「残念ね」わたしは彼の肩に顔を埋めたままほくそ笑んだ。

わたしの作ったお話を無事に植えつけることができた。犬に嚙みついたノミが、醜い頭を皮膚に潜りこませるみたいに。ケヴィンはこれまでのフローラとの会話を何度も思い返すだろう。彼女がなかなか電話に出なかったときのこと、ほかのことに気を取られたように黙りこんだときのこと、ひとつひとつを思い出すだろう。使い古された筋書きだ。イアーゴーがオセローにしたことを、わたしはケヴィンにした。このめちゃくちゃなメロドラマの主人公になれないのなら、悪役になるしかない。今はまだ。

「どうすべきか、考えてみる」わたしを抱きしめる腕をようやくほどいて、彼は言った。

「簡単には結論を出せない。僕たちには歴史があるから」

歴史。お行儀のいいデートを並べただけの年表じゃないの。**歴史**なんてしょせんお金持ちに都合のいいように書かれたものだ。ケヴィンとフローラが出会ったフェアフィールドのゴルフクラブの人たちは、ふたりが別れたらさぞかし残念がるだろう。

「もちろんよ」わたしは立ち上がって、スカートの皺を伸ばした。「ただ、わたしがここに来たことは言わないでね。あなたの口が軽いとは思わないけど、わたしが話したことを彼女が知ったら、すごく怒るだろうから。フローラには嫌われてるの」

ケヴィンは片手で口元をこすった。「きみを困らせることはしない。けど、フローラはきみを嫌ってなんかない、素敵な子だってよく言ってるよ」

わたしは息を吸いこんだ。ケヴィンには嘘をつく理由がないから、フローラがわたしを褒めたのはほんとうなのだろう。だからといって何も変わらない。サリーは彼女の真実の姿を、わたしの悪口を言う姿を見た。わたしはその場面を自分の目で見たかのようにありありと思い浮かべることができた。

「夜遅くまで出かけてると必ず嫌味を言われるし、誰と遊んでるかも監視されてる。もしかして彼女、あなたとわたしの両方を欺《あざむ》いてるのかも」自分でも驚くくらい憤っていた――フローラを傷つけることを恐れるケヴィンにではなく、わたしを傷つけることを恐れないフローラに。顕微鏡でのぞくみたいにわたしを見張って評価してくれ、なんて頼んだ覚えはない。

「どうすべきかわかったら、また連絡するよ」部屋を出るとき、ケヴィンの指先がわたしの指先をかすめた。わたしは振り返らずに歩いた。

陛下にはサリーと男の子たち、酔っぱらい、踊り疲れた人たちがいた。ケヴィンがふたたび姿を見せることはなかった――きっと**どうすべきか**考えていたのだろう。パーティーが続くなか、わたしは古い地下室のにおいがするソファで眠ってしまった。サリーがうしろに寝転がり、わたしのお腹にそろそろと腕をまわして、猫のように丸くなるのを夢うつつで感じたものの、目が覚めたときにはもういなかった。頭の中が蛍光灯のように熱をもっていた。わたしとフローラはもともと同じ条件で闘っていないから、勝つためには汚い手も使わなくてはならない。だけど、皮肉にもわたしたちの違いはそこにある。わたしは自分の手を汚すことになんのためらいもない。

21 現在

宛先　〝アンブロージア・ウェリントン〟　a.wellington@wesleyan.edu
差出人　〝同窓会実行委員会〟　reunion.classof2007@gmail.com
件名　二〇〇七年卒業生同窓会

アンブロージア・ウェリントン様

キャンパスを眺めわたすなら、フォス・ヒルよりいい場所はありませんね。というわけで、午後のフォス・ヒルでのイベントにぜひご参加ください。もちろん、この同窓会の趣旨は過去への再訪ですが、未来をのぞく機会もご用意しています（プロの夕ロットカード占い師に未来を占ってもらいませんか？）――思いがけない結果が出るかも！

さっきのマグカップのことをサリーに話さなければ。もし信じられないなら、自分で見にいけばいい。しかし、息を切らして部屋に駆けこんだ瞬間、わたしはかたまってしまった。サリーがエイドリアンとふたりきりで話している。それどころか、うしろから両手で彼の髪に触れている。笑っていたエイドリアンが顔を上げる。

「何してるの？」不安が背骨の付け根をくすぐる。

「二日酔いを治してもらってたんだ。頭皮に毒素を排出するツボがあるんだって。サリーが押してくれたところ、当たりだったみたい。ずいぶん楽になった」

サリーは両手をどかさない。エイドリアンの首に彼女の髪がかかっている。わたしのやっていることに間違いがあれば言ってごらん、とでもいうように挑戦的にこちらを見ている。サリーらしい——人に責任を押しつけるから、彼女自身はいつも無実だ。

「よかったわね。エイドリアン、少し話せる？」

「わたしは人と会いに出かけるから、どうぞ話してて」ようやく手を離して、サリーは言う。「あとでフォス・ヒルで。おたがいを見つけられたらの話だけど。はちゃめちゃなイベントになりそうよ」

サリーが出ていくと同時にエイドリアンに向きあい、縄張りを主張するように彼の両肩に手をのせる。「ねえ、もう帰りたい。すごく気分が悪いの。ここにいてもわたし、楽しい話し相手にはなれなそう。家にいたほうがまだいい」

エイドリアンは立ち上がって、わたしを両腕で包む。「家に帰るのは、ちょっとやりすぎじゃない？　ここに来てから様子がおかしいけど、僕がきみの友達と話すのがそんなに嫌？」

「そんなことない」彼の胸に顔を埋めたままわたしは言う。彼が、この問題の原因が自分であるかのように話すのが気に入らない。ある意味ではそうだけれど、彼が想像しているような理由ではない。「ただサリーには気をつけて。彼女は……必ずしも信用できるわけじゃない」

「そう難しく考えないで」エイドリアンがわたしの首元で囁く。「僕は感じよく接しようとしてるだけだよ。彼女のことで僕に知られたくないことでもあるの？」

「別に。ただ彼女はちょっと手に負えないってだけ」

彼は肩をすくめる。「普通の人に見えるけどな。昼寝でもしたら？　起きたら具合がよくなってるかも。ほら、僕たちこんなに楽しんでるんだし」

わたしは歯を食いしばる。またいつもの台詞だ。**僕たちこんなに楽しんでるんだし。**まだ遊び足りないのに、そろそろ帰ろうと言われたときの彼の常套句。

「ジャスティンとモンティのところに行くよ。見捨てられたなんて思わないから、心配しないで休んで」彼は離れようとするものの、わたしは顔を見られたくなくて、より強く抱きつく。正直者だったらこう言っただろう。**大丈夫、あなたがどう思うかは、今いちばんどうでもいいことだから。**

これ以上家に帰るのを主張すれば大喧嘩になるのは目に見えている。もうしばらくここにいて、ひとりで楽しんでいてもらおう。わたしの悪事が彼の耳に入らないことを祈るばかり。それとも彼についていって万事順調というふりをしようか。カードとマグカップを仕掛けた人物に監視されながら。

どちらにしても、もう望むとおりにはできない。罠にかかってしまったのだ。誰であれ、わたしがここに来るように仕向けたのは、罠にかけて二度と出られないようにするためなのだ。わたしはそのぞっとするような思いつきを、頭から払いのけようとした。

フォス・ヒルは人でごった返し、音楽と喧噪に包まれていた。照りつける太陽は、今は薄い雲に隠れている。わたしはサングラスの奥の目を細め、この暑さにもかかわらず身震いする。さっきからふたつのグループを行ったり来たりしていた。ハドリーとヘザーとレジャーシートの上でくつろいでワインを飲み、しばらくするとバターフィールド寮C棟出身の女子たちの**近況報告会**に参加する。そしてまたハドリーたちのもとに戻る。彼女たちが女同士の旅行みたいに、この週末を三人で過ごすことを楽しんでいるのに比べ、わたしはずっと神経を尖らせていた。気をゆるめたときにかぎって世界は牙をむくから。

エイドリアンは、ジャスティンとモンティ、それにほかの夫たちのあいだをあっちこっち飛びまわり、今はジョナ・ベルフォードと株の話をしている——エイドリアンは売買の経験があるかのように話しているけれど、うちの財務担当はわたしだ。わたしは同時にジェマの話にも耳を澄ます。彼女はハリウッドヒルズの大豪邸や、かの俳優ジェイソン・スティサムとの近しい友人関係についてのエピソードを披露して、仲間を楽しませていた。

バターフィールド寮C棟一階に住んでいた女子のなかで、フローラだけがいない。彼女は近くにいる——いまもあの聖人ぶった表情で、どこかからわたしを見ているはず。だけど顔を上げて正面から彼女と向き合う気にはなれない。

「素敵な夜ね」乾杯しようと、ローレンがプラスチックのカップをわたしに向けて差しだす。「こんなに飲むのって何年ぶりだろう。お酒を飲むこと自体、ほとんどなくなっちゃって。子どもがいると、無責任なことってできないでしょ。この週末は両親に預けてあるから、はめをはずしたってかまわないわよね」

「もちろん」わたしは飲みたくもないワインをカップの中でぐるぐるまわす。「ところで、どの寮に泊まってるの？」

「ニコルソンホールよ。あなたたちは？」そう訊くローレンの表情は、すでに答えを知っているようにも見える。

「わたしたちもニコルソンホール」

「サリーは変わらないね」クララが言う。「彼女が今何をしてるか、誰か知ってる？　わたしが大学院に入ってから、連絡を取らなくなっちゃったの」

「見当もつかない」ジェマが言う。「演技がどうとかって言ってたけど、仕事で一緒になったことないな」

「別に驚かないわ」ローレンがあざけるように鼻を鳴らす。「サリーは自分に演技の才能があるって思ってたのよ。ドラッグでハイになったとき、よく男の子たちに、自分はすごい財産を相続するんだって嘘を言って信じさせようとしてた。結局いつも別の誰かを演じてたんだよね。彼女のほんとうの姿を知ってる人っているの？」

それは暗にわたしへの質問だった。ローレンらしい。彼女が期待しているような反応をするかわりに、人混みの中の、みんなが話題にしている女性に目を向ける。

サリーはバンドを見ながら、その演奏が彼女だけのものであるかのように、腰をゆっくり左右に揺らしている。ときどきわたしたちのほうを振り返るのは、何か見逃していないか確かめるためだろう。

「いちばん化けたのはエラよね。はじめ誰だかわからなかった」とリリーが言う。

「でしょ？　ここに来るまえ連絡を取ったときに、思い切ってブロンドにしちゃいなさいよって言ったの。エラはずっとブロンドに憧れてたんだって」そう言って、ローレンは髪を振り払う。彼女とエラが今も友達であることを、わたしは心のメモに書き留める。ふたりであのカードを書いたのかもしれない。大学時代のローレンはわたしへの誹謗中傷の首謀者だった。わたしの部屋のドアに尻軽と書いたポストイットを貼り、三年生のとき匿名のタレコミ掲示板に、**AWは救いようのないクズで悪魔。人間じゃない**と書きこんだ。それが彼女の仕業だとは、ついに証明できなかったけれど。

「エラはずいぶん苦しんだもの」ジェマが言う。「元気な姿を見られてうれしい」

「そうね。彼女、フローラのことすごく怒ってたのよ」注目されているのを意識して、ローレンの声が大きくなる。そのときエイドリアンとジョナが会話をやめて、こちらを向く。

「フローラって？」エイドリアンがうしろからわたしの体に軽く腕をまわす。

この場にいる全員の目がわたしに集中する。説明を求める目。何も言えずにいると、かわりにローレンが口を開く。「フローラは、一年生のときのアムのルームメイトよ」

「へえ。で、その人はどこにいるの？」

あそこと言って、フェイクタトゥーのテントのすぐそばの、人混みの上にのぞく太陽のようなブロンドヘアを指差したら、どうなるだろう。彼は止めるのも聞かずに彼女のもとに飛んでいき、その美貌をぽかんと眺めるに違いない。

今すぐ世界が爆発してしまえばいいと願っても、そうはいかない。さっきまでまわりにいた人たちはいつの間にか散らばり、ちらちらと遠巻きにこちらを見ている。この感じ、なんて懐かしいんだろう。誰かをのけ者にして、共通の敵を作ることほどグループを結束させるものはない。

彼女たちが話していることなら手に取るようにわかる。**あのことを話してないなんて信じられない。旦那さんがかわいそう。**

「たぶん彼女には会えないと思う」**いいえ、絶対に会えない。**わたしはあたりを見まわしてサリーを探すが、さっきの場所にもテント周辺にも見あたらない。アンドラスフィールドにもいない。明日はこのフィールドに椅子がずらりと並び、歓声を上げる卒業生とその親たちでいっぱいになるのだろう。

ニコルソンホールのほうを見ると、ちょうどサリーが短いカーゴパンツをはいた男性の集団の背後から現れた。エイドリアンをここにひとり残してまで、彼女の向かう先を知りたい？　今すぐ答えを出さないと。でも、結局わたしが選ぶのはいつも彼女だ。

「すぐに戻る」と小声で言うと、彼女の姿を見失うまえに、まだワインの残るカップを手にしたまま歩きだす。

サリーは天文台を通り過ぎ、ヒューイット寮とマコノヒー・ドライブのほうへ向かう道を行く。気づかれない程度に距離をあけて、人々の陰に隠れながら彼女のあとを追う。V駐車場に向かっていることにはたと気がつく。昨日わたしたちの車を停めた場所だ。

サリーは帰るんだ。

彼女が肩からさげたバッグをぱたぱたさせてヴァイン通りを渡るのを見て、立ち止まる。スーツケースを持っていないということは、取るものも取りあえずここから逃げだしたくなるほど恐ろしい出来事があったのだろうか、それともやるべきことを終えてさっさとここを去りたいのだろうか。

「サリー」と叫ぶものの、やってきたトラックの轟音にかき消される。車がいなくなると、ワインがパチャパチャ跳ねるカップを放り捨てて、道路を渡る。あのときは質問に答えさせることができなかったけれど、今は違う。なんの説明もなしに行かせはしない。

サリーは色褪せた茶色の小型トラックの助手席に飛び乗る。運転席には男性がいる。肩幅が広いその男の顔は、赤いキャップのツバに隠れて見えない。サリーは両手のひらを上に向けて腕を広げる。何かを主張したいとき彼女はそのしぐさをする。まるで空間を広くとればとるほど人を説得しやすいと信じているみたいに。そんな努力、彼女には必要ないのに。

すると男はわずかの戦意も残っていないかのように、力なくハンドルに突っ伏す。それから帽子を取り、片手で髪を掻きあげ、また帽子をかぶる。その数秒でわたしは彼が何者か気がつき、押し殺した悲鳴で頭が割れそうになる。

サリーと**彼**。サリーが彼のトラックにいる。彼がいる。この週末、この場所に姿を現すべきではない者のリストがあるとすれば、最上位にいるのが彼だ。それどころか、彼がいなければリストが存在する理由もない。

そこで、さらに不愉快な事実に気がつく。昨夜彼女が電話していた相手は彼だったんだ。**彼女は何も気づいてない**。ふたりして、何か企んでいる？　いいえ、サリーはわたしにそんなことしないはず。

脳が体に今すぐここを離れろと命令するものの、動くことができない。なんとかきびすを返そうとするがもう遅かった。ふたりがわたしをまっすぐ見ていた。

サリーとケヴィンが。

22　あのころ

　ダートマスに行って以来、状況が変わってしまった。わたしのメールが当初持っていた力——多少は謎めいた雰囲気があったと思う——は失われ、必死さが顕著に表れはじめた。それが嫌でたまらないのに、どうやってもすがりつくような文面になってしまう。**あなたのことばかり考えてる。わたしでよければいつでも話し相手になるから!!** ケヴィンの返信が来るまでの時間がどんどん長くなった。やっと返事が来たとしても、これまでは何行にもわたって書かれていたのが、ほんのひと握りの曖昧《あいまい》な言葉ですまされるようになった。**いや大丈夫、ありがとう。じゃ、また**

　もうひとつ気になることがあった。ダートマスからの帰り、居眠りしないよう安いコーヒーをがぶ飲みしながら、九十一号線を車で走っていたときサリーが言ったのだ。「アム、わたし、あいつの携帯盗っちゃった」

「え？　まさか、嘘でしょ？」わたしはパニックに襲われた。

「落ち着いてよ、ちょっと見てみたかっただけ。ちゃんと返してきた。わたしが何を見つけたか知りたくない？」

「知りたくない」反射的にそう言って、運転に集中しようとした。「やっぱり知りたい」

サリーはダッシュボードに足をのせた。「アムはあいつとメールしてるって言ってたけど、あいつ、ほかの子ともメッセージのやりとりをしてた。悪いけど、わたしだったらあんなの許せない。結局はつまんない男だったって見切りをつけて、次に進んだほうがいい」

わたしは長いこと黙っていた。ついに口を開いたとき、言わなくていいことを言ってしまった。「きっとその子たち、ただの友達よ。どんなメッセージだったの？」

サリーは深いため息をついた。「全部読んだわけじゃないけど、あんなにたくさんの女の子の連絡先が入ってるのは、ほんとにたまたまなのかな」

もちろん、たまたまだ。どんなに不自然でも。わたしがケヴィンをかばうので、サリーはむっとしていた。数日後、わたしがまだ彼と連絡をとっていると知って、サリーはさらに苛立った。

「時間の無駄だって。あいつはいい人なんかじゃない。証明してあげる。これまでのこと振り返って、自分を馬鹿みたいって思うから」

自分を馬鹿みたいに感じることなら慣れている。けれどもわたしが〝納屋〟で彼の声を聞き、彼のキスを受け止めたのは事実だ。彼はわたしに恋しているし、わたしにはまだ仕上げるべき仕事がある。

秋休みの週末、学校に残って勉強すると両親に伝えて、家に帰る予定を取りやめた。ビリーのほうは、納得させるのに少々苦労した。「やっぱり例の彼のせい？」電話の向こうのビリーが訊いた。「キスしてからいったいどうなったの？　まだ全部話してくれてないよね」

「ちょっと複雑なの」わたしは視線をパソコンのほうに泳がせた。

最近授業がかなり忙しいんだよね。ケヴィンの前回のメールにはそう書かれていた。送信時間は午前五時だった。その時間まで起きていたのか、ちょうど起きたところだったのか。もし前者だったら彼の体が心配だ。

大変ね。わたしは要点だけ書くことにし、夢中でタイプした。**それで、フローラとはいつ話し合うの？**

勉強するべきなのはわかっていた。休暇中、フローラを含め寮のほとんどの女の子たちが家に帰っていた。サリーはわたしと大学に残ると言っていたのに、ギリギリになって気が変わり、マンハッタンのアッパーイーストサイドに向かう列車に飛び乗った。寮を去るまえ、わたしの両頬にキスをして言った。

「わたし抜きで楽しいことしちゃだめよ」

「サリーもね」マンハッタンに帰れば、わたしが乗り気ではないことも喜んで一緒にしてくれるイヴィが待っていると知りながらそう言った。

その日は丸一日ケヴィンから連絡がなく、不安が虫のように肌をチクチク刺した。ようやく受信したメールには、彼の苛立ちがよく表れていた。

ごめん、今それどころじゃない、試験勉強がやばくて。その話はまた今度
〝今度〟は秋休み中には来なかった。勉強に集中できるわけもなく、わたしはフローラの服を着てみたり、丸っこい爪に彼女のマニキュアのコレクションから何色か試し塗りしたりして時間をつぶした。最安値を更新したわたしの価値は、まだまだ下がりつづけていた。

フェアフィールドから戻ったフローラは、明らかにいつもと様子が違った。ケヴィンが彼女に電話して何か言ったのかも。わたしは高鳴る胸を抑え、愛情たっぷりの友達を演じた。

「どうかしたの？　休暇なのに疲れちゃった？」**それとも別れちゃった？**

フローラがベッドにドサッと倒れこむと髪が枕に広がった。「家に帰るのってほんと疲れる。実の両親は会えば喧嘩ばっかりだけど、母は義理の父とも喧嘩ばっかりするようになっちゃった。母はちょっとしたことですぐつっかかるの。ポピーがかわいそうでかわいそうで。わたしがこっちに戻るとき、あの子泣いてた。本気で一緒に連れてきちゃおうかと思ったくらい」

「それは大変だったね。ココアでも淹れる?」

フローラは弱々しい笑みを見せた。「ええ、お願い。正直言うと、全部忘れて楽しいことだけ考えていたい。ハロウィンのこととか。もう何年もケヴィンに会ってないような気がする」

「ハロウィンはきっと楽しくなるよ」そうならないわけがなかった。サリーとわたしはエクレクティック寮で開かれる大規模なハロウィンパーティーのチケットを買った。フローラも自分とケヴィンの分を買っていた。

「フラタニティのパーティーって初めて。今まで行かなくてどれほど損してたか、確かめなくちゃね」

わたしの笑顔が引きつった。高潔なフローラはやはり思い知るべきだ。メイクを必ず落としてからベッドに入り、授業には時間の余裕をもって行き、どんなときも慎重で冷静で、典型的な**いい子**。そうやって、いつもひそかに自己満足しているのだ。

「大して損はしてないと思う」わたしはやさしく言った。

その夜も次の夜も、フローラにケヴィンからの電話が来ることはなかった。様子を探りたくて、出かけないで部屋にいたわたしは、動物園のめずらしい動物を見るみたいにフローラを観察した。

次の日、とうとう彼女は鼻先を赤らめて泣きだした。「わたしが神経質になってるだけかもしれない。だけどケヴィンは毎日電話をくれてたのに、最近避けられてるみたいなの。中間試験の勉強が忙しいって。でも理由はそれだけじゃないと思う」青い瞳に涙が浮かんだ。「わたしのことが嫌になって、誰かほかの人を見つけたんだったらどうしよう」

わたしが泣いていると母がしてくれるように、彼女の背中をくるくるさすった。「ほかの人なんていているわけない。彼、あなたに夢中なんだから」と言いながら、心の中でほくそ笑んだ。**さて、今必死なのは誰？**

フローラはプラスチックのカチューシャで前髪を上げた。「わたしには大胆さが足りないの。それに賢さも。彼には釣り合わないってずっと思ってた。彼が高校を卒業してから、女の子たちが言ってるのを聞いたの。ケヴィンのような男の子が、最終的にわたしみたいなのとくっついてびっくりしたって」

「そんなことない」とわたしは言った。フローラも自信を失うことがあるというのは衝撃的だった。「フローラはみんなに愛されてるじゃないの」

「好かれてるだけ。愛されてるのとは違う。ただ――ケヴィンとわたしはこれから先もずっと一緒だって信じてたのに」

わたしは目のまえで赤くなった頬を押さえている女の子を見つめた。そして、自分のイメージするフローラとその子を一致させようとした。目のまえの彼女は、完璧でもなければ、完璧に見せようともしていない。もしかすると彼女の悩みは、わたしのと正反対なのかもしれない。完璧な人間に見られたいとわたしが頑張っているのに対し、彼女は傷ひとつないうわべの下にあるほんとうの姿を見てもらおうと頑張っている。

「ケヴィンにはっきり訊いてみたほうがいいかな？　今まではなんでも打ち明けあってきたの。たとえ相手を傷つけてしまうとしても、正直でいようって約束したから」目の下にマスカラがにじんでいるだけで、フローラは悲劇のヒロインに見えた。

「だめよ、訊かないほうがいい。変なことを勘ぐってると思われたくないでしょ？　ハロウィンはもうすぐなんだし、そのときにまだ何かが変だったら直接話せばいい。やっぱりじかに顔を見ないと、相手の考えを正しく理解できないと思う」

ふたりが腹を割って話し合うのを阻止することが重要だった。フローラににらまれたら、ケヴィンは降参して、わたしが言ったことをしゃべってしまいかねない。彼らのコミュニケーションが滞《とどこお》ることが、計画成功の鍵だった。罪悪感が忍び寄ってくるたび、これは愛のためだから誰かを傷つけても仕方がないと、自分を奮い立たせた。フローラは必要な犠牲なのだ。

フローラは、ぱっと明るい表情になりうなずいた。「そのとおりね。ハロウィンはそう遠くないもの。会って話すのが待ちきれない。ちょっと被害妄想だったわね。ときどき自分の思考が怖くなる。少しでも嫌な考えが浮かんだら、すかさずそれを捕まえて、あちこちに広がるウイルスに変えちゃうの」

わたしはこの言葉を、繰り返し脳内で再生した。フローラがわたしに言ったいろんなことのなかで、いちばん印象に残っているこの言葉を。

サリーは、まだケヴィンとメールしているのかと何度も訊いてきた。わたしはそのたび正直に答えた。「あいつ別れる気があるの？」ハロウィンパーティー当日の朝も、しびれを切らしたように彼女は言った。わたしたちはオーリン図書館にいた。「アムのことを好きなら、なんでこんなに時間がかかるわけ？」

「彼はフローラと別れる。いつかはわかんないけど」

「それで、今日はウェズリアンに来るんだよね？」男の子たちのグループが近くを通り、サリーはスカートを少したくし上げた。

「知らない。フローラには行くって言ってたみたいだけど」

「ほんとにあなたに気があるなら来るはず」彼女はペンの先を嚙んだ。「おもしろくなりそう」

昨夜ケヴィンに、ハロウィンパーティーに来る？　とメールで訊いたことは、サリーには黙っておいた。彼とフローラの電話中、わたしはヘッドフォンをして素知らぬ顔をしていたけれど、フローラが何度も「お願いだからちゃんと話して」と懇願していたので、話し合いがうまくいっていないことは察しがついた。

「来るってば」わたしはサリーに言った。

ところが昼食のあとメールをチェックして、結局彼は来ないことがわかった。**まだ決心がつかない。よく考えるためにもっと時間と余裕が必要なんだ。**パソコンの画面を叩き割りたくなった。**わたしに会いたくないの？**　と、あやうく送るところだったが、思いとどまった。

その気持ちすごくわかる。よかったらいつでも話を聞くから。メールが面倒なら電話してね。声が聞きたかったのに、わたしの申し出はどうやら却下されたらしかった。がっかりすると同時にひらめいたこともあった。彼がいないなら、むしろそれを利用すればいい。

その夜、フローラは泣きどおしだった。マスカラがにじむだけではすまず、大粒の涙がぽろぽろと頬を転がり落ちた。「勉強しなきゃって言ってたけど、今夜彼の寮で大きなハロウィンパーティーがあるの。参加する女の子たちはきっと裸同然の格好よ。彼がそのうちのひとりを部屋に連れこむところを、どうしても想像しちゃう。わたしなんて大学が始まってから、彼を訪ねてもいないのよ。もういっそわたしと別れて、このみじめさから解放してくれたらいいのに」

「かわいそうに」とわたしは言った。もちろん本心ではない。

「急に他人同士になったみたい。話をすることもほとんどなくなったし、してもすぐ喧嘩になる。アムも気づいていたでしょう。みっともないところを見せてごめんね」

フローラはそう謝ったけれど、演技Iのノートの隅に〝フローラが電話に出てもらえなかった回数〟と〝口論の回数〟を嬉々として記録しているのはこのわたしだ。「ほら、今日はハロウィンよ。あなたをひとりで部屋においてはいけない。今夜だけは彼のこと忘れて、わたしとサリーとパーティーに行こう」

「どうしようかな、やっぱり部屋にいたほうがいいかも、ケヴィンから気が変わったって電話があるかもしれないし」

「そんなふうに主導権を渡しちゃだめ。一緒に行って、少しお酒を飲んで、帰ってくるの。あなたにはそれが必要よ」フローラはいつもわたしに必要なことを教えてくれるけど、今日ばかりは形勢逆転だ。

ノックの音がした。早くも面積の少ない青と白のワンピースに着替えたサリーだった。美女と野獣のヒロイン、ベルの〝田舎暮らしバージョン〟のコスチュームらしいが、手にしていたのはバスケットと本ではなく、ウォッカのボトルだった。

「パーティーの時間よ、あばずれちゃん」サリーはケヴィンを探して視線をさまよわせた。

「なんでまだ着替えてないの？」

フローラは涙をぬぐった。サリーに取り乱した姿を見られたくないのだ。一方わたしには気を許しているということだ。彼女に対して温かい気持ちが湧いたものの、すぐに打ち消した。

「フローラもパーティーに行くって」わたしは言った。「彼女のボーイフレンドったらひどいのよ」

サリーががっかりしないかと、わたしは気を揉んだ。しかし、もしそうだったとしてもサリーはうまく隠していた。それどころか、わくわくしているように見えた。わたしはケヴィンを連れてくることができなかったかわりに、究極の生贄《いけにえ》を差し出したのだ。

「男はみんなひどいものよ」サリーは言った。「一緒に来るならフローラも飲まないと」

「フローラはお酒飲めないの」どうしてわたしは本能的にこの子をかばおうとしてしまう

んだろう。ところがすでにフローラは、サリーが差し出したボトルを取って蓋を開け、口を近づけていた。ひとくち飲んで、彼女の顔がたちまちゆがんだ。

「強いわね」

「最初だけよ、じきに平気になる」サリーは言った。

わたしはコスチュームに着替えた――あばずれのシンデレラ。リサイクルショップで見つけたその衣装はどう見ても八歳の女の子のサイズだったし、透明のハイヒールはストリッパーが舞台で履いていたものに見えた。サリーは髪をまとめてあげると言って両手をわたしの首に這わせ、耳元で囁いた。「ショータイムよ」

「それで、ボーイフレンドがどうかしたの？」彼女はフローラに訊いた。「彼が何かした？」

「別になんでもないの」と言い、フローラは膝を曲げて座り直した。「遠距離だから大変ってだけで」

サリーはフローラの髪を指ですいた。フローラは一瞬ぎくりとしたあと、されるがままになった。彼女のサリーへの抗体は消えつつあった。「それじゃやっぱり彼は間抜けってこと、たとえ遠距離でもどれだけ恵まれてるかわかってないんだもん」

フローラはスカーレット・オハラの衣装を着るのを嫌がった。「だってレット・バトラーがいないんじゃ意味ないし」

「じゃあ、ジェマに訊いてみよっか」サリーは言った。このフロアでジェマがいちばんの衣装持ちということはみんなの知るところだった。彼女の服はクララのクローゼットにまで進出し、その半分を占拠していた。いまだに床に広げられたままのスーツケースからも薄っぺらいワンピースがはみ出ていた。

その中にはフローラに似合いそうな衣装もあった。サリーは背中が大きく開いたピンクのワンピースを選び、眠れる森の美女みたいと言った。丈が短すぎるというフローラをわたしたちは説得した。鏡をのぞきこむフローラの目に、わたしの中にも息づくものが一瞬だけ見えた。彼女は、自分がうまくやりおおせられることを承知していた。自分が魅力的な女性であることを、ジェマの高い高いヒールの靴を履いて美しい脚がいちだんと長く見えることを、承知していた。

わたしたちはサリーとローレンの部屋で飲みはじめた。〈パルプ・フィクション〉のユマ・サーマンの仮装をしたローレンの丸顔に、黒髪ボブのウィッグが滑稽なほど似合っていない。サリーは鍵の溝を使ってコカインを吸い、わたしもフローラの目を盗んで少しだけ吸った。サリーにコカインを勧められると、フローラはきっぱり首を横に振った。控えめとはとても言えない量のウォッカを飲んで、彼女は見た目にもかなり酔っぱらっていた。

「そろそろやめておきなさいよ」とローレンが母親のように言うのを、フローラは聞かなかった。わたしを仲間はずれにした彼女が邪魔者扱いされるのを見るのはいい気味だった。A棟の友達に会いにローレンが出ていくと、ほっとした。

「フローラをよろしく頼んだからね」部屋を出るまえにローレンは言った。わたしたちなら〝よろしく〟とは正反対のことをしかねないと思ったのだろう。

「さっきの聞こえてた」ローレンがいなくなるとフローラは言った。「あー、嫌だ。みんな、わたしのこと磁器の人形か何かだと思ってるのかしら。こうするのがいい、ああするのがいいって押しつけるばかりで、わたしの意見なんて全然聞かないんだから」

わたしと同じ。ただ、わたしは今彼女が言ったことを口に出したことがないだけで。コカインでハイになった頭でそう考えた。

それから使い捨てカメラで写真を撮った。サリーが真ん中で、腕がいちばん長くてシャッターを押しやすいわたしが左。笑顔、唇をすぼめた顔、舌をべえっと出した変顔など何パターンも写真を撮り、最後の一枚でサリーはわたしの頬に唇をつけた。「ごめんごめん」とサリーは言った。相当酔っているようだ。ふだん彼女は何があっても絶対に謝らない。

あとになってフィルムを現像するころには、この写真のことを忘れていたので、はがきサイズのつやつやの印画紙にプリントされたものを見て、息が止まった。そのときは破り捨てる気になれなかったけれど、そうしておくべきだった。

エクレクティック寮の入口で、チューバッカの仮装をした男の子にチケットを見せ、手の甲にスタンプを押してもらった。腕と腕を絡ませたわたしたちは人混みを縫って奥へと進んだ。フローラの熱い手が容赦ない強さでわたしをつかんでいた。強烈な光が明滅するダンスフロアで、艶めく脚、胸、お尻を見せつけ、赤く塗った口を大きく開けて笑う女の子たち。じろじろ眺める男たちの目つきは、見られる側のコスチュームより露骨でいやらしい。ステージではツンツン逆立てた髪に犬の首輪をしたバンドが演奏中だった。フローラはダンスする気になったらしく、エラを捕まえて踊りはじめた。〈あの頃ペニー・レインと〉のペニー・レインに扮したエラは何をどう間違えたのか、恐ろしく野暮ったかった。「フローラ、いくらなんでも飲みすぎよ」しばらくしてエラが言った。「もう連れて帰ったほうがいい」

「大丈夫よ」わたしは言った。「今日はめずらしく楽しんでるんだから」

「だってべろんべろんじゃないの。なんだか嫌な予感がする」

「興ざめなこと言うのはやめて。フローラはこういうのが好きなんだから」サリーが口を挟んだ。

　フローラは注目を浴びるのを、彼女の体が集める視線を、楽しんでいた。それは肩のうしろに髪を払いのけるしぐさや、ときどき口紅がまだ残っているか確かめるように口元に指を運ぶしぐさでわかった。サリーが片腕をフローラの体にまわしたとき、嫉妬の波がわたしを包んだ。フローラはわたしたちの仲間じゃない。ふりをしているだけ。今夜ひと晩、わたしたちの仮装をしているだけだ。

　ラウンジに行き、サリーとわたしで残りのコカインをすべて吸った。サリーはきっとまたいつものように追加で調達してくるだろう。彼女はこれまで一セントも支払いを求めたことはなかった。フローラは飲みつづけた。わたしは彼女のカップが常に満たされるよう、アルコールを次々に注いだ。わたしは「それ以上飲んじゃだめ」と止めてあげる親切な友達ではない。その逆だ。友達のふりをした敵。

　いつの間にか、男の子三人――パイロット、木こり、ガンズ・アンド・ローゼズのスラッシュ――とわたしたち三人がそれぞれカップルになっていた。彼らがどれくらい時間をかけて好みにぴったり合う女の子三人組を探していたかは知らないが、おそらく適当な女の子を見つけては点数をつけていたのだろう。わたしたちは三人全員が髪から唇、お尻、胸、脚にいたるまで合格点だと判断されたらしい。スラッシュが軽く屈んでキスしてきたとき、わたしは拒まなかった。頭の奥で脈を打つようにケヴィン、ケヴィン、ケヴィンと唱えたものの、押しのけるより受け入れるほうが簡単だったから。

フローラは落ち着かなさそうに、体をこわばらせていた。リズムに乗るパイロットの腕が、うしろから救命胴衣のように彼女の肩にかかっている。わたしには彼女の考えが容易に読めた。**これって浮気に入る？　それともただの友達作り？**　彼女に目くばせをしてから、スラッシュに向きなおった。名前も知らない、これからも知ることのない男。

ソファに身を沈めたサリーのワンピースはまくれ上がって、網タイツを留めるガーターベルトが見えていた。彼女はどこに行くにも完璧な下着をつける。隣に座る木こりは三人のなかでいちばんのハンサムで、浅黒くなめらかな肌に、顎は濃いひげに覆われていた。

次にフローラのほうを振り返ったとき、彼女はパイロットと向き合ってわずかに顎を上げていた。屈んでキスするパイロットの両手は彼女のお尻をつかんでいる。フローラが積極的に応じているかどうかはわからなかったものの、わたしの胸になま温かいものが広がった。あの子は堕落した。取り消すことのできない裏切りを働いたのだ。

わたしは携帯電話を取り出し、だいたいいつもぶれるからあまり使ったことのないカメラ機能でその場面を写真におさめた。

「何してるの？」と尋ねたスラッシュを黙らせるため、唇で彼の口をふさいだ。

サリーがわたしの腰に腕をまわしてきたので、わたしは彼女の骨ばった体にもたれかかった。「バディが、みんなでここを出て彼の家で飲み直さないかって」

〝飲み直す〟の意味なら知っていた。スラッシュとのセックスには特に気乗りがしなかったものの、まだこの夜をお開きにしたくなかった。もしわたしがもう帰ると言えば、フローラもそうするだろう。それでは彼女の自滅は中途半端に終わってしまう。大学が始まって最初の週、寮委員の学生ドーンから教えられた。「みんな、〝相棒制度〟を忘れないで。必ず友達と一緒に行動すること」それを聞いてフローラは腕をわたしの腕に絡めてにっこりした。アムのことはわたしがいつも見守るからね。

わたしは笑顔を返さなかった。つまり、わたしは彼女に何も約束していない。

彼らは、ウィリアム通りに建つ木造の家のひとつ、白壁に緑のよろい戸の一軒家をシェアしていた。鎖骨も背骨もあらわなわたしたち三人は、彼らについて歩いた。スラッシュは歩く速度を落としてそばに来ると、吸っていた煙草をわたしにも吸わせてくれた。「きみは英文学専攻？」まるでわたしに興味を持っているかのように、さっきの一時間彼の舌がわたしの口の中にあった事実など忘れたかのように訊いてきた。返事をしないでいると、彼は自分のことを語りはじめた。やっぱり、わたしが知り合う男の子たちはみんな同じ。ごく稀《まれ》に個人的な質問をしたとしても、答えはろくに聞きもしない。

フローラの酔いがさめつつあるのは、深く震える息を吸い、水のように飲みこむ様子でわかった。わたしは彼女の頬に唇をつけた。また例の、この子を保護しなくては、という妙な義務感が知らず知らずのうちに湧いていた。わたしのシステムがときおり起こす不具合だ。フローラはすりよってきて、わたしの首元に頭をのせた。

男たちは一階部分に住んでいた。家の中に入るやいなや、サリーは木こりのバディをキッチンに引きずりこみ、木こりは彼女をカウンターに押しつけた。サリーの両手が彼のジャケットの下にすべりこんだ。彼はサリーがもっと体を密着させたがっていると思ったようだが、わたしにはわかった。サリーはあとで携帯電話――彼女にとっての宝物――を持って現れるに違いない。

わたしたちはノアの方舟に乗りこむみたいにそれぞれペアになった。サリーとバディは寝室に消えた。スラッシュはシルクハットを脱ぎ捨て、共用部分のソファベッドにわたしを連れていった。パイロットは部屋の向かいのソファに座り、ブランケットか何かをかけるみたいフローラを膝にのせた。ぶらぶら揺れる彼女の脚が足首のところで彼の脚と交差した。わたしはその足首から目が離せなくなった。フローラがずっとそわそわと動かしつづけるからだ。スラッシュがわたしにキスしはじめても、パイロットが彼女にキスしはじめても、まだ動いていた。

わたしは目を開けていた――スラッシュはどのみち気がつかないだろう。パイロットはフローラの背中に手をおき、まずはその部分の肌の感触を親指でなでて確かめた。それからフローラの耳に何事か囁いて、髪を耳にかけた。彼女は笑った。わたしはそれが聞きたかった。彼女もこの状況を楽しんでいる証拠が欲しかったから。わたしたちの仲間になると決めたのは彼女自身で、キスに応じると決めたのも彼女自身だという証拠が。

スラッシュの手は当然のように、わたしの脚をのぼってきてスカートに潜りこみ、下着にたどり着いた。わたしはかわいい下着をつけてもいなければ、ムダ毛を剃ってもいなかった。サリーに知れたら叱られただろう。

誰かが照明を暗くして――たぶんサリーだ――わたしはやっと目を閉じた。

スラッシュがわたしの上にのっかってきた。太ももに彼のペニスが押しつけられるのを感じた。そろそろズボンのファスナーを下げて、それをどうにかしろと言われるころだと思っていると、不意に彼はうしろに下がり、シンデレラのスカートの裾をまくった。わたしは驚いて跳ね起きた。わたしのあそこに顔を埋めたのはこれまでマットただひとりで、それも一回きりだった。されているあいだずっと気まずかったうえに、彼は二度とやりたがらなかったから、さらにいたたまれなかった。ウェズリアンに入ってからのセックスの相手はいつも自分本位で、彼らの番には頭を懸命に動かして奉仕したものの、わたしの番が来ることは決してなかった。

部屋の向こうのフローラとパイロットの様子はぼんやりとしかわからなかった。ファスナーの音、ぱさっという服が床に落ちるような音を聞いた気がするものの、目を閉じていたので定かではない。もし開けていたとしても暗すぎて、人の輪郭がかろうじて見える程度だっただろう。わたしの脚はスラッシュの肩の上にあり、彼は両手でわたしのお尻をつかんだ。また感じているふりをしなくちゃいけない。わたしの体に入ってては出てくる知らない男の舌、彼の機械のように動く口。あまりにも非日常だった。

ところがじきにわたしは余計な考えを捨て、余計な音を遮断した。お相手がうまくやっていたから。マットよりずっとよかった。ソファベッドに倒れこみ、脚を震わせた。わたしが満足するかどうかなど気にもかけない男たちとはまるで違った。小さな鼓動が重なって、しまいには体全体が脈を打ち、抑えがきかなくなった。絶頂に達したわたしから出た声は大きくて醜かったけれど、別にいいや、と思った。

ようやく目を開けた。フローラに馬乗りになったパイロットが、彼女の頭をソファのアームにのせるところだった。フローラはあちらを向いていて、寄木張りの床に落ちる髪しか見えない。彼女は声ひとつ出さなかった。もちろん、だからといってどうということはない。ケヴィンとベッドにいるときもときおりくすくす笑うだけで、彼女は静かだった。

フローラのような女の子は、声を張りあげなくても注目してもらえるのだ。

スラッシュはわたしの上に這いのぼってくるか、少なくとも隣に座ってパンツからペニスを引っぱりだすものと思っていた。男の子が何かをしてくれるときは、同等かそれ以上の見返りを必ず期待しているものだから。ところが彼は体を起こしてわたしの頬に口づけると、忍び足で歩いていった。数秒後、水が流れる音がした。「水、飲む?」彼からわたしは見えないとわかっていたものの、こくんとうなずいた。

脚を組んだ。体に余韻が残っている。フローラとパイロットはまだ終わらないんだろうか。終わったらふたりでこのことを笑いあおう。けれどもソファがきしむ音はやまず、ときどきパイロットのうめき声が聞こえた。きっと彼は、わたしとスラッシュと同時に始めて同時に終わるべきだったと思っていることだろう。

立ち上がって、バスルームのありそうなほうへ手探りで進んだ。そのときフローラの声がした。泣いているようだった。ほんとうに聞こえたのか空耳なのか決めかねているうちに、声はやんだ。バスルームがあった。トイレの便器には大便がこびりついている。必要に駆られていたわけではないものの、そこに腰を下ろした。

水を流してドアを開けると、スラッシュを挟んでサリーとバディがソファに座っていた。わたしは明るい照明の下でスラッシュと目を合わせることができなかった。フローラはふたり掛けのソファで静かな笑みを浮かべていた。男たちはあとで祝杯をあげるに違いない。一方わたしたちは沈黙する。誰かに知られたら尻軽と呼ばれるだろう。でもフローラだって同じだ。そう思うとなぜか安心できた。

別れ際、大げさなハグが交わされた。スラッシュはこう言いさえした。「また会おうよ」この台詞を聞くのは初めてじゃない。案の定、彼はわたしの名前を訊かなかったし、ましてや電話番号など訊くはずもなかった。

サリーが寮に着くまでしゃべりどおしだったのに対し、フローラは黙りこくっていた。キャンパスのそこかしこに仮装した学生がうろついていた。〈クレヨラ〉のクレヨンが何本か、金切り声を上げながらハイストリートを駆けていった。ケンタウロスに扮した男の子はほぼ素っ裸だった。

「フローラ、よく生き延びたね」サリーはフローラの髪を引っぱって言った。「あなたがあんなにワイルドになれるなんて知らなかった。気に入った」

返事をしないフローラの頭越しに、サリーはウインクをしてみせた。

部屋に着くと、わたしは服も脱がずメイクも落とさずベッドに潜りこんだ。フローラも同じようにしたことが、この夜で最もショッキングな出来事だった。これまで彼女が洗顔、化粧水、クリームというスキンケアのルールに従わない日は一日だってなかったのに。眠りに落ちる寸前、暗闇の中で彼女のか細く怯えた声を聞いた。

「あんなことしたくなかった」

わたしは寝ているふりをした。

23 現在

宛先　〝アンブロージア・ウェリントン〟　a.wellington@wesleyan.edu
差出人　〝同窓会実行委員会〟　reunion.classof2007@gmail.com
件名　二〇〇七年卒業生同窓会

アンブロージア・ウェリントン様

ウェズリアン在学中に親しくなった友人はあなたのいちばんいいときも、そして悪いときも、そばにいてくれましたね。当時そんな友人に「言っておけばよかった」と思う言葉を誰しも持っているはずです。今がそれを言うチャンスですよ！

同窓会実行委員会

ケヴィン・マッカーサーはフロントガラス越しに見るかぎり、昔とちっとも変わっていない。サリーが車から降りてこちらに歩いてきても、わたしは彼の顔から目をそらすことができずにいた。ふと気がつく。**わたしたちじゃない**、と彼女が言ったのは、ふたりでしたことではなく、わたしが見ていない隙に彼女がしたことに対してだったのかもしれない。「アム」力強い声でサリーが言う。我に返ると、ケヴィンもこちらを見ている。彼の表情は読めない。「アム、待って。説明するから」サリーが両手でわたしの手首をつかむ。ケヴィンも降りてくればいいのに。そうしたらこの最低トリオが完成して、記憶の中の最も暗い場所に戻れる。けれども彼は動かない。

「アム、聞いて」

「何がなんだか……」気温は低くないのに〝C寮の死〟の晩と同じく、わたしの歯はガチガチ震える。「なんで彼が？　彼が来るって、どうして昨日言ってくれなかったの？」

「向こうから連絡があったの」サリーは言う。「二、三週間前にね。彼のところにもカードが来たんだって。あなたにも話せばよかった。けど、わたしたちが彼を信用していいのかどうかわからなかったから」

わたしたち。わたしと彼女はまた**わたしたち**なのだ。ケヴィンが車を出すのを、なすすべもなくただ眺める。この状況をそのままにして去ることをためらう気持ちが、わずかでも彼にあればいい。しかし彼は振り向きもしないで駐車場から出ていく。また会うことはあるだろうか。そんな機会があったとして、なんて声をかける？

「サリーの連絡先を、ケヴィンはどうやって知ったの？」

「話せば長い」サリーは両手をおろす。「あとでゆっくり話すから。とにかく信じて、わたしがやったことは全部わたしたちふたりのためだってこと」

彼女はこうやって都合のいいときだけ**わたしたち**を持ち出す。

「ほんとなの？」わたしは吐き捨てるように言う。「わたしたち、彼を信用できる？」

サリーは真面目くさった顔でうなずく。西陽に照りつけられるサリーの顔を見て、彼女にも容赦なく年月が流れていることを実感する――口まわりのほうれい線、額にうっすら浮かぶ皺、当時うらやましかった立派な眉のあいだに刻まれた線。「たぶんね。彼、誰にも相談できないでいたときに、わたしのメールアドレスを見つけたんだって」

「おかしいでしょ。彼にはああいう手紙が何百通って送られてきたはずよ。嫌がらせのメールとか脅迫のたぐいも。なぜあのカードにだけ反応するの？　もう十年以上経つのに」

「なぜかはわかんない。けど、もちろんケヴィンにはあの日わたしたちがしたことを話してない。だから彼は何も知らない」

「もしかすると知ってるのかも。それでカードを送ったのかも。彼には誰よりわたしたちを憎む理由がある。人生を台なしにされたんだから」

サリーはタンクトップの肩部分をいじる。まだわたしに話していないことがありそうだ。塩コショウを入れる容器みたいに彼女をさかさまにして振って、秘密が転がりでてくるところを見てみたい。

「知ってるはずないって、アム。彼、わたしたちのことはこれっぽっちも疑ってない」

「わたしはただ――」ただ彼に会いたい。と同時に会いたくない気もする。すべてが終わって彼も失ったとき、傷心のわたしは自分を守る言い訳を考えはじめた。メールを数えきれないくらい何度も読み返すうち、客観的に見られるようになった。ケヴィンもわたしも結局は自己中心的で、自分のことを語る理由が欲しかったのだ。そして相手を巧みに操作しようとしていた。今でもわたしはケヴィンに関する思い出に、複雑な感情を抱いている。彼が太陽のように思えるときもあれば、ゴロゴロと雷を発する積乱雲のように思えるときもある。

彼がわたしとのあいだに可能性を感じたことがあるのか知りたい。恋人になれるチャンスがあったのかどうかを。だけど自分の答えもはっきりしないのに、彼に尋ねるわけにはいかない。

「フローラを見た？」とわたしはかわりに訊く。「彼は……フローラを見たの？」

サリーの唇がへの字に曲がる。「もちろん。だって見逃しようがないじゃない」

「ケヴィンはどこに泊まってるの？　キャンパスじゃないでしょ？」

「ミドルタウンのモーテルのどれか。〈スーパー8〉って言ってた気がするけど」

昨日の夜話してた相手は彼なの？　あなただけのゲームを彼相手にプレイしてるの？

サリーもわたしと同じ気持ちかもしれないと、当時はあえて考えないようにしていた。ケヴィンを好きになるのは簡単だ。サリーを好きになるのも。だけど、彼らはおたがいをほとんど知らなかったはず。ふたりは同じ部屋に数回居合わせた程度だった。でも、それはわたしとケヴィンにも同じことがいえる。サリーはメールのやりとりに懐疑的だったものの、もしかすると彼女もケヴィンとメールをしていたのかもしれないと、ふと思う。

風がサリーの髪を乱す。彼女は苛ついた様子でそれを払う。「しっかりしなきゃ、ね？　あなたとわたしなら、なんとかなる」

あなたとわたしなら。これまでずっとそうだった、というような口ぶりだ。**ほんとうの友達って、たまにしか会えなくても、会うと昔に戻ったような気持ちになれるよね！**　ビリーがいつだったかのインスタグラムの投稿にそう書いていた。ノー・ダウトのボーカル、グウェン・ステファニーを真似て頭のてっぺんでお団子を作った、高校時代のわたしたちの写真に添えられたキャプションだった。わたしが最悪の事態に陥ったとき、サリーはそばにいてくれたけど、その最悪の事態の原因を作ったのは彼女だった。

「ケヴィンはきっと怪しんだはず。電話を盗れるくらい彼に近づいたのはわたしたちだけだもの。最近になって確信したのかも。それで復讐のためにわたしたちをおびきだしたのよ」

「ええ、そうかもね、アム。でも彼にもわたしたちとおんなじくらい責任がある。彼だけ罪を逃れるなんて許されない」

妙な話かもしれないが、彼女の言うことにも一理ある。サリーもわたしも、あの夜があんな結末を迎えるとは予想できなかった。それはケヴィンも同じだ。

そのとき通りでクラクションが鳴り響き、わたしたちは飛びあがる。「もう戻らないと」今度はエイドリアンが心配になってくる。夫に誰が何を吹きこんでもおかしくない。**AWは死に値する罪を犯したあばずれ**。フォス・ヒルにひとり残された彼は、タレコミ掲示板の三次元バージョンの中にいるようなものだ。

ニコルソンホールの前を歩きながら、サリーはわたしをじっと見つめる。催眠効果のある海の泡のような緑の瞳で。「まさかまだ彼のこと愛してる、なんて言うんじゃないよね？」サリーが言う**愛してる**は汚い言葉のように聞こえる。

以前は、愛は人の健全な思考を曇らせる、消えないもやのようなものだと思っていた。そうやってフローラにしたことを正当化した。ケヴィンとの心のつながりにしがみついて、彼とわたしの行動を振り返り、メールを読み返した。そして、恥ずかしくてたまらなくなった。ひとつひとつの言葉に彼への欲求が表れていた。そしてケヴィンはそれを歓迎した。わたしと同様、彼もひどく関心に飢えていたから。

「まさか」とだけ答える。わたしの複雑な気持ちを打ち明けたところで、サリーには理解できない。さっきケヴィンを見かけてから解き放たれた感情がどんなもので、わたしにとってどんな意味を持つのか、彼女に説明するのは不可能だ。

「策を練らなきゃ」そう言ってサリーは、誰かに聞かれるのを恐れるかのようにうしろを振り返る。「誰がなんのためにこんなことをしてるのか探りださないかぎり、わたしたちの誰も人生の次のステップに進めない」

「ひとりじゃないのかも。わたしたちを憎んでる人はたくさんいるもの」わたしの中でサリーはまだ容疑者だ。

「ねえ、昔わたしがよく言ったこと覚えてる?」サリーはベルベットのようになめらかな声で言う。「ふたりでいれば、わたしたちはもっと恐ろしくなれるって」

かつて男の子たちの群れに対峙するとき、おたがいにかけた言葉だった。集団になった彼らは通り抜けることのできない壁のようで、わたしはいつも怖じ気づいた。

「あんなに集まってると、なんか怖い」つまり、**別の誰かを探そう**と言いたかった。群れからはぐれた誰か、暴走する大群のあとをよちよちついていく赤ちゃん象のような誰か。

サリーが耳元で囁いた。ウォッカとバーバリーの香水のにおいがした。「わたしたちこそふたりでいれば、もっと恐ろしくなれるのよ」

フォス・ヒルまであと少しだ。イベントはまだまだ盛り上がりを見せている。まるで思わず笑顔になってしまう楽しい思い出が誰にでもあるかのように。とんでもなく大きな偽りだ。秘密のない人間なんていない。ここにいるほとんどの人が、パソコンの陰に隠れ、他人の悪口を書きこんだ経験があるはず。そして何食わぬ顔でウェズリアンに戻ってきて、**すっごく楽しい**ふりをしているのだ。

さっきと同じ場所にエイドリアンがいるのを見て安堵したものの、彼が一緒にいるのがジャスティンたちではなくローレンとエラだと気づく。エラは彼に近づきすぎているうえに、背中に手までおいている。わたしを悪者にするようなことをこれ以上吹きこまれないうちに、と慌ててサリーから離れて夫に駆け寄る。

「ごめん、長いこと待たせちゃって」エイドリアンの腕をつかんで口早に言う。「さっきも言ったけど、今日は具合が悪くて」

「大丈夫」と彼は言うものの、わたしの目を見ない。何か聞いたのだ。パニックに襲われそうになるのを抑える。わたしたちの目から見た――いや、**わたし**の目から見た事件の全容を、先に話しておくべきだった。思い返すたびに、真実は違う形をしているけれど。

わたしが次に言うことを考えつくまえに、エイドリアンは続ける。「なんでフローラのこと話してくれなかったの？　あんなに大変な出来事を、ただ言い忘れるとは思えないけど」

とたんに耳の中でザーッという雑音が渦巻く。エイドリアンをそばにおいておかなかった代償を支払わなければならないようだ。「話したじゃない。少なくとも、ゆうべ話したはずよ。ふたりとも飲みすぎてたみたいね」この言い訳はまえにも使ったことがある。**酔いつぶれてて覚えてないのよ。**だけど今回は嘘だと見抜かれているようだ。

エイドリアンは片方の眉を上げる。「いいや、僕が聞いたのは、フローラとはそんなに親しくなかったってことと、同窓会では会えないと思うってことだけだ。その言い方だとまるで彼女がまだ――」

言わないで。声に出されるのを聞くと、あちこちが痙攣《けいれん》するみたいになる。でもエイドリアンは言うつもりだ。人は悲劇を口にせずにはいられない。大きすぎて自分ひとりでは抱えきれないことを、人は言葉にする。そうすることで、なんとか飲みこめる大きさに砕くことができるから。

「言ってくれたらよかったのに。エラが追悼式って言ったとき、僕、何も知らなくて馬鹿みたいだったんだから。フローラは亡くなったってこと、なんで話しておいてくれなかったんだよ」

言われてしまった、決定的な言葉を。彼女が死んでしまったことはわかっている。もう長いこと、ずっとわかっている。だけどそれを人の口から聞くのは、いつまで経っても慣れない。罪悪感がグサリとわたしを突き刺す。

「その話はしたくない」ひどく胸やけがして吐きそうだ。「すごくつらい経験だったから」

エイドリアンは口を開きかけてやめ、わたしを腕の中に包む。ようやく呼吸が楽になった。彼はわたしのほんとうの姿を知らない。知らないままにしておかなくては。

その話はしたくない。

話をすれば、彼女を殺したのはわたしだと認めざるを得なくなるから。

24　あのころ

わたしたちは二度、フローラを壊した。一度目は彼女がケヴィンを裏切ったハロウィンの夜。命まで奪ったのは、それからしばらくあとのことだった。

エクレクティック寮でのハロウィンパーティーの翌朝、大丈夫？　と訊いた。フローラはまだベッドにいた。いつもなら七時のアラームで起きているはずだった。

「なんで大丈夫じゃないかもって思うの？」

別人のような声だった。彼女特有の跳ねるような抑揚がない。昨夜のこともケヴィンへの裏切りも、話したくなさそうだった。それどころか何も話したくなさそうだった。

その週フローラはずっとヘッドフォンをしたまま勉強していて、見せる反応といえば、ときおりうなずくくらいだった。ポジティブなメッセージを書いたポストイットはドアから消えていた。彼女は夜、どこかに出かけるようになった。ケヴィンと話しているのかもしれないと思うと、わたしはおかしくなりそうだった。あるとき部屋に戻ると彼女が誰かと電話をしていたので、胸から心臓が飛び出そうなほどギクッとした。幸い電話の相手は妹だった。「愛してるわ、ポピー」妹との電話を切るとき彼女はいつもそう言った。

フローラは、ポピーとケヴィンに会える感謝祭の祝日を指折り数えて待っていた。その日を楽しみにしているのは、わたしも同じだった。きっとケヴィンは彼女に別れを告げるだろう。近ごろのメールを見るかぎり、彼の決意は固まりつつあった。**アムの言うとおりだ。僕たちの心は離れはじめてたのに、気づかないふりをしてたんだ。僕たちはずっと一緒にいるものだと、まわりのみんなに期待されてるし。とにかくそう急《せ》かさないで。いいね?**

急かすなと指図されたことが気に入らなかった。

急かさないでってどういう意味？　わたしはただ、あなたがわたしをどう思っているか知りたいだけ。自制心を失いかけていた。彼の心をとらえていたはずの力も消滅寸前だった。

アム、きみはとても美しい女の子だよ。僕がそう思ってること知ってるだろ？　だけど今はきみとのことを考えるまえに、このクソみたいな状況をなんとかしないと。

美しいしか言えることがないんだろうか。初めてそう言われたときの高揚はとうに薄れていた。次の刺激が欲しかった。**またあとで、今は考え中なんだ、タイミングを見極めて**

る、そんな言葉は聞き飽きた。

ふと、ハロウィンの日に携帯電話で撮った写真を思い出した。眠れる森の美女ふうの短いピンクのワンピースのスカートを、パイロットにうしろでまくり上げられたフローラが、彼と濃厚なキスをしている写真。わたしはきっと、あの男の子たちがコスチュームを脱いだ姿を永遠に知ることはない。わたしたちの肌の感触を知る三人のバディたちは、今もキャンパスをうろついている。

だけど、彼らのことはどうでもいい。重要なのはあの写真だ。必要があれば、あれを使おう。

感謝祭の前の週、授業に向かっているとき、エラに話しかけられた。「アム、フローラのことで話があるの」いまにも泣きそうな声だった。

わたしはサングラスに隠れて目をぐるりとまわした。わたしの生活の中心がフローラになってしまっていることが腹立たしい。まるでフローラとサリーが太陽と月で、わたしはそのまわりをまわる従順な衛星だ。

「フローラがどうかした?」早足になったわたしを、エラはずんぐりした足で懸命に追いかけてくる。

「彼女の様子がおかしいってとっくに気づいてるでしょ。今朝、バスルームで泣いてる彼女を見たの。わたしが入ってきたのにも気づかずに――洗面台に向かって泣き叫んでた。アレルギーのせいだって言ってたけど……」

「じゃ、そうなんじゃない？」

「ちゃんと聞いて、アム」彼女の口から出た自分の名前が胸に刺さった。その言い方はわたしを糾弾していた。「ハロウィン以来、フローラは別人みたい。同じ部屋で暮らしてるあなたなら、何か深刻な問題があるってわかるはずよ」

急に立ち止まって振り返ったわたしに、エラが衝突しかけた。「大げさね。授業のストレスか何かじゃないの？　みんながいっつもハッピーなわけないでしょ。そんなに心配ならあなたが相談にのってあげれば」

それからエラがほんとうにフローラと話をしたかどうかは知らない。知っているのは、劇場のある建物にいそいそと消えていくわたしに、彼女がこう叫んだことだけだ。「フローラは飲みすぎだって、わたしあのとき言ったよね？　なのにあなたは聞く耳を持たなかった」

授業が終わると、校舎の中庭のベンチで、エラとの不愉快な会話のことをサリーに愚痴った。

「ふうん、嫌な女」サリーは言った。「これはフローラの問題で、わたしたちのじゃない。

エラは責任を感じてるんじゃない？　高校のとき、ある女の子がパーティーでさんざん酔っぱらって、ふたりの男の子とセックスしたの。彼女に遠距離の恋人がいることは、みんな知ってたんだけど。彼女、まだ酔いもさめないうちに彼に電話をして、全部打ち明けて、振られたんだって。イヴィが電話を聞いてたの。それからその子、彼を後悔させるためだけにドラッグを過剰摂取した」

イヴィの名前が胸に引っかかった。サリーが彼女の話をするのは嫌いだ。

「とんだあばずれね」サリーはわたしがきつい言葉を使うと喜ぶ。過剰摂取にはあえてふれなかった。ショックを受けたところを見せて、つまらない人間だと思われたくなかった。

「まあね。ところでケヴィンはどうなった？　まだフローラを捨ててないの？」

サリーに、最近のメールに書いてあったことを教えた。彼は**考え中**なんだと。

「アムが、考えるのを助けてあげないと」サリーは二本目の煙草に火をつけた。「でないと先にフローラに説得されて、ふたりはつきあいつづけることになる。男は馬鹿だから、より確実なほうを選んじゃう」

「これ以上何ができる？　フローラに男がいるってケヴィンはすでに疑ってるし、電話もほとんどかかってこなくなった」

サリーは長い人差し指で煙草をトンとはじいた。「わたしたち、ここらで大きな賭けに出なきゃ。彼をウェズリアンに来させて、何がなんでもファックするの」

彼女が言った**わたしたち**には威厳すらあった。それはしばらく煙のように、冷たい空気中にとどまった。新たな挑戦にわたしは奮い立った。わたしには例の写真と想像力がある。どちらがよりダメージを与えられるだろう。

「でもどうやって彼を来させる？」

「感じよくお願いすれば。なんなら、命令しちゃいなさい」

「いい考えがある」とわたしは言った。

サリーはわたしに煙草を渡すと、口を尖らせて言った。「早く終わってほしいもんね。最近この話題ばっかり。ケヴィンとフローラ、ケヴィンとフローラ。いい加減、飽きてきちゃった」

わたしは煙草をひとくち吸った。「だよね、ごめん。あのふたりが別れたらちゃんともとどおりになるから。約束する」

サリーは唇の端を曲げ、にやりと笑った。「ならいいけど」


彼女、やっぱりあなたを裏切ってる。その夜、ピンクのサテンのアイマスクをして眠るフローラの隣で、そう打ちこんだ。**ハロウィンの夜にはっきりした。証拠もある。**

見せて

直接見にきてくれる？　今週末はどう？　もうひとりで秘密を抱えていたくない。サリーの言うとおり、感じよくお願いして、彼に行間を読ませた。

翌朝、返信が来た。**明日そっちに行く**

「、」も「。」もなかった。あまりにあっけなく事が運んで、自分でも驚いた。これまで双方に毒を盛ってきたけれど、そろそろケヴィンの毒を抜く頃合いだ。彼は立派な男性で、わたしには彼を手に入れる資格がある。今度はわたしが彼にとっての主演女優になる番だ。

翌日、フローラがヘッドフォンをはずし、わたしのベッドに来て腰かけたので驚いた。わたしはノートをおいた——どのみちわたしたちが演じるこのクソみたいなドラマ以外に集中することなどできなかった。成績は下がる一方だったものの、ほんとうの意味での教育は教室の外にあった。わたしの生活そのものがメソッド演技の実践だった。

「今夜ケヴィンがここに来るの」フローラは言った。「でもそのことを知らせるのに電話じゃなくて、すごく変なメッセージを送ってきた。とうとうわたし、振られるんだわ」

「そんなわけないと思うけど」そう言いながらわたしは、ここまで物事を動かした自分に感心した。

フローラが首を振ると、目に溜まった涙が震えた。「ううん、そうなの。彼は遠くに行っちゃった。でも、だからって——彼を責められない。わたしだって、あの日を境におかしくなったもの——実はアムに相談したいことがあるの。ケヴィンにもいずれ話さなきゃいけないいんだけど」

だめ。**だめよ。**わたしはフローラの気持ちの拠《よ》りどころにはなれない。もう手遅れだ。本来ならすっかり疲弊した彼女を気の毒に思うべきなんだろう——目の下にはむらさきのクマができ、くたびれたシャツからのぞく鎖骨はくっきり浮きでている。ところがそんな彼女を見て湧きあがるのは満足感だった。

そこにドアを乱暴に叩く音がして、ほっとした。「また鍵がかかってる」サリーが怒鳴った。

「やめて」と慌てて言ったものの、サリーに聞こえたかどうかはわからない。

ドアを開けてサリーを入れてやった。床にあぐらをかいたサリーは、突然の闖入者はフローラのほうだというように、彼女に苛ついた視線を向けた。「もう一本お酒を手に入れた。そろそろ飲みはじめよう。ショータイムよ」

わたしは彼女をにらんだけれど、サリーは気づかなかった。気づいたうえで無視したのかもしれない。

フローラが口を挟んだ。「どこ行くの？　今夜ケヴィンが訪ねてくるの。わたしたちも一緒に行こうかな」

またただ。ついさっきケヴィンに振られるかもと言っていたのに、サリーのまえでは問題などないふりをする。これだからほかのみんなが嘘をつかなくてはならなくなるのだ。フローラがいとも簡単そうに後光をまとってみせるから。ほんとうはその重みでつぶれそうなくせに。

「ベータ寮のパーティー」サリーは眉を上げた。「そうだね、彼も連れていきなよ。ペアルックを着てってね。おもしろい夜になりそう」

フローラの微笑みは、無理やり笑顔を作らされる操り人形を思わせた。「わかった、彼に訊いてみる」

わたしとサリーのあいだに独特の空気が流れた。重大な何かが起こる予感がした。今夜は夢の始まりになるかもしれない。あるいは悪夢の始まりに。


パーティーのドレスコードは〝双子ルック〟だった。つまり、誰かとおそろいの格好で参加しなければならない。サリーとわたしは、メッシュのトップス、レザーのスカートに、チョーカーを身に着けた。サリーの部屋でおたがいの髪にアイロンをかけ、ウォッカをあおった。ボトルの口はわたしたちの唇と同じく真っ赤に染まった。交代でわたしの部屋側の壁に張りついて、ケヴィンの到着を知らせる物音がしないかと耳をそばだてた。フローラには人に聞かれたくない話もあるだろうからどうぞ部屋を使って、と言ってあった。けれども聞こえたのは、どこかの部屋から廊下を伝ってやってくる、ズンズン響く不快な重低音だけだった。

ケヴィンが来たらすぐわかるように寮に残りたい気もしたけれど、やめたほうがいいとサリーに諭《さと》された。「どうせパーティーで会うし。フローラは会場に直接来るようケヴィンに言ったかも、別れ話を先延ばしにしたくて」

なぜサリーはこうまで確信しているんだろう。ケヴィンの気が変わって、来るのを取りやめる可能性もまだあるのに。

じっと携帯電話とにらめっこしていたローレンが、突然ヘッドフォンをはずしたかと思うと、頭のおかしい人間を見るような目でわたしたちを見た。「ほんっとうるさい。どうしてフローラを監視してるの？　何を盗み聞きするつもり？」

「セックスの声を聞くのが趣味なの」サリーは言った。「それよりあなたの双子はどこ行ったの？」

「エラと行くことにしてたんだけど、具合が悪くなっちゃって。お邪魔かもしれないけど、一緒に行っていい？」

「邪魔とかそういうんじゃなくて」とわたしは言った。ローレンについてこられたくなかった。彼女はサリーをイカれてると言い、わたしをハンプトンズへの小旅行からのけ者にした。「あなたがいたら双子じゃなくて三つ子になっちゃうでしょ」

「誰がそんなこと気にすんの？　たかが学内のパーティーじゃない」

「このセクシーな子はわたしだけのものにしておきたかったんだけど」とサリーは言い、わたしに腕をまわした。「来たかったらどうぞ。わたしたち別のミッションで忙しくなるけど」

わたしはサリーをパチンと叩いた。**余計なこと言わないで。**何か勘づかれたらどうするの。ローレンがフローラのもとに飛んでいって告げ口し、フローラの天使のようなふわふわの羽に包まれて眠る姿が目に浮かんだ。

出かけるとき、自分の部屋のドアに目をやった。中を確認しようとするわたしの腕をサリーが引っぱった。

パーティー会場で腕を組んで歩くわたしとサリーに、フェイクレザーのパンツをはいたローレンがドスドスとついてくる。あちこちに人の塊ができていた。ビールサーバーに群がる人、大きなテーブルでビアポンに興じる人、見られるのもかまわず部屋の隅でイチャつく人。ミラーボールが青白い光を部屋じゅうにちりばめていた。

バッグの中の携帯電話にはフローラとパイロットの写真がおさめられている。そのときがくれば、これを武器にしよう。

「あのふたり、いないみたい」とわたしが声を張りあげるのと同時に、サリーが顔を近づけ、お酒を取ってくると言った。

「いったい誰を探してるの？」と訊くローレンを、サリーとわたしは無視した。彼女を透明人間にするのは胸がすく思いだった。

不意に誰かがわたしのスカートに手を入れお尻をつかんだ。慌てて振り向いたときにはもう誰もいなかった。わたしはフロアを8の字に歩いてまわった。ローレンは頼みもしないのに、まるでお目付け役のようにうしろをついてくる。「ねえ、フローラを見なかった？」

わたしははじかれたように振り向き彼女の顔を見た。「見てないけど、なんで？　わたしはあの子のベビーシッターじゃないのよ」

ローレンは蔑むように唇をゆがめた。「だってルームメイトでしょ？　今日の彼女、なんだか変だったのよ。オーリン図書館で勉強する約束をしてたのに、なんの連絡もよこさずすっぽかしたりして。フローラらしくない」

「ふうん。とにかくわたしは見てない。メッセージでも送ってみたら？」ついでに、こうも言ってやりたかった。**そんなに仲いいなら、どこにいるかくらいわからない？**　サリーなら言いそうだ。だけどわたしはサリーじゃない。

「送ったけど、返事がなくて。そういえばさっき言ってたミッションって何よ？」ローレンはブーツを履いた足で床を叩いた。

わたしはヒントをあげることにした。どうせなんのことだかわからないだろう。「最近仲よくしてる男の子が来てるかもしれないの。彼、わたしのことが好きみたいなんだ」わたしは自分で言った台詞に満足した。

「それって誰？」かすかに嫉妬が混じるローレンの声にも満足した。

「ローレンの知らない人」

それに対して彼女は何も言わず、かわりにまったく関係のないことを言った。「あの子は危険よ。わかるでしょ、スローンのこと。彼女に何ができるか、アムはわかってない」うるさい音楽のせいで聞き間違えたのかと思った。「なんて言ったの？」わたしが大声で訊いたとき、サリーがローレンの背後に現れた。わたしは差し出されたお酒を受け取って、次に差し出された鍵の上のコカインを吸った。ローレンは首を振り、大股でどこかへ歩いていった。

サリーの口が笑みを作った。わたしがこの夜の一部始終を思い出すとき――もう忘れたふりをしながら、実は頻繁にそうしていた――コラージュの中の最も目立つ写真のように、真っ先に浮かぶのがこの笑顔だった。

「ほら、あそこ見て。だから来るって言ったでしょ」

彼女の指すほうを見るとフローラがいた。マントルピースの前で、髪を振り乱して踊っている。ずり下がったジーンズがか細い腰にかろうじて引っかかっている。足元は寮のシャワーブースで履いているピンクの水玉模様のビーチサンダルだった。ケヴィンとおそろいの服を着ようとは微塵《みじん》も思わなかったらしい。彼はダートマスのロゴ入りの緑のキャップをかぶっていた。ハンサムで、すっかりまごついて、口をきゅっと結んだケヴィン。

「あの子、もう酔ってる?」サリーに向かってわたしは声を張りあげた。サリーは答えずにさっきと同じ笑みを浮かべている。さらに上がった口角が頬骨まで届きそうだ。ケヴィンに視線を戻すと、フローラをダンスフロアから引きはがそうとしていた。彼を押しのけるフローラの目元はマスカラがにじんでぐちゃぐちゃだった。

「これで完成」サリーは言った。

たったそれだけの言葉が、わたしの頭の中で何度もこだました。まるでフローラが煮こまれすぎたひと切れの肉かのような言い方だった。

25　現在

宛先　〝アンブロージア・ウェリントン〟　a.wellington@wesleyan.edu
差出人　〝同窓会実行委員会〟　reunion.classof2007@gmail.com
件名　二〇〇七年卒業生同窓会

アンブロージア・ウェリントン様

ますます盛り上がってきましたね。もし運動したい気分なら、キャンパスマラソンにご参加ください。目的は競争ではなく、友人同士で楽しむことです。振り返って、うしろを走るのが誰なのか確かめる必要はありません——ゴールまで走り切ることが重要ですから！

部屋に戻るには、フローラのまえを通らなければならない。誰かがニコルソンホールの壁にフローラを貼りつけたから。青い目がわたしたちをにらんでいる。キャンパスは、この等身大のポスターだらけだった。**フローラ・バニング記念財団——心の健康を守りましょう！**　見かけるたびに目を背《そむ》ける。同窓会からのメールに書かれた彼女の名前からも、目をそらしていたように。メールには、同窓会実行委員会メンバーのリストの下に、フローラ・バニング記念財団と記載されていた。もし彼女が生きていれば、同窓会実行委員会のほうに名前があっただろう。良家の男性と結婚して、カチューシャをつけプリーツスカートをはいて、毎週教会に通っていただろう。児童心理カウンセラーになり、忍耐強い母親になっていただろう。わたしがなれなかったものすべてになっていただろう。それがフローラを好きになれなかった理由かもしれない。わたしが望んだ人ではなくて、わたしが**望んだもの**——わたしがいくら努力しても自分のものにできなかった性質——を彼女が持っていたから。いい子だったから。いい子であることが彼女を特別にしていた。

エイドリアンを二度とひとりにしてはだめだ。しかたがないからくだらないキャンパスマラソンにも参加しよう。どうせなら、アストリアの自宅に向かって走りたいけど。

ところが、さんざん体調が悪いと訴えたあとなので、エイドリアンはわたしがマラソンに出ることを許さなかった。横になっていたほうがいいよ、どっちにしても僕はジャスティンたちと走るつもりだし、と彼は言う。〝ジャスティンたち〟には彼の新しいお友達、「めっちゃいいやつ」のジョナも含まれる。こうしてわたしは自分のついた嘘のせいで、寮の狭い部屋に閉じこめられることになった。

「わたしがアムと一緒にいるから、マラソンを楽しんできて」サリーは唇を笑みの形にしてそう言い、自分の部屋に戻る。

エイドリアンを早く出ていかせたがっているようなサリーの態度が気に食わない。まるで、わたしをひとりじめしたいみたいだ。でもわたしが言えることは何もない。

「ねえ」とエイドリアンはわたしの頬をつついて言う。「体調が悪い原因ってもしかして――？」

わたしは首を振る。「違うと思う」

彼が行ってしまうと、サリーが個室の入口に現れた。「もしかして何？　彼、アムが妊娠したかもって思ってるの？」

どうやら壁が薄すぎるようだ。「たぶんね。でも妊娠はしてない」

「よかった。わたしは子どもはいらない」サリーはベッドのわたしの隣に腰かける。その瞬間、ふたりそろって出かける準備をしたいくつもの夜に引き戻される。「母親になっちゃいけない人間っているのよ。特に、娘を持つ母親にね。わたしに似た女の子なんて、絶対欲しくない」

子どもが欲しいとずっと公言していたビリーは、ソーヤーの髪をとかすとき苛立ったようにブラシをぐいと引っぱる。お酒を飲むと、**ときどき子どもが生まれるまえの人生を取り戻したくなる**と言う。わたしはというと、きちんと人生を歩んだこともないのに新しい人生を欲しがっている。

「母親はわたしのこと、どうしていいかわからなかったのよ」サリーは続ける。「何をしても許された。スペンスに入れたらなんとかなると思ったみたい。女子高なら男の子にうつつを抜かすこともないだろうって。学校以外で男の子を見つけてくるとは思わなかったのかな……それに誘惑はほかにもあるし」

そうだ、彼女は自分で言っていた。**わたしってすぐ退屈しちゃうの。**わたしは彼女がもてあそぶのに最適なおもちゃだったのだ。わたしたち全員がそうだった。

「それはともかく、フローラのこと、どうする？」とサリーは言って膝を抱える。「カードを送ったのは誰なのか、目的はなんなのか、はっきりさせないと。さっき駐車場にアムが来たとき、あとで〈フレンドリーズ〉で会って計画を立てようってケヴィンと話してた

れればいけないということだけがわかっている。

フローラのこと、どうする？　昔も同じ会話を交わした。あのころも今も、何かしなければいけないということだけがわかっている。

「そうだったんだ」結局自分のものにできなかった彼を乗り越えるのに、あれだけの時間を費やしたにもかかわらず、わたしはまた彼に会いたいと思っている。テレビに映る姿やウェブ上の画像ではなく、フロントガラス越しでもなく、直接会って、十四年近く抱えてきた疑問をぶつけたい。**本気だったの？**

立ち上がって自分の部屋に戻るサリーに声をかける。「あなたがケヴィンとそんなに親しかったなんて知らなかった」

「別に親しくない」サリーがジーンズにブラジャーという格好で出てくる。相変わらず自分の体が他人の視線にさらされることに抵抗がないらしい。「言ったでしょ、彼のほうから連絡してきたんだって」

「うん。でもそれって変よ」**どうして彼はわたしに連絡をくれなかったの？**

「まさか嫉妬してるの？」サリーは静かに言ってわたしに背を向ける。ケヴィンがどうやって彼女のメールアドレスを知ったのか訊きたいけれど、やめておく。どうせはぐらかされるだけだ。「アムも行くなら準備して」

示し合わせたようにふたりとも色の濃いジーンズに明るめのグレーのトップスという格好になった。まるで〝双子ルック〟の大人バージョン。もしわたしが啓示というものを信じる人間だったら、これは何か最悪の事態を予言していると思っただろう。

サリーの車は、黒いトヨタのエコーだ。彼女ならもっと派手な最新の車に乗っていると思っていた。昔はよく、一緒に車で旅行をしようと話したものだ。ダッシュボードに足をのせ、スリップノットの曲をガンガンにかけ、海に向かって車を走らせようと。

「アムはどうか知らないけど」と、サリーはV駐車場から車を出しながら言う。「わたしはここに来てから頭がおかしくなりそう。たぶん、みんな中身は変わらないから。老けただけで」

「そうね、みんな今もわたしたちのこと嫌ってる。少なくともわたしのことは絶対嫌ってる」

「馬鹿ばっかりなのよ」サリーは言う。

「サリーもわたしのこと嫌いになったと思ってた」と言うわたしの声はどうしようもなく哀れだ。

「嫌いになったことなんてない。わかってるでしょ。あのときはわたしもおかしかった。ほんとの自分じゃなかったんだってば」

わたしはうなずく。そう言われても、彼女がいなくなってから味わった孤独はなくならない。サリーとべったり過ごすようになって、彼女以外の友達はいらないと思うようになった。サリーは新鮮な死骸を食い散らかすハゲタカみたいに女の子たちをこきおろしたから、わたしも彼女たちの欠点と不安定さしか見えなくなった。一時期は彼女たちに認めてもらいたくてしかたなかったのが嘘のようだった。

サリーのあと、誰もわたしと親しくなろうとしなかった。大学三年のとき、ブログサービスを提供する〈ライブジャーナル〉上にタレコミ掲示板が作られた。そこに自分の名前が出ることも、学生たちがひどい書きこみをすることも予想していた。わたしはそういった書きこみをひとつ残らず読んだ。**あの夜、下品な服装のＡＷがバターフィールド寮から走って出ていくのを見た——やったのは彼女よ。フローラを嫌ってたし。**

サリーのスレッドもあった。誰かが書いたあるコメントをよく覚えている。**あのクソ女はイカれてるばかりか、人殺しでソシオパスよ！　たぶんだけど。**

「卒業してからも誰かと連絡取ってた？」なぜそう訊いたのか自分でもわからないけれど、急に訊いておかなければという気がした。「寮の子たちと今でも話すことはある？」

「まさか。ありえないでしょ」サリーは無表情に答える。わたしはよくキャンパスでサリーと一緒にいるのを見かけた女の子たちのことを思い出す。彼女がわたしといた時期をブックエンドのように挟む女の子たち。その全員をサリーはあっけなく断ち切った。大事にするふりをしていた相手も、傷つけた相手も、ウェズリアンの人間関係すべてを断った。わたしも切られた一本の糸に過ぎなかった。

わたしは手を口にあてて咳きこむ。「あの人たちは相変わらず大げさに騒ぎ立てるのが大好きみたいね。きっと今日の追悼式には、嘘くさい涙を浮かべて参列するのよ。フローラのことほんとに大好きでしたって感じで」

「大嘘つきね」とサリーは声を上げて笑う。今でも意地の悪いことを言うときが、最も素のままでいられるようだ。「でもまあ、死は絆を深めるものだし。ところであんなにかわいい旦那さまを連れてくるなんて、アムって勇気ある。結局あのあと、いい人と出会えたのかなってずっと心配してたんだから」

普通なら、夫が**かわいい**なんて侮辱的だけど、彼女の話の焦点は彼ではない。わたしだ。サリーは、わたしがエイドリアンで**手を打った**と思っているのだ。夫を擁護する気持ちと、彼女に同意する気持ちのあいだで、わたしは揺れ動く。

「ローレンには気をつけたほうがいい」サリーは続ける。「彼女のあなたを見る目つき、なんか変だもの。エイドリアンを見る目もね」

「ローレンのことは信用してない。〝双子ルック〟のパーティーのときもあの場にいたし。

警察に話したのは彼女よ、わたしたちがフローラの話をしてたってことと、パーティーである男の子を探してたってこと」

「ローレンはやっかいね」サリーは言う。「事を荒立てるのが好きだから。何を言われても信じないで。あのころも彼女は、人をうまく操って対立させてるつもりだった」サリーは振り向いてわたしを見る。「カードのこと、ローレンが関係してるかもって思ってたんだけど、間抜けな彼女じゃこんなにうまくやれないよね」

うまくやるって何を？ と訊こうとしたところで、〈フレンドリーズ〉に到着する。ふと怖くなる。ケヴィンに訊きたいことなら山ほどあるものの、本人にぶつける機会は永遠に来ないと思っていた。準備不足の試験に挑むような心境だ。**わたしのこと、ああ言ったのは本気だった？　彼女のことをああ言ったのも？**　彼の言葉がわたしの人生を変えた。それが真剣なものだったかどうかはわからないまま。

ケヴィンはボックス席に座っていた。深くかぶった赤のキャップの下からぺしゃんこになった毛先がはみ出ている。着ているスウェットシャツにダートマスのロゴはない。彼はダートマスを卒業しなかった。おそらくどこの大学も卒業しなかったのではないか。サリーが学部卒業後、すっかり姿をくらましたように、彼も行方がわからなくなった。

サリーとわたしは、向かいの長椅子に腰を下ろした。「紹介の必要はないよね。アンブロージアのことは当然覚えてるでしょ。これがほんとの同窓会ね」

ケヴィンが顔を上げ、わたしは喉元まで出かかっていた無難な挨拶を一瞬にして忘れる。変わらない目、変わらない口元。フロントガラス越しにはわからなかったが、頬と顎に髭剃り跡がある。この濃さだと毎日剃らなければならないだろう。エイドリアンの髭は薄いので、伸ばしても様にならない。ケヴィンはハンサムで、どことなく悲劇的な雰囲気がある。苦痛が顔に刻まれているみたいだ。

「やあ、アム。相変わらず素敵だ」

あの出来事とこれだけの年月のあとに、**素敵だ**とは。**美しい**からの格下げ。わたしは彼の言ったことを吟味《ぎんみ》する。いつでも誰にでも使える、感じのいい言葉。たとえ心がこもっていなくても、十年以上会っていなかった相手とか、人生が崩壊するまえ最後に寝た相手にかけるのに適切な。そうだった、ケヴィンの言うことはいつも適切だった。

「ええ、あなたも」わたしはなんとかそう応える。ほんとうに彼が素敵かどうか、判断できない。そもそもこれまで素敵だったことがあった？　フローラのものだったときだけ、素敵だった？　だとしたら、彼女に所有されることで彼は価値ある人物になっていたの？

「はいはい、みんな素敵よ。じゃ、本題に入りましょ」サリーはせかせかと話を進める。

「わたしたちはカードを受け取ったからここに来た。問題は誰が送ったのか、何が目的かってこと。アムが昨日の夜バスルームで、わたしたちの写真を待ち受け画像にした携帯電話を見つけたの。フローラのかもってアムは思ってるのよね」

ケヴィンはかすれた声で言う。「サリーには話したんだけど、以前にもこのカードが来たことがあるんだ。まったく同じではないけど似てる。送ったのは同じ人物だよ。あのカリグラフィは特徴的だから見ればわかる。警察に相談されて筆跡から送り主がばれるのを恐れてか、ほかの脅迫状のほとんどはタイプされてたし」

「そのカード、まだ持ってる？」と訊くと、彼は首を横に振る。取っておかなかったとしても無理はない。わたしとのメールもとうに削除しただろう。

「フェルティかもしれない。わたしを——わたしたちを取り調べた刑事。わたしたちが事件に関係してるかもって疑ってた」

ケヴィンが静かに言う。「僕たちは事件に関係してるよね？　つまり——きみと僕のことだけど」**きみと僕。**テーブルの下の両脚がそわそわと動きだす。どれほど年月が経ってもわたしは哀れなままだ。いまだに、どんな形であれ注意を向けられると、お皿に貼りつくラップみたいにべったりしがみついてしまう。

「フェルティは一階の女子全員を取り調べた」サリーは言う。「嘘をついた子も何人かいた。エラ・ウォールデンもそのひとり。フローラと親友同士だったかのように証言したの。

それからここに来るときアムと話してたんだけど、わたしのルームメイトだった嫌な女、ローレンも。あの夜パーティーで迷子の子犬みたいにわたしたちのあとをついてまわってた」

「フローラの口からエラの名前を聞いたことはないと思うけど……」ケヴィンはつぶやく。「それからローレンも。僕が聞いたのはアムのことだけだ」

アムのことだけ。またいつもの罪悪感。たいていの場合、この感情は簡単に遠ざけることができる。しょせんわたしたちは友達じゃなかったと、本気で信じこむことができるから。フローラがわたしに打ち明けた人生、家族、将来の話は記憶の中ですっかり色褪せていた。それに彼女は清廉潔白などではない。やってしまったことは消せないのだ。そうかと思えば、彼女が必死に訴える声が聞こえ、わたしの肌に落ちる涙を感じる日もある。

「わたしのことは話さなかったのね。ちょっとびっくり。あれほど毛嫌いしてたのに」サリーは気分を害したようだ。どんなリストであれ、自分の名前が含まれないことに慣れていないのだ。

「それにしてもどうして住所がわかったんだろう。大学に登録していたのと、今は違う住所なのよ。同窓会の会報誌は実家に届くのに、カードは今住んでるアパートメントに届いた」わたしは言う。

「送ったのが誰にしろ、今週末ウェズリアンにいることは確かね。それだけじゃぜんぜん絞りこめないけど。わたしたちをここに呼び寄せて得をするのは誰？」とサリーが訊く。

「さあ」とケヴィンが答えて額をさする。キャップを脱いでかぶり直したとき、髪に白いものが交じっているのが見える。「実は、僕は別の可能性を考えてる。このカードを送ってきたのはフローラを殺害した犯人なんじゃないかって」

凍りついたわたしの隣で、サリーが笑い飛ばす。「本気で言ってるの？」

「もちろん。だから——だから僕は来ることにしたんだ。カードに怯えたからじゃない。知りたいから来た、それが彼女のために僕がすべきことだ」

ケヴィンが心からフローラを愛していたとは考えたくなかった。だけど彼の気持ちは愛より重いかもしれない。罪の意識——わたしがいつも目を背けているもの。もし彼が、フローラの最期について誤解を解くことを義務だと感じているなら、とことん真相を追及するだろう。

「わかった、あなたの興味深い仮説はおいといて、わたしたちは同じ理由でここに来た」サリーは塩の瓶を乱暴にテーブルにおいた。「わたしたちを狙ってるのは誰なのか見つけだして、こんなこと忘れて次に進むために」

昔、この三人の唯一の共通点はフローラだった。今の三人の唯一の共通点もやっぱりフローラだ。

「やつはいつ動きだすだろう?」ケヴィンは言う。「やつの行動を先回りして、現場を押さえるにはどうすれば?」

「今日の午後、追悼式がある。カードを書いたのが誰であれ、わたしたちに参列してほしいはず。何を計画してるのかは知らないけど、事を起こすとしたら追悼式だと思う」とサリー。

「かもね。僕のために何を計画してくれてるのかな」

やっとウェイトレスが注文を取りにくる。「すぐ店を出るので」と言うケヴィンの笑顔は、灰の中からよみがえった不死鳥かというくらい輝いている——そしてまた嫉妬心がわたしを支配する。ケヴィンはどんな女の子にも、「わたしは彼の宇宙の中心にいる」と感じさせてしまうのだ。

サリーが携帯電話に目をやる。「追悼式まであと二時間くらい。リマインドのメールがそろそろ来そう」

「きみたちは離れないほうがいい」とケヴィンは言う。「近くにいようとする人、詮索してくる人、じろじろ見てくる人がいたら、注意するんだ」

サリーは鼻先で笑う。「わたしたちのことをじろじろ見ない人なんていない。昔からそう」

「真剣に言ってるんだ、サリー。僕も追悼式に行くよ。もちろんキャンパスにいるところを見られたくはないけど、こっちが見るぶんにはかまわないだろ。誰がやったかわかるまで僕は帰れない」

誰がやったか。カードを送ったことなのか、彼女を殺したことなのか。どちらにしても彼は、それをわたしがやったとは考えていないようだ。

「わたしもよ」と言って歯を食いしばる。「追悼式に出ましょう」

「誰も信じちゃだめだ」ケヴィンが神経質そうな表情を見せる。「この人物はどんなことでもやりかねない。もし、やつが――**あんなこと**をやってのけたんだとしたら」

ケヴィンと目が合う。信じてくれと懇願するような目。もし彼とまた会うことがあったら、表情から真実を読み取られてしまうかも、と恐れていた。ところが、彼はむしろわたしに表情から真実を探しあててほしいみたいだ。

「きみたちにはわからない。僕は、警官や刑事たちに犯人を見つけてもらおうとしたんだ。なのにやつらは僕に罪があることにして満足してしまった。あれができたのは僕しかいないことにした」

サリーは何やら張りつめた面持ちで、落ち着きなく足をゆすっている。早くここを出たいようだ。「カードを書いたやつはきっと見つける。アムとわたしが逃がさないわ」

サリーに急かされてボックス席から出る直前、手を伸ばしてケヴィンの肩に触れる。彼は動かない——身体をこわばらせもしなければ、わたしに寄りかかりもしない。わたしは何を期待していたんだろう。触れることで彼がわたしの価値を認めるとでも？　ただスウェットシャツに指がおかれたに過ぎないのに。

「彼を信じる？」駐車場をずんずん横切りながら、サリーは訊く。「本気で誰かがあれをやったって——まったく、あんなに陰謀説に傾倒してるなんて知らなかった」

「ケヴィンが正しいかもよ？」わたしは小さな声で言う。「実際に起きたことは誰も知らないんだもの」ケヴィンの説が正しいとすると恐ろしくはあるが、それはわたしたちを、**わたしを**、罪から解放することになりはしないか。そう思ったものの、口には出さなかった。

「わたしたちはあの場にいたんだから」サリーは吐き捨てるように言う。「あのときのことを誰より知ってる」車に乗りこむと、サリーは手のひらの付け根で音量ボタンを思い切り押した。確かに、昔のことで争うよりラジオを聞いているほうがよさそうだ。

「さて、どうする？」キャンパスに到着し、わたしは訊く。

「別々に行動するのがいいんじゃない」サリーは乱暴にドアを閉める。「マラソンをやってる今がチャンス。エラの部屋とローレンの部屋に忍びこんであやしいものがないか調べてみる」

「そうね。ドアに鍵をかけてないとは思えないけど、やってみる価値はある。わたしも行く。ケヴィンがわたしたちは離れないほうがいいって言ってたし」

サリーは片方の眉を上げる。「彼の言うことを聞くの？　追悼式まで時間がない。二手にわかれてできるだけ広い範囲を調べないと。アムはフェルティを探して見張ってて」

両手をポケットに突っ込んで去っていくサリーを見送る。いつものふんぞり返った歩き方にも緊張がうかがえる。しかたなくわたしは反対方向に歩きだす。フェルティを探す気はない。同窓会のディナーか何かのためにテントを張る人々を横目にアンドラスフィールドを通りすぎ、オーリン図書館をぐるりとまわって、ハイストリートに出る。手入れの行き届いた生垣に囲まれたベータ寮の窓に日光が反射している。二階の窓から出られるあの屋根にサリーとわたしは座った。脚を投げ出して、体をふたつ折りにして大笑いするわたしたちの声は夜の空気に吸いこまれた。

突然息がうまくできなくなる。キャンパスから逃げだしたい衝動に駆られる。スローン・サリヴァンとの思い出すべてがもたらす苦しみから逃れたくなる。

そのままドラッグストア〈ライトエイド〉まで歩く。水のボトル、雑誌、そして最後に手に取った妊娠検査薬〈ファーストレスポンス〉の会計を済ませると、レジ係と目も合わせずに、検査薬をバッグに突っ込む。大学時代に何度か寮のバスルームで使ったことがある。心臓がばくばくし、腋はじっとり湿り、不安に押しつぶされそうだった。陰性の結果に安堵して、次からは安全を優先しよう、ピルを飲んでいてもコンドームをつけてと言おう、と誓った。今も妊娠はしていないはずだ。吐き気がするのはストレスのせい――検査をするのは念のため。陰性とわかればより安心できるんだから。

ニコルソンホールに向かってフォス・ヒルを横切っているとローレンが小走りで近づいてきた。マラソンが終わったのだろう。

「具合はどう？」ローレンが甲高い声で訊く。「アムは休んでるってエイドリアンが言ってたから。大学時代、しょっちゅう二日酔いで寝こんでたのを思い出すわ」

「大丈夫」とだけ答える。マラソン中に彼女はエイドリアンに何を言ったのだろう。彼女の言葉は、疑うことを知らない獲物に牙がしっかり食いこむように、いつも計算されている。

「よかった。あなたとスローンが一緒にいるのを見て、ジェマと話してたの。昔みたいだねって」あのころもほかにそう呼ぶ人は少ないのに、ローレンはサリーを〝スローン〟と呼ぶことにこだわった。

「そうかな。今は何もかも違ってると思うけど」

「スローンがあの件に関係してると思った人はたくさんいた」ローレンは手にしていたピンクの水筒から水をひとくち飲む。「彼女がフローラに近づいて、頭の中に入って操作したんだって。わたし、卒業式のまえの週に知ったのよ。一年生のときスローンがわたしのボーイフレンドと寝てたってこと。チャーリーって覚えてる？　わたしが感謝祭のあとつきあいはじめた男の子」ローレンは汗に濡れた前髪をよける。「確かフラタニティのパーティーでアムにも話したと思うんだけど」

「サリーは知らなかったのかも」ローレンにはうんざりだ。彼女は、女性に権利を与えましょうと主張しておいてから、その女性を丸裸にして切り刻むタイプの人間だ。

「知ってたわよ。知っててわざと手を出したの。シェアハウスのパーティーで彼にまとわりつくスローンを、クララとドーラが見たんだって。そのあとは当然ふたりで寝室に行ったでしょうね」

「だから？　浮気をしたのは彼のほうじゃない」

そんなことを言いながらも、わたしは裏切られたばかりの十七歳の自分に戻る。マットとジェシカ・フレンチの姿はずっと脳裏に焼きついていて、どれだけ消そうとしても消えない。マットがずっとわたしを同伴すると言っていた高校最後の卒業パーティーでふたりが一緒にいるのを見たときの苦々しさは、今も舌に残っている。

　だからといってローレンに同情はしない。彼女が掲示板に書きこんだことや、流した噂を忘れていないから。今だって別れたらすぐにほかの子たちのところへ行って、わたしの悪口を言うんだろう。何も変わっていない。

「彼女をかばうまえに話を聞いてよ。わたし、スローンと同じ高校に行ってたでしょ。高校のときのスローンの親友はイヴィっていう子だったんだけど」

「ええ、彼女のことはサリーに聞いた。それがどうしたの？」その名前は聞きたくない。わたしがサリーについていけなくなってすぐ、彼女はイヴィのもとに戻ったはずだ。

　ローレンは額に皺を寄せる。「たぶん、全部は聞いてないと思う。高校最後の年のあるパーティーで、イヴィはひどく酔っぱらってた。しばらくして女の子たちが悲鳴を上げはじめた。イヴィがバスルームで、バスタブにもたれかかるようにして意識を失ってたの。ドラッグを過剰摂取したせい。昏睡状態になってそのまま——脳死になった。数週間後、彼女のご両親は生命維持装置をはずす決断をしたわ」

　嘘だ、と反射的に思った。言い返そうと口を開きかける。イヴィは生きているはずよ、サリーは彼女の話をしてたし、わたしは何度も彼女と自分を比較してきたんだから。

　でもひょっとすると、わたしが勝とうとしていたのは幽霊だったのかもしれない。

ローレンはわたしがショックを見せるのを、薄ら笑いを浮かべて待っている。彼女が欲しがるものを与えるつもりはない。「それは気の毒だったわね」

「ええ、ほんとに」ローレンはわざとらしい間をあける。「イヴィはたまにマリファナをやるくらいで、ドラッグ依存じゃなかった。しかもそのパーティーの前日、スローンは彼女のボーイフレンドとセックスしてたの。彼女には前科があるってわけ。あのとき、あなたとケヴィンを責める声がほとんどだったけど、わたしみたいにスローンが原因だったんじゃないかって考えた人もいる」

タレコミ掲示板のSS──スローン・サリヴァン──のスレッド。**あのクソ女はイカれてるばかりか、人殺しでソシオパスよ！**

誰かが嫉妬から書いたコメントだと思っていた。事実の可能性があるなんて考えもしなかった。

「当時も話そうとしたけど、あなた、聞く耳を持たなかったでしょ」

「だって知ってたもの」疑念が声に出ないよう努める。「誇らしいとはいえないことをした経験は、誰にだってある」サリーの弁護を続けようとするものの、わたしの意識は暗い場所へ向かいはじめる。高校のパーティーでドラッグの過剰摂取をした女の子の話を、サリーから聞いた日へ。サリーの側から見たストーリーがあれだったというわけか。

「そうね、完璧な人間はいない」ローレンは言う。「でも彼女は常習犯よ。ほかの子たちも気づいてる、彼女がどんな目でエイドリアンを見つめてるか。とにかく気をつけて、いいわね？」

疑問形で終わってはいるが、ほとんど脅迫だ。ローレンはわたしのことを案じてなんかいない。これまでもそうだ。ただ人間関係の亀裂をつついて、もめごとを起こすのが好きなだけ。サリーとわたしが友達ではなくなったとき彼女は喜んだ。また同じことを――わたしたちの関係にひびを入れようとしているのだ。

そうはさせない。サリーがイヴィに何かしたわけじゃない。いくらサリーでも無理やり誰かに大量のドラッグを飲ませるなんてできない。確かに彼女は人を言いくるめるのが得意だ。それはほかでもないわたしがよく知っている。けれども彼女が人にある考えを吹きこんだとして、そのとおりにするかどうかはその人しだいだ。

わたしがそうだったように。

「追悼式は出るんでしょ？　ディナーにも？　みんなで同じテーブルに座ろうよ、昔みたいに」ローレンの声はまた明るくなる。

「ええ」ただし昔の彼女は、わたしがきちんと自分の定位置である端の席に着くよう目を光らせていた。

ニコルソンホールに入ると、ローレンはわたしの頰にキスまでしてみせる。そのとき、こんなこと言うべきではないとわかりつつも、言葉が口をついて出てくる。

「どうしてわたしのこと嫌ってないふりするの？　一年生のとき口をきいてくれなくなって、そのうえわたしのこと、救いようのないクズだって掲示板に書いたくせに」

ローレンは階段の手前で立ち止まったものの、振り向かない。「掲示板にアムのことなんてひとことも書いてない。別の誰かが書いたのよ。あの件であなたに腹を立てていた子はたくさんいたもの。それに、口をきいてくれなくなったのはアムのほうでしょ」

違う。ローレン以外にもわたしを攻撃した人はたくさんいたけれど、噂を流行《はや》り病《やまい》のように広める力を持っていたのは彼女だけだ。

「スローンは人をおもちゃにするのよ、アム。彼女はずっとそうしてきた。それ以外の方法を知らないの。彼女が近しい友達に選ぶ相手が、そのときお気に入りのおもちゃってわけ。人をもてあそぶことを悪いと思う心すら持ってないんじゃないかな」ローレンは一瞬口ごもる。「あなたとケヴィンの噂を広めたのって、スローンかもしれない。彼女ならやりかねない」

階段を上がっていくローレンを見送ると、郵便受けにもたれかかりへなへなと座りこむ。下品で気味の悪いポストカードをわざわざ探して、ビリーと送りあったことを思い出す。

祖母が大学はどうかと尋ねる手紙をくれたことを思い出す。返事の手紙には嘘ばかり書いた——気候はいいし、授業はおもしろいし、もちろんいい友達もできた。ここの女の子たちはみんなとってもいい子よ。

何が真実か、もうわからない。サリーがイヴィの恋人を奪ったのだとしたら。彼女の死に関係しているのだとしたら。もしそうだったら、サリーにはほかにどんなことが可能だった？

26　あのころ

ケヴィンはわたしを視界に入れたのに、気がつかないふりをした。平手打ちをくらわされた気分だったけど、彼は先にフローラをなんとかしなくちゃいけないんだから、と自分を納得させた。わたしに近づくのが怖いみたいだった。ところが、困り果てた父親のように見守る彼を、フローラが何度も押しのけるうちに、だんだんこちらに近づいてきた。ついにはわたしとサリーの目の前まで来て、両手をぎゅっと握ったまま、僕はどうしたらいいだろうと訊いた。

「まるで会話が成り立たないんだ」ケヴィンは声を張りあげた。ガンガン鳴る音楽から逃れて奥まったところに向かう彼に、わたしたちはついていった。「会いにきてって必死に頼むから来てみたら、いきなり泣き崩れて」わたしは彼のシャツのボタンがずれていることに気がついた。よほど慌てていたらしい。「フローラじゃないみたいだ。手がつけられない」

「わたしたちも助ける方法を探しはしたの」サリーがケヴィンの腕に触れて言った。「あんなふうにお酒でストレスを紛らわせるようになっちゃって。学校のカウンセラーに会うよう勧めたんだけど、聞かないのよ」

サリーがもっとひどい嘘をつけると知らなければ、真っ赤な嘘に驚いていただろう。フローラが被害者のように聞こえるのが不満だった。この物語では、フローラにはモンスターになってもらわなくちゃいけないのに。

怯えている様子のケヴィンを見て心配になり、罪の意識に胸を焼かれた。「どうすべきかわからない。だってここに来たのは……」

言い終わるまえに彼の声は小さくなってとぎれた。頭の中で続きを補完してあげた。**だってここに来たのは直接会って別れ話をするためだから。**

フローラを監視するために、もう一度ダンスホールに戻るケヴィンに、またもやわたしたちはついていく。ほかに行くところがなかった。少なくともわたしには。サリーはいくらでも一夜かぎりのバディを見つけて、パーティーを楽しむことができただろう。けれども、もう彼女はそんなことでは満足できなかった。わたしたちは城を攻めていて、先陣を切るのがサリーだった。

フローラは踊りつづけていた。まぶしすぎるライトに照らされた肌は不自然に青白い。

誰彼かまわずぶつかっていくので、まわりの人は彼女から大きく距離をとっていた。まるで彼女が自然発火するのを恐れているかのように。ケヴィンが近寄って連れだそうとする。一度目と二度目の試みは、フローラがまるで火を消そうとするようにケヴィンの手をはたき落として失敗に終わった。三度目、彼女が大声を出し身をよじって逃げたので、タンクトップを着た筋肉隆々の男子がケヴィンの前に立ちはだかって彼の胸を突いた。**おい、何してるんだ?**

「もうめちゃめちゃ」とわたしは言った。わたしとサリーは一見ただのやじうまだったが、この惨事は間違いなくわたしが招いたものだった。

「こうなってほしかったんでしょ?」サリーは言った。「あの男がついにフローラを捨てて、このくだらないドラマが終わったら、さぞせいせいするだろうな」

彼女が言ったことより、言い方が気になった。このくだらないドラマが終わったら、また楽しませてくれる別の何か――誰か――を見つけなきゃ、というような。

フローラは顔にかかる細い毛束を耳にかけた。近くにいたわたしには、彼女がマニキュアをしていないのがわかった。ぼろぼろになるまで嚙んだ真っ赤な指先。それを見て、自分がやったことが全部帳消しになればいい、と思わず願った。でも、だめ。ヒロインになるためには女王を玉座から引きずり降ろさなきゃ。

と、突然フローラは人を押しのけ、野生動物のようにすばしこく走って部屋を飛び出していった。サリーとわたしはものも言わず追いかけた。

フローラが向かったのは二階のバスルームだった。洗面台に身をかがめ、赤いものを吐きだす。**血だ**。でなければウォッカクランベリー。

「フローラ」と声をかけた。「どうしたの？　大丈夫？」

フローラはわたしたちをにらみつけた。そう見えただけかもしれない。彼女の目は腫れぼったく、細い二本の切れこみのようだった。泣きすぎたせいだろうか、睡眠不足のせいだろうか。両方かもしれない。

「どうしてなの、アム？　ケヴィンに言ったんでしょう、わたしにはほかに男が——ハンターっていう男がいるって。ハンターを連れこんでたのはあなたじゃない。だけどケヴィンは信じてくれない。そのうえあなたたちふたりは、ハロウィンにわたしを連れだして——何もかも台なしになった」

「それは違う」サリーが静かで落ち着いた声で言った。感情が爆発した子どもをなだめる親のようだった。「ちゃんと頭が働いてないんじゃないの」

「くたばれ」フローラが吐き捨てた。彼女の口から出る言葉としては決定的に間違っていた。フローラがわたしに向かって両手を差し出した。初めて彼女がマニキュアを塗ってくれたときのことを思い出した。やさしくて丁寧な手つきだった。切実な目がわたしを捕らえた。「アム、あなたはわたしの親友よね。あなたが仕組んだことじゃないって言って、お願い」

根が生えたようにその場から動けなかった。サリーとわたしは、ひとりの女の子を破壊することに成功した。すべてを奪って粉々にした。サリーには、この話の筋立てを考えるのは簡単だっただろう。登場人物が生身の人間ではなく、物語のキャラクターとしか思えない彼女には。サリーにとってフローラはまったく重要ではない人間なのだ。でもフローラにとってわたしは特別だった。そしてサリーがそんなふうにわたしを特別だと思ってくれたことは一度もない。瞬時に暴力的なパニックに襲われた。めまいがした。

「こんなこと聞きたくないと思うけど」さっきよりさらに落ち着いた声でサリーは切りだした。まるでフローラが憤慨すればするほど、彼女はおだやかになるようだった。「あなたのボーイフレンドもほかの男とおんなじよ。常によりいいものを探してる。彼にはもうほかに好きな人がいるの」胸のまえで腕を組んだサリーのメッシュのトップスから黒いブラが透けて見えた。「あなただって退屈してたから知らない男とファックしたんでしょ。それが悪いことだとは思わない。ただ、自分でやったことはやったと認めなさい」

フローラは口を開きかけ、そしてすぐに閉じた。わたしは、サリーが相談もなしに話しはじめたことが気に入らなかった。

「サリー――」と言いかけたものの、フローラにさえぎられた。わたしはまだ、自分を擁護するか、嘘に加担するか決めかねていた。

「知らない人とファックしてなんかない。嫌だった――わたしはひとことも――なのにあの人――」

フローラは言い終えることができないでいた。あの夜のことをよく思い出せないのか、思い出さないようにしているのか。いずれにしても彼女を真実から守ろうとする脳の働きのせいだった。それでも彼女が言おうとしていることははっきりとわかった。サリーにもわかったはずだ。けれどもあの夜フローラと同じ部屋にいて、止めることができたのにあえてそうしなかったのは、サリーではない。

「フローラ。正直言って、そうやって自分に言い訳してるより、ケヴィンに話しちゃったほうがまし。あなたたちは別れて、それぞれの道を行くの。今夜寝る相手はわたしたちが見つけてあげる。ファックしたがる男はこの世にごまんといる。自由になったら気分がよくなるはずよ」

フローラは打ちのめされていた。サリーの言葉の攻撃をまともに受け、いつもの完璧さはぼこぼこの穴だらけだった。彼女はもう女の子というより、ぱっくりと開いた傷口そのもので、二度と立ち上がることはできないように思われた。ところが彼女が次に言ったことはわたしを驚かせた。

「わたしたちは乗り越えられる。何が起こったかをケヴィンが理解してくれたら——」フローラはうるんだ目で、またわたしを見据えた。味方してもらえるのを待っている。「アム、お願い、何があったか知ってるでしょ？　あなたからケヴィンに話してくれる？　いつものアムに戻ってよ」

わたしは、ふた組の目に見つめられてかたまっていた。ふたりがそれぞれ真逆のことを求めている。胃ごと吐き出してしまいそうだった。こんなにうしろめたい気持ちになるなんて予想していなかった。最後の最後に、体を引き裂かれるような気持ちになるなんて。でももうあと戻りはできない。選択はし終わっているし、被害も出ている。もしフローラの肩を持ったら、サリーは躊躇《ちゅうちょ》なくわたしを切り捨てるだろう。人を捨てるのは、遊び飽きた人形を捨てるのと同じくらい、彼女にはたやすいことだ。わたしも捨てる側の人間になりたい。

それだけじゃない、とついに完璧さを失い地面に這いつくばっているも同然のフローラを見て思う。これは復讐だった。フローラへの復讐ではない。ほんのひと握りの女の子にすべてを与えたこの世界への復讐だ。

わたしはバッグから携帯電話を取り出して写真を突きつけた。フローラがパイロットとキスしている写真。フローラは携帯電話を手に取ろうとしたけれど、壊されて証拠隠滅されては困るので触らせなかった。

体の奥にある栓を引き抜かれたみたいに、フローラの顔から血の気がすーっと引いた。もう彼女に闘う気力は残っていなかった。わたしの息ははあはあと荒く、いまにも気絶しそうだった。

「どうして?」聞き取れないほどかすかな声でフローラは言った。ディズニーアニメみたいな大きくてまんまるな目。猟師に撃たれるまえのバンビの母親の目。「信じてたのに」「わたしだってフローラを信じてた」わたしは甲高く、震える声で言った。「でも正しくないのよ、あなたのしたことは。わたしは浮気をされたことがあるから、それがどういう気持ちかわかる。あなたはこんな重荷を抱えて生きていける人じゃない。ケヴィンには自分で話して」

フローラの目から涙がぼろぼろこぼれだした。怒りの涙だった。手でぬぐうと、残っていたメイクがこすれて黒い汚れになった。彼女は嘆息と同時に小さなつぶやきを漏らした。それを聞いてしまったことをわたしは後悔した。「死にたい」

サリーがわたしの腕をつかんだ。「さあ、もう行こ」

わたしたちはバスルームを離れた。鏡に映る亡霊を見ようともせず洗面台に覆いかぶさる、フローラの残骸を残して。


ケヴィンは片手にお酒のカップを持ち、一階のダンスフロアの近くにいた。

「何があった？　フローラはどこ？」苛ついているのか、心配しているのか、どちらだろう。表情の細かな変化の意味はわからなかった――メールの中の彼しか知らなかったから。

「二階。もうぐでんぐでん」サリーはそう答えて、意図的に間をあけた。レシピに次はどの食材を入れようかと考えているかのように。「最近いっつもこう。それでしばらくしたら後悔して、そこらじゅうに吐いちゃうんだよね」

わたしは機械的にうなずいた。ゲームは終わった。わたしたちの勝ち。なのにサリーはバットを振りつづけている。いたぶりつづけている。意識をとうに失い地面に転がる人をもうひとりが蹴りつづける映画のシーンが頭に浮かんだ。

「アム、お酒を取ってきてくれない？」サリーがケヴィンの腕に軽く触れながら言った。

「みんなで飲もうよ」

いつの間にか形勢はわたしたち対フローラではなくなっていた。大人のテーブルからキッズコーナーにはじき飛ばされた気分だったものの、わたしはおとなしくサリーに従った。

ちらちらとふたりを盗み見ながらビールサーバーに向かう。サリーがケヴィンに近づき何かを囁くと、彼の顎がこわばった。サリーは同情をこめてうなずいた。その表情は心から案じているようで、フローラとケヴィンの関係をぶち壊す計画を立てた張本人にはまるで見えなかった。

これはあなたのためのゲームだったのね。それどころか、何もかもがあなたにはゲームなのね。学校も、男の子も、女の子も。たぶん、わたしでさえも。サリーはルールなど気にしないようにふるまっているけれど、実のところ誰より先に理解している。まるで第二言語を習得するみたいに。だからこそ、ルールを破ることで新しいゲームを創れるのだ。

数分後、サリーはビールサーバーの列に並ぶわたしに合流した。わたしのメッシュのトップスに手を差し入れ、背骨を指でリズミカルに叩いた。わたしはまたサリーの支配下にあった。呼吸を楽にする。最悪の時間はどうやら過ぎ去った。

ところがサリーがバッグからあるものを取り出し、わたしはふたたび混乱しだした。携帯電話。彼女のものではない。シンプルな黒の機種。

「これでまだしばらく楽しめる」

「誰の?」答えを知りながらわたしは訊いた。「どうやって盗ったの?」

「男の子に近づきさえすればなんだってできるのよ」彼女の息が顔にかかる。不思議とアルコールくさくはなく、甘い香りがした。

「これで何する気?」

全部衝動的にやってるだけというように、サリーは肩をすくめた。「彼が怖じ気づいてできないことをかわりにやってあげるの。フローラと別れさせる」

27　現在

宛先　〝アンブロージア・ウェリントン〟　a.wellington@wesleyan.edu
差出人　〝同窓会実行委員会〟　reunion.classof2007@gmail.com
件名　二〇〇七年卒業生同窓会

アンブロージア・ウェリントン様

あまりにも早く奪われてしまったフローラ・バニングの人生を称え、植樹式をおこないます。フローラを知っていた方は、彼女がウェズリアンにいた短い期間にどれほど多くの人にいい影響を与えたかご存じですよね。バターフィールド寮C棟の裏庭で開催する、フローラの友人の集まりに、どなた様もご参加ください。わたしたちの心に息づく彼女の思い出を語りあいましょう。

背中が汗でべとつく。着替えたばかりのサンドレスが太ももにまとわりつく。〈ファーストレスポンス〉の二本の線は、待つ間もなく浮きでてきた。突き立てられた二本の中指みたいだ。**ざまあみろ。ピルを飲んでいても無駄だったな。運命はもう長いことおまえを捕らえる機会を待っていたのさ。**

誤って陽性が出ることはないとビリーが初めて妊娠検査薬を使ったときに知ったのだが、そんなこと知らなければよかった。ビリーとライアンがコンドームを使うのをやめてすぐのことだった。トニはビリーとは違い、簡単にはいかなかった。彼女とスコットは半年のあいだ血眼《ちまなこ》で生理周期を追い、ようやく妊娠に至った。わたしが仮に妊娠を望んだとしても、姉と同じくらいはかかるだろうと思っていた。それがどうだ。不運にも、わずか一パーセントの大当たりを引いてしまった。

これがどんな意味を持つのかはわからないけれど、子どもを持つわけにはいかないことだけはわかる。どんどんふくらむお腹、大きくなり血管が浮いた乳房、靴に入りきらないほどむくんだ足。そんな自分を見て幸せを感じることなんてできない。**あなたが正解だっ**

たとビリーにメッセージを送ったら、わたしがママ友になることにきっと大喜びする。彼女が妊娠中に着ていた、腕部分が毛玉だらけのよく伸びるワンピースや、みぞおちあたりのゴムをいつも引っぱって下げていたレギンスなんかのおさがりもくれると言うだろう。

ビリーにはまだ言えない。エイドリアンには話さないと。彼は涙を浮かべて、さっそくお腹にキスしそうだ。でも今はそれどころじゃない。カードを書いたのは誰で、何が目的なのかわからないままでは。

問題の尿を流し、検査薬を捨て、洗面台で手を洗う。そして顔を上げて初めて気がついたのだった。赤の口紅で鏡に書かれた、つやつや光る小さな文字に。

帰さない――彼女に借りがあるはずだ。

両手を握りしめる。湧いてきた恐怖に動けなくなる。トイレの個室にいるあいだ、誰かが入ってきたことにまったく気がつかなかった。検査薬をじっと見つめ、魔法のように結果が変わりはしないかと祈っていた時間はいったいどれくらいだった？　それともメッセージはわたしがバスルームに来たときからあった？

エイドリアンに、今すぐ帰ろうと言わなければ。今度こそきちんと説明をしなければならない。もちろん、すべて話すわけではないけれど、少なくとも彼がレンタカーに乗りこむ気になるような説明を。そしてバックミラーに映るウェズリアンのキャンパスに永遠にさよならするのだ。

どう切りだそうか悩みながら小走りに部屋に戻る。**フローラ・バニングについて、あなたの知らないことがあるの、それもたくさん。わたしが彼女にしたことなんだけどね――**どう言えば受け入れられる話になるだろう。部屋のドアを開けると、エイドリアンとサリーの笑い声がした。わたしたちの部屋のベッドに座り、頭をくっつけるようにして何かをのぞきこんでいる。マラソンのあとにシャワーを浴びたのか、エイドリアンの髪は濡れている。

「何してるの？」わたしはそう言って、サンドレスの裾を直す。

サリーが振り返ってウインクをする。「エイドリアンに昔の写真を見せてた」

エイドリアンも振り向く。「アム、すごくかわいいじゃん。僕だったら誘いたくても勇気が出なかったろうな」

サリーは、レイラが生まれたときにトニが両親にプレゼントしたような、小さなアルバムを手にしている。わたしはエイドリアンに近づいて、彼になんらかの被害がなかったか確かめる。

「姉妹みたい」エイドリアンが言う。プリンセスの衣装を着たサリーとわたし。ドレスより脚のほうが目立っている。フローラが写っていないのは、この写真を撮ったのが彼女だから。**はーい、笑って**と彼女は言ったけど、わたしは笑うと目元にできる皺が嫌いだった。

　アルバムを手にとり、パラパラとめくる。ほとんどの写真にフローラが写っている。眠れる森の美女のピンク色のドレス、努めて作った笑顔。あの夜、彼女はひどく動揺していた。わたしたちと一緒に来たのは大きなあやまちだった。

「きれいな人だったんだね」エイドリアンがやさしい声で言う。

「こんな写真どこにあったの？」わたしはアルバムをパタンと閉じる。

「借りた」サリーは言う。「ずっと返さなきゃって思ってたんだけど。追悼式に持っていこうかな。思い出を振り返るために写真とかを持っていく子もいるってローレンが言ってたし」

　わたしはサリーをきっとにらむ。「だめ、そんなの――」エイドリアンのまえでは言えない。**そんなの間違ってる、不健全よ。**けれども間違っていて不健全なのがサリーだ。

　サリーは首をかしげる。わたしがエイドリアンに話があることを知っていて、わざと邪魔しているんじゃないかという気さえする。サリーは唇をねじ曲げて微笑む。赤い唇。彼女なら鏡にメッセージを残せただろう。

　昔の写真を持っているのなら、古い携帯電話のいたずらを仕込むこともできた。フローラがケヴィンからの着信音に設定していた曲も知っている――当時は聞くたびに指でこめかみを押さえていた。

「ジャスティンにどこかに飲みにいこうって誘われたんだけど、追悼式に行くからって断った」とエイドリアンが言う。「それでよかったよね？　行ったほうがよさそうだし。マラソンのときエラも、追悼式で会いましょうって言ってた」

ほかにエラはなんて言ってた？

どこにも行きたくない。ただアストリアに帰りたい。にじんで見えるマンハッタンの夜景、ギリシャ料理のテイクアウト、ハッピーアワーのお粗末な生演奏、わたしたちの狭い部屋が恋しい。なのに謎の誰かのせいで、二度と帰れないような気がする。

「もう出たほうがいい、遅れちゃう」サリーは立ち上がって――エイドリアンの視線は彼女の体にちょっと長くとどまりすぎだと思う――デニムジャケットを羽織り、ドアの手前で立ち止まる。「ふたりとも行くの？　行かないの？」

サリーが勢いよくドアを開けると、驚いた顔をしたエラがいた。何やら紙を手にしている。分厚いオフホワイトのカード。わたしたちに届いたのと同じだ。

「あら、留守だと思ってた。今夜ディナーのまえにわたしの部屋でちょっとした飲み会をやるから、招待状を持ってきたの。何人かで集まって寮の思い出話をして、フローラに献杯するつもり」

飛んでいって、彼女の手からカードをひったくる。授業でノートを取るときのような、黒いペンで書かれたごく普通の文字だ。カードをサリーに渡す。

「いい企画だね。参加するよ」エイドリアンはそう言ってジャケットのファスナーを上げる。

エラが微笑む。ほんとうにきれい——誰しも大学時代が全盛期とはかぎらないという証拠だ。もしかすると昔も彼女はきれいだったのに、わたしが気づかなかっただけかもしれない。彼女自身や、わたしと彼女に共通する田舎くささから距離をおくことに集中しすぎていたから。今となってはなぜそんなことに囚われていたのかわからない。

「植樹の準備とか、しなくていいの?」サリーが訊く。

エラは怖じ気づく様子もなく、ただごくわずかに目を細める。「みんながそれぞれの予定を立てるまえに招待状を渡してしまいたかったの。急に思い立ったことなのよ。次にまた集まる機会なんて、いつあるかわからないでしょ?」

こんなこと二度とあってたまるもんですか! そう叫びたいのをこらえる。

「紙の招待状なんて、ずいぶん古風なのね」油断するとすぐ嫌味っぽい言い方をしてしまう。わたしが十八歳の自分に戻るのは、大学という場所のせいではない。**この人たち**のせいだ。

エラは笑顔を崩さない。「フローラは映画を観る会への招待をよくポストイットに書いてドアに貼ってたわね、覚えてる？　彼女だってわたしのしてること、喜んでくれるわ」

わたしのしてること。

「映画を観る会か、いいね。きみたちはここで楽しい時間を過ごしてたみたいだ」エイドリアンが言う。

「楽しいことばかりじゃなかったのよ。アンブロージアならわかると思うけど」エラが応える。

「そうね、楽しいことばかりじゃなかった」サリーが招待状をジャケットのポケットに突っ込みながら言う。「でも少なくとも、ゲームの楽しみ方を心得てる人はいた」サリーは歩きだし、エイドリアンとわたしはあとに続く。そのとき振り返って初めて気づいた。エラも真っ赤な口紅をつけていることに。

「好きなようにゲームを創った人もいたけど」わたしはほとんど叫ぶように言う。

サリーがくるりと振り向く。相当頭にきているようだ。「みんなそうだったでしょ」

「いったいなんの話？」エイドリアンが訊く。

黙ってにらみあう。武器こそないものの、これは勝負だ。サリーは挑発しているだけのようにも、本気で怒っているようにも見える。彼女をじっと見ているうちに、戦意が冷めてきた。サリーはかつて解けない暗号のように複雑な人間に見えた。でも実際は違う。ある意味、単純明快だった。サリーは人が欲しがるおもちゃを鼻先にチラつかせる。そして、サリーにいつ取り上げられるかわからないそれを手に入れようと必死にバットを振る姿を見ておもしろがる。ついに手にした人は、自分が特別であるかのように感じる。

そこで気づかせるのだ。そのおもちゃは苦心してまで手に入れたいものではなかったと。つかの間、サリーが気の毒になる。何かが欲しいということは、それを得られない可能性も受け入れなければならないということだ。だとしても、何も欲しいものがないよりはずっといい。

「僕、なんか言っちゃいけないこと言った？　もしそうだったらごめん」

エイドリアンは、わたしとサリーが激しくやり合いはじめるのではないかと冷や冷やしている――争いごとが極端に嫌いなのだ。しかしサリーは表情をやわらげ、笑顔になる。

「ううん、大丈夫。言っちゃいけないことなんてないもの」

サリーはわたしを見つめたまま言った。

バターフィールド寮に向かう途中、エクスリー・サイエンス・センターの正面にいる人物を見てわたしはうつむく――フェルティと女性警官だった。その警官には〝C寮の死〟の夜に会ったことをなんとなく覚えている。彼女は同情的で、涙が止まらないわたしにティッシュを差し出してくれた。サリーはその涙を演技だと思ったようだけど。

こちらを見ているフェルティにサリーが手を振ってみせると、彼は形だけ手を振り返す。

ふたりでいれば、もっと恐ろしくなれる。通り過ぎるわたしを、フェルティの視線が追う。

視線はだんだん上がってきて、射撃の的の中心、後頭部に照準を合わせる。

彼女に借りがあるはずだ。

鏡に書かれていたこの言葉を初めに言ったのはフェルティだ。

式に到着すると、すでにたくさんの人が集まっていた。人々が取り囲んでいるのは、乾いた茶色の幹にまばらに葉がついた、なんの変哲もない植えられたばかりの木だ。残酷さが吹き荒れるこの世界で生き残れるようにはとても見えない。この木を捧げられた少女と同じように。わたしたちは固く手を握りあうローレンとジョナのうしろに立つ。サリーが耳元で囁く。

「バスルームの鏡に文字が書いてあった」

わたしは低い声で言う。「ええ、見た」

「何を見たって?」エイドリアンが訊く。

「何も」と、つい大きな声が出る。

ローレンとジョナが振り向いて、またまえを向く。正面のクララとハンターは、まるで木がみずから根を引き抜いて歩きだすのを待っているみたいに熱心に見つめている。ジェマは早くも目頭を押さえている。円の外側でハドリーがヘザーに何か言うのが見える。ここ数時間、彼女たちのメッセージに返信していない。**どこにいる？　何かあったの？**

赤い口紅が望んだとおり、わたしはここに来た。女の子全員がわたしたちの噂をするこの場所に。ひそひそ声はどんどん増え、花粉のように空中を浮遊する。軽く引いた顎と前髪からのぞく視線でわかる。だってほかにどんな話題がある？　夫、美容、輝くばかりのキャリア？　クララの美術学修士号、ソーホーにあるリリーのギャラリー、ドーラのブロードウェイでの活躍、ジェマのセレブリティとの人脈？　いくら完成され、洗練されても、彼女たちは鋭い爪をなくしてはいない。いまだにその爪とぎに使われるのがわたしだ。

おだやかな音楽が流れだす。フローラが勉強するときつけていたヘッドフォンから漏れていたような、クラシックな曲調だ。やってきたエラを入れるため、人の輪がぱかっと割れる。エラのほかにもうひとりいる。ホワイトブロンドの髪、ギンガムチェックのリンピース、ストラップ付きの靴、真っ赤な口紅。

「サリー」わたしはとっさに彼女の腕につかまる。そうしないと立っていられない。わたしの脚は自分の体も、嘘のすべても、もう支えきれなかった。「サリー、彼女よ」

彼女。そう、現れたのはフローラだった。

28　あのころ

わたしたちはケヴィンの携帯電話を持って窓から屋根に出ると、縁《へり》に腰かけた。サリーは彼とフローラのメッセージの履歴を見つけると「金脈発見」と宣言した。

何度かスクロールするだけで、ふたりの関係がほころんでいく過程を一から見ることができた。フローラが思いつめすぎたために壊れていったのは明白だった。**どこに行ってたの？　誰と一緒に？　なぜ電話を返してくれないの？**　ケヴィンは初めこそ当たり障りのない言い訳をしていたものの、ますます不安定になるフローラに、しだいに忍耐を失っていった。**仲間と出かけてただけ、エイデンとマーティン。遅い時間だったから起こしちゃいけないと思ったんだよ**

エイデンとマーティンって誰？　実在するの？

フローラ自身、彼が離れていくのを感じていたに違いない。男の子は手のひらでそっと包んで、うんとやさしく扱わなければいけないのだ。森で見つけた、凍えそうなカエルのように。きつく握りすぎると怯えたカエルは指の中で暴れて、うまく逃げだすか、そうでなければ窒息死する。

「こんなの悲しい」サリーは言った。「彼が特別な男性だと思いたくてしかたないのね」

フローラのことだけを言っているのではないような気がした。

サリーは携帯電話にメッセージを打ちこむと、わたしに渡した。**ベイビー、どこにいるの？　大丈夫？**

「送って」とサリーが言い、わたしは言われたとおりにした。

大丈夫じゃない。ごめんね。部屋にいるから来てほしい

送信とほぼ同時に返信が来て、わたしは苛立った。フローラはケヴィンにかまってほしくて、パーティーから逃げだしたのだ。彼が追いかけていって、抱きしめて、謝ってくれるのを期待して。ここまで事態をめちゃくちゃにしたのは彼女なのに。

フローラが悩めるかよわい乙女を演じるのが得意なことが許せなかった。困っているなら自分でなんとかすべきなのに、白馬の王子さまがいつも彼女を助けることが許せなかった。その怒りは、全女子を代表するものだった。だからわたしは携帯電話を引っつかんで次のメッセージを送った。

行かない。きみが何をしたかは知ってる。

「やるじゃない」サリーがそう言ってわたしの肩においた手は、かぎ爪のようだった。「シンプルかつわかりやすい」と言って彼女は自分で噴きだした。「課題を褒めてるみたい。とにかく完璧」

わたしたちはうつろな目で画面を見つめ、フローラの返信を待った。パーティーよりも、こうしているほうが楽しかった。サリーとわたしがプレイしているゲームがなんであれ、次のステージにレベルアップしたのだ。

ケヴィンが今どこにいるのか、階下にいるのかどうかすら知らなかった。彼を探して、大失態を犯したフローラとは対照的に、普通で面倒くさくない女の子を演じればよかったのかもしれない。けれどもそのときは、フローラを破滅させることのほうが大事だった。そもそも男の子を手に入れることが最重要だったわけではない。彼のまえに立ちはだかる女の子こそが問題だった。わたしがなんとかしたかったのは、はじめからずっとケヴィンではなくフローラだったのかもしれない。

携帯電話の画面にポンと飛び出したメッセージは、予想していたものとまるで違った。見た瞬間、ふくらみすぎた風船が胸に詰まったみたいに息が止まった。

来てくれなかったら取り返しのつかないことをしてしまいそう

「なんなのよ、もう」サリーは言った。「芝居がかってる。イヴィとおんなじ。喧嘩するといつも、自分を傷つけるって言って脅してきてさ」

もうひとりの競争相手にも、ついでにひとつ刺し傷を作ることができた。サリーがわたしに望むことをうまくやってのけたら、もう闘わなくてすむ。

「フローラにそんな大したことできるはずない」わたしは言い放った。「せいぜいあのおかしなウサギのスリッパ履いて、泣き寝入りするくらいよ」

サリーは鼻で笑った。「被害者面しちゃって。知らない男のペニスを受け入れたのは自分のくせに」

あの夜のことは考えたくない。わたしは何も言わなかった。そのかわり親指を動かした。**自分の世話は自分でしてくれ。もう帰ることにするよ。僕たちは一緒にいるべきじゃない。**

サリーとわたしはたった今打った文字を見直した。「硬すぎる。最後のところ、**このクソみたいな状況をなんとかしないと**ってしてたら？　いかにもケヴィンみたいなやつが言いそうじゃない？」

言われたとおりにした。送信してから気がついた。ケヴィンがわたしにメールで言ったことそのままだ。そのときは何かを約束されたように感じたけど、結局のところ言い訳でしかなかったのかもしれない。

「こんなところにいたんだ。このパーティーってば最悪」突然ローレンが頭上に現れて言ったので、慌てて膝のあいだに携帯電話を隠した。「何してたの？　フローラを知らない？　すごく動揺してたから、様子を見にいってあげたほうがいいと思って。もうここにはいないみたいなの」

「そんなに心配ならローレンが行きなよ。わたしたちはまだ楽しんでるんだから」サリーは立ち上がると、わたしの手をつかんで立たせた。そのまま手をつないで、煙草を吸う男たちを押しのけ、屋内に戻る。そして、さっきフローラを追いかけていったバスルームに入り、鍵をかけた。

「ケヴィンがうちの寮に戻ってたらどうする？」とわたしは訊いた。電話を持つ手に汗がにじんでいた。「メッセージを送ってるのはわたしたちだって、フローラが気づいてたら？」

「ケヴィンは寮にはいない、きっと下でまた飲んでるって。フローラはもうとっくにパジャマに着替えて、いつものココアでも淹れてるんじゃない」

ヴィーガンよ、ヴィーガンココア、と思わず訂正しそうになった。またしても罪悪感が湧いたものの、**ベストとフレンド**のマグカップを思い出した瞬間、すっと消えた。携帯電話に目をやった。「うそ、返事が来てる」

わたしがしたことをどんなふうに聞いたか知らないけど、違うの。ちゃんと説明できるから、とにかく今すぐ来て

「プライドはないわけ？」サリーが言う。「みじめね」

サリーが嫌悪感を示すほど、わたしは焚きつけられた。

行かない。僕たちは終わりだ。しばらくまえからわかっていたことだけど、もうきみのこと愛してないんだ。

こう書いて送信すると、せいせいした。サリーの許可を待つまでもなかった。わたしはこのはまり役を見事に演じていた。

返信が来たときサリーは用を足していたから、ドアにもたれて脚を伸ばしていたわたしが最初にそのメッセージを見た。

そんなの嘘よ、お願いだから来て。話を聞いて。もう死にたい

まず思ったこと。**やりすぎたかも。**

次に思ったこと。**まだまだいける。**

サリーが何か言うまえに――トイレから出てきてわたしに指図するまえに――、それは終わっていた。わたしが彼女の操り人形だからではない。したかったことをしただけ。頭の中はウォッカとドラッグと怒りで燃えていた。

やれば。口だけじゃなくて。

トイレを流す音がすると同時に送信した。たった今送ったメッセージを見て、サリーは片手で口を覆った。驚きと敬服が混じった反応。これこそ待っていたものだ。出会ったその日から、わたしはスローン・サリヴァンを感嘆させたかった。

「どうせ本気じゃないって。大げさに言ってるだけ。かまってほしくてしかたないのよ」サリーは笑って腕をわたしの肩にまわした。「アムにこんなことができると思わなかった。ほんと悪魔の所業だね」

悪魔は彼女の最大級の褒め言葉だった。わたしは自分の力に酔った。「ケヴィンを探さなきゃ」

「ちょっと待って」サリーは携帯電話をわたしの手から取った。「そのまえに見せたいものがある」

サリーが電話をいじるのを見つめる。わたしのよりもっとひどいメッセージを書いているのだろう。ところが彼女は電話を返すと言った。「ほら、証明してあげるって言ったでしょ」

そこにあるものを凝視した。ケヴィンが女の子たちに送ったメッセージを。ケヴィンがほかの女の子ともメッセージをしているとサリーが言ったとき、わたしはまともに取り合わなかった。ほんとだったんだ。

リサ、ちょうどきみのこと考えてたんだ

タミー、課題は進んでる？

ブリット、きみのハロウィンの衣装すごくよかった

自分が特別ではなかったことが、メッセージをざっと見るだけでわかった。ケヴィンは確かにわたしを見ていたけれど、ほかの子たちのことも同様に見ていた。わたしは唯一の存在ではなかった。とたんに、ついさっきフローラに送ったメッセージを取り消したくなった。めまいがして、大きく息を吸いこむ。愛のためのはずだったのに。今さらなんの意味もなくやったことになんてできない。

サリーを見ると、得意げににやついていた。**だから言ったでしょ。**たちまち怒りの矛先が彼女に向かった。彼女は警告していたのに。その警告を聞かなかったのはわたしなのに。

今はサリーに怒りをぶつけるときじゃない。それに、わたしのおとぎ話を捨てる気にはまだなれない。携帯電話をバッグにすべりこませた。

「こんなのどうってことない。女友達が何人かいるってだけで、その子たちと寝てるわけじゃないし」

「あいつのために言い訳するのはよして」サリーはぴしゃりと言った。「あの男にそんな価値ない」

「それでもケヴィンと話してみる、弁明のチャンスを与えてあげなきゃ」

サリーは長いこと黙りこんだあと、肩をすくめて言った。「そうね、あいつを探せば。携帯はわたしが戻しておく。なくなってたことに気づかれないうちに」

わたしはバッグごと渡し、彼女についてバスルームを出た。彼女の腕が自分の腕に絡まるのを許し、階段を駆け下りた。難しく考えるのはやめよう。わたしたちはただ、女の子なら誰でも望むことを望んでいるだけ。男の子と寝て、愛されること。そのどちらも実現させて、美しい何かを生みだすこと。ケヴィンはさっきとほぼ同じ場所にいた。レースのワンピースを着た女の子ふたりと話している。わたしは胸の中で熱い拳を握りしめた。

けれどもわたしたちに――**わたしに**――気がつくと、ケヴィンはすぐに彼女たちに背を向けた。サリーが彼の腰に腕をまわした。これは計画になかったものの、サリーにとって計画は初めからあってないようなものだ。彼女がケヴィンの耳元で何事か、おそらく脅しか警告を甘い言葉に包んで囁くと、彼はあとずさりした。

わたしはすかさずケヴィンに密着して、音楽にのった。彼はもごもごと何か言ったけれど聞き取れなかった――相当酔っているようだ。彼の頬に唇をつける。口紅のあとが、これが現実だという証拠として残ればいいと思った。彼はわたしの耳を覆うように口を開いた。吐息の熱に全身が震えた。ところがそのあとの彼の台詞に、今度は凍りついてしまった。

「きみとの関係を今すぐどうにかするわけにはいかない、だろ？　とにかく何もかもめちゃくちゃだから。でもきみが素敵なのはほんとだ。ね？」

「わたしのこと、美しいって言ったよね」**リサ**や**タミー**や**ブリット**に送ったメッセージに、その文字は見当たらなかった。

「ああ」

サリーに教えられるまでもなく悟った真実がある。誰かに求められることで、優位に立てるということ。だって世界はこんなにもはっきりと示している。どんなに優れた女性でも、誰かの**美しい人**になれないかぎり、取るに足らない存在なんだと。

ケヴィンの本性が明らかになったときに、彼もまたくだらない男のひとりだったとあきらめるべきだった。だけどそうはしなかった。フローラも、さっき目にしたメッセージも、頭の隅に追いやった。**何もかもめちゃくちゃ**なことを理由に、彼が言ったことも。わたしは両手で彼の後頭部を抱えると荒々しくキスをした。わたしはスローン・サリヴァンを感嘆させた女だから。なんだってやれるから。

男は矛盾だらけの生き物だからか、ペニスが思考を仕切っているからか、それともひょっとしたらわたしに価値があると思い直したからかはわからないものの、彼もキスを返してきた。

わたしと彼が二階のバスルームにこもることになった理由はフローラだった。さっきわたしたち——わたし——が最後にメッセージを送ったバスルームだ。さすがに寮の部屋に彼を連れていくわけにはいかなかった。フローラから返信は来た？　と気になるものの、それればかり気にしてもいられなかった。ケヴィンの両手がせわしなくわたしの上を動きまわっていたから——胸の上を這ったり、スカートに潜りこんだり。彼はわたしを**求めていた。**

ケヴィンとのセックスは何度も空想してきた。勉強しなければいけないのに、集中力を失った指がふらふらとジーンズの中に吸いこまれるときなんかに。現実のケヴィンとのセックスは、ほかの男の子たちとのセックスと変わらなかった。工事現場の機械よろしく、やたらと激しく突かれて、すぐに終わった。前戯らしい前戯はなく、キスもほとんどしなかった。わたしは、背中にぺたっと貼りついた温かいヒトデのような彼の手に意識を集中した。耳元で彼の息が短く吐きだされては消えた。崇拝のなせる行為ではなかった。それにはほど遠かった。

ケヴィンはほとんど声を出さなかったので、彼がペニスを引き抜くまで、達したことに気がつかなかった。コンドームは使わなかった。使わないことを前もって断られもしなかった。ほんの一瞬、ピルを飲んでいなければよかったと正気ではない考えが浮かんだ。ケヴィンにあっけなく捨てられないように。

わたしがカウンターからお尻を降ろしもしないうちに、彼はもう下着を上げて手を洗っていた。その間彼がずっと沈黙しているので、不安になってきた。パソコン越しだと饒舌《じょうぜつ》なのに、顔を合わせると何も話すことがないらしい。

「えっと」わたしは努めて明るい声を出した。「その、信じられないわ、たった今起きたこと。わたし、ふだんはこんなことしないの」

セックスのあとはいつもこういう言い訳をした。ケヴィン以外の男たちに奔放な女だと思われたかったときは遊び慣れていない女の台詞に聞こえたのに、ケヴィンにそんな女ではないと信じてほしいときにかぎって、嘘にしか聞こえなかった。

「そうだろうね」ケヴィンは顔を濡らして両手でこすった。「僕だってこんなこと、つまり浮気なんてしない。それはきみもわかってるよね。フローラを見つけて、この件に決着をつけないと」

リサとタミーとブリットのことを訊くチャンスだ。

「あの……」と言いかけたところをさえぎられた。ケヴィンは指を二丁の拳銃のように自分の両こめかみにあてて言った。

「きみのことは大好きなんだ、アム。ほんとだよ。ただ時間が欲しい」その表情は誠実で、嘘をついているようには見えなかった。わたしの心は希望と怒りのあいだでシーソーのように揺れ動いた。

希望を取るほうが簡単だった。

「わたし待てるわ」小さくつぶやき、彼にもたれかかった。彼の唇がわたしの鎖骨に軽く触れた。意図的に。

「じゃ、またあとで」ようやくそう言ったケヴィンを、わたしは見送った。次に会うのは十四年後、車のフロントガラス越しだということも知らずに。


サリーはどこに行ったんだろう。ケヴィンを知ったわたしの体はひくひくと痙攣していた。階段を下りながら、これから先、何年もそうすることになるように、彼が言ったことを反芻した。**時間が欲しい**。それならあげてもいい。ほかのどうでもいい男の子たちに、もっと大事なものを捧げてきたんだから。

彼とのセックスがいつもと変わらない、酔った勢いでの行為だったことは、サリーに言うつもりはなかった。このときにはもう、さっきのセックスは超自然的な体験だったと自分のことも説得済みだった。「わたしたち、体の相性がバッチリなの」と大げさに言おう。ふたりの関係の正当性を証明して、おとぎ話も復活させなくちゃ。

サリーのほうが先にわたしを見つけた。難しい顔でわたしの腕をつかむと訊いた。「やっと見つけた。で、欲しかったものは得られたわけ？」

「うん、さっきまでケヴィンと一緒にいて――」

「ファックしたのね」サリーは身も蓋もない言い方をした。「すっごくよかったでしょ？」

わたしのほうから話そうとしていたのに先回りされたうえ、陳腐な表現におとしめられて、うろたえた。うなずくことしかできない自分にも嫌気がさした。

「よかった。じゃあ、これで終わり。もういつもどおりだよね。早速飲みにいこ。アムがいないあいだ、蝶ネクタイした馬鹿男に触らせてたから、クリトリスが大火傷したみたい」

「うん、飲も」少し気が楽になった。彼女を放っておいてケヴィンといたことに怒っているわけではなさそうだ。サリーとケヴィン、ふたりともわたしのものにできるかもしれない。

夜遅い時間だった。フロアの人たちがゆっくりけだるげに踊っているところを見ると、真夜中に近いだろうと思った。さっきまで充満していたエネルギーは霧散し、こぼれたビールのにおいと体臭だけが残っていた。サリーに手渡されたお酒を盛大にこぼして靴を汚してしまった。

「それで、彼、あそこを舐めた?」サリーに訊かれて、わたしは首を横に振った。それが何か? というふうに。そんなこと考えもしなかったものの、サリーの言い方だと彼はそうして然《しか》るべきだったみたいだ。また力関係を読み違えたらしい。ハンターが、サリーには夕食を作りたがったのに、わたしは部屋に入れてもくれなかったときと同じで。

「なんだ、そうなの。次回に期待ね。フェラチオはした?」

「しなかったけど」はねつけるように言った。ケヴィンとのセックスを適当な相手とのそれと同じように話してほしくなかった。

「ずいぶん戻ってくるのが遅かったじゃない。あいつけっこう長く頑張れるんだ」そう言ってサリーはお酒を飲んだ。チョーカーがなくなっている。わたしたちはもう双子ではなくなっていた。「おかげで退屈しちゃった」

それほど長い時間バスルームにいたとは思わなかったけど、彼女の言うとおりなのかもしれない。腕時計はしていないし、部屋のどこにも時計がないから正確なところはわからなかった。セックスの時間は思ったより長かったのかもしれないし、月並みに感じたのはお酒のせいだったのかもしれない。

「退屈させちゃってごめん。それで馬鹿男に触らせるはめになったのね」

「ケヴィンは今どこ？」

「さあ、知らない。フローラを探しにいった、別れ話をするために。この件に決着をつけないとって言ってた。別れるって意味のはず」

サリーはわたしをダンスフロアに引っぱっていった。「うん、きっとそういう意味だね」

サリーの様子はなんだかおかしかったけど、気にせず自分がやりとげたことに集中しようとした。ケヴィンとわたしはセックスをした。今、彼がわたしに望んでいるのは時間だけ。サリーは彼に不信感を抱いているようだが、彼女は元より何も信用していない。

踊っているうちに、やっぱりケヴィンは理想の王子さまだという気がしてきた。リサ、タミー、ブリットに送ったメッセージの日づけまでは確認しなかった。きっとわたしと出会う前だったんだ。それに、彼女たちに毎晩のように長いメールを送ったりはしていないはず。

人々がぞろぞろと出ていき、あとには群れからはぐれた者だけが残った。サリーのコカインはすっかりなくなっていた。わたしがいないあいだに吸ってしまったのだろう。サリーのテンションは妙に高かった。ぎらついた目は焦点が合っていないし、わたしの肩にのせた手はじっとり湿っていた。彼女は踊りつづけていたけれど、わたしの足は感覚をなくしていた。

「もう帰ろ」雑音がなくなったので叫ぶ必要はなかった。「足が痛くて」

「しかたないなあ」サリーはわたしに楽しみを邪魔されたのが気に入らないかのように、ふんっと息を吐いた。

腕を組んで家に向かった。いったいいつからバターフィールド寮はわたしの家になったんだろう。いつもうるさくて、ヘアスプレーやら〈マークジェイコブス〉の香水やらビールのにおいが立ちこめるバターフィールド寮。来年度はサリーとルームメイトにしてもらおう。そしてフローラなど初めからいなかったことにする。どちらにしても彼女がわたしと口をきくことはもうないだろう。今からでもほかの部屋に移れるよう頼んでみようか。ローレンと交代するだけで万事解決しそうだけど。

何かがいつもと違った。バターフィールド寮C棟はクリスマスツリーのように明々と照らされ、ざわざわと騒がしい。正面玄関のそばの消防車二台とパトロールカー数台が、わたしたちの行く手を阻んだ。パトロールカーのランプが、カメラのフラッシュのように断続的にあたりを照らし出していた。

「ツイてる」サリーはあくびをした。「また誰か火災報知器を鳴らしたんだ」

そのとき、C棟の子たちが誘導されて出てくるのが目に入った。パジャマ姿にブランケットをケープのように羽織っている子もいれば、品のない双子の衣装を着ている子もいる。おそろいの緑のブラトップにデニムのミニスカートを身に着けたジェマとシエナは、お酒のせいでまだらな赤ら顔だ。寮委員のドーンは、バスローブ姿で目をこすっていた。ローレンはぐしゃぐしゃの髪をして、顔には動揺の表情が貼りついていた。タオル地のショートパンツをはいたリリーは唇を噛んでいた。セックスの真っ最中だったらしいクララは、男の子に肩を抱かれて泣いていた。

ほとんどの女の子が泣いていた。

わたしはつまずいてこけそうになるまで、警察のテープに気がつかなかった。ストレッチャーを目にすることはなかった。すでに救急車にのせられ病院に向かっていたからだ。彼女を病院に連れていく理由はもうないと、誰の目にも明らかだったにもかかわらず。

テープのそばで、映画のワンシーンでも見るように目のまえの光景を眺めるわたしたちに気がついて、ひとりの警官が両腕を広げた。瞳は明るい青で、髪には白いものが交じっていた。

「うしろに下がって」

「何があったんですか？」とわたしが訊いたのと、サリーが挑発的ともいえる態度で「ここに住んでるんですけど」と言ったのが同時だった。

警官は顔をしかめた。「じゃあ、どこにも行かずここにいて。この建物の住人全員に話を聞くから」

「なんの話を？」

警官は答えなかった。無線機から吠えるような声がすると、それをベルトから取り、去っていった。サリーの手がわたしの手を包み、ぎゅっと閉じた。彼女の親指がわたしの手首の内側をなでた。

「エラ！」ヴィクトリア・ベッカムふうのおかしな髪型で彼女のうしろ姿に気がついて、呼びかけた。「エラ、ここよ！」

エラが振り向いた。目は充血し、赤らんだ鼻をぐずぐずさせている。やっぱり具合が悪そうだ。いや、そうじゃない——彼女は顔をゆがめて泣いていた。わたしは警察の規制線をまたいだ。サリーもついてきた。

「何があったの？」と訊いて、エラの向こうに目をやった。みんなの頭が明滅するランプの鋭い光に背後から照らされていた。真っ暗な空からミラーボールが光を落としているみたいだった。ボクサーパンツかスウェットパンツ姿の男の子たちが女の子たちに腕を貸し、彼女たちはその腕に身を預けていた。寮の女の子全員がいた。フローラを除いて。

「アム」わたしたちが近づくと、エラはわたしの胸に飛びこみ、涙で濡れた顔を肩にのせた。「死んじゃった、死んじゃったの」

わたしの涙腺は決壊したりしない。涙は出なかった。冗談に決まっているから。寮全体が一緒になって手のこんだドッキリを仕掛けているのだ。警官だってきっと学生が演じる偽物で、だからあんなに若く見えるのだ。誰も死んでなんかいない。けれどもわたしはそう指摘する言葉を何ひとつ発することができなかった。

エラは過呼吸寸前で何を言っているのかよくわからなかったものの、その名前は聞き取れた。「フローラよ。見たの、見た——彼女がしたことを」エラはしゃがんで、両膝のあいだに顔を埋めた。吐くのかと思った。

わたしも吐きそうだった。そして、吐いた。サリーがまだわたしの手を握っているのはなんとなくわかった。逆流してきたウォッカとビールが喉を焼いた。わたしたちが言ったこと。わたしたちがしたこと。わたしたちが送ったメッセージ。

わたしが送った最後のメッセージ。

まさか。そんなわけない。わたしの指や携帯電話は人殺しの道具じゃない。きっとほかに原因がある。ケヴィンかもしれない。**フローラを見つけて、この件に決着をつけないと。**

わたしと別れたあと、彼はどこに向かった？

サリーがわたしの顔にかかる髪をのけ、そっと頬をなでながら、おだやかな声で囁いた。

「大丈夫。わたしがなんとかする。わたしたちはひと晩じゅう一緒だった、いい？　アムはわたしのそばにいたの」

わたしにはサリーがいる。彼女がわたしを守ってくれる。頬の内側を嚙み、ちゃんとそう信じられるまでうなずきつづけた。

29 現在

宛先　〝アンブロージア・ウェリントン〟　a.wellington@wesleyan.edu
差出人　〝同窓会実行委員会〟　reunion.classof2007@gmail.com
件名　二〇〇七年卒業生同窓会

アンブロージア・ウェリントン様

樺《かば》の木には、真実、新たな門出、過去の浄化、といった意味があります。フローラの美しい精神と、彼女がまわりに与えた影響について、思い出を共有しましょう。試練の多いこの世界で、彼女の前向きさは尊いものでした。彼女に敬意を表して設立されたフローラ・バニング記念財団が、これからもフローラのよいおこないを引き継いでいってくれます。

「フローラじゃないって。死んでるんだから」とサリーが言う。その声はどこか自信なさげだ。

エラの隣に立つその女性は、笑顔を見せない。そのときわたしはやっと十分に息を吸うことができた。そうだ、フローラなわけない。瓜ふたつではあるものの、わずかにフローラより眉が濃く太く、口が大きい。でも華奢な体つき、すらりと伸びた手足、細く浮きでた鎖骨はフローラそのものだ。わたしたちより若いけれど、彼女が亡くなったときよりは年齢が上だ。この子が、街のあちこちで見かける、わたしをどこまでも追いかけてくるフローラの亡霊？　それともわたしにはすべての若い女性がフローラに見えてしまうのだろうか。

いや、この女の子をもっとまえに見たことがある。**会ったこともある**。C棟の部屋で、涙で顔をぐしょぐしょにしてフローラと別れがたそうにしていたあの子。部屋の壁に飾られた写真の、白鳥のようにか細い首の、日に焼けて髪の色が抜けたふたりの幼い少女。ニュース映像の中で母親の手を握っていた女の子。

「フローラの妹だわ。ポピーよ」とサリーに知らせる。

「妹がいたなんて知らなかった」

「あの子、いつも妹の話をしてたじゃない。知ってるはずよ」

サリーは肩をすくめる。「ううん、全然」彼女の無関心に眉をひそめる。冷酷だからというのではなく、わたしの犯した罪のほうが重いと証明されてしまうからだ。フローラはわたしを親友だと思っていた。

ポピーが誰かを探して、人混みに視線を走らせる。探しているのはわたしたちだろうか。

「彼女だったらどうする?」わたしはほとんど聞こえないくらいの声で訊いた。

これまでカードの裏にポピーがいると考えたことはなかった。あの日キャンパスにいなかった彼女が疑うとすればケヴィンだけのはずだ。ポピーとフローラが口論をする唯一の理由がケヴィンだったし、ポピーは事件後、報道が過熱するなか、表立ってケヴィンを非難したことすらある。怒りに満ちた父親のコメントとは対照的に、彼女の発言は同情を誘った。泣きじゃくって、しゃべることもままならなくなり取材は終わった。**わたしから姉を奪ったあなたを絶対に許さない。**

「違うでしょ」サリーは言う。「だって、まだお酒も飲めない年齢じゃないの?」

ポピーはわたしたちより四歳下の二十七歳だ。それを知らないから、サリーにはそう見えるんだろう。

「お集まりくださった皆さんに感謝いたします」とポピーが始める。声までフローラにそっくりだ。高くて軽やかで、いまにもくすくす笑いだしそうな声。フローラは、ポピーもウェズリアンに入りたがっていると言っていた。**二、三日泊まりにきたらって誘ったの。ポピーもきっとここを気にいるわ。**

　フローラはわたしのことを、毎晩目と鼻の先のベッドで眠る女の子のことを、しょっちゅう妹に話した。けれども彼女はわたしのことを見誤っていた。

「姉もきっと同窓会に参加したかったでしょう。彼女の魂は、今もわたしたちとともにあります。姉の身に起こったことを受け入れるのに、長い時間がかかりました。その間ずっと、姉を追悼するために何かできることはないかと考え、ここウェズリアン大学を卒業後、メンタルヘルス問題への関心を高めるための資金調達をおこなうこの財団を立ち上げました。フローラのように苦しむ女性をひとりぼっちにしないためです。女性が必要なときに必要とする支援を受けられるようにするのが、わたしの人生における使命です。わたしたちは誰も、ひとりではありません」

　捜査中、ポピーは譲らなかった。**もし自殺だったらフローラは手紙を残したはずです。**

「フローラはわたしにとって、姉以上の存在でした。わたしたちは親友同士でもありました。彼女はわたしのためならなんでもしてくれました。今度はわたしが彼女のために行動する番です」

「ほら」興奮して囁き声が大きくなる。「今度は**わたしの番**だって。まるで脅迫よ」

「わたしたちが関係してたこと、彼女は知りようがない」サリーは自分を納得させるようにつぶやく。

「姉は自然を愛していました」ポピーの声がかすれる。「木々に囲まれた庭がある家に住むことが夢でした。彼女はあふれんばかりの愛を持っていました。愛したのは人だけではありません。地球環境のことも、まわりの人間と同じくらい気にかけていました。わたしももっと彼女を気にかけてあげていれば……今はただ、自分にできる最善のことをするのみです。姉も生きていれば同じことを望んだと思います」

何を望んだって？　エイドリアンが当惑の表情をわたしに向ける。心の声が口に出てしまっただろうか？

「フローラの友人、クラスメイトだった皆さん、思い出話をぜひ聞かせてください。彼女の残したものが色褪せないように。よろしければ彼女に敬意を表して記念財団への寄付もご検討ください。でも何よりわたしがお願いしたいのは、おたがいの話に耳を傾けることです」ポピーは目の下を指先でぬぐう。「いらしてくださった皆さん、あらためてありがとうございます。姉がいかに多くの方々に愛されていたか、よくわかります」

軽い拍手が起こる。エラがポピーを抱きしめてから聴衆に向き直る。笑みを浮かべて咳払いをし、口を開く。「入学以来、フローラはほんとうにわたしによくしてくれました。彼女のおかげで、わたしはわたしのままでいいんだと思えたんです。どれほど救われたか、とても言い表すことはできません」

わたしは靴の下の芝生に目を落とす。わたしもエラに親切にできたはずなのに、当時はなぜかそうしないほうが簡単に思えた。

「何も問題なんてないように見える人が、大きな問題を抱えている場合があります。だからこそ、友人の様子を気にかけることが重要なのです」

エラがまっすぐにわたしを見据える。「皆さんにもぜひこの場で、思い出を共有してほしいと思います。そのために集まったんですから。話をして、彼女の死をともに悼《いた》むために。ここにいるのはフローラ・バニングについて、話したいことがある方ばかりですよね」

ジェマが輪の中心に出てきて、父親が癌の宣告を受けたとき、いかにフローラが支えてくれたかを語りだし、聴衆にすすり泣きが広がる。だがサリーは「はあ」と苛ついたため息をつく。

「勘弁してよね。ジェマの父親は癌を患ったことなんかない。自分が性感染症の検査をするのに、フローラについてきてもらった話をするのがみっともないからって嘘ばっかり。フローラは正真正銘のぶりっこだって、わたしには言ってたくせに」

ジェマの父親はわたしたちが大学三年のときに亡くなった。それを知らなければ、サリーの言い分にほいほい賛成していただろう。わたしは落ち着きなくもぞもぞと体を動かす。サリーが言ったことがほんとうだったら、いくらか気持ちも晴れたのに。

リリーは、授業の課題のことで大きなストレスを抱えていたとき、フローラが〈ウィーショップ〉でお菓子を買って差し入れてくれたと話した。クララは、高校時代の彼氏につこくつきまとわれて困っていたのをフローラが解決してくれたと話した。

「聖人フローラってわけね、あほらしい」サリーが吐き捨てる。

一方わたしは、寮の女の子たちは、ポーズではなく心からフローラのことを慕っていたのかも、と思いはじめていた。彼女たちは、自分にはないフローラの太陽のような温かさに惹かれていた。その太陽のもとでは、誰とも争うことなく花を咲かせることができた。母の庭のヒマワリと違って。だから彼女の死後も、こうしてみんなで思い出を分かちあえるのだ。

サリーとわたしは、そういう女の子の存在が許せなかった。ひねくれすぎていて、彼女の善良さが本物だと信じられなかった。けれども、フローラのけたはずれのやさしさは本物だったのかもしれない。わたしは間違った相手の仲間になってしまったのかもしれない。そしてそのせいで、ひとりの女の子の命が失われてしまったのかもしれない。不意に強烈な吐き気に襲われる。

「ちょっと、ごめん」わたしはくるりとうしろを向く。「どこ行くの？」と心配そうに訊くエイドリアンと、手を差し伸べるサリーを無視して、人々を押しのけ輪から抜けだす。ハイストリートに出ると、たまらず駆けだす。今すぐにキャンパスから出ていかなくては。体裁が悪くてもかまわない。どう勘ぐられようとかまわない。雑音から、そしてどっちを向いても目に入る同窓生と卒業生の群れから逃げよう。誰にも邪魔はさせない。

そのはずだったのに、今最も会いたくない人物が現れる。今どころか二度と会いたくない人物。フェルティが腰に手をあて、うろついていた。まるでわたしを待っていたみたいに。実際、待っていたのだろう。もう長いこと。

「式に参加したんだな」彼は言う。「素敵な思い出話でもしてきたか？　きみならそういう話をたくさん持ってるだろ」

「あれは悲しい事件だった」わたしは顎を上げる。「だから、財団に寄付するつもりです」

彼は目をそらさない。「きみは自分への取り調べが特に厳しかったと感じていたようだな。確かにそのとおりだよ」

フェルティが謝罪をするところは想像したことがなかった。ごめんなさいが言える人間にはとても見えない。しかし今の彼の物言いは、謝罪の前置きに聞こえる。彼の視線がわたしの顔面を射抜く。

「もっと厳しくするべきだった」

「わたしは何もしていません」

フェルティは首を振る。その動作は痙攣に見えた。「あれほどの犠牲を出して、結局欲しいものは何ひとつ手にできなかっただろ？　あの男も、夢の仕事も、きみのものにならなかった。喜ぶべきなんだろう。だが、まだ満足できないな」

「そんな言い方していいんですか」と言い返す声がかすれる。「ハラスメントを受けたと報告しますよ」

彼は笑いだす。声を抑えた静かな笑い方に、わたしは当惑する。「誰に？　なんと報告するんだね？　自分から過去を蒸し返したいのならどうぞ。むしろ喜んでそのゲームに参加するよ。きみの調書はすっかり頭に入ってるんだ」

きみの調書はすっかり頭に入ってるんだ。カードがフェルティの仕業かも、という考えは案外当たっていたのかもしれない。背中を丸めてカードに字を書く彼の姿が目に浮かぶ。あの事件にはこの男にとって個人的な意味がある。自分の姉を救えなかった無念を、フローラ・バニングの件を通じて晴らそうとしているのだ。

「わたしたちを同窓会に集めたのはあなたね。何か起こるのを期待してるんでしょ」

フェルティはベルトに親指をかける。「期待していることなら山ほどあるが、私が何かしなくてもきみはここへ来ただろ。確信してたよ。自分がしたことをもう一度自分の目で確かめずにはいられないだろうとね」

顎が小刻みに震えだして、事件の夜を思い出す。あのときも歯がガチガチ鳴るのを止めることができなかった。わたしはきびすを返して歩きだす。

「アンブロージア」フェルティが呼ぶ。「きみは間違ってる。わたしたちじゃない。これはきみひとりの問題だ」

わたしはいまや走りだしていた。ウェッジソールのサンダルがざっざっと音を立てる。サリーとわたしは、授業で一人芝居の台詞を暗記したのと同じくらい熱心に、警察に話すストーリーを暗記した。**口裏を合わせるのよ**、と言いだしたのは彼女だ。向かいあって座り、おたがいの目を見つめながら、同じ台詞を何度も繰り返した。

わたしはサリーを裏切らなかった。

でも、彼女がわたしを裏切った可能性はある。

わたしたちじゃない。彼女が言ったことを、なぜかフェルティも知っている。

走るのをやめ、アンドラスフィールドを横切って、フォス・ヒルの斜面を登る。また何か薄気味悪いものがわたしを待っているかもしれないニコルソンホールを通り過ぎて、まっすぐ駐車場に向かう。レンタカーに乗りこむと、携帯電話で地図を開き、〈スーパー8〉までの道のりを調べる。そこには、あの夜の真実を唯一明らかにできる人物がいる。

わたしのほうから彼に真実を打ち明ける気はさらさらないけれど。

30　あのころ

ケヴィンが第一発見者だったことを、誰も気の毒がらなかった。このときにはもう、あなったのは彼のせいだとみられていた。

「あの男がフローラの手首を切ったも同然よ」エラが言った。わたしたちはバターフィールド寮A棟のラウンジのソファに身を寄せあって座っていた。男の子は女の子の肩を抱いた。わたしはサリーにもたれていた。手をしっかりとつないだまま。「あんなやつ地獄でくたばればいい」

ジェマが涙をぬぐった。「ふたりは理想のカップルだと思ってたのに。何があったのか、誰か知らない？」

「アムなら知ってるでしょ？」リリーが言った。「ふたりは別れたの？」

「何も知らない」わたしはそっけなく答えた。質問されるのにすでにうんざりしていた。

「喧嘩してた？」ローレンがまわし飲みされていたウォッカの瓶を、こちらを見もせずに渡してきた。「だから彼女は――」

やっとわたしを見たローレンの目には怒りが燃えていた。怒りのほかにも見えたもの。疑惑。考えすぎかもしれない。でも彼女はあのパーティーにいて、わたしとサリーの様子を見ていた。わたしを好きだという男の子を探していたのも知っている。

エラが割りこんだ。「ほかにどんな理由がある？　あいつは、酔ってたフローラがひとりでパーティーから出ていくのを止めなかったのよ。あの子がひどく動揺してたのも知ってたはずなのに。もし一緒にいてあげてたら――」

そう言ってエラはぎゅっと目を閉じた。さっきから二、三分おきにそのしぐさをしていた。直視するにはつらすぎる何かを思い出したかのように。エラは体調が悪かったからパーティーには行かなかった。眠っていた彼女はケヴィンの叫び声で目を覚ますと、本能的に廊下に飛びだし、開きっぱなしのドアに近づいた。フローラの慈《いつく》しみ深さの恩恵にあずかるのを期待して。

「血が……」部屋で何を見たのか訊いたとき、エラは言った。「血がすごくて。小柄なフローラがどうやってあんなにたくさんの血を？　それに彼女――目を開いてた。人間には見えなかった。絶対誰かのいたずらだと思ったのに」

サリーはこれからおこなわれるであろう警察の事情聴取――警察がわたしたちにまで話

を聞くつもりだとすれば——をどうするか、すでに考えていた。彼女はわたしをバスルームに連れていき、湿らせたトイレットペーパーで、わたしのにじんだメイクを拭きとった。

「何が起こったか、わたしたちは知らない」サリーは言った。「でもケヴィンの名前は出しちゃだめ。ダートマスのことも、それから携帯電話のことも。心配しないで、彼のジャケットに戻すまえにスカートで拭いておいたから」

　混乱しすぎていて、よく理解できなかった。指紋を拭きとっても、メッセージは残っている。サリーは自分を守ろうとしているんじゃない、わたしを守ってくれてるんだ。フローラにメッセージを送ったのはわたしだから。**やれば。口だけじゃなくて**と言ったのも。ケヴィンは電話が消えたことに気づいてもないかもしれない。

「メッセージを消去してない。消さなきゃ——」

「もう遅い」サリーはわたしの髪をすいた。そのとき彼女の意図が読めた。メッセージのことで責めを負うのはケヴィンだ。わたしたちじゃなくて。

　ラウンジに警察が乗りこんできて、うしろ手に冷たい手錠をかけられるのではないかと、不安な夜を過ごした。でも、そうはならなかった。A棟で雑魚寝《ざこね》した翌朝、パーティーでフローラを目撃した人たちに、警察が聴取をすることになった。

「何をそんなに訊きたいんだろ？　フローラは自殺なんだよね？」わたしはひそひそ囁い

た。フローラの手首に血のリボンがかかっているのを想像してめまいがした。

「さあね。エラはそう言ってた。警察は自殺の理由が知りたいんじゃない？」サリーの声はふだんと違った。怯えているのだとわかって、わたしはいっそう怖くなった。

「正直に話す」わたしは言った。「黙ってるわけにいかないもん、わたしたち無関係じゃないんだから――」

「余計なことはひとことも言っちゃだめだって。覚えておいて、昨日の夜わたしたちはずっと一緒にいた。これで押し通すの。パーティーでフローラを見かけた、すごく酔ってるみたいだった、話すのはそれだけ」サリーはわたしの手首をぎゅっと握った。「確かに最悪の状況よ。でもあなたは何もしてない。彼女の手に剃刀《かみそり》を持たせたわけでもない。あなたはただ悪ふざけをしただけ」気づかずにはいられなかった。主語が**わたしたち**ではなく、**あなた**になっている。

つまり、わたし。

このあと詳細が明らかになってから知るのだが、フローラの手にあったのは剃刀ではなかった。

「ケヴィンのためにも黙ってるなんてできない」そう言いつつ、ケヴィンにはむかついてもいた。彼がまともな人間らしくさっさとフローラと別れていれば、こんなことにはならなかったのに。ケヴィンを責めるほうが自分に目を向けるより、よほど簡単だった。妄想に取り憑《つ》かれた結果、わたしがなってしまったモンスターを見なくてすむから。

さらにおぞましいことに、自殺をしたフローラにも腹を立てていた。サリーですら知らない、わたしの最も醜い部分がそうさせていた。フローラは、わたしとケヴィンのあいだにあった可能性をひとつ残らず消していった。彼は自分を、そしてわたしを決して許さないだろう。フローラが血を流しているあいだにあんなことをしていたんだから。

「ううん、できる。あいつはただの男で、男ならこの世にいっぱいいる。メッセージを送ったのはあいつ。アムじゃない。わたしたちはフローラとケヴィンが一緒にいるところを見た。口論しているみたいだった」サリーは目を細めた。「あいつがちょっかい出してた女の子はほかにもいるってこと忘れないで。気づかう理由なんてひとつもない」

確かにそのとおりかもしれないけど、わたしが特別ではなかったことをわざわざ思い出させてほしくなかった。

「ケヴィンがわたしの名前を出したらどうする？　わたしたちが携帯電話を盗ったって気づいてるかもしれないし」まだ**わたしたち**という主語を使っていたものの、電話を盗ったのはサリーだ。彼女がケヴィンのジャケットに手をもぐりこませて、あの電話を盗ってさえいなければ、わたしがメッセージを送ることもなかったし、フローラだって生きていた。

「アムのことを言うわけない。ちょっと考えてもみなさいよ。そんなことしたらあいつ自身がもっと危ない立場になるだけじゃない。自分のガールフレンドが手首を切り刻んでるときに、パーティーでほかの子とファックしてました、なんて警察に言う男がどこにいるの？」

わたしは顔をしかめた。サリーが兵器と化すとき、どんな形をとるのか予想もできなかった。

ケヴィンには、きっと警察署で顔を合わせることになると思っていた。映画でよく見る、ふたりの人物が廊下ですれ違いざま、言葉よりも多くを語る秘密の視線を交わす、あのシーンみたいに。でも警察署で彼に会うことはなかった。あとでわかったのだが、ケヴィンは警察署に行っていなかった。恋人の自殺に関係していると示す十分な証拠が見つからなかったから、すぐに自由の身になっていた。ケヴィンの携帯電話からメッセージの履歴が発見されたにもかかわらず。それらのメッセージを送ったのは自分ではないと主張する彼を、警察は信じなかったにもかかわらず。

警察署での聴取は、サリーとは別々の部屋でおこなわれたものの、問題はなかった。まえもってリハーサルしてあったから。以前、母にはっきり言われたことがある。芝居や演技を学んでも堅実なキャリア形成にはつながらないと思う、と。実際、女優として舞台に立つかわりに、ミドルタウン警察署の取調室で、刺すような青い瞳の、〝フェルティ〟という名札をつけた警官と向かい合うはめになった。事件現場で会った警官だった。

「ミス・バニング――フローラと同部屋だったんだね」彼はいきなり本題にはいった。

わたしはうなずいた。フローラはこの先ずっとミス・バニングのままだ。ミセスなんとかになることはない。もちろんミセス・マッカーサーにも。

「きみたちは友達同士だった」

「ええ、まあ、たぶん。友達だったと思います」

「昨日までに、彼女に変わった様子はあった？　うつ状態の兆候は？」

ハロウィンを思い出した。スラッシュにパイロット。寄木張りの床に垂れる髪。**あんなことしたくなかった。**誰からも距離を取りはじめたフローラは、わたしに何か伝えようとしていた。わたしはそれが何かをすでに知っていたけれど。

「いいえ、特には。でも――」ここで言葉を切った。サリーの台本にはないが、こう言うと効果的かもしれない。「部屋の壁に、うつ病に関する記事を貼っていました。心理学を学んでるからだと思ってたけど……」

「亡くなる一週間以上まえから、彼女は授業に出ていなかったようだけど、それには気がついていた？」

首を横に振った。フローラのベッドの上でふくらんだ布団、常に涙を溜めた目を思い出しながら。「同じクラスを取っていなかったので、知りませんでした」

「ボーイフレンドとうまくいってなかったのは知ってた？」

「いいえ、そういう話はあまりしませんでしたから」

「でも彼女のボーイフレンドに会ったことはある。そうだね？」フェルティは机の上で手を組んだ。結婚指輪をしている。爪の形がわたしよりきれいだ。

「一度彼女を訪ねてきたことがあるので、そのときに。一緒に何かをしたりはしませんでしたけど」言わなくてもいいことまで付け加えた。

「ケヴィン・マッカーサー」疲れ切った声で発音される彼の名前。「ケヴィンがフローラに対して暴力的だとか、攻撃的だとか、そう思うような行動はなかった？」

わたしは肩をすくめた。「いいえ。けど、わたし、彼のことほとんど知りませんから。知っているのは、ふたりが高校時代に知り合ったことと、彼がダートマスの学生だということくらい、だと思います」フェルティは目を細めた。わたしがほんとうのことを話しているのかどうか見極めようとしているようだった。もしかするとサリーとわたしがダートマスに行ったことを知っているのかもしれない。すべて知っているのかもしれない。二日酔いのせいか、部屋がぐらりと傾いた。

「ダートマスね。確かにそうだ。昨日はフローラに会いにウェズリアンに来た」

「だと思います」

「きみはフローラとはパーティーに行かなかった」これは質問じゃない。

「はい、サリーと行きました。フローラはパーティーが好きじゃなかったので」

「スローン・サリヴァン」フェルティが口にした彼女のフルネームは、知らない名前に聞こえた。悪いことをして大人に叱られるときフルネームで呼ばれるのと似ていた。「で、フローラとケヴィンがそのパーティーで一緒にいるところを見た、と」

「はい。もめてたみたいでした。他人の問題には興味ないので、深く考えもしませんでしたけど。お酒が入ると喧嘩するカップルは多いし」

「彼らは喧嘩していた？　それとも軽い言い争い？」

机の下で、わたしは爪の甘皮をめくった。「言い争いだけです。手は出てませんでした」と言ってから、サリーが喜びそうなひとことを付け足した。「わたしたちが見たときは」

「ひと晩をとおして、カップルのどちらとも会話を交わさなかったんだね」

そうだという意味でうなずいた。できるだけ言葉を発したくなかった。わたしが口をすべらせるのを、フェルティが待ちかまえている気がしたからだ。たぶん、わたしはすでに容疑者なのだ。

「きみとスローンが、パーティーでケヴィンと話してるのを見た人がいる。きみが彼とバスルームに入って鍵をかけたのを見た人も。あの夜遅く、きみの風貌とぴったり合う女性が、バターフィールド寮から走り去るのを見たと言う人もいる」

目撃した人がいて当然だ。なにしろあのパーティーには何百という人が出入りしていたし、そのときは慎重にふるまう必要はないと思っていた。バスルームにケヴィンといたとき、女の子数人がドアをバンバン叩いて一斉にまくしたてた。**早くして！** 湿った下着をはいて、手すりにつかまりながら階段を下りるときも、たくさんの目がわたしを見ていた。

この部分については、サリーと打ち合わせをしていないから、練習してきた答えもない。

「そんなはずは──いえ、もちろん男の子たちとしゃべったりはしました。パーティーですから」

「ケヴィンとバスルームに閉じこもったというのは間違いだと？」

「はい」わたしはしきりにうなずいた。「一緒にバスルームに行ったのはサリー──スローンだけです。鍵も閉めてないし」

フェルティが信じていないのは明らかだった。わたしは昨夜からシャワーを浴びていない。男のにおいが残っているかもしれない。けれども、わたしが誰とセックスしようが、ケヴィンが誰とセックスしようが、フェルティには関係ない。人は誰もがずるいものだ。ダイエットをさぼったり、試験でカンニングをしたり、ガールフレンドやボーイフレンドを裏切ったり。でもそれで刑務所行きになるわけじゃない。

次の質問がきたら反撃に出ようと心の準備をしたところで、驚いたことに、フェルティは皺のないなめらかな手を重ね、時間を取ってくれてありがとう、と言った。

「あとひとつだけ、いいかな」ふらつく脚で立ち上がったわたしに、彼は訊いた。「フローラのパソコンの検索履歴にレイプの定義というのがあったんだが、なんのことかわかる?」

足元を見つめた。サリーに借りた〈アグ〉のブーツ、大きすぎたな——たった今フェルティの口から出た言葉に意識を向けるかわりに、わたしの頭はそんなことを考えていた。**レイプ**。あれはレイプなんかじゃなかった。何度も自分に言い聞かせた結果、わたしは本気でそう思うようになっていた。

フェルティを見上げた。「見当もつきません。ルームメイトだったけど、正直言って、仲のいい友達というわけじゃなかったので」

感謝祭が終わり、バターフィールド寮C棟に戻ることが許された。バムズ学長が学生にあてて、助けを必要とする人が発するサインについて説明し、サポートを得るためにはどうすればいいかを明示した長文メールを送った。違う寮に移りたがった子もいたが、キャンパス内の寮にはあきがなかった。ただし、わたしだけはバターフィールド寮A棟のシングルルームに移してもらうことができた。そこに住んでいた学生が最近退学したから、またまあいていたのだ。わたしは食堂で調達してきた段ボール箱に私物を詰め、のろのろと運んだ。フローラの血のにおいがついている気がして、ほとんどの服を捨てた。わたしのことをツイてるという人もいた。C棟に残った子たちは、呪われた寮にいてはぐっすり眠れない、勉強に集中できないと愚痴った。誰かが事件のことを〝C寮の死〟事件と言いだして、それが定着した。

閉め切られたわたしたちの部屋がこれからどうなるのか、誰も知らなかった。床が張り替えられ、壁や天井はおそらく何重にもペンキを塗り直されるのだろう。たったそれだけで、ひとりの女の子がこの部屋で暮らし、そして死んだ痕跡を完全に消すことができるのだろう。

枯れ葉が風に巻き上げられるように、さまざまな事実が明るみに出はじめた。みんながオンラインニュースを読んだ。距離が原因で関係がほころびていった、高校時代からの恋人たち。フローラの母親は多くを語らず、父親は怒りをぶちまけた。フローラの高校の友達は、彼女からの連絡はだんだん減っていたと明かした。フローラの妹は、最後に電話したとき姉は寂しそうにしていたと言った。破綻した真実を笑顔で覆い隠した女の子の物語。

ケヴィンに割り当てられたのは、ろくでなしの役だった。ろくでなしで人殺しの役。彼はダートマスを退学した。でなければ、マスコミが彼を追いかけつづけただろう。オンライン記事のコメント欄には脅迫の文言が投稿された。**死ね、クソ野郎。自殺しろ。やらないならおれが殺《や》ってやる。それでちょっとはましな世の中になるだろ。**フローラの死から二年後に開設された、ウェズリアンの学生専用のタレコミ掲示板は、何よりひどかった。もともと荒れていたフローラのスレッドは、しまいにＫＭ――ケヴィン・マッカーサー――に対するコメントであふれかえった。**ＫＭには自分がしたことの報いを受けさせろ。**

彼はあの夜、酔っぱらっていた。ほとんどの人の解釈はこうだ。ケヴィンはフローラと別れるためにウェズリアンにやってきた。お酒の力を借りて話を切りだすのに、あのパーティーは絶好の場だった。話し合いは醜い言い争いへと発展した。いつのまにか噂では、実際より激しいいさかいだったことになっていた。ケヴィンはフローラに攻撃的で、ダンスフロアにいた男の子たち数人が止めに入ったほどだった。明らかに動転した様子のフローラはその場から逃げだした。彼女は部屋に来るよう何度も懇願したのに、ケヴィンの返事は冷酷だった。メッセージの凶暴性は増していき、はっきりフローラに自殺しろと言っているものまであった。

フローラは、ただ言われたとおりにしただけ、アドバイスに従っただけだった。ノーと言えないお人よしだから。

フローラが使ったのは、剃刀でもナイフでもなく、マグカップの破片だったそうだ。カップの残りの部分は、シャワーブースの排水口付近で発見された。フローラの一連の行動がホラー映画のように、わたしの頭の中で再生された。愛用のもこもこのバスローブを着て、ふらつく足取りでバスルームにやってくるフローラ。目は充血し、頬には崩れた化粧がこびりついている。シャワーの水を出し、バスローブのポケットに隠していたマグカップを取り出すと、床に叩きつける。最も深い傷をつけられそうな、大きく鋭いかけらを選び取ると、ほかはそのままにして去る。

クララはバスルームに向かう彼女を目撃した。廊下で会って目くばせしたの、とクララは言った。男の子と一緒にいたから、フローラの様子がおかしいことには気づかなかった。すれ違いざまに人差し指を唇にあててくすくす笑うと、フローラも同じことをした。**ふたりだけの秘密よ。**

しばらくしてからシャワーを浴びにバスルームに行ったクララは、割れたマグカップを見つけた。お相手の男の子が、シャワーを浴びたあとでなければ、口でするのを嫌がったらしい。体を洗い、バスタオルで胸から下を隠すといそいそと部屋に戻った。シャワーブースにマグカップの破片があったことについては、深く考えなかった。おそらく誰かが手をすべらせたんだろうと思った。誰かがパーティーに行くまえに、カップに入れたウォッカを飲みながらシャワーを浴びていたのかも。そんなことは日常茶飯事だった。

フローラが床の掃除をしなかったことが、わたしには驚きだった。整理整頓にかけては、彼女の右に出る者はいなかった。ラウンジにゴミ袋を持ってきて、みんなが散らかしたポテトチップスの袋、紙皿、ベトつく使い捨てコップを片づける、なんてことをするのはあとにも先にもフローラただひとりだった。

ところがこのときは、ただ破片ひとつをしっかり握りしめてベッドに腰かけ、ケヴィンの――わたしの――メッセージを読み返した。メッセージは現実に存在すること、四年間愛してきた男の子が実はひどく残酷な人間だったこと、そして世界が彼女に牙をむいたことを、今いちど確かめるために。

まず左からだった。青く細い川のような血管が皮膚の下を流れる左手首から。鋭くとがった破片のふちを肌に食いこませると、小さな点のような傷ができる。重ねたトイレットペーパーで血を押さえて、そこでやめておくこともできた。そうすれば傷はすぐに新しい皮膚で覆われ、誰にも知られることのない、墓場まで持っていく暗い秘密になっただろう。

でもフローラはやめなかった。

手首を切る人の多くは、実際には死なない。フローラのしたことが頭にこびりついて離れなかったわたしは、インターネットでいろいろと調べた。ほとんどの人は二本の動脈を見つけられない。その深さに届くほどの正確さも強い意志もないから。さらにほとんどの人は命に危険が及ぶまえに発見される。目覚めるとそこは病院のベッドで、手首はガーゼでぐるぐる巻きにされ、厳格な顔つきの看護師に見下ろされている。そして生きる理由はまだあると思い直す。

フローラは声を上げたはずだ。さぞ痛かっただろうから。だけど仮に彼女が叫んだとしても、その声を聞く者はいなかった。寮の住人は寝ているかパーティーしているかの、どちらかだった。夜行性の寮委員ドーンは小論文を書いていたものの、カート・コバーンががなりたてるロックに耳をふさがれていた。クララはヘビーメタルをバックミュージックにしてセックス中だった。ひょっとしたら彼女は何か聞いたかもしれない。かすかなうめき声や、叫びになるまえの声を。でも音楽は大音量だったし、オーガズムは聞きたくない音をかき消してしまうものだ。それはわたしも身をもって経験ずみだった。

そして、エラ。彼女はぐっすり眠っていた。〈タイレノール〉の風邪薬を二錠飲んだあと、別の風邪薬まで飲んだので、文字通り泥のように眠りこけていたのだ。

警察の報告によると、約五分でフローラの血は流れきった。彼女の血は、ピンクの掛布団を深紅に染め、常軌を逸した落書きのように壁と天井に飛び散った。ネットには、人間の体は死に抵抗するようにできているので、血が全部抜けるには普通は数時間かかると書いてあった。フローラの体は闘うことをあきらめたのだ。彼女が亡くなったのは十一時から十一時半のあいだだった。ちょうどその三十分のうちの数分間、ケヴィンはわたしとバスルームにいた。

もしわたしが彼についてバスルームに行かなかったら。もしわたしが口を、脚を、心を開いていなかったら。

もしわたしがあれもこれもしていなければ。ケヴィンはフローラを追いかけていき、発見が間に合ったかもしれない。

ケヴィンが見つけたとき、フローラは掛布団の真ん中で、ガラス玉のような目を天井に向け、両腕を体の横に広げていた。一面の血の海さえなければ、雪の上に寝ころんで手足を動かしスノーエンジェルを作って遊んでいるように見えたかもしれない。

エラはケヴィンの悲鳴を聞いて目を覚ました。ベッドから飛び降り、廊下を急いだ。結局その悲鳴が彼女の人生に大きな影を落とすことになった。目撃してしまったからだ。息絶えた女の子を、まぶしい蛍光灯のもとで。エラが部屋に着いたとき、すでにケヴィンは明かりをつけていた。フローラは天井の星形のステッカーだけが光る暗闇で手首を切った。第一発見者が受けるショックをやわらげるための、最後の思いやりだったのかもしれない。

フローラは、ケヴィンが最初に彼女を見つけることになると知っていたのだ。彼女は彼を憎みきれないでいた。もしかしたら彼への愛が一滴残らず流れでるように、あんなにも深く切ったのかもしれない。

ニュースでは〝ウェズリアン自死事件〟として報道されたが、わたしたちにとっては〝C寮の死〟だった。フローラがかわいい顔をしていたとマスコミが知るやいなや、彼女はひとりの女の子ではなく、教訓的なお話として扱われはじめた。

「娘は死にたくなかったはずです」フローラの母親は震える声でインタビューに応じた。「あの子は助けを求めていたのに。あの男のメッセージが娘を死に追いやったんです」

フローラの両親は、捜査を要求した。父親は霜降り肉のように顔をまだらに赤らめて憤《いきどお》った。フローラがそんなふうに怒るのは見たことがない。彼らは一連のメッセージ——わたしが送った——を理由にケヴィンが刑務所行きになることを望んでいた。

ケヴィンは問題のメッセージは自分が送ったものではないと主張した。送信履歴を見たのは、いつなのかははっきりしないが、**あと**になってから、少なくとも救急車を呼ぶために携帯電話を取り出したあとだったと。そのとき目にしたものに彼がどう反応したか、わたしは考えるのをやめられなかった。自分が送ったんだと信じた瞬間がきっとあったはずだ。「誰かが僕の携帯電話を盗んだんです」報道陣のまえで彼は言った。「メッセージを送ったのは僕じゃない」

僕じゃない。男たちお得意の台詞。

わたしは、常に不安が首のあたりにまとわりついたまま過ごしていた。いつ彼らがわたしを捕らえにきてもおかしくない。**彼ら**が誰をさすのかも定かではないけれど。警察が授業の最中に教室に乗りこんできて、手を上げろと言うかもしれない。レポーターたちが凶器のように記者証とマイクを振りかざして押し寄せるかもしれない。「あの女だ！」と誰かが叫ぶと、口々に厳しい非難を浴びせながら、校舎のあいだを縫って逃げるわたしを追いかけてくるかもしれない。

ところが、結局わたしを追いつめたのは、警察ではなく女の子たちだった。フェルティが言ったことは嘘ではなかった。わたしとケヴィンがパーティー会場のバスルームに閉じこもったのを目撃した人はほんとうにいて、それはただちにみんなの知るところとなった。ローレンが言いふらしたに違いない。広まれば広まるほど、噂は具体的になっていったからだ。アンブロージアはケヴィンを寝取ろうと計画していた、パーティーで彼を探していた、ミッションがあると言っていた――などなど。それからウェズリアンを卒業するまでの数年間、わたしはほとんどの学生から、〝フローラが手首を切っているあいだに彼女の恋人ケヴィン・マッカーサーとセックスしていた女〟として見られることになった。

人数はそれほど多くはなかったものの、より不穏な説を信じる人たちもいた。わたしが直接手を下したという説。真っ暗なC棟の中庭を、髪を振り乱したわたしが走って逃げていくのを見た人がいたという。

捜査が開始され、誰もが思いつきもしなかった疑問が提示されることとなった。ある人間を殺さずに、死なせることができるか？

これはケヴィンに対する世間の疑問だったが、わたしに対するものでもあった。

31　現　在

宛先　〝アンブロージア・ウェリントン〟　a.wellington@wesleyan.edu
差出人　〝同窓会実行委員会〟　reunion.classof2007@gmail.com
件名　二〇〇七年卒業生同窓会

アンブロージア・ウェリントン様

二〇〇七年卒業生のためのレッド&ブラック・ディナーでこの有意義な週末を締めくくりましょう。三品のコース料理、お酒、音楽の生演奏、さらにさまざまな企画を準備して、ユーズダン西棟でお待ちしています。参加しないと後悔するかもしれませんよ。今夜の会食はこれからの十年間語り継がれることになりますから！

〈スーパー8〉に行くのをやめようかとも思った。州間高速道路九十一号線にのってアストリアまで帰るのは簡単だ。あとのことは帰ってから考えればいい。けれども今を逃せば、ケヴィンと話す機会も、どうしてフローラは殺されたと確信しているのか尋ねる機会も、二度とないかもしれない。

フロント係の女の子がポニーテールを揺らして、ケヴィン・マッカーサーというお客様はいらっしゃいません、と言う。ケヴィンはこの子にも美しいと言ったんだろうか、と一瞬考える。

ケヴィンは宿泊しているはずだ。偽名でも使っているのかもしれない。身元を偽りたければ、誰になる？

申し訳なさそうな表情を作って訊く。「ごめんなさい、間違えちゃった。ジョン・ダン氏はいるかって訊くつもりだったの」

「わかりました、お待ちくださいね」彼女はパソコンに何やら打ちこんだかと思うと、白い歯を見せた。「ミスター・ダンは一一二号室にお泊まりです。いい一日を」残念ながら今日が**いい一日**だとはとても思えない。

彼の部屋のまえに立つと、さっきまでの勢いはすっかりそがれた。何を話すつもりだったかわからなくなり、いっそのこと留守ならいいのにと思いつつ軽くノックをする。ドアがわずかに開いて、ケヴィンがおずおずと顔を出す。「アム？」

「ええ。まだジョン・ダンが好きだろうと思って賭けてみたの」

「何しにきた？」彼は怪訝そうに、他人を見るような目でわたしを見る。だって他人だから。

「突然押しかけてごめんなさい。でもなんとなく——話をしたほうがいい気がして」

「わかった」ケヴィンはそっけなく言う。「何かあったの？　それとも何か見つけた？」

白いTシャツを着ていて、さっきの帽子はかぶっていない。スウェットシャツを着ているとわからなかったけれど、今でも体を鍛えているようだ。太っていた子ども時代に戻ってしまわないよう、体型維持に努めているのだろう。

「フローラの妹が大学に来てる。彼女が関係しているかどうかはわからないけど、とにかく近くにいる。追悼式で見たの」

ケヴィンは大きくため息をつく。「くそ。ポピーはずっと僕を嫌ってるんだ。でもあのとき彼女はまだ子どもだった。こんなことするなんて想像できないな」彼は廊下の先に目をやる。「入って」

　ドアが開いて、やっと見ることができた。けだるげに傾けた頭、かすかな微笑み。わたしを特別だと思わせてくれた男の子がそこにいた。部屋に入り、並んでベッドに腰かける。淡い光がカーテンの閉まった窓を縁取っている。

「さっき言ってたでしょ。カードをよこしたのは、フローラを殺した人間だって。あれは殺人だったと本気で思ってるの？」

　彼は布団をぎゅっとつかむ。「僕が見たものを、きみは見てない。フローラを殺したやつがいる。計画的だったんだ——誰かが僕の携帯電話を使い、それから彼女を追って寮に行った。フローラは自殺するような子じゃなかった。あんな——**あんなこと**ができる子じゃなかった。それに自殺だったら遺書を残したと思う」

「警察には話したの？」首元がかーっと熱くなってくる。

「警察が僕の説を聞きたがったと思う？　マグカップから彼女自身の指紋が出て、怪しい人物が建物に入るのを見た人はいなくて、争った形跡もなかったんだから。争ったあとがないのは、彼女が動転していて抵抗する気力もなかったからだって警察に言ってはみたんだ。あるいは知っている人物だったから襲われるとは思わなかったんだろうって」

「じゃあフローラを襲って、自殺に見せかけたのはいったい誰だっていうの？」

「僕に罪を着せられると知っていた誰か」ケヴィンは立ち上がってサイドテーブルの財布

を手にし、中から幾重にも畳まれたくしゃくしゃの紙切れを取り出す。「これを警察に渡した。悪いけど、きみの名前ものってる」

わたしの名前。紙切れを受け取りながら、ケヴィンの書いた文字を見るのは初めてだと気づく。大きくて角ばった字からインクがにじんでいる。名前のリストだ——わたし、サリー、バターフィールド寮の女の子たち数人、それから彼がフローラの浮気相手だと信じていたハンター。

「これ、なんのリスト?」と訊く。紙切れはわたしの古い財布にあるフェルティの名刺と同じようにくたびれている。わたしのせいで彼が肌身離さず持ち運ぶはめになった心配の種。

「フローラの知人で、僕があの夜見た人。それと彼女を傷つけたがっていた可能性がある人のリストだ」

「わたしは彼女を傷つけたいなんて思ってなかった。フローラはわたしの——わたしの親友だったもの」

「だけどはるばるダートマスまで来て、彼女は浮気をしていると告げ口したじゃないか。それでフローラに頼まれて会いにいったら、きみとああいうことになって——僕にはそのつもりはなかったのに。あとになって、もしかするときみが仕組んだことだったのかもしれないと思った。あのバスルームで勝ち誇ったような顔をしてただろ」

恐怖が背骨を這いのぼってくる。「何も仕組んでなんかないわ、ケヴィン。ほんとに。あんなことになるなんて思いもしなかった。あの夜、あなたとわたしはただ理性を失ってしまっただけ」わたしはすでにボロボロの爪の生え際を掻きむしる。

「あのカードを書いたのはきみ？」彼はえぐるような視線をわたしに向ける。

「違うに決まってるでしょ」心臓がドラムのように速いビートを刻む。気が動転するあまりめまいがする。「それに、彼女は殺されたって思ってるんでしょ？　わたしにそれができたと思う？　あなたと一緒にいたのに」

彼は頭を掻く。「そうだよな。僕はただ、なんとか納得のいく説明をつけたいだけなんだ。だけど、結局は何もわからないままだ」

「フローラは酔っぱらってたし、傷ついてぼろぼろだった。そもそも、なぜ関係を続けてたの？」きつい口調で訊く。今でもあのころを思い出すとくすぶっていた感情が激しく燃えあがる。「なんできっぱり別れなかったの？　そしたらふたりとももっと早くに吹っ切れたのに」

「きみにはわからない。複雑だったんだよ。父親同士はゴルフ仲間だし、僕の母と彼女の義理の母は親友みたいなもんだったから。みんなして僕らの結婚式の計画まで立ててたくらいだ」

わたしは紙切れをおいて腕を組む。「じゃあわたしのことは、気を持たせて楽しんでただけなんだ。それってフローラのことも馬鹿にしてる」

「そうじゃない。人聞きが悪いな。最後まで言わせてくれよ。フローラはいつもそばにいてくれた。僕にとって唯一確かな存在だったし、それがずっと続くと思ってた。だから彼女を愛せなくなったとしても、傷つけることは望んでなかった。慎重にやりたかったんだ」

「うまくいかなかったわね」氷のように冷たく言った。

「ああ」彼は顎をこする。「そうだね。僕が全部台なしにした」

ケヴィンはデスクに近づく。デスクにはコーヒーメーカーの隣に〈ジャックダニエル〉の瓶がある。「飲む？　僕は飲ませてもらうよ」そう言って薄っぺらい紙コップに瓶の中身を注ぐとあっという間に飲み干し、また次を注ぐ。日常的にかなりの量を飲んでいるようだ。

「ほかにもメールをしてた女の子はいたの？」本題からずれていることは承知していたけれど、やっと事実がわかると思うと訊かずにいられない。

彼はわたしと目を合わせない。「いや、きみだけだった」

「携帯電話でメッセージを送ってた子は？」

やや間があってから彼は答える。「いない」

かっとならず、きちんと言葉にしようと怒りを鎮めていると、ケヴィンがまた話しだす。わたしが嘘に気づいているとわかっているのだ。

「きみもほかの人たちと同じように、僕を責めてると思ってた。あれからいっさい連絡をくれなくなっただろ」

そんなつもりはないのに、態度を軟化させてしまう。「メールを送ったけど、あなたから返信はなかった」

ケヴィンは紙コップからひとくち飲む。「あのメールアカウントは削除したんだ。どんなメールだったの？」

「近況を訊きたかっただけ」ほんとうはなんと書いたか一言一句覚えている。そのときわたしはほろ酔いで、妙に感傷的になっていた。**あなたが大変な目にあっているのを見て心が痛い。いつでも話し相手になるから。まだあなたのこと、すごく大切に思ってる。これからもずっと。**

「どんな返事を期待してた？」彼はそう言って笑う。ひねくれた、邪悪な笑い声。「きみは女優になりたがってただろ。出会った瞬間からずっと演技をしてたんじゃないかって疑ったこともあるよ」

「そんなことしてない。それに女優にはなれなかった。あなたは書くことを仕事にできたの？」

彼はコップのウイスキーを飲み干す。「父の仕事を手伝ってる。将来やりたいって言ってたことは何ひとつ実現できなかった」

わたしの意識はまたふらふらと過去に戻る。人生の失敗を披露しあうのは建設的ではないから。「フローラと別れる気はあったの？　時間が欲しいって言ってたけど、そのあと……」

彼はため息をつく。「そのあと、あんな形で彼女を発見することになった。あんな――とても描写はできないし、したくもない。見てしまった記憶を消すことはできない。僕はフローラに、終わりを告げるつもりだった」

「そうしたらわたしとつきあえるから？」と言う自分の声に嫌気がさす。認められたくて必死な十八歳のわたしの声。彼をまだ信じようとするわたしを見たらサリーはぼろくそに言うだろうけれど、あんなことをしたのには正当な理由があったと思いたかった。

「ああ」ケヴィンの返事は肯定というより、うなり声だった。フローラとの電話でもこうだったんだろうか。だんだん疑り深くなるフローラが、彼の生活を探るための質問をすると、こんなふうにはぐらかしたんだろうか。ケヴィンを信じられたらよかった——ううん、違う。彼と出会った日、自分の勘を信じていればよかった。メールアドレスをビリビリに破り捨て、フローラが彼との**つながり**がどうのとしゃべるのを聞き流していればよかった。もちろんもう遅すぎるけど。

「あの夜、寮に戻ったとき怪しい人物はいなかった？　廊下で誰かを見かけたりとか？」

「いや、いなかった。音楽は聞こえたけど、人影はなかったよ」彼はわずかにわたしとの距離を詰める。「そういえば、カードが届いたってサリーから電話があったとき——」

その名前を聞いて耳鳴りがする。ケヴィンが**サリー**と呼んだからではない。みんな彼女をそう呼ぶ。そうじゃなくて、**サリーから電話があった**ですって？

「サリーは、あなたからカードのことでメールがあったって言ってたけど」とわたしは言う。彼のぽかんとした表情が多くを物語っている。「彼女はどうやってあなたの電話番号を知ったの？」

ぞっとするような沈黙——マットとジェシカ・フレンチを目撃した直後と同じように、ザーッという雑音が耳を満たした。おぞましい事実が存在することはわかるのに、頭がそれを理解するのを拒否しているみたいだ。

「さあ、どうにかして探しだしたんじゃない」ケヴィンがもごもご言う。

サリーとケヴィンが。ふたりの衝撃的な事実はずっと目のまえにあった。フローラが亡くなってから、ケヴィンの行方はわからなくなった。だけど、サリーなら見つけられたかもしれない。彼女はいつもわたしより独創的で、要領がよかったから。わたしがおもちゃの務めを果たさなくなって、サリーには新しい遊び相手が必要だったのだ。激しい怒りが頭蓋を内から焦がす。サリーに対する怒りより、自分に対する怒りのほうが大きい。なんで気づかなかったの？

彼女の言葉が思い出される。双子パーティーでのことだ。**ファックしたのね。すっごくよかったでしょ？**

「あなたたちは――」鉛のように重い舌で言う。「あなたとサリーは寝てたのね」

「うーん」ケヴィンは咳払いをする。「かなりまえのことだよ。てっきりきみは知ってると思ってたんだけど、サリーがきみは何も気づいてないからこのまま秘密にしておきたいって」

彼女は何も気づいてない。やっぱり昨夜のサリーの電話の相手はケヴィンだった。次の質問は、答えを聞くのに勇気がいるものだった。「今もつきあってるの？」

彼はおずおずとわたしの隣に座る。「まさか、つきあってるわけない。彼女は大きな間違いだった」

サリーが〝間違い〟と表現されるのを聞いて、満足感がこみ上げたことは否定できない。サリーは誰もが簡単に犯しうる間違いだった。「でも連絡は取ってたんでしょ」

「カードのことで電話があるまで、長いこと話もしてなかったよ」

「いつ、つきあってたの？」**どうしても訊かなくては。**「始まりはいつ？」

ケヴィンがため息をつく。「彼女のほうから急に近づいてきた。ダートマスに来た日だよ。彼女が僕の部屋に来て、あー、その——」

あの夜、かびくさいソファでうたた寝をしているとき、サリーが近くにいる気配がしたのに、目覚めるといなくなっていた。何してたの、とあとから訊いてもはぐらかされた。

「それでよく、ほかに手を出してた女の子はいなかったって言えたわね」

「後悔してる。帰ってくれって言えばよかった。でもあのころ、僕の自尊心は腹をすかせたモンスターで、差しだされたものにはすぐさま食らいついた。それからフローラの事件のあと——つまり、誰もが僕のモンスターが飢えるのを望んでたころ——」

「何があったの？」ふだんは努めて隠している**切実さ**が、わたしの声を震わせる。

「サリーはフェアフィールドにいた僕に会いにきて言った。メッセージを送ったのは僕じゃないと信じてるって。これだけはわかってほしい。僕は相当参ってたし、サリー以外はみんな、僕のほうを見ようともしなかった。しばらくすると飽きたんだろうな、彼女は去っていった。もう二度と連絡してこないと思ってた。実際、カードのことで電話してくるまで、なんの音沙汰もなかったんだ」

「サリーの恋人だったことに変わりはない」これほどまでに消化しがたい事実があるだろうか。サリーがケヴィンとつきあっていたなんて。サリーに恋人がいたなんて。

「違うよ」彼の顔にひと筋の髪がかかる。「彼女のことはほとんど何も知らなかったし、それに……」と言いよどむ。

「それに？」

「ときどき、サリーは僕を監視下におきたいだけなんじゃないかって気がした」

その気持ちよくわかる、と言おうとしたところで、彼の指がわたしの腕をつーっとなぞる。わたしはそれを許す。今、彼の隣にいるのはサリーでもフローラでもなく、わたしだから。

「サリーがやったと考えたことはある？」と訊く。怒りで肌が燃えている。イエスと言ってほしい。彼女にも責任があると誰かに認めてほしい。この質問を口に出してから、わたしはこれを訊きたくてここに来たんだと気づいた。

「ああ、ある。初めは全員を疑ってたから。でもあんなことをするほど、サリーがひとりの人間に執着することはないんじゃないかな」

そのとき、これまでになかった考えが浮かんだ。まばたきが激しくなる。サリーは**わたし**になら執着したかもしれない。

けれどもそのことを熟考する余裕はなかった。ケヴィンの片手がわたしの首のうしろにおかれ、もう一方が頬におかれたから。彼がわたしの耳に、鎖骨にキスをする。首に熱い唇が押しつけられ、そのままベッドに倒れこんだ。

このままセックスしてもいいかもしれない。サリーに復讐するチャンスだ。すべてをわたしに与えたと思わせておいて、欲しかったものを横から奪っていった女に。わたしにはできる。**ゲーム開始よ、サリー。あなたは特別なんかじゃない。**

ところが彼の胸を両手で押し返したのは、わたしのほうだった。こんなこと望んでいない。ウイスキーと絶望の味がするこの男を、わたしは知らない。知る必要もない。そう思うのは、フローラがいなくて競う必要がないからかもしれない。わたしが切望したのは、彼女のボーイフレンドじゃなくて、人を惹きつけてやまない彼女のやさしさだったのかもしれない。

「だめ、結婚してるの」エイドリアンは、人生でただひとり永遠の愛を誓ってくれた人だ。わたしにはもったいないくらいの人。

ケヴィンは落胆した様子でうなずく。わたしのせいで彼が傷つくのはいい気分だ。「その人が、きみを大事にしてくれる人だといいな。昔言ったことは本気だよ。きみには立派な男がお似合いだ」

小声で答える。「ええ」

ケヴィンはシャツの皺を伸ばす。「フローラにも僕よりふさわしい男がいたはずなのに。彼女の人生を台なしにしてしまった。だから、ここに来ることにしたんだ。自分の汚名もそそぎたいけど、それよりも犯人が誰にしろ、そいつには相応の罰を受けてほしい」

さっきベッドにおいた罫線入りの紙切れに目をやる。謎を解こうとそのメモを凝視するケヴィンを想像する。謎解きに協力するなら、わたしも関与したことをばらさないわけにはいかない。わたしがメッセージを送ったあと、ケヴィンとわたしはバスルームに行った。それからケヴィンはどこかに消えた。サリーとわたしはどれくらいの時間パーティーにいたっけ？

とにかく、わたしが始めたゲームをほかの誰かが終わらせるだけの時間はあった。

「もし――」と言いかけてためらう。「もし犯人がひとりじゃなかったら？」

ケヴィンは顔をしかめる。「その可能性も考えた。でも寮の建物に入るのを目撃された人物はいないし、ほとんどの寮生はあのパーティーにいた」

寮の建物に入るのを目撃された人物はいない。

だけど、走って出ていくのを目撃された人物はいる。そういう噂があったし、タレコミ掲示板の書きこみにもあった。**あの夜、下品な服装のＡＷがバターフィールド寮から走って出ていくのを見た――やったのは彼女よ。**

双子パーティーの夜、わたしはふたりいた。

彼女は常習犯よとローレンは言った。サリーなら誰かを思いどおり動かすことなどお手のものだろう。彼女はわたしに携帯電話を握らせ、メッセージを打つのを見てくすくす笑った。それから電話についた指紋を消してからケヴィンに返した。一見すべてが衝動的な行動のように見える。

親友のイヴィにつきまとい、楽しくなるからやってみてとドラッグを勧めるサリーが目に浮かぶ。フローラの肩を抱き、ケヴィンがパーティー会場で何をしているか教え、あなたも思い切ったことをして彼に後悔させてやるのよ、と囁くサリーも。

サリー！ 叫びたくなるのを我慢する。**あなた、いったい何をしたの？**

答えは聞くまでもなくわかる。**彼女がやりたそうにしてたから、手伝ってあげただけ。**

突然サイドテーブルの上の電話が鳴って、びっくりして飛び上がる。ケヴィンが電話に出る。「もしもし？」次は少し苛立って訊く。「もしもし？　誰かいるのか？」あきらめて電話を受け台に戻す。「間違い電話だよ。今日もう四回目だ」

わたしたちじゃない。そう言われたときには、わたしはもう用済みだった。わたしはあの夜、内面を隠したままケヴィンと過ごした。そのあと、わたしが彼と会うことはもうないとサリーは知っていたのだ。けれども、今考えたことはどれも、ケヴィンに話すことはできない。

「どう考えればいいのか、見当もつかない」久しぶりに吐きだした本音だった。「ああ、わからないことだらけだ。それもこれも僕が恋人とすんなり別れることもできない根性なしだったからだ。フローラはセックスするのを待とうと言ったけど、僕は待てなくて、浮気に走ったからだ」

「え、だけどあなたとフローラが――」**あなたとフローラがセックスしてる声を聞いたけど?**

「結婚までするべきじゃないって彼女は考えてたんだ」そう言ってケヴィンは目のあいだをつまむ。

今聞いたことの意味がわたしの体にじわじわと染み入って、そのままとどまる。寮の部屋で横になるわたし。隣のベッドから聞こえるふたりの声と衣擦《きぬ》れの音。なんの疑問も持たずセックスしているのだと思いこんでいた。みんながやっていることだから。結婚するまで待ってるなんて、フローラは言わなかった。ハロウィンの記憶がよみがえる。フローラの全身をなでまわすパイロットの両手。わたしの節穴同然の目に真実は見えていなかった。

「もう行くわ」自分の馬鹿さ加減に嫌気がさして、立ち上がる。「わたしたち、ただ受け入れて生きていくしかないみたいね」そう言うほかなかった。フローラは死に、わたしたちは生きている。同じ痛みを抱えて。

「待ってくれ」彼がわたしの手を取ろうとする。「行かないでくれ、頼む。ここなら安全だ」

ケヴィンの顔を記憶に刻む。ダートマスに行った日から変わらない彼の本質が、今ならよく見える――甘い言葉を並べるだけの、輝きを失ったかつての人気者。サリーから彼を奪うこともできるかもしれないけど、そうしたところで彼女は痛くもかゆくもないだろう。彼女にとってはどんな人間もさほど意味を持たないから。たぶん、わたし以外は。

「元気でね」震える手でバッグをつかむ。

「待って。一緒に答えを探そう。戻ってどうするつもり？」

「わからない。とにかくまえに進みたいだけ」最後の疑問を思い出し、ドアの手前で立ち止まる。「クラリッサという少女が主人公の短篇を書いたでしょ。クラリッサって誰だったの？」

「きみだよ」彼は間髪を容《い》れずに答える。「きみにメールで送りたかったんだけど、やりすぎかなって気がして。なぜフローラに見せたのか、自分でもわからない。もしかすると、クラリッサは彼女じゃないって気づいてほしかったのかも。だけど、逆に彼女すごく喜んじゃって、引っ込みがつかなくなった」

「読めなくて残念だわ」ケヴィンの言ったことは嘘だ。あんな小説、存在しなければよかった。クラリッサは、わたしがフローラに対してすでに持っていた嫉妬心をあおり、本能のままに暴れるけものに変身させた。

「僕も残念だ」彼はドアを閉めながら悲しげな笑みを浮かべる。「気をつけて」

レンタカーに乗りこんで、ビリーにメッセージを送る。**とんでもないことしちゃったかも。**ケヴィンのキスをぬぐうように口紅を塗りなおす。今すぐ日常生活とのつながりを実感したい。この街の外にも世界があることを思い出したい。

すぐに返事が来た。**だから言ったでしょ、彼が来るかもって!!　で、何しちゃったの?**

ビリーはどうしようもないロマンチストだ。エイドリアンに会った瞬間、ふたりは運命で結ばれてるってわかったの、とわたしの結婚式で豪語していたのに。女の子がこんなふうにころころと手のひら返しができるというのは、軽薄なのか、感心すべきことなのか、どちらだろう。女同士の連帯を振りかざして、こんなふうに不誠実になれるというのは。

32 あのころ

ケヴィンに関する捜査が裁判にまで至るかどうかは、まだはっきりしなかったが、彼への個人的な裁きは連日おこなわれた。ウェズリアンではデモ活動が展開された。バターフィールド寮C棟の女子学生たち——以前は、自然体のままで美しくてクールな彼女たちに憧れた——がその筆頭だった。もともと精力的な活動家だった彼女たちは、進行中の大学当局との争いを保留にしてフローラのために結集した。髪を振り乱し歯をむき出しにした暴動だった。キャンパス内の歩道などに政治的メッセージやパーティーの案内をチョークで書くことは前年に禁止されていたが、学生たちはその規則を無視しはじめ、キャンパスのどこに行っても抗議団体の書いたメッセージの上を歩くことになった。**フローラに正義を。ナイフや銃だけが凶器ではない。言葉も命取りになる。**

被害妄想が大きくふくらんでのしかかり、ベッドから出られなくなったわたしは、授業をさぼって新しい部屋にこもった。もうパーティーではしゃぐ気にはなれず、一年目を無事に終えることだけを考えていた。

なんとか部屋から這い出ても、わたしに活動の先頭に立ってほしいという女の子たちが待ち受けていた。活動のきっかけとなった出来事が、わたしが引き起こしたものだとは毛ほども疑わずに。わたしは突如として人気者になった。ひっそり隠れていたい今ごろになって。彼女たちとできるだけ顔を合わせないよう気をつけていたある日、ローレンが洗濯室にいるわたしを見つけた。

「一度もデモに来ないじゃない」ローレンは腕を組んだ。「あのクソ男に報いを受けてほしいと思わないの?」

「もちろん思ってる」きつい口調で言い返した。「ただ、歩道に落書きすることになんの意味があるのかわかんないだけ。仕事をするのは弁護士でしょ、わたしたちじゃなくて」

「だけど活動を支持しますって意志を示すくらいはできるでしょ。フローラにそのくらいの借りはあると思わないわけ?」

誰も彼もが、わたしはフローラになんらかの借りがあると思っているみたいだ。そのことが何より腹立たしかった。生前、庇護すべきかよわい乙女だったフローラは、死後も同じ役を演じていた。

「来ない理由がほかにあるなら話は別だけど」と言ってローレンはきびすを返した。何か知っているのだろうか。表情からはわからなかった。ケヴィンとわたしに関する噂はまださほど注目されていなかったものの、重要度を増しつつあった。

部屋で、**フレンド**のマグカップを見つめた。事件後、床に積みあがった洗濯まえの服の山に埋めてみたり、目につく場所においてみたりを繰り返していた。カップが視界に入るたび、人のものを欲しがったらどうなるか思い出した。のちに一年目が終わってバターフィールド寮を出るときに、マグカップはおいていった。フローラから盗んだケヴィンの写真は、ジョン・ダンの詩集に挟んだまま持っていった。

ろくに眠れていなかった。取り調べでの回答に不信感を持った警察が、必ず捕まえにくると信じていた。サリーとモーコンに行っても、食べ物をつつきまわすことしかできなかった。絶えず歯をカチカチ鳴らし、ふだんどおりのわたしになったかと思えば、次の瞬間には運命を嘆いた。

「落ち着きなさい」サリーは何度も言った。「もう終わったの。普通にしてていいのよ」

彼女は間違っていた。

警察がやってきたのは、オーリン図書館からA棟の自室に向かっているときだった。そんなところで警官に会うと予想もしていなければ、返答も準備していなかった。

「アンブロージア・ウェリントン」と、その警官は言った。先日わたしを取り調べた警官だった。青い目に、やけに感じのいい笑顔が特徴の。足が震えた。サリーがいなければ、切り抜け方がわからない。何をどう言えばいい？

「何かご用ですか？」

「少しだけいいかな」

わたしたちはサマーフィールズ食堂の窓際の席に座った。わたしはブラックコーヒーを頼んだ。コーヒーを飲むと胃もたれがするのだけど。フェルティはあちこちの大学で女の子をコーヒーに誘う趣味でもあるのだろうか。それともわたしをリラックスさせるためにこんなことをしているのだろうか。慣れた環境で油断して、口をすべらせるのを期待して。

「時間を取ってもらってすまない」フェルティが時間を重視する人間であることは明白だった。まわりがストレスを感じるくらい時間に厳しいに違いない。出かける準備に手間取った妻に、二分でも待たされようものならぷりぷり怒りだしそうだ。

「かまいません」コーヒーで上顎を火傷した。「何を訊きたいんですか？　覚えている範囲ですべて話しましたけど、あの夜のことなら」あの夜のことならと言うときだけ声が低くなった。その言葉を窒息死させたいみたいに。

「わかってる」フェルティはカップからペパーミントティーのティーバッグを取り出し、テーブルに落とした。「どうしてもつじつまの合わないことがあってね。時系列がめちゃくちゃなんだ」

わたしは本能的に姿勢を正した。

「ケヴィンは夜のまだ早い時間、フローラといた。きみは彼らを九時半ごろ見かけたと言った。ほかの目撃者もダンスフロアで言い争うふたりを見てる——近くの人が止めに入らなければ暴力沙汰になっていたかもしれないほどの口論だった」

わたしはうなずいた。もしかすると、ひとことも話さないで、弁護士の同席を要求したほうがいいのかも。だけど弁護士を必要とするのはやましい人間だ。わたしはただの目撃者なんだから、余計なことはしないほうがいい。

「きみとスローンは、口論のあとフローラと話をした。そこできみはフローラに、いっそケヴィンと別れたほうが楽になると言った。そうだね？」

「ええ。女子同士のたわいないおしゃべりです」そんなこと警察に話した覚えはないのに、なぜ知ってるの？　不意にわたしの——**わたしたち**の話は、身をよじらせてツルツルと逃げまわる魚のように、しっかり捕まえていられなくなった。

「なるほど、女子同士のおしゃべりか」フェルティの言い方には棘があった。彼は何か知っている。**知ってるんだ。**「そのあとのことをくわしく聞きたい」

「ただダンスをして、また飲んだだけです。酔っていたのでぼんやりした記憶ですけど」

「ケヴィン・マッカーサーとバスルームに閉じこもったりはしていないんだね」

　わたしは首を振った。コーヒーにしたのは間違いだった。神経が昂ぶって、頭を強く振ると脳がコロンと転がり落ちそうだ。

「もう話しましたよね、そんなことしてないって」と言った自分の声が、思ったよりしっかりしていたのでほっとした。やや怒気を含んだサリーのような声音だった。「どうしてまた同じ話をしなくちゃいけないんですか？」

「パーティーを抜けて寮に戻った？」

「いいえ」これはほんとうなのに、嘘にしか聞こえない。

　彼は笑顔を見せた。親しみやすく見せたいのだろう。「ケヴィン・マッカーサーはメッセージによく省略形を使う。ダートマスに通う秀才だが、携帯電話のメッセージ送信履歴を見るかぎり、どうやら正しい文章の書き手ではないらしい」秘密を打ち明けでもするように、彼は小首をかしげた。**まったく最近の若者は。**

　ケヴィンはいつも〝きみ《you》〟と書かずにUと省略していた。わたしはその面倒くさがり屋の習慣を、いつしか親しい人を呼ぶときの特別な愛称なんだと思うようになっていた。でも、わたしたち――わたし――がフローラに送ったメッセージに、省略形はひとつも使われていない。頭の中で耳をつんざくほどの悲鳴を上げながらも、わたしは理解していた。

メッセージが証拠となってわたしたちは終わる。

「そうなんですか」わたしは無表情に言った。「彼のことを知りませんから。メッセージもしたことないですし。だいたいわたしは携帯電話をほとんど使わないので」携帯電話にはハロウィンの夜のフローラとパイロットの写真が保存してある。フェルティが携帯電話を見せろと言いだしませんように。もしそうなったら弁護士を呼んでくれと言おう。

「わからないのは」フェルティは続けた。「本人も認めているとおりケヴィンはかなりの量を飲んだあとだったのに、どうしてご丁寧に句読点までつけられたのかってことだ」

わたしと彼のあいだに流れた沈黙は、分厚くて何も通さないレンガの壁を思わせた。

「酔うといつもと違う行動を取る人もいます」わたしは言った。

「きみとスローンはよく一緒に行動するようだね」

「親友なので、まあ、そうですね」わたしは空になったコーヒーのカップを両手で包み、**フレンド**のマグカップと、その粉々になった相棒に思いをはせた。

「きみたちはふだんよくダートマスまで旅したりする?」

ショックを受けたのを悟られまいとしたものの、フェルティの表情で、わたしの仮面が剝がれてしまったのがわかった。ダートマスのこと、なんで知ってるの? どこかでサリーも同じように警官とコーヒーを飲みながら話をしたのかもしれない、とはたと気づいた。

でも彼女なら口をすべらせるようなへまはしない。秘密を隠しおおせるはずだ。

「ダートマス、ですか」フェルティの言葉を繰り返した。急に舌が重くなる。「別にふだん行ったりはしません。確かに一度は行きました。サリーの好きな男の子がダートマスにいたので。パーティーに出て、次の日に帰りました」あの週末はもうずいぶんまえのことのように感じる。今言ったことも実際にそうだったような気がしてくる。

「なるほど」とフェルティは言った。ペパーミントティーに一度も口をつけていなかった。おじいちゃんのような気楽な雰囲気を演出し、警戒を解かせるためだけに注文したのだろう。「そのパーティーでケヴィン・マッカーサーに会ったことは覚えてるかな?」

まるでバーチャルリアリティのゲームのようだった。たったひとつ間違った選択をするだけで、崖っぷちに行ってしまったり炎が燃えさかる穴に落ちたりする。地雷を踏まないよう慎重に言葉を選んだ。

「大きな大学なんですから、あの夜にあったパーティーはひとつじゃないと思いますけど」

フェルティは目を細めた。それが疑いのためか、哀れみのためかはわからなかった。

「私の姉は当時十五歳だった。発見したのは十二歳の私だ。ガレージで首を吊っていた」

「お気の毒に」ということは、彼にとって今度の事件は個人的に思い入れがあるというわけだ。

「うまく隠していたよ、いじめられていることを。学校の女子たちのせいで姉の毎日は地獄だった。両親は何も知らなかった。私も気づくには幼すぎた。現在その女たちは自由に人生を謳歌《おうか》している。姉にはそれができなかったのに」

「ひどい話ですね」その少女たち――今は大人の女――を想像してみる。ひょっとすると娘を育てているかもしれない。自分に似たちっちゃなモンスターを。

「ああ。姉のことを思い出さない日はない。ミス・ウェリントン、お姉さんか妹さんはいる？」

わたしはうなずいた。「ええ、います。ところで、そろそろ行かないと。勉強しなくちゃいけないので」これはほんとうだった。授業についていけなくなっていたから。勉強にもパーティーにも全力投球するサリーやほかの子たちのようにはいかず、あっという間に落ちこぼれてしまっていた。

フェルティは名刺をぱしっとテーブルにおいた。「何か捜査の役に立ちそうなことがあれば知らせてくれるね？」シャツのポケットからペンを抜き取ると、名刺の裏に何か書いた。「私の携帯電話の番号だ」

わたしは名刺を手に取った。部屋に戻ったらすぐに捨てるつもりだったこの名刺は、財布から財布へ移動してくしゃくしゃになっても、ずっと手元に残ることになった。〝友を近くにおけ、敵はもっと近くにおけ〟という名言を実践したというわけだ。

そのあと、部屋にひとりでいたサリーに、さっきあった出来事を話した。彼女が事情聴取されて恐ろしい思いをした話も聞かせてもらうつもりで。ところがサリーは目を見開いてわたしを見つめ、こう言った。「わたしのところには誰も来なかった」

「どうしてサリーのところには来なくて、わたしだけ？　フェルティはわたしたちが一緒にダートマスに行ったって知ってるのに。まあ、それならフェルティに話したことを教えるから、もし事情を訊かれたりしたら同じ話をして」

フェルティとのやりとりを事細かに話すあいだ、サリーは黙っていたものの、別のことを——ぼろぼろの爪の付け根と乾燥した毛先のことを——考えているのは明らかだった。話しつづけながら思った。**サリーはもう完全に興味を失ってる。**

話し終えるころ、彼女の髪は無造作に結い上げられ、おくれ毛が顔まわりに垂れていた。わたしは抱きしめられるのを期待していた。**心配はいらない、あなたは安全よ。**かわりに、サリーはわたしが心から聞きたくなかったことを口にした。

「何かに取り憑かれてるみたいよ、アム。誰もあなたを逮捕できないって。あなたがケヴィンの携帯電話を持ってた証拠はないでしょ。警察は怖がらせて自白させようって魂胆なの。あなたはただ黙ってればいいだけ」

わたしはうなずいたものの、乱れたシーツのようにお腹がぎゅっとねじれるのを感じた。聞こえたのは**あなた**の部分だけだった。**あなた、あなた、あなた。**サリーは**わたしたち**と言わなかった。始まりは彼女だったのに。サリーが携帯電話を盗らなければ、わたしはあんなメッセージを送らなかったし、ケヴィンとセックスしなかったし、フローラは生きていた。

「出かけようよ。どこかしらでパーティーをやってるはずだから」とサリーは言った。そういえばさっき、みんな期末試験に向けて勉強ばかりしていてつまらないとこぼしていた。誰もがオーリン図書館にこもって、カフェインとアンフェタミンと〈ウィーショップ〉で調達したお菓子ばかり摂取していると。

「だめ。わたしも勉強しなくちゃ」

「息抜きも大事だって。おもしろいことがあるの」サリーは立ち上がって散らかった机の上から何かを取った。シルバーの携帯電話。「オーリン図書館で隣に座ってた男の子のやつ。たしかトッドって名前で、まえにリリーとセックスしてた。からかってやらない？」

わたしは呆然として、サリーのしたり顔と、その手の上の罪のない小さな携帯電話を見比べた。「冗談よね？」

彼女は携帯電話をぎゅっと握った。「なんで冗談だと思うの？　絶対おもしろいって、彼とリリーがもう一度セックスするように仕向けるとか？」

サリーの表情は無邪気といってもよかった。そんなの**おもしろい**わけない。わたしたちが楽しみだけを追求してきたことで、今までどれだけの人の人生に影響を与えたんだろう。

「やらない」わたしは首を振った。「そういうの、もうやりたくないの」

サリーは唇をすぼめた。「アムったら、つまんなくなっちゃったね。ほかの子たちとおんなじ」

「ごめん。すぐいつものわたしに戻るって約束するから」

「このまえも同じ約束してたけど」

このまえはまた別の話でしょ、と言いたかったが言えなかった。あのときフローラは生きていたし、ゲームはわたしたち対フローラだった。それにもう、いつものわたしがどんなだったかも思い出せない。サリーとわたしの関係は、倒すべき共通の敵がいなければ終わってしまう。そう思うと怖くなった。ただし生き残れるのは、その敵がいない場合のみだ。

数日後、ケヴィンはマスコミのまえで発言した。彼はフェアフィールドの実家にいた。彼の両親は息子を嫌悪したかもしれない。自分の子どもを嫌悪することが可能なのであれば。それとも、メッセージを送ったのは自分ではないという息子の主張を信じただろうか。それならどうしてあんなメッセージが存在するのか、ケヴィンが説明できなくても。

「フローラのご家族には心からの謝罪をお伝えしたいです」カメラを見据えて彼は言った。「自分でも気づかないうちに多くの人を傷つけてしまったようです。フローラがあんなことになったのは、僕のせいでもあります。申し訳ありません。どうやって僕の携帯電話から問題のメッセージが送信されたかについては調査中です。それに関して僕は無実を主張します」

テレビの画面を通してでは、ケヴィンに闘う気があるのか、あきらめているのかはわからなかった。まるでテレビのまえにいるのはわたしひとりであるかのように、ケヴィンはわたしの目をまっすぐに見た。彼が警察に話したとしてもおかしくはない。あの夜アンブロージア・ウェリントンと一緒にいた、携帯電話を気づかれずに盗んで、返すことは彼女にはたやすかったはずだ、と。眠れない夜が続いた。

冬休みの直前、サリーはわたしをパーティーに引っぱりだすことに成功した。わたしは酔っぱらったまま、そこで出会ったラクロス部のジェレミーとセックスをした。自分が求められていることを確認するためではなく、サリーとの友情を保つためだった。サリーはジェレミーの友達と寝た。ふたりきりでバターフィールド寮に歩いて戻る途中、サリーはわたしの肩に頭をのせた。ハロウィンの日、フローラがしたのと同じように。

ペニントンに戻るのがあれほどうれしかったことはない。

冬休みのあいだ、母は何度もわたしと話をしたがり、紅茶のカップを手にしてはわたしに詰め寄った。気分はどう？

「平気よ」そのたびにこう答えた。「発見したのはわたしじゃないし」

発見者になるときもあった。三百六十度、完全に思い浮かべることができたので、その場にいなかったというほうが不思議なくらいだった。悪夢だった。目覚めると、汗の染みたシーツにくるまっていた。最近広まりだした噂に登場する、C棟から走って逃げてきた謎の女の子のように足がだるかった。わたしはベッドで仰向けに横たわるフローラを見た。天井をにらみつける目。切り裂かれた手首から伸び、高速道路のように分岐する赤い線。赤い布団、赤い壁、赤い天井。生きているうちは怒りを示さなかった彼女が、亡くなってから激怒していた。

「平気なようには見えない」母はわたしの肩をやさしく抱きしめて言った。「ちっとも連絡してこなくなったし。いつも心ここにあらずって感じで、クリスマスツリー点灯のときもにこりともしなかった。クリスマスが大好きなあなたが」

「忙しくて連絡できないだけ。来学期はもっと電話するから」わたしは母を強く抱きしめ返した。真相を知っても、母は愛してくれるだろうか。

ビリーの提案で、高校時代のようにひと晩じゅう飲み明かすことになった。昔とまったく同じというわけにはいかなかったけれど。ビリーの相次ぐ質問のせいで、どうしてもフローラの亡霊が脳裏にちらついた。「どんな子だったの？ うつ病だって感じたときはあった？ 彼女のボーイフレンドって、やっぱり嫌なやつだった？」わたしは、フローラの話はしたくないと言って答えるのを避けた。

「そうだよね、しかたない。楽しい話じゃないもん。じゃ、例の男の子とどうなったのかだけでも教えて。彼に夢中だったのに、突然その話をしなくなったでしょ。結局だめな男だったの？」

「そんな感じ。彼のこと、勘違いしてたみたい」

ビリーは〈マイクス・ハードレモネード〉をひとくち飲んだ。「それは残念。そういえばどうして彼の名前を教えてくれなかったの？ ずっとおかしいなって思ってたの」

わたしはためらわずに答えた。「言ったじゃない、名前はバディだって」

春学期になりウェズリアンに戻ってからは、週に一度実家に電話するようにした。これからは人を気分よくさせるのが自分の役割なのだと理解していた。だから、わたしの知る女の子たちはみんなみじめなのかもしれない。自分のことはさておき、他人の幸せを優先しなければならないから。

今シーズンの演劇学科のオーディションにはあえて参加しなかった。スポットライトがあたるようなことはどんなものでも避けたかった。それに、増えていく反面、どんどん同情的でなくなっていく観衆をまえに毎日演技をするのに疲れてもいた。

サリーがいてくれたら、この苦痛もさほど気にならなかったかもしれない。たがいに充電しあうふたつの電池のように、ふたりでひとつだったのに。星がまぶしく輝く自分の軌道にわたしを引き入れたのはサリーなのに。彼女は二度と戻ってこなかった。あいた彼女の場所を埋めたのは、まったくの別人だった。

33 現在

宛先　〝アンブロージア・ウェリントン〟　a.wellington@wesleyan.edu
差出人　〝同窓会実行委員会〟　reunion.classof2007@gmail.com
件名　二〇〇七年卒業生同窓会

アンブロージア・ウェリントン様

お腹をすかせておいてくれましたよね？　今夜の特別なディナーのために、いろいろ準備をしましたのでご期待ください。お皿が空っぽになったあとも、帰らないでくださいね。素敵なサプライズが待っているかも！

同窓会実行委員会

エイドリアンは滅多なことでは怒らない。情緒が安定しているところは、わたしが彼を好きになった理由のひとつでもある。怒りまでの導火線が庭のホースくらい長い。ところが、今エイドリアンは怒っている。どこにいた？　なんですぐに戻ってこなかったの？なんで僕はスーツに着替えてるのに、アムはまだ汗だくの普段着を着てるわけ？

「二時間近く姿を消したうえに、電話にも出ないってどういうこと？　妻を見ませんでしたかって訊いてまわるはめになった。そしたらみんな変な目で僕を見るんだ、お気の毒にって目で」

妻という言葉がミサイルのように飛んできた。結婚式の誓いのときとはまったく別の意味に聞こえる。

「ごめんなさい」とわたしは繰り返す。「そんなに時間が経ってたなんて気がつかなかった。あんなにきついなんて思わなくて――フローラの話を聞くのが。また暗い場所に引きずりこまれるみたいで、逃げるしかなかったの」

「友達ですらなかったって言ってたよな？」

「自殺した子と同じ部屋に住んでたのよ。複雑なの。あなたなら理解してくれるわよね」

エイドリアンは静かに息を吐く。「ひとりになりたかったのは理解する。でも僕がどう

部屋にいるんだろうか？　「ほんとにごめんね。ウェズリアンにいるのが変な感じなの」

「わかってる」わたしは彼の指を握って、サリーの個室のドアをちらりと見やる。部屋にいるんだろうか？　「ほんとにごめんね。ウェズリアンにいるのが変な感じなの」

エイドリアンは肩をすくめてわたしから離れ、ベッドに座る。スーツのズボンがずり上がって、むらさきと黄色の縦縞の靴下が見える。足の裏に穴が開いているやつだ。「変な感じがするのはわかる。でも知り合ってもう何年も経つのに、どうしてフローラやサリーのことを、ただの一度も話題にしなかったの？　ハドリーとヘザーしか友達がいなかったかのように言ってたけど、ほかにもあんなにいるじゃないか。僕はチャドの話を、いつだっけ、三回目のデートのときにはしただろ」

チャドはエイドリアンの高校のときの親友だ。卒業を控えた年、進路や、フットボールのスター選手になってほしいという両親のプレッシャーに悩んだ彼は、酒浸りになった。ある夜のパーティーで、彼はエイドリアンに「じゃあな」と告げ、車を運転して帰った。車は電柱に衝突し、チャドは即死した。事故だったのか自殺だったのか、結局わからなかったものの、エイドリアンは罪の意識に苦しんだ。あのときほど人生が真っ暗に思えたことはない、と彼は言った。

「モンスターにでもなったような気がした」彼が泣くのを見たのは、それが初めてだった。

「僕なら防げたかもしれないのに。チャドはどのパーティーでも、ビールを飲んだあと運転して帰ってたから、まさかあの夜にかぎって事故が起こるなんて思わなかったんだ」

彼の頭を膝にのせ、あなたはモンスターなんかじゃない、まだティーンエイジャーだったんだもの、となぐさめた。ルームメイトが自分のせいで死んだと打ち明けるのにちょうどいい機会だったかもしれない。だけどそういう種類の真実を打ち明けるのにいい機会なんて、どのみちありはしない。

エイドリアンの追及がやむのを待ったけれど、まだ彼の気はすまないようだ。「バターフィールド寮に住んでた人たちに、きみとフローラのこと訊いてみたんだ。みんな、きみたちふたりのあいだに何かあったんじゃないかって思ってるみたいだった。エラは、フローラが亡くなる前日、彼女がバスルームで泣いてるのを見たって。それと、はっきりとは言わなかったけどハロウィンがどうとかって」

当時エラはわたしにも同じことを言いにきたものの、相手にしなかった。折り紙のように折りたたまれ、誰の目にも触れることはないフローラの秘密――ハロウィンのパイロット。彼女は初めてをケヴィンのために取っておいたのに、望んでもいない相手に奪われてしまった。

「エラがどういうつもりで言ったのかわからない。サリーとわたしが、ボーイフレンドのことで悩んでたフローラを連れ出したんだけど、おかしなことはなかった。ハロウィンだから、みんなすごく酔ってはいたけど」

「ふうん」エイドリアンは両手の上に顎をのせる。「そのボーイフレンドだけど、きみとのあいだに何かあったってほんと？」

胸の中でパニックが破裂寸前だ。この同窓会で過去がわたしを、ましてやエイドリアンを捕らえにくることはないだろうと高をくっていた自分の馬鹿さ加減に呆れる。

「いいえ、まさか。昔のろくでもない噂を蒸し返すなんて、エラらしい。フローラのボーイフレンドとは一度会っただけでよく知らなかったのよ」

エイドリアンは何も言わない。彼もわたしと同じでさまざまなピースをつなぎ合わせている最中なのだ。ただ、わたしたちは別々のパズルに取り組んでいる。彼のは〝僕の妻は何者なのか〟で、わたしのは〝フローラ・バニングに何があったのか〟。パズルを完成させたら、エイドリアンはわたしから去っていくだろう。そうなるに決まってる。

「そろそろディナーに行く準備をして」ようやく彼がふたたび口を開く。「もうみんな集まってるよ。エラが招待してくれた集まりに行けなかったな。さすがに僕ひとりじゃおかしいと思って行かなかったんだ」

ディナー用のドレスはデスクチェアの背にかけてあった。誰があんなふうにマネキンに着せるような形で広げておいたんだろう？　床にはピンヒールまでおいてある。きっとサリーだ。彼女はわたしが着るものを管理するのが好きだった。

「楽しいディナーになるとは思えない。つまらないスピーチを聞いて、まずい料理を食べるだけよ。行くのやめにしない？　予定に縛られたくないって、あなたいつも言ってるでしょ」

振り返ると、彼は携帯電話を熱心に見ていて、わたしの言うことを聞いてもいなかった。聞こえないふりをしたのかもしれない。言い訳ばかり聞くのに、もううんざりしているのだ。

着ていた服とスリップを脱いで〈ミッソーニ〉の黒のドレスに着替え、ビリーに借りたビーズのクラッチバッグを持つ。携帯電話と口紅を入れようとバッグを開けたとき手が何かに触れる。筒状に巻かれた小さな紙。広げてみると深紅のインクで、ある予言が書かれていた。**今夜、おまえはすべてを知ることになる。**

ユーズダン西棟はまるで偉い聖職者のように赤と黒でおめかししていた。食卓には床まで届くテーブルクロス。シルバーの椅子に赤いクッションをくくりつける、たっぷりとしたリボン。おだやかなジャズの生演奏。新郎新婦のいない結婚式のような雰囲気だ。髪を結い上げ補正下着をつけた女性たち、白いシャツが汗ばんだ背中に張りついた男性たちをまえに、髪はぺしゃんこ、腋は汗でべとべとのわたしは委縮してしまう。

「ヘザーだ」細かくカールした濃い茶色の髪を見つけて、わたしは言う。

近くに行くと、テーブルにはもうあいた席がなかった。「ごめんね」と、ジャケットをかけた背もたれに体を預けてハドリーが言う。「メッセージしたのよ、いつ来るの？　って。もしかしたら帰っちゃったのかもって思ってた」

「席を取っておこうとしたんだけど、人数のわりに席が少ないから、いつまでも待っていられなくて」ヘザーが申し訳なさそうに肩をすくめる。

「いいのよ、あとでまた会いましょ」そう言ったものの、ハドリーとヘザーが意味ありげに視線を交わすのに気づかずにはいられなかった。ふたりからの連絡をずっと無視していたことに怒っているのだ。一緒に住んでいたシェアハウスのまえで写真を撮る約束もかなわなかった。わたしは微笑んでいるつもりだけれど、顔をゆがめただけに見えていることだろう。

「あそこにエラがいる」部屋の中央を指してエイドリアンが言う。「あのテーブルにはまだ席があるみたいだ」**やっぱりそうなるんだ。**エラは立ち上がってこちらに手を振る。光沢のある黒いドレスの胸元に深い谷間がのぞいている。テーブルに着いたお馴染みのメンバーたちも、照明の下で光り輝いている。クララの血のように赤い唇。スパンコールがきらめく黒いドレスから伸びるジェマの長い脚。バレリーナふうの小さなお団子にまとめられたリリーの髪。シエナの鎖骨を彩る何粒ものルビー。彼女たちは美しく残酷だ。近寄りがたい肉食獣たち。あのころとちっとも変わらない。

わたしが来たことで、バターフィールド寮C棟の同窓会が完成した。ただひとり、サリーだけが足りない。

「素敵ね、アム」わたしたちがそばに行くと、エラが言った。「あ、そっちはだめなの、ローレンとジョナの席だから。こちらへどうぞ。わたしの隣。白ワイン飲むでしょ？」

白ワインは、ついさっきから飲まなくなった。バスルームのゴミ箱に捨ててきた妊娠検査薬を思い出す。あれが今日の出来事とは思えない。たった数時間で多くのことが変わってしまった。そんな日は今日が初めてではないけど。

「飲む気分じゃないの。ひどい頭痛がしてて」と言うわたしを無視して、エラはグラスにワインを注ぐ。

エイドリアンはもう飲みはじめている。たぶん今夜は飲みすぎるだろう。そして誰彼かまわず話しかけ、音楽に合わせてダンスし、そんな彼のまわりに多くの人が集まってくる。ふと温かいものが胸にこみ上げる。夫の楽しくて、わかりやすいところが好きだ。ケヴィンがそうだったことは一度もない。彼はもう街を去っただろうか。サリーと一緒に。彼の小型トラックの窓から突き出した彼女の腕、闇を裂く笑い声を想像する。

わたしはなみなみつがれたワイングラスを眺める。エラもグラスを見て、次にわたしを見る。**エラは知ってるんだ。**

「訊きたいことがあるの」

「何?」エラは必要以上に声を張りあげる。

「フローラが亡くなった夜、事件が起こるまえのことよ」

「冗談でしょ?」と言って彼女は髪を耳にかける。「どうして今ごろになってフローラの話をしたがるの? 十四年前に訊くべきだったわね。まだわたしがあなたと友達になりたがってたときに」

「友達だったじゃない」

「そう思ってた、最初はね。でもあなたはわたしのことなんてどうでもよかったでしょ。今週末は最低限のつきあいはするけど、あなたが喜ぶことを言ってあげるつもりはないから」エラはわたしに背を向け、グラスからひとくち飲む。エラこそ、初めからずっと演技をしていた本物の女優じゃないだろうか。

ひと皿目の料理――トマトのタワーのようなもの――が運ばれはじめている。ローレンとジョナの夫婦が席に戻ってきた。彼らの両サイドはほかの子の夫たちだ。誰もがグラスを手にしている。「あら、来たんだ？」とローレンが言い、しゃっくりをひとつした。ケヴィン・マッカーサーから真相を訊きだそうとしていたことを言わずに、ディナーに遅れたことをなんて言い訳しようと思ったところで、みんなの目がわたしを素通りして別の誰かに向けられていることに気がついた。

上半身にビーズがあしらわれた、つま先まである淡いバラ色のドレス。まるでウエディングドレスだ。そうだ、サリーがドレスコードに従って、**赤と黒の一張羅**を着てくるわけがなかった。ブラジャーをしていないが、その必要はなさそうだ——乳首をぱしっと叩いて小さな胸が気に入らないと言う彼女を、そのかわり垂れないんだからいいじゃない、となだめたものだ。彼女は笑みを浮かべて人々に手を振る。会場の主役であるかのように、彼女のためだけのレッドカーペットを歩くかのように。実際そうだと言ってもいい。誰もまえに出て、王位を主張しようとしないのだから。

サリーはさも当然のように、あいていたエイドリアンの隣の席に腰を下ろす。どのテーブルに行っても、サリーのための席ならあるのだ。わたしのものに近寄らないでと思ったとたん、彼女はエイドリアンにいっそう近づき、自分の夫かのように頬にキスをする。

「遅れてごめんなさい。準備に時間がかかっちゃった」

準備？　ディナーのためではないだろう——椅子にかかっていたわたしのドレス、バッグの中の小さく丸まった紙を思い出す。サリーはわたしの返事を待っているかのように、これまで一度も賛成したことがない者の返事を待っているかのように、鋭い視線をよこす。双子パーティーで着た服も彼女が選んだものだったのに。**これを着るのよ。**わたしが意見を求められたことはなかったのに。

今なら想像できる。寮に駆け戻ってフローラの涙を拭いてやるサリーの姿を。サリーはわたしとケヴィンのことを告げ口し、**ベスト**のマグカップに目をやる。**アムの人生を破滅させる方法がひとつだけある、もしあなたさえその気なら。**

携帯電話が鳴り、ビリーからのメッセージが待ち受け画面に表示される。慌てて隠すまえにエイドリアンに見られてしまった。

何か進展は??　まだ彼と一緒にいるの？

エイドリアンが下唇を噛む。わたしたちがデートを始めたころ、彼は自分の過去を開けっぴろげに話した。「浮気されたことがあるんだ。そうとは知らずに僕は、子犬みたいに彼女を慕ってた。僕は寛大なほうだけど、浮気だけは弁解の余地を与えられないな」わたしはぴったり寄り添って、エイドリアンが求めていた安心感を与えた。背中をうしろから包んで、裸の肩にキスをした。**わたしはそんなこと絶対にしない。**本気でそう言った。そのときは。

「ビリーが、あなたは楽しんでるかって訊いてる」と苦しい言い訳をする。巨大なビー玉を口に含んでいるみたいに、うまく舌がまわらない。「植樹式でのことビリーに話したの。わたしがつらくなって逃げちゃって、あなたに悪いことをしたって」

エイドリアンはワインをひとくち飲んで言う。「そんなに悪いと思ったならメッセージのひとつでもくれるか、せめて僕のメッセージに返信してくれたらよかったのに」

サラダをひとくち食べる。ぶよぶよで味のしないチーズ。次の料理が何か、メニューを見る気にもならない。どうせ食べられないだろうし。

エイドリアンが早くも空になったサリーのグラスにワインを注ぐ。彼のグラスももう空だ。サリーはわたしに見せつけるように、彼の腕に触れる。まだサリーから話しかけられてはいない。何かのゲームのつもりらしい。わたしが新たな事実を知ったことには気づいているらしいが、その内容まではわからないようだ。

「今夜は何が予定されてるんだっけ？」とわたしは訊く。「さっき来た同窓会からのメールになんて書いてあったか忘れちゃった」

「アンドラスフィールドで、オールキャンパス・パーティーでしょ」なんで知らないの？という調子でローレンが言う。「だけどメールってなんのこと？　受付したときにプログラムをもらったけど、メールなんて一通も来てないわよ」

驚いてサリーに目をやる。一瞬バラのつぼみの形にすぼめられた彼女の唇が、ぐいっと無理やり伸ばされて笑顔になる。サリーにもメールは来ていた――彼女はうっとうしいと言ったけど、それだけではなかった。何かの計画に沿って悪意を持って送られたものだった。

エイドリアンが肩越しにのぞくのも気にせず、携帯電話でメールアプリを開く。最後のメールだけは、既読にしたもののまだ削除していなかった。開いて手がかりを探してみるも、何も見つからない。メールアドレスに目をとめるまでは。Gメールのアドレスだ。ウェズリアンからのメールではなかった。

「大丈夫？　震えてるよ」とエイドリアンが訊く。心配しているのではなく、苛立っているようだ。

「もっと飲まないといけないみたいね」とサリーがわざとらしく甘ったるい声を出す。わたしはテーブルの飾りつけをぼんやり眺める。テーブルを真ん中を走る赤いリボン。中央の黒い枝つき燭台。このパーティーを準備した人はさぞ大変だっただろう。まわりの人間の顔以外に見ていられるものが欲しくて、ローレンの向かいにあるメニューを手に取る。首を絞められたような音が喉から漏れた。わたしはとうに罠にかかっていた。カードと同じ文字だった。深紅のインクで書かれた、わずかに傾いたカリグラフィ。**話がしたい**とわたしに言った文字が、次のメニューはテンダーロインステーキだと告げている。

エイドリアンの背中越しに、サリーにメニューを渡す。新たな事実に気づいた彼女の額に細かい皺が現れる。あれは演技だろうか？　それともほんとうにわたしと同じくらい驚いているんだろうか？

サリーは手つかずの皿を脇に押しやる。「今のウェズリアンはメニューを手書きにするほど予算に余裕があるんだ。わたしたちがいたころのモーコンの料理はドッグフードとほとんど変わらなかったのに」

テーブルの女たちはお愛想で笑ってみせた。きっとそれぞれ、モーコンでの食事を懐かしく思い出しながら。サリーは好きなものを好きなだけ食べていると、人には思われたがった。でも実際は皿に取るだけ取って、あとはつつきまわすだけだった。少ししか食べられないか、食べたくないかのどちらかだった。鎖骨が華奢ねとか、あばら骨が浮きでてるねとか言われるたび、サリーは代謝がいいのよと言った。食べないから痩せているより、たくさん食べても痩せているほうが、うらやましがられるから。

わたしはエラを観察する。トマトを正確に四つに切り分けている彼女は、どんな反応も見せない。

「どうやったらこんなにきれいな字が書けるの？」サリーはメニューをじっくり見るふりをする。「わたしは自分の名前もろくに書けないのに」

サリーが撒いた餌にたったひとり食いついたエイドリアンは、小説をペンで書こうとしたけど、字が汚すぎて何を書いたか自分でもわからなくなったと話した。「アメリカ文学史に名を残す傑作の第一章だったかもしれないのに、誰にも読まれることがなくなっちゃったんだ」

エイドリアンは話しつづけ、テーブルの女性たちが笑う。話がおもしろくて笑っているのかもしれないけれど、おそらく馬鹿にして笑っているのだろう。ほかの夫たちはほとんどしゃべらない。携帯電話をいじっている人もいる。ジョナと一瞬だけ目が合う。わたしの裸がどんなだったか思い出しているに違いない。ウェズリアンで寝た大勢の女の子たちとごっちゃになっていなければ、だけど。

冷たい指がドレスの背中にすっと入ってくる。いつの間にか席を立って、わたしの背後にいたサリーが耳元で囁く。「ついてきて」

エイドリアンのほうは見ないようにして、従順にサリーに従う。天井に赤と黒の風船がひしめくロビーに出る。幸いにもほかには誰もいない。サリーがくるりと振り向く。「ケヴィンに会いにいったんだ」

わたしは認めもしなければ、どうして知っているのかも訊かない。それよりももっと大事な質問があるから。「ほんとは何があったの？　フローラが亡くなった夜、ケヴィンとわたしが一緒にいたあいだ、サリーはどこにいたの？　バターフィールドのC棟から走って逃げていくブロンドの女の子を見たっていう投稿がタレコミ掲示板にあったのは知ってる？」

サリーは眉を指でなぞる。何食わぬ顔をしているつもりだろうが、彼女の表情に衝撃の色が浮かんだのを見逃さなかった。「そんなの覚えてもない。たぶん誰か男の子と一緒にいたんじゃない」

別の方向からも攻撃を試みる。「ダートマスに行ったとき、何をしたの？　わたしが目覚めたらサリーはもういなかった」

サリーは首をかしげる。「なんで訊くの？　知ってるくせに」

口の中で金属の味がする。「どうしてそんなことを？」

「初めは**わたしたち**だけだったのに。いつの間にかアムは取り憑かれたみたいにケヴィンとフローラのことばっかり。わたしはあんな男、大したことないってわかってた。彼のためにすべてをぶち壊すほどの価値はないって」

わたしは革のひじ掛け椅子に腰をおろし、冷たいクッションに沈みこむ。「取り憑かれてなんかなかった」

サリーが両手を広げて言う。「何言ってんの？　ダートマスに一緒に行ってくれって、必死に頼んできたじゃない。そしたら彼がキスしてきて、セックスした。あいつもただやりたいだけの男だったってこと」

彼女がうまく言い逃れるまえに、さらに突っ込んだ質問をする。「ローレンに聞いたの、イヴィのこと。まるで彼女がまだ生きてるかのように話してたでしょ。まさか彼女の死に関係してるの？」そう言いながら、**彼女**がどちらを指すのかわからなくなる。イヴィ？フローラ？　それとも両方？

サリーはぱっと顔を上げたものの、質問に答えない。

「ほんとのこと教えて」わたしは上半身を動かし、わずかに彼女から離れる。「フローラに自分を傷つけるように言ったの？」

「いいえ、言ってない。言ったのはあなたでしょ。まったく、うまくやったよね。アムが送ったメッセージは心底恐ろしかった」

彼女が押されているのを感じて、もう一度攻めてみる。「わたしがケヴィンといるとき、寮に戻って彼女に自殺するように言った？」

「アム」サリーはわたしの両膝に手をのせ、覆いかぶさってくる。「そもそもする気のないことを誰かに無理やりさせることはできないの。もしそんなことができるなら、フローラを殺したのはあなたよ」

「スローン！」と叫ぶように彼女の本名を呼ぶ。のらりくらりと質問をかわすのをやめさせたかった。

サリーは隣の椅子に座る。「ケヴィンの携帯電話に残ってたメッセージ見たでしょ？あんなにたくさんの女の子たちとやりとりしてたのよ。彼にとって、アムは特別じゃなかった。だけどわたしにとっては、アムは特別だった」サリーは指をぽきっと鳴らす。「どうやって死んだか、どうしてそんなに気にするの？　フローラのこと嫌ってたじゃない」

「嫌ってたわけじゃない。ただ――」

「ううん、嫌ってた。少なくともわたしは認める、フローラのこと嫌いだったって。彼女は弱かった。ああいう子は誰かに望まれていないとだめなのよ」

フローラを非難しているようでいて、わたしへのあてこすりでもある。フローラはひとりの男の子に望まれた。サリーは誰からも熱望された。わたしは自分自身との競争に負け、生きたままむさぼり食われた。

サリーの顔をまじまじと眺める。大きな目、長い髪。かつて崇拝した女の子。わたしにとっても、彼女にとっても、重要なのはケヴィンではなく、こうなりたいとうらやんだ女の子だった。サリーの嫉妬心とわたしの嫉妬心は、結局はふたりを同じ場所に導いた。ただ、彼女のほうがより遠くに行ってしまったのかもしれない。

つまり、こういうことだった。別の子が持っているものをそれぞれ欲しがった三人の女の子。フローラを飲みこんだヘビがわたし、顎がはずれるほど大口を開けてわたしを飲みこんだヘビがサリー。ちゃんと話をしていたら違った結果になっていたかもしれない。でもこの世界では、羨望をあからさまに口にすることはよしとされない。

「ケヴィンの考えを聞いたでしょ、フローラは殺されたんだって」とわたしは言う。「あいつが殺したんじゃないの？」サリーはひじ掛けを指でトントン打つ。「最初に発見したのはケヴィンよね？　アムと別れたあと彼はフローラを探しにいった。携帯電話に残ったメッセージを見て、ほんとうにフローラを目のまえから消したくなった。そして事を起こした」

「彼はやってない」ケヴィンは関係者ではあるものの、殺人を犯すような人間ではない。

サリーは髪をひと束、指でつまむ。「だったらあいつは、あれは自殺だったと受け入れるべきよ」

「でも自殺じゃなかったら？」

「死にたいって、彼女、自分で言ってたじゃない。その言葉のとおり実行したからって、驚くことは何もない」

サリーの口元にふと笑みが浮かぶ。そのとき、**わかった**。誰かにそそのかされないかぎり、フローラがあんなことをしたはずはない。そして、その誰かはサリーでしかありえない。

サリーは脚を組む。ドレスのスリットから白い肌がのぞく。「アムはいつもわたしよりフローラのことを気にかけてた」

「そんなことない。知ってるでしょ、サリーの気をひくためならなんだってしたわ」十年以上経った今でも、いや、十年以上経った今だからこそ、認めるのは情けなかった。

サリーはふふっと声を出して笑った。「ええ、いつもそうだった。あなた**最高**だったもの」

重い真実がふたりのあいだに横たわったまま、話は行きづまった。言うべきことは言い切ったと思う。こうして何年も経って初めて、意外にもサリーには、わたしに似ている部分があると知った。ふたりとも、力を持つことを望んだ孤独な女の子だった。ただ、わたしは感情のままに何もかもひっかきまわして泥だらけになり、サリーは感情を欠いたために手を汚さずにすんだ。

それでも今、ふたりには同じ脅威が迫っている。過去の罪の亡霊が、わたしとサリーをクモの巣のようにからめとって逃がさない。

「誰かがわたしたちを危険な目にあわせようとしてる」わたしは言う。「それが誰なのか知りたくてここに来たの」

サリーは冷たい手でわたしの腕に触れ、顔を寄せる。「ほんとにそう？」ふっと首に息がかかる。「ほんとにそのために来たの？」

わたしはうなずくものの、自分でももはやわからない。

「ここから出よう」サリーがせきたてるように言う。「もうこんなところ、いる必要ない。ここを出たら誰にもわたしたちを見つけられないはず」

「無理よ」わたしは慌てて言う。エイドリアンをおいてはいけない。それにサリーとは一緒にいたくない。またすぐに退屈してわたしを裏切るだろうから。

それでも、食い下がるサリーの手を振りほどくまえのほんの一瞬、彼女と行くのもいいかも、という思いが胸をかすめた。

34　あのころ

フローラ・バニングに関する報道は過熱していった。いつだって世間ではかわいくてかわいそうな女の子が人気なのだ。もともとウェズリアン大学では抗議活動が盛んだ。今や大学全体が、〝フローラに正義を〟というプレートで顔を隠したまま、ケヴィンを攻撃する暴徒だった。バターフィールド寮C棟の女の子たちは、花や、クマのぬいぐるみや、灯されることのないろうそくがおかれた、かつてのわたしたちの部屋のまえで、徹夜のデモを続けていた。

主張はこうだ――ケヴィンは有罪。実際に手を下してこそいないが、フローラを心理的に操作し、通常の彼女であれば絶対にしなかったであろうことをさせた罪。彼が送ったメッセージがなければ、彼女は今も生きていた。

しかし、ケヴィンの両親が雇った弁護士の主張はそれとは異なった。ジョン・ダイヤモンドは自信過剰の笑みを浮かべた、四角い顎と、枕に脂の染みをつけそうなべとついた髪の持ち主だった。さぞ高額の料金を取るのであろうジョン・ダイヤモンドは、フローラが情緒不安定で未診断のうつ病に苦しんでいたことは明らかであると主張した。彼女の両親、妹、友達の話をねじ曲げ、匿名の〝クラスメイト〟の証言を取りあげた。彼によると、フローラは内面を病にむしばまれたうら若い女性であり、見えない病こそ致命的であるということだった。

「考えてもみてください」ケヴィンの審問が終わり、弁護士は報道陣のまえで言った。「あなた方も恋人、あるいは夫や妻に言うべきではないことを言ってしまった経験がありますよね？　落ちこんだり怒ったりしていて、十分に考えられずに発言してしまった経験が。もしその相手が自分自身を傷つけたとして、あなたに責任はありますか？　ほとんどの人は、いいえ、責任は彼らのほうにある、と答えるでしょう。そもそもする気のないことを、無理やりさせることはできませんから」

　ネット上に、ケヴィンを支持するグループが現れはじめた。彼がこんな目にあうのは不当だと考える女性たちが主なメンバーだった。彼女たちは、フローラに落ち度があったと信じていた。わたしも、彼女たちに賛成する部分があった。フローラは身を守る鎧《よろい》が必要だと考えたことはなかっただろう。世界はフローラの繊細な肌に牙を立ててしまわないよう用心しながら、舌の上でやさしく転がしたから。

一方、わたしたちは遠慮なく、彼女のはずむような肉体に歯を食いこませた。

わたしはニュースをくまなくチェックし、事件の関連記事についた悪質なコメントにもひとつ残らず目を通した。偏執的になっていくわたしにサリーがうんざりしはじめているのはわかっていたものの、フローラを頭から追い払うことができなかった。ある意味、楽しんでいたのだと思う。「絶対にばれる」サリーがいくら呆れた表情をしても、わたしはやめなかった。「警察はまだあきらめてないもの」

確かに警察はまだあきらめていなかった。ケヴィンのパソコンが調べられ、わたしとのメールが見つかった。フェルティは、わたしがダートマス行きのことで嘘をついたと証明できたわけだ。

「ミス・ウェリントン」わたしはふたたびミドルタウン警察署の取調室にいた。「それともアムと呼ぼうか？　確かケヴィンはメールできみをそう呼んでたね」

わたしは憔悴《しょうすい》していた――最後の食事がいつだったかも思い出せないほどだった。広がりつづける噂に関心を示さない一部の人たちの目には、ルームメイトの自殺で負った心の傷で苦しんでいると映ったことだろう。実際は、ただ恐怖に支配されていた。あの夜、規制線越しにいかにも警官といった様子のフェルティと向き合ったあの場所に、また戻ることになるのではないかという恐怖に。

「きみとケヴィンは非常に友好的な関係を築いていたようだ。古典的なラブストーリーの現代版――そうきみは信じていたのかな？　そこに**つながり**があると」

言葉を発することができなかった。簡単な台詞さえ言えないようでは女優としての成功は夢のまた夢なのに。

「きみたちは同じことを望んでいた――フローラがいなくなること。望みを実現させるためにどこまでやった？」

ついに、映画やテレビでしか言っているところを見たことがない、あの台詞を叫ぶように言った。「弁護士を呼んでください」

結局、弁護士の出番はなかった。メールはなんの証拠にもならなかった。フェルティはそれをきっかけにわたしが口を割るのを期待していたようだったけど。メールが明らかにしたのは、ケヴィン・マッカーサーが恋人を騙したろくでなしだということと、わたしが彼と一緒にフローラを騙した最低女だということだけだった。糾弾者たちにとってメールと携帯電話のメッセージの履歴は宝の山だった。彼らは報道のなかでケヴィンを、恋人の心の健康など気にもかけず浮気を続けた極悪人に仕立てあげた。

フェルティが最後にわたしに言ったことは、しっかりと記憶に刻まれた。**真実はいつかきっときみを捕らえにくる。**

それならば、急いで逃げるだけだ。

悔しがるフェルティに解放されてすぐ、サリーの部屋に行った。彼女が必要だった。もとの自分に戻るために必要なことは、ほかにもたくさんあった。わたしたちはウェスコ寮のパーティーに行ったものの、コカインを吸ってアルコールを一杯飲んだところで、また不安が押し寄せて気分が急降下した。悪魔はまだわたしにしっぽの棘をひっかけたまま離れてくれない。サリーが見つくろってきた男の子ふたりは、わたしがプラスチックのカップに吐くのを見ると、あれこれ言い訳をしながら去っていった。

「人生でいっちばん恐ろしい時間だった」歩いて寮に帰る途中、ろれつのまわらない舌でそう言ってサリーの腕につかまると、すぐに振り払われた。「わたしがどんな目にあったか、サリーはわかってないのよ。フェルティはあきらめない。ほんとのこと**知ってるんだから**。あの人のお姉さんの話はしたっけ？」

「したって」と答えた彼女の髪は、ゆるいニット帽の下に押しこまれていた。その表情から気持ちを読み取ることはできなかった。

「ケヴィンはそこまで酔ってなかったから」わたしは続けた。「そのうち真相に気づく。そしたらサリーはどうする？　つまり、携帯電話を盗めたのはわたしたちだけだって、彼、気がついてると思う。あのメッセージを送ったのは自分じゃないってことはわかってるんだし」

「そうとはかぎらないじゃない」サリーはジャケットのポケット――彼女のジャケットではない。適当な男から盗んだものだ――に手を突っ込んで言った。わたしの目を見ようとしない。「良心の呵責《かしゃく》があれば、人はなんだって信じてしまうものよ。してしまったことに向き合いたくないとき、自分は自分じゃない、ほかの誰かだって思いこもうとする」

サリーが言っているのはケヴィンのことではなかった。わたしとサリーとの距離は、髪の毛一本の太さ程度だったのが、倍になり、また倍になるように、急速に広がっていた。

「ケヴィンがわたしたちのことかばってるんだとしたら？」この考えを口に出すのは初めてだった。

サリーは深夜二時の空気を大きく吸いこんだ。「わたしたちじゃない」

あまりに小さな声だったので、聞こえたのが彼女の声かどうかも自信がなかった。

「え？」

サリーは立ち止まって腕を組んだ。「〝わたしたち〟じゃないでしょ、アム。あのメッセージを送ったのはあなた。確かに携帯電話を盗ったのはわたしだけど、ただの遊びだった。あとは全部あなたひとりでやったことよ」

あなたひとりでやったこと。ほら、やっぱりあった。わたしたちのあいだにぽっかりと口を開けた裂け目。サリーは本格的にまずいことになるまえに手を引こうとしていた。わたしに見切りをつけたのだ。

何も言い返すことができなかった。彼女の言ったことは正しかったから。メッセージを打って、送信したのはわたしだったから。サリーが書く内容を耳元で指示したわけじゃない。事実が決して溶けない氷の塊となって、喉と胃のあいだあたりに居座った。これまで、誰かからの悪影響を言い訳にして、なんとか自分を許してきた。

でも初めからずっと、決めるのはわたし自身だった。

35 現在

宛先　〝アンブロージア・ウェリントン〟　a.wellington@wesleyan.edu
差出人　〝同窓会実行委員会〟　reunion.classof2007@gmail.com
件名　二〇〇七年卒業生同窓会

アンブロージア・ウェリントン様

ゲストブックへの記帳をお忘れなく。内輪のジョーク、お気に入りのエピソード、涙を誘う思い出話なども書いてくださいね。ウェズリアンでの数年間で、言葉こそ最も重要な通貨だと、わたしたちは学びました。

全員とは言わないまでも、そう思い知った方は多いですよね。

わたしたちは会場に戻った。めずらしくサリーが一歩下がってついてくる。いくつものいぶかしげな視線が寄せられる――わたしたちがいないあいだ、噂話に花を咲かせていたらしき同じテーブルの女子たちの視線も。エイドリアンは顔を上げもしない。どこに行っていたのかと尋ねるのもやめたようだ。席に着き、牛肉のステーキをつつきまわしたあと、エイドリアンの皿に移す。食べきれないものをあげるわたしを、彼はいつもかわいいと言った。

「いらない」エイドリアンはまだ怒っている。帰りの車中で、**話がある**などと言われて気まずい空気になりそうだ。適当にごまかして終わりにしよう。ほんとうの理由はふせたまま、午後の長い時間ひとりにしてしまったことをひたすら謝れば、二、三日後には機嫌を直すだろうし、そのころにはわたしも落ち着いて、いつもどおりだ。

ディナーの司会者――ハドリーとヘザーと住んでいたシェアハウス近くの木造の一軒家に、男三人で住んでいたブレイデン・エリオット――が、チョコレート色のいびつな正方形のデザートが配膳されるあいだ、スピーチをしている。不意に不吉な文字がバナー広告のように脳裏を横切る。**これが最後の食事だ。**カードを書いたのが誰にしろ、何事もないままわたしたちを逃がすはずがない。

ブレイデンは、何やら賞の受賞者を順に発表しはじめる。知らなかったけれど、卒業のときにも同様の授賞式があったようだ。当時票を集めた人物が、十年後の今も最も多くの票を集めるのか、賞のタイトルどおりになったかどうかを楽しむ趣向らしい。〝リアリティショーに出そうな人〟。〝アカデミー賞を受賞しそうな人〟——これにはわたしの名前が呼ばれるべきだ。ルームメイトがフローラではなく、ケヴィンにもサリーにも出会わないパラレルワールドだったら、きっとわたしが選ばれていたはず。〝デモ中に逮捕されそうな人〟。〝オーリン図書館で裸でいるところを見つかりそうな人〟。みんながおもしろそうに笑う一方、わたしはこの場から逃げ出したい。

「殺人の罪からうまく逃れそうな人」ブレイデンが言い、とってつけたように笑った。「ははっ。これはちょっとおだやかじゃないね。アンブロージア・ウェリントン？」

名前を呼ばれたわたしの耳には、ザーッという雑音しか聞こえなくなる。部屋じゅうの視線が短剣のように突き刺さる。もう誰も笑っていないし、拍手もしていない。

「ほら、まえに出て賞をもらわないと」エラが言う。彼女はわたしに投票したのだろう。エイドリアンは歯を食いしばり、目のまえの皿を見つめている。逃げだすわけにもいかず、しかたなく立ち上がってステージに向かう。ぐっとお腹をへこませ、ほかの何人かの受賞者がしたようにやれやれという表情をしてみせる。ところが壇上に立っても、安っぽいプラスチックのトロフィーも、握手を求める手も差しだされなかった。ブレイデンはただ困ったように眉をひそめて、投票用紙が入った箱の中を調べている。

「おかしいな。どうやらこんなカテゴリーは存在しないみたいだ」彼はマイクを離して言う。「箱があって、投票用紙も入ってるんだけど、カテゴリーの記載もトロフィーもないんだ。すまない、僕にもわけがわからないよ」

呆然としてブレイデンを見る。笑い飛ばすこともできない。「この場だけでも、うまく取りつくろおう」申し訳なさそうな笑みを浮かべて彼が言う。わたしは出された彼の手を握った。そのあとすぐに席に戻らずに、箱を開けてひと握り分の投票用紙を出してみる。

すべての用紙にわたしの名前が書かれていた。丁寧なカリグラフィで書かれた何十もの**アンブロージア・ウェリントン**。テーブルに戻る途中、汗で湿った手のひらにくっついていた投票用紙の一枚がひらひらと床に落ちる。サリーとエイドリアン、ハドリーとヘザー、バターフィールド寮C棟の女の子たち――誰の顔も見ることができない。ステージの上ではブレイデンが咳払いをして、次のカテゴリーに移ろうとしている。〝次世代のフェイスブックを発明しそうな人〟。

殺人の罪から逃れてなんかいない！ と叫びたくなるのをこらえる。わたしは誰も殺していない。許されないことをしたのは確かだけれど、最後の一線は越えていない。そんなことしたいとも思わない。あのときわたしは自分の部屋の鍵すら持っていなかった。フローラは鍵をかけていたはずだから——

わたしが鍵を持っていなかったのは、サリーが持っていたからだ。

サリーのトップスには何か妙なところがあった——突然あの夜の記憶が年月を超えてよみがえる。メッシュのトップスに何か——そうだ、破れてたんだ。その黒い裂け目はほとんど目立たなかった。チョーカーもなくなっていた。ついさっき見てきたように、その場面がありありと目に浮かぶ——部屋に現れ、いかにも親切そうにココアを淹れようかとフローラに提案するサリー。

ベストのマグカップをバスルームの床に叩きつけるサリー。

さあ、やって。あなただってそうしたいはずよ。

だけど、フローラはそうしたくなかった。

さっきサリーはわたしになんと言ったんだっけ？　**そもそもする気のないことを誰かに無理やりさせることはできないの。**

フローラに手首を切るように説得したんじゃない。

サリーがやったんだ。

どうやったのかは知らないが、返り血を浴びなかったことを考えると、かなり慎重に事を運んだに違いない。自分が何をしているか完璧に理解しながら。どの程度深く切ればいいか。かけらを左右に持ちかえて両手首を切ったように見せるにはどうすればいいか。どう口をふさげば叫び声を上げられないか。

この事実に絶対の確信をもって気づいたとき、わたしは空っぽになった。ケヴィンは正しかった。フローラは殺されたのだ。

「サリーだったんだ」わたしは小声でつぶやく。

顔を上げると、サリーとエイドリアンがいなくなっていた。

36 あのころ

ケヴィン・マッカーサーは裁判にはかけられなかった。捜査を続けるため、そして事件にどの程度彼が関与したのか明確にするに足る証拠がなかったのだ。多くの事実が、ノローラの自殺は彼女自身に原因があると示していた。彼女がいわゆるうつ状態であったことを示唆する記録が携帯電話とパソコンに残っていた。メッセージの送信履歴によると、彼女の被害妄想がだんだんふくらんでいったのは明らかだった。パソコンの履歴からは彼女がレイプの定義について調べていたことがわかった。そのレイプについて情報を持つ者はおらず、実際に起こったことかどうかすら不明だった。ようやくマスコミの熱狂がさめるころ、ケヴィンは姿を消した。バターフィールド寮C棟の女子たちが、捜査の継続を訴えるため、彼の弁護士に激しい抗議のメールを送り、テレビ局にも同様の手紙を送ったものの、功を奏することはなかった。

事件は過去のものとなり、わたしはまた楽に呼吸ができるようになった。ただし、わたしが住む場所の空気は変わってしまっていた。ウェズリアンはわたしに敵意をむき出しにした。大学にいる人間だけではない。キャンパスそのものが、背中からわたしを振り落とそうとする動物のようだった。授業から寮に戻る道で、礼拝堂からハンドベルの演奏が聞こえることがあった。その曲は教会音楽ではなく、フローラが部屋でよく聞いていたものだった。あとから、学生は教会のハンドベルを自由に使うことを許可されていると知ったものの、演奏していたのが誰かはついにわからなかった。それともあの曲はわたしにだけ聞こえていたのだろうか。

地獄行きはまぬがれたものの、一年目が終わるまでは地獄に近い苦しみを味わった。欲しかったものは手に入れていた――注目。ただし、望んでいた形とは違った。敵意がない女の子たちはまだましだった。そういう子は授業で隣の席に座ったり、モーコンで同じテーブルに座ったりすると、ただ礼儀正しく微笑んでわたしに近づかなかった。ひどいのは、あからさまに冷酷な態度を取る女子たちだった。

キャンパスや授業で、ときおりサリーを見かけることもあった――ウェズリアンでは完全に隠れることは難しい。見えない力がサリーとわたしをチェスの駒のようにまえへまえへ押し出そうとしているようだった。サリーにもわたしが見えているかどうかわかるほどには、近寄らなかった。彼女ににらまれるよりもっと悪いのは、彼女の視界から完全に追放されることだったから。サリーはいつ見ても、彼女と似たような、でも彼女よりは劣る女の子たちに囲まれていた。あのミニサリーたちはわたしの代替品だった。黄金の祭壇で彼女を崇《あが》めたてまつる人間は次々に現れた。彼女にもわたしと同じような噂がつきまとっていたものの、それが重荷となったわたしと違って、サリーは自分を飾る宝石にしたのだ。

事件をまだ手放せないでいたわたしは、パソコンで同じ映像を繰り返し見た。フローラの母親が審問のあと裁判所から出てくる場面だ。トレンチコートを着た彼女は、腕でカメラから顔を隠した。母親のうしろを歩くフローラの妹ポピーは、去年より頭ひとつ分背が伸びていた。幼い少女ではなくなったばかりの彼女の顔は、すでにしかめ面だった。この世界に憤っていた。そうなる理由は十分にある。大事な姉が取り上げられたのだから。

そのうえ、姉を取り上げた男は自由の身だった。法の上では、フローラはひとりで大学で暮らすストレスに耐えられなかった、心を病み情緒の乱れた若い女性だった。そしてボーイフレンドとの口論の末、みずから命を絶つという痛ましい選択をした。それはあくまで彼女の選択だった。

大学の一年目が終わる二週間まえにポピーから来たメールを、わたしは無視した。彼女の姉とケヴィンのことについて、話を聞きたいと書いてあった。嘘を並べた返信をする気にどうしてもなれなくて、メールを削除した。けれども、その内容を忘れたことはない。

あの夜以前に、フローラに何があったかご存じですか？　ケヴィンが彼女に何かしたのでしょうか？　お願いです、真実を知りたいんです。あなたは大学にいるほかの誰よりも姉のことを知っていたはずです。姉はあなたを信頼していましたから。

眠れない夜が続き、当然のことながら期末試験はまったくできなかった。**姉はあなたを信頼していましたから。**

それこそ、フローラが犯した究極の間違いだった。

37 現在

宛先　〝アンブロージア・ウェリントン〟　a.wellington@wesleyan.edu
差出人　〝同窓会実行委員会〟　reunion.classof2007@gmail.com
件名　二〇〇七年卒業生同窓会

アンブロージア・ウェリントン様

大学生のころ、パーティーを早めに切り上げたりはしませんでしたよね？　それは今も同じです。年に一度のアンドラスフィールドでのオールキャンパス・パーティーにご参加ください。頭上に星が輝くダンスフロアは格別だと聞いています。それでは皆さん（全員というわけにいかなそうですが）、会場でお会いしましょう。

わたしはエラに訊く。

「ふたりはどこへ行ったの？」

エラは悠々とワイングラスを口へ運ぶ。わたしが焦っているのを楽しんでいる。「知るわけないでしょ？　スローンが吐きそうっていうから、エイドリアンが部屋まで送っていくって言ってた。彼女、ワインを五杯も飲みながらひとくちも食べないの。大学時代とおんなじ。具合が悪くなって当然よ」

エイドリアンのスーツのジャケットがない。ジャケットを持っていったということは、戻るつもりはないということだ。「行かなきゃ」

「ここにいればいいのに」エラは声を低くする。「さっきはきついことを言ってごめんなさい。同窓会に昔の恨みを持ちこみたくなかったのに」

「あなたの仕業ね」手の中で丸まっていた投票用紙を見せる。「わたしの名前を書いたでしょ？」

「何もしてないわ。リアリティショーのほうはあなたに投票したけど。あなたのまわりではいつも何かが起こるみたいだから」とエラは笑って言う。

「これを送ったのもエラじゃないの？」クラッチバッグを開けてカードを探すものの、見つからない。部屋においてきたボディバッグに入れたままだ。これでは投票を仕組んだ誰かとカードの送り主が同じだと証明できない。もうひとつ、ないものに気がついた。携帯電話。

「何を送ったって？」エラが不思議そうに眉を上げる。

「カードよ。なんのことか知ってるくせに。あの夜エラは気分が優れないと言って寮に残ってたよね――」**何があったか気がついたんでしょ？** 自分の言っていることが支離滅裂に聞こえることはわかっている。

「カードなんて送ってない」エラが声を荒らげたのでローレンがくすくす笑う。「わたしが手紙を書くのは九十四歳のおばあちゃんにだけ。アムいったいどうしちゃったの？」

「どうもしてない」**サリーがフローラを殺した。その彼女が今、わたしの夫と一緒にいるの。**

「この週末、何か大変なことが起こるんじゃないかって予感がする。あなたとスローンが同じ部屋だなんて、なんでそんなことになったの？」

立ち上がりかけたわたしは、めまいがしてまた椅子に腰をおろす。もっと早くに気づくべきだった。エラがわたしたちの部屋に現れたときに。**エラはわたしたちの居場所を知っているじゃないか。**

「わたしたちが同じ部屋だってどうやって知ったの？」

エラは肩をすくめる。「どうだったかしら。誰かに聞いたんだと思う。ああ、ポピーよ。彼女、追悼式であなたたちに挨拶したがってたんだけど、ふたりとも急にいなくなったでしょ」

はっとして口を片手で覆う。手に赤い口紅がつく。

ポピー・バニング。この世に残された、最もフローラに近いもの。わたしたちに挨拶したがっていた？　**妹が遊びにきたいって言ってるの。あなたのことは全部話してあるわ。**あのマグカップで一緒にココアを飲みながら、フローラは言った。

「なんなのよ？」エラはわたしがいちいち**大げさに**反応することに苛ついたらしい。わたしは返事をせず——できず——、立ち上がって、テーブルのあいだを縫って出口に向かう。エイドリアンを見つけて、ここから逃げないと。フローラはわたしたちを呪うことはできない。だって亡霊は存在しないから。けれども妹は存在する。

わたしはロビーのフローラと向き合う。ポスターに書かれた小さな文字を初めて目にする。二日まえに注意を払って見ていれば、今ごろ家にいただろう。なぜならその小さな文字はカリグラフィで書かれていたから——ポピーの手になる繊細な字で。フローラ・バニング記念財団。このポスターは〝ポピーズ・プリティ・ペン〟により作成されました。

姉妹の話題になったとき、フローラは得意そうに言った。**ポピーはすごい芸術家なの。**それを聞いて、一面にびっしり作品を貼りつけられた巨大なステンレスの冷蔵庫と、ひょろっとした少女を思い浮かべたものの、こんなのは想像もしなかった。カード、口紅の文字、小さく巻いた紙、わたしの名前だらけの投票箱。いったいいつから計画していたのだろう。フローラの死からもう約十四年にもなる。この姉妹には確実に共通する点がある。忍耐力だ。

椅子を引く音がして、人々が会場から出てくる。ディナーが終わったらしい。みんなこれからアンドラスフィールドのオールキャンパス・パーティーに向かうのだろう。ついていって、人混みにまぎれてしまえば安全かもしれないが、もう遅い。エイドリアンはサリーといるかぎり安全ではない。どっちがより危険だろう——どこまでやれるかわかっているサリーと、どこまでやれるかまったくわからないポピー。

ヒールを脱いで走りだす。ウィリス大通りを抜け、白いテントが設営された、笑い声と音楽が響くアンドラスフィールドを通り過ぎる。走りつづけてニコルソンホール寮の入口に着くと、ゆらゆら漂う煙と、その煙の出どころである人物の影があった。

「誰かお探しかい？」フェルティが言う。

わたしはドアを開けようとして、カードキーがなくなっていることに気がつく。**フェル**

ティなんか怖くない。誰も証明できない説を唱えている、ただのひとりの男にすぎない。

サリーのしたことを、今夜やっと見つけた暗い真相を教えたい。だけど、彼にわたしを信じる義理はないのだから、話したところで余計に怪しまれるだけだろう。

「私はあきらめてないからな」うしろからフェルティの声がする。「きみたちのうちどちらかを、必ず自白させる」

「アム」という声がしてぱっと振り向くと、長いドレスをたくし上げ、芝生の上を走ってくる人影があった。サリーはわたしの隣で急停止する。髪は乱れ、顔は青白い。「誰かにあとを尾《つ》けられてる気がしたの。中に入ろ」

「エイドリアンは？」彼女がわたしの夫と一緒ではなくてほっとすると同時に、だったら彼はどこにいるんだろう、と不安になる。彼女の腕がわたしの腕に触れ、わたしはさっとあとずさる。

「さあ、知らない。見てないけど。それより、ケヴィンに何かあったみたいなの」

「それ以上――」不安が轟音を立てて迫ってくる。サリーは暗闇からにらみつけるフェルティに気づかずにいる。焦るあまりうまく言葉が出てこない。**それ以上何も言わないで。**

「さっきから電話してるんだけど、出なくて。まさかもう帰ったわけじゃないだろうし」

フェルティが陰から出てくる。サリーはまず靴だけを目にし、そして顔を上げる。彼女が粉々になって消えてしまいたい、と思ったのがわかった。わたしの肋骨もバラバラと崩れようとしている。そして、静電気のような衝撃とともに悟る。**ついに来たんだ。わたしたちが報いを受けるときが。**

サリーは言い訳をしようとしなかった。そのかわりに背筋を伸ばし、フェルティの腕に手をのせる。「わたしたち、脅されてるんです。カードが届いて——わたしとアムのところに。それからおかしなことがいろいろ起こってるの」

フェルティは咳払いをして彼女の手を振り払う。「ケヴィン・マッカーサーはどこにいる？」

詰められ、怯えている。

サリーは目を細める。自分の魅力がフェルティにまったく効果がないことを理解したらしい。「今言ったこと聞いてた？　アムとわたしは脅迫されてるんです。ケヴィンは行方不明だし。三人とも妙なカードを受け取ったの」

フェルティは火のついていない煙草を指のあいだでころがす。「二十四時間以上連絡が取れなくなってはじめて行方不明者扱いになる。カードが殺人の凶器になるとも思えない。もっとも、独創的な言葉の使い方をする者もいるがね」そう言うと彼はあてつけがましくわたしをにらむ。

「サリーの言っていることはほんとうです。わたしたちに危害を加えようとしてる人がいる」この期に及んで**わたしたち**と言う自分がおかしかった。サリーがどうなろうと知ったことではない。殺人者なのだから。けれども、自分にも同程度の罪があるのではないかという思いを捨てきれない。彼女が手を下したのかもしれないとずっと疑っていたのに、その疑いに目をつむり、黙っていることを選んだ。わたしが敵とみなしていた人物を厄介払いしたのは、サリーがそこまでわたしのことを大切に思っていたということだから。

「事件の夜に何があったか話す気になったのか？　もしそうなら、私が直接ケヴィンの様子を確かめにいってやる。大学に残るのが不安なら、きみたちを連れていってもいい。どうだ、悪くないだろ？」

サリーが腹を決めたように言う。「わたしたち、知ってることは全部話しました」

また**わたしたち**になった。わたしの助けが必要だから。

フェルティの表情は楽しんでいるようにも、苛立っているようにも見える。「きみたちを保護してやるから、ゆっくり座って過去について話し合おうと言ってるんだ」

「結構です」わたしは言う。サリーのほうがフェルティより危険人物かもしれないが、わたしにとってはそうではない。彼女が何かするつもりなら、とっくにそうしていたはずだ。

「サリー、行こう。カードキーある？」

サリーは何も言わずにわたしにバッグを渡す。中を探ってキーを取り、ドアを開ける。

フェルティはずっと見ている。
「じゃあな」という彼の言葉は脅迫めいて聞こえた。

38 現在

宛先　〝アンブロージア・ウェリントン〟　a.wellington@wesleyan.edu
差出人　〝同窓会実行委員会〟　reunion.classof2007@gmail.com
件名　二〇〇七年卒業生同窓会

アンブロージア・ウェリントン様

深夜まで起きているなら、午前零時に花火があがります。この忘れられない週末の華々しい締めくくりを、どうぞお見逃しなく！

ずっと待っていた素晴らしいショーになるはずです——わたしたちにふさわしいショーに。

「ポピーよ」建物の中に入り、フェルティに聞こえなくなるやいなや、わたしはそう言った。まだ彼が外で様子をうかがっている気がして、声を潜める。「カードを書いたのは彼女なの。絶対にそう」

サリーは目を見開いて、震える手を頬骨にあてる。彼女がひるむのはほとんど見たことがない。けれども今、これ以上ないほど恐怖を感じているようだ。「ポピー……いったい何をどうやって知ったんだろう？」

「わからないけど、いちばん大切な人を亡くして、なんとしても真相を突き止めたかったんじゃないかと思う」サリーの反応を待つ――決して口には出さない自白が顔色に表れるのを。

ところが彼女はくるりと向きを変え、部屋に向かってつかつかと歩きだした。「街中でわたしをずっと尾けまわしてたのはポピーだったのかも。彼女が何を望んでるか知らないけど、黙って差しだすつもりはない。わたしは帰る」とサリーが言う。わたしは靴を持ったまま、小走りで追いかける。

「あなたが何をしたか、知ってるわ」大声で言う。「ポピーも知ってる。わたしたちを呼び寄せるためにわざわざあのカードを送ってきたんだから、そう簡単に逃がしてくれないわよ」

サリーは足を止め、威圧的に言い放つ。「ポピーはもうこっちに向かってるかもしれない。わたしたちの居場所は把握してるはずだから。今すぐここを出なきゃ。アムも利口なら一緒に来ることね」

「ただ帰るなんてできない。ちゃんと話をしないと」

サリーは振り返り、下まぶたににじんだアイライナーを指でぬぐう。「そうね。さぞわたしたちの話を気に入ってくれるでしょうね」

わたしは片手をまえに出す。その手で彼女をなだめたいのか、押しのけたいのかわからないまま。「ポピーに立ち向かわないと。でないと、彼女はまたわたしたちを見つけるはず。止められないのよ」

無意識にサリーに挑戦しているのかもしれない。例の台詞をまた言えるものなら言ってみろ、と。**わたしたちじゃない**。ところが彼女はきびすを返して歩きはじめる。「アムはアムのやりたいようにして。わたしは帰るから」

サリーの背中を見つめる。珠《たま》が連なったような背骨、とがった翼のような肩甲骨。部屋のまえで彼女はもどかしそうにカードキーを探す。だが鍵はいらなそうだ。ドアがわずかに開いている。

そう気づいたわたしは立ち止まり、靴を強く握る。「中に誰かいる」

「知るもんか」サリーがドアを開ける。

わたしは何を期待していたのだろう。暗闇の中、ベッドでうずくまってわたしたちを待ちぶせるポピー？　部屋にいたのはエイドリアンだった。デスクチェアに座って頭を抱え、足元にはダッフルバッグがおいてある。ずり上がったズボンの裾から、去年の誕生日にあげたあの派手な靴下がのぞいている。もう一緒に誕生日を祝うことは二度とないかもしれない。

「エイドリアン」名前を呼ぶだけなのに、言い訳がましく聞こえる。

「誰かほかのやつがいるとでも思った？」エイドリアンは怒っているが、サリーのまえで口喧嘩をしたくないようだ。そんなことをするのは彼らしくないから。彼が望んでいたスポットライトは、わたしが一度として与えなかったものだ。それは、彼だけを見ることだった。

サリーはヒールを脱ぎ捨て、アンクルブーツを履く。「もう行くわ」そう言って個室に入る。わたしは彼女がスーツケースに服を詰めるのを眺める。

「ほんとに行くの？」

彼女が顔を上げる。「一緒に来なさい。本気で言ってるのよ」

サリーは痛いくらい力をこめてわたしの手首を握る。わたしは針でちくりと刺されたかのように飛びのいた。サリーは驚いて目を瞬《しばた》く。そのしぐさはまるで子どものようだ。彼女がこんなもろさを持っているとは、簡単には信じられないけれど。

サリーの悲しげな微笑みを見て、やはり彼女にも感情はあったんだと思った。それでも普通の人にはほど遠い。こうしてわたしたちはあっさりと、言葉を交わすこともなくさよならをした。いいことも、悪いことも、一緒に経験しすぎたのだと思う。去っていく姿は見ない。うしろ姿なら十分すぎるほど見てきたから。

「ごめん」とエイドリアンに言う。「気がついたらあなたがいなくて。メッセージをしようにも、携帯電話がどこかに行ってしまってて」

「ここにある」彼の手のひらに、ピンクゴールドのカバーをつけた携帯電話がある。「何が起こってるのか、そろそろ説明してもらってもいいころだと思うけど」

わたしはドアに寄りかかる。ふだん夫婦喧嘩になったときは、わたしのほうから歩み寄る。肩に腕をまわしたり、髪をなでたり。でも彼が今、わたしに触れられたくないことは明らかだ。「同窓会に来てから何もかもめちゃくちゃなの。大学に戻ってくるなんて、はなから無理だったのよ」

「サリーがどうしてあんなに急いで出ていったのか訊きたいけど、どうせまた嘘をつくだろうから、別のことを訊くよ。もうひとりの男は誰なんだ？　その男に会いにいってたんだろ」

「そんな人いない。ほんとよ。わたしは何もしてない」

「ビリーはそうは言ってない」彼はわたしの携帯電話をベッドの上にぽんと放りだし、足首を交差させる。「ワインを何杯か飲んでたらしい。いろいろ教えてくれたよ」

エイドリアンが何をあばこうとしているにせよ、嘘をつきつづけてそれを阻止しなければならない。けれども、ひとまず電話を手に取る。何を知ってしまったのかをはっきりさせないと。

彼がわたしのふりをして、ビリーに送ったメッセージ。**ひどいことしちゃった。エイドリアンとはどうなるの？**

エイドリアンがタイプした彼自身の名前を見て、泣きたくなる。誠実で信頼できて、決して嘘をつかないこの人を、わたしが別人に変えてしまった。

いかにも白ワインを飲んだあとのビリーらしい、感情的で手厳しい返信が来ていた。頬をピンクに染めて、アイスホッケーかフットボールの試合をテレビで見ているライアンの膝にスリッパの足をのせて、このメッセージを打っている彼女が容易に想像できる。**エイ**

ドリアンは運命の相手じゃなかったのかも。その再会した相手と話し合ってみたら。でないと今後十年は後悔しつづけることになるよ？

エイドリアンが返信しないうちに、ビリーはもう一通送ってきていた。**デートする相手に必ず彼の面影を探しちゃうって言ってたもんね……**

そんなこと言っただろうか？　わたしはケヴィンを美化しすぎていた。なんということのない旅行が、あとから思い出すと人生最高の瞬間だったように感じるのと同じ。

それから十分後、さらに一通。**詳細求む！**

わたしは携帯電話をふせて枕におく。エイドリアンは床を見つめている。わたしの顔を見たくないのだ。あるいはもうまえみたいには見られないのだ。

「説明させて。昔すごく好きだった人がいたの。その気持ちは勘違いだったんだけど。いずれにしても、かなりまえよ。あなたの言うとおり、この週末ここに来ていた彼に会った。でも何もなかった、これはほんと」

これ以上ないほどもどかしい沈黙が訪れる。いつもおしゃべりで、こんなときに場をなごませるジョークを言うのがエイドリアンなのに。今はわたしが自己弁護のために必死でしゃべりつづけるのを、ただ見ているだけだ。

「彼は――彼は思っていたような特別な人じゃなかった。わかってほしいの、またここに戻ってきたこと自体がほんとにつらくて——」

　エイドリアンが急に勢いよく立ち上がったので、椅子がうしろに倒れる。脚が上を向いたさまは、ひっくり返ってもがいているカブトムシに見える。「きみはとんでもない大嘘つきだな。今までもそうだったんだろ？　一緒に過ごした数年間にわからなかったきみの本性が、たった一日で見えたよ。この週末ここにいただけで、出会って以来ずっと偽りだらけだったってわかった」

　わたしは何か言おうと口を開きかけたが、さえぎられる。「僕が浮気をどう思ってるか知ってるよな？　結婚式での誓いは覚えてる？　おたがいを決して裏切らないって誓い。あれも真っ赤な嘘だったってわけだ」

「違う、もちろん真剣に誓ったのよ。彼とは何もなかったんだってば。わだかまりを解くために会う必要があったの。そのわだかまりもちゃんと解けたし」引っ掻きつづけた親指の爪の生え際から血が出はじめる。

「彼ってケヴィンだろ」エイドリアンは吐き捨てるように言う。「フローラの恋人だった。きみによると一回しか会ってないんだったよな。家にあったあの写真の男だろ。きみが思うより僕は多くのことを知ってるんだ。自分の妻の秘密を」そう言いながら彼が歩きまわるので、部屋が余計に狭く感じる。

「僕が写真を見つけたとき、きみは彼は死んだと言った。よくもそんなことが言えたよな。おかしいとは思ったけど、追及しなかった。妻を信じたかったから。ケヴィン・マッカーサーのことは、グーグルに訊いたらよくわかったよ」

「確かにわたしには、あなたに見せてない一面があった」と言ってベッドにどしんと腰をおろす。「でも昔のことなの。今のわたしを知ってるでしょ？　あなたの見てるわたしがほんとうのわたし。信じて」

彼が両手で頭を抱えると、巻き毛がうっそうと茂るジャングルに見える。「アム、僕にはきみを信じる義務はない」

今の家に引っ越してから初めて一緒に迎えたクリスマスの朝を思い出す。彼は早起きをして、テレビの横の小さな偽物のツリーの下にプレゼントをおいておいてくれた。その年は雪が降らなくて、わたしががっかりしているのを彼は知っていた。寝ぼけまなこで寝室を出ると、足にかさかさと白いものが触れて驚いた。キッチン――狭くて使いづらいので気に入っていない――のほうを見ると、エイドリアンがフレンチトーストを作りながらわたしを見て微笑んでいた。絵に描いたように幸せな夫婦だった。

そのあとわたしは、彼が用意してくれた紙の雪にさんざん文句をつけた。足の裏に貼りついて気持ち悪い。もうあれから何カ月も経つのにまだソファの隙間から出てくるんだけど！　**何をしてもきみに感謝されない気がするよ**、と言われたことがある。いつのことだっただろう。一度ではなく、何度も言われたのかもしれない。

「僕は帰る。もう耐えられない。知ってるだろ、きみに初めて会った日、ついに結婚したいと思える女の子を見つけたって友達にメッセージしたこと。セックスがよかっただけだろうってからかわれた。あの日僕が恋に落ちたのは誰だったのかな。きみじゃないことだけは確かだ」

「いいえ、わたしよ。わたしも帰る」こめかみのうしろあたりが重く、目が熱い。こんなに感情的になったのはいつぶりだろう。サリーの無関心は強いドラッグのようで、わたしの感受性もすっかり鈍らされていた。

「いや、ひとりで行く。今ならわかるよ、きみがなぜあんなに帰りたがってたか。僕が過去のことを知りすぎるまえに遠ざけたかったんだろ」

　違う、と言い返すこともできない。

「きみは幸せになれないよ。少なくとも僕とは。きみはみじめでいるのが好きなんじゃないかと思うことがある。だからケヴィンのところに行けよ。探してるものを見つけてこいよ」

　わたしは息を止める。次に何を言うかで、わたしたちの人生が決まると自覚している。

わたしたちはずっとふたり、誰にも邪魔はできないとわかってもらわなければ。これから変われるとわかってもらわなければ。

「妊娠してるの」静かに言う。「今日わかって、いつ言おうか悩んでたの」エイドリアンは子どもが欲しくてたまらないのだ。これで気が変わるだろう。わたしの気も変わってきているようだし。「赤ちゃんが生まれるのよ」声に出して言うのは初めてだ。今住んでいる家に赤ちゃんのための部屋はないけど、郊外に引っ越せばいい。大都会ニューヨークを離れて、おだやかなペニントンに戻ったっていい。トニが、ペニントンは子育てに最適な場所だと言っていた。ベビーベッドを買おう。ベッドを組み立て終わったらエイドリアンは、わたしのまん丸なお腹に手をあてて言う。あ、今蹴った。わたしたちは二度とこの週末のことを口にしない。

彼は背を向け、屈みこんでわたしのボディバッグの中を探る。バッグはお腹にパンチをくらわされた人のようにデスクにぐったりともたれていた。彼の手がピルと共に出てくる。いつどこに行くときも持ち歩いている薬。

「へえ、妊娠したんだ。六カ月まえにこれを飲むのをやめなかったのに？　ひどい嘘つきだな、**わたしは赤ちゃんいらないから**ってビリーにメッセージしてたのに？　もうきみの顔を見るのも怖いよ」ピルのシートがぱさっと床に落ちる。

「誤解よ。さっき検査したの、予感がしたから――」

「あ、そう。大学を卒業してないってだけで、きみは僕のこと馬鹿にしてるよな？　自分はルームメイトの恋人を奪うような女だってこと棚に上げて。しかもその男はガールフレンドに自殺をそそのかすようなろくでもないやつだった。今度は、僕を引きとめるために妊娠まで偽るんだな。もうきみとの子どもはいらないよ、アム。一緒にいたくもない」

顎の力が抜ける。全部失ってしまうんだ。エイドリアンも、わたしたちのラブストーリーも、彼との生活も。あって当たりまえだと思っていたものすべてを。彼が妊娠検査薬を買ってきた日のことを思い出す。じきに二本並んだピンクの線を見ることになるだろうと自信たっぷりだった。結果が陰性だったときはわたしの背中をなで、僕たちの番は必ずやってくるよと言った。それなのに、こうしてわたしたちの番がやってきた今、彼はもう子どもを望んでいない。

エイドリアンがダッフルバッグを肩にかける。固く結ばれた唇、垂れ下がった眉。えくぼも、目のまわりの笑い皺もない。わたしは彼にほんとうの自分を見せられなかった。満足することを知らない女の子を。

「愛してる」と彼の背中に言う。「ほんとなの、愛してる」

これを聞いて彼はドアのまえで立ち止まったものの、振り向きはしなかった。「愛を知らないくせに。きみが僕を愛したことがあったとは思えない」

彼はドアを開けたまま出ていった。力まかせに閉めていってもおかしくなかったのに。追いかけていって、彼のためにも、わたしたちのためにも、引きとめなければ。だけど、彼には誠実な人間がふさわしい。かといって、わたしが正直に全部打ち明けたとしても、彼は去っていくだろう。

わたしを嘘つきの裏切者だと思っているうちに、別れたほうがましかもしれない。殺人者だと思われるよりは。

彼はわたしがいないほうが幸せになれるのかもしれない。

床にへなへなと座りこむ。太もものあたりまでドレスがずり上がる。体をそらして天井を見あげる。フローラの目が見ることをやめるまえの、最後の景色がこれだったんだ。つまらないベージュの天井。もしかするとサリーが上からのぞきこんで、命のともしびが消えるのを眺めていたかもしれない。最後にフローラが見たものは、訳知り顔でにやにや笑うサリーだったのかもしれない。そうじゃなかったことを祈る。

そのとき軽いノックの音がする。わたしは顔をぬぐう。**エイドリアンだ**。戻ってきたんだ、やっぱりやり直そうと言うつもりなんだ。夫婦でカウンセリングを受けよう。ビリーとライアンも数年前に受けていた。ビリーの言葉を借りれば、ふたりが「正真正銘、憎みあってた」時期だ。わたしたちにも乗り越えられる。

「わたしが悪かった、ちゃんと話をしましょう」

ドアがゆっくりと開き、まず靴が目に入る――靴ではない、スリッパだ。ウサギのスリッパ。ウサギは部屋の中を見ようとぎょろりと目をみはる。フローラのスリッパ。これを履いた足はいつ見てもぱたぱたとよく動いていた。パソコンで映画を観ているとき、ケヴィンと電話をしているとき、妹に長いメールを書いているとき、ベッドの上でピンクのウサギが上下に跳ねた。

彼女の妹はその長文メールに必ず返信をした。妹は顎を震わせながらマスコミに語った。姉を傷つけた者はいつか必ず報いを受けます。ケヴィンのことを言っているのだと世間の誰もが思った。

「あら、やっと認める気になったのね」彼女がかわいらしい声で言う。フローラによく似ているが、彼女より表情がずっと冷たい。

いつかが訪れたのだ。

39　現在

宛先　〝アンブロージア・ウェリントン〟　a.wellington@wesleyan.edu
差出人　〝同窓会実行委員会〟　reunion.classof2007@gmail.com
件名　二〇〇七年卒業生同窓会

アンブロージア・ウェリントン様

用意したイベントは楽しんでいただけましたか？　予想しないハプニングもあったでしょうか？　大学にふたたび足を踏み入れたことで、ご自身について新たな発見があったことと思います。ずっと頭から離れなかった過去のあやまちへのつぐないができた方もいるでしょう。

もしまだなら、これからつぐなうことになるのかも。

「アンブロージア・フランチェスカ・ウェリントン。やっと会えた」彼女は静かにドアを閉め、鍵をかける。カチャリという音を聞いて、肌が輪ゴムのようにぴんと張りつめる。

「ポピー」わたしは、恐怖の波を押し戻そうとするように、だらんと垂れた髪を耳にかける。「追悼式で話しかけたかったんだけど、今日はおかしなことがたくさんあって。夫と派手に喧嘩しちゃったの」どうしてこんなこと、彼女に話してるんだろう。わたしの言うことなんて、彼女は何ひとつ聞きたくないはずなのに。

「それはお気の毒」ポピーは赤い唇をゆがめて甘ったるい笑みを浮かべる。「素敵ね、あの人。やさしいし。今日の午後、一緒にいたの。彼から聞いてない？　姉はあなたの話をよくしてたってこと話したの。あなたは姉の名前すら出さなかったみたいだけど。せっかく順調な結婚生活なのに、わざわざ自分が殺した女の話なんてしないわよね」そう言ってベッドに足を組んで座る。

「殺してなんかない」わたしは手のひらに爪を立てる。

ポピーはほとんど不自然な角度に首を曲げて言う。「それがほんとかどうか確かめるためにここにいるんでしょ？　フローラ・バニングを殺したのは誰か？　姉は自殺なんてしてないんだから」

わたしは立ち上がろうと脚を引きよせながら、ドアまでの距離を目算する。

「わたしがあなただったらやめておく。どうせ遠くまで行けやしないし。それに車はあなたの素敵な旦那さまが乗っていっちゃったでしょ。今回のことでエイドリアンは大きなトラウマを負うことになるわ。もう二度と人を信じられなくなるかも。そう思わない？」

今回のことって？

「頭から離れないんでしょ、事件のことが」ポピーは立ち上がって、脱いだジャケットをベッドにおき、その隣にバッグをおく。ジャケットの下はフローラのワンピースだった。彼女がよく着ていたものに似ているだけかもしれない。丸襟のついた、花柄のかわいらしいワンピース。家族が彼女の私物を整理しにきたとき、わたしは顔を合わせないように隠れていた。

「説明するから――」

「しなくていい」ポピーはわたしをさえぎる。「姉が言ってたの。許されないことをしたって。ハロウィンにセックスしたことで、彼女は自分を嫌悪してた。お酒を飲んでなければ絶対にあんなことしなかったのに、とも言ってた。合意のうえだったの？　と尋ねたら返事をしなかった。つまり合意はなかったってことよね」

「フローラに何が起きてるか、そのときはわからなかった」実はすべて見ていたなんて、ポピーが知る由はない。

ポピーが咳払いをする。「そうかもね。でもその場にはいたでしょ。フローラが酔っているのをわかってて、知らない男とふたりだけにした。姉にはボーイフレンドがいるとわかってて。姉はその日のことをケヴィンに話したらどうなるかって恐れてた。なんでも自分に非があると考える傾向があったから。そういう思考の人間のこと、理解できないでしょうね。自分のあやまちを認められないあなたには」

「わたしも酔ってたの。その夜の記憶がないくらい」

「ずいぶん都合がいいのね」ポピーは呆れたように目をまわした。「もちろん姉には警察に話すように勧めた。あなたには関係ないでしょってはねつけられたけど。姉をレイプした男はコンドームを使わなかった」

わたしが考えないようにしていた言葉。**レイプ**。その意味を理解してしまったら、わたしなら彼女を助けられたのにそうしなかったことを、認めざるを得なくなるから。

口を開いたわたしに何も言わせまいと、ポピーが続ける。「病院で診てもらうようにも言った。誰にも口外しないって姉に約束させられたわ。欠陥だらけの家族を完全に崩壊させてしまわないために、わたしたち娘は完璧でいなくちゃならなかったから。約束どおり、誰にも言わなかった。声を上げるべきだったのに」そう言って彼女は唇に触れる。「今も後悔しない日はない」

「そんな話、フローラから聞いたことない。知ってたら助けになろうとしたのに」とわたしは言う。自分を助ける方法すら知らないけれど。

ポピーは笑い飛ばす。「あなたに相談したらって姉に言ったの。まともな人間で、ほんとうに友達なら、婦人科に一緒に行くなりなんなりしてくれるだろうって思った。でもあなたは姉の話すら聞こうとしなかった。そうよね？」

「わたしは完璧な人間じゃない」そろそろとバッグのほうに指を這わせる。「わたしにも個人的な悩みがあったの。フローラにとっていい友達じゃなかったことは悪いと思ってる」

ポピーが首を振るのに合わせて、髪の束が揺れる。「自分が悪いなんて少しも思ってないくせに。ケヴィンとうまくいかなかったのは残念だったわね。わたしがあなたとあの男の関係を知らないと本気で思ってた？」

「でも――」

「わたしは決してケヴィンを信用しなかった。フローラと言い争った唯一の原因が彼だった。姉はケヴィンを素晴らしい男性だって信じてたけど、あの男はただ女の子に、自分は特別だと思わせるのがうまいだけ。あなたもそう思ったんでしょ。勝手に甘いラブストーリーを展開させちゃってたんでしょ？」

携帯電話はベッドの上にあるのに、手が届かない。動けばすぐにポピーに気づかれるだろう。彼女は察しがいいようだから。いろんなことに気がつかなければ、彼女はここまでやらなかっただろう。

「ケヴィンのことは好きじゃなかった。誰のことも好きじゃなかったの。高校のとき恋人に裏切られてから、ちょっとおかしくなってて。大学に入ってからたくさんの男と関係を持った。自分を見失ってたのね」

わたしの話は彼女の耳には届かなかったらしい。「大事なことを言うわね。わたしがウェズリアンに入るまえに、タレコミ掲示板を見たの。いろいろ情報を得られた。KMとAWが一緒にバスルームに入るのを見たって人がたくさんいた。でもAWがバターフィールド寮から走って出ていくのを見た人もいた。そのどちらがあなただったのか知りたくて、ここに来たの」

「どっちもわたしじゃない。わたしはその夜、別の男の子といたもの」

「ブー、不正解。わたしの推測が正しいとするなら、ケヴィンといたんじゃなければ、あなたは寮から逃げていったほうの女ってことになる。わたしの姉を殺したほうの女」

「フローラは自殺よ。そうじゃないなら、警察がとっくに犯人を捕まえてるはず。彼女は酔っぱらってたし、傷ついてた。悲しいわよね。だけど、わたしは何もしてない」

不毛な会話はやめて、サリーがやったのだと教えてもいい。ポピーは信じてくれるかもしれない。けれども、どうしてわかったのかと訊かれたら、わたしの役割も話さなければならなくなる。

「初めはあなたとスローンが共謀してやったんだと思ってた。だからあのあとふたりのあいだに距離ができたんだって。だけど、考えが変わった。実際はどっちかがもう一方を出し抜いて、仲間からもはずしたんじゃないかって気づいたの。わたしの推理はこうよ。あなたがケヴィンの携帯電話を盗んで、メッセージを送った。スローンが汚い仕事をやった」

「メッセージを送ったのはケヴィンよ」

「ねえ、いい加減正直になりなさい。あれはケヴィンの書く文じゃなかった。ちゃんとしすぎてたし、残酷すぎた。確かに彼は浮気者の最低男で、姉の気持ちを踏みにじったけど、**あんなこと**ができる男じゃなかった」

なかった。なかった？

「姉はあなたを誤解してた」ポピーは続ける。「あなたは姉が言ってたほど大した女優じゃない。皮肉よね。人生そのものが虚構なのに。子どもを欲しがる夫に、自分もそう望んでると思わせて、期待させたりして。フローラは子どもを持つのが夢だった」そう言って親指の爪を噛む。明るいブルーにヒマワリの絵のネイルアート。「子どもを望んでるのはほんとよ」妊娠したと告げたら彼女も気勢をそがれて、わたしを傷つけはしないだろう。「実はもう妊娠してる。今日わかったばかりなの」

ポピーは床にしゃがみこむ。表情をゆるめ、わたしに触れるかのように手を伸ばしたものの、すぐに引っこめて拳を作る。それから長いため息をひとつつくと、小さな声で言った。「フローラも妊娠してた」

何かが喉元にせり上がる。吐き気だろうか、叫び声だろうか。それを取り除きたくて指の関節に歯を立てる。そんなの――嘘に決まってる。フローラは妊娠なんかしていなかった。ありえない。

「姉はわたしにしか話さなかった。両親には秘密にしてって言われたの。母は姉を十九のときに生んだ。十代で母親になってはいけないと、何度母に言われたことか。フローラが肉体関係を持たないことにこだわったのは、そのせいかもしれない。約束どおり、わたしは秘密を守った。結局、司法解剖で両親にも知られることになったけど」激しく動揺するわたしの顔を、彼女はにらむ。「両親も妊娠のことは内密にした。わたしたちはもう十分苦しんでたから」

「考えもしなかった」わたしは消え入りそうな声で言う。

つらすぎて思い出したくない、というようにポピーは目を閉じる。「姉も考えもしなかったと思う。わたしに言われたとおり病院に行くかわりに、買ってきた妊娠検査薬を試すまでは。検査したあとわたしに電話してきた。ずっと泣いてたわ」

部屋に戻ると、まだ真っ昼間なのに、フローラが壁のほうを向いてアイマスクで目を隠して寝ていたことが何度かあった。バスルームで泣いているのをエラに見られたとき、彼女の汗ばんだ手には妊娠検査薬が握られていたのかもしれない。**実は、あなたに相談したいことがあるの。**

「中絶しなきゃだめってわたしは言った。姉はレイプされただけで、悪いことは何ひとつしてない。ルームメイトにも相談するよう言った。できたばかりの親友が説得してくれるだろうと期待して。姉はそうするつもりだって言ってた――あなたがいてくれて感謝してるって」

「相談されてたらわたしも――」

「姉は昔からの教訓を身をもって示した一例に過ぎないと、多くの人が思ったでしょうね

——信じちゃいけない男を信じるなって教訓」ポピーは自分の爪を眺める。丁寧なマニキュアの塗り方はフローラに教えてもらったに違いない。「ケヴィンは信じちゃいけない男だった。それで、彼には罰を受けてもらった。けど、姉が死んだのは信じちゃいけない女を信じたせいだった」

今、力のかぎり叫んだらどうなる？　近くに人はいる？　声を聞いたとして気にするだろうか？

「ケヴィンに何をしたの？」

「心配しないで」ポピーは言う。声がわずかに震えている。「それがわかるころ、あなたはもうここにはいないから」

カチャッとドアの開く音がして、わたしたちは振り向く。サリーが部屋にすべりこむところだった。やっぱり叫べばよかった。そうすればこんな状況は避けられたのに。

サリーはポピーを見て、口に手をあてる。「あんたね」恐れているとも挑戦的ともとれる口調だ。「あんたがやったんでしょ、ねえ？」

ポピーは立ち上がって、手の震えを隠すかのように両手を握りあわせる。「本物のパーティーにようこそ、スローン。あなたは遅刻してくるって予想しておくべきだった」

サリーがいる。戻ってきた。わたしのために戻ってきてくれた。

「ケヴィンを殺したのね」サリーはゆっくりと、慎重に言う。

「証拠は？　かなりアルコールが入ってたうえに、サイドテーブルには大量の薬があった。あなたたちふたりのほうがよほど彼を苦しめてたみたいね」

「ケヴィンが死んだ？」なんとか声を絞りだす。サリーがうなずく。うろたえてはいるが、考えがあるように見える。ここから逃げ出して、ケヴィンと同じ運命をたどらないための計画がきっとあるのだ。

さっき別れてから、サリーは家に帰らずモーテルに向かって、そこでポピーがケヴィンにしたことを見た。そのまま逃げることもできたのに、わたしを放っておけなくて戻ってきたんだ。忠誠心がむくむくと湧いてくる。わたしもサリーを守らなければ。彼女がフローラにどんなひどいことをしたとしても。

ポピーに目を移すと、開かれた両手の震えは止まっていた。彼女はバッグから、長くて柄が白い包丁を取り出す。エイドリアンとわたしが〈ウィリアムズ・ソノマ〉で購入してからろくに使っていない〈ヴォストフ〉の包丁にそっくりだ。ポピーが今夜どんな幕引きを望んでいるのかを理解して、体が激しく震えだす。

サリーは部屋の真ん中で落ち着きなく体を揺らしている。「そんなことして、逃げられないわよ」

ポピーが包丁の刃を上下に動かす。「あなたには感謝しないと。ケヴィンの居場所を教えてくれたもの。夕べ車で出かけたわよね。セックスしようってお誘いでもあった？」

サリーはポピーに一歩詰め寄る。「何が望み？」

「なんだと思う？　真実よ」そう言ってポピーは包丁をわたしに向ける。「あなたは言葉を操るのが得意で」今度はサリーに刃が向けられる。「あなたは暴力が得意。どっちが姉を殺したにしろ、犯人は大きなあやまちを犯した。フローラが自殺なら、絶対に遺書を残したはず。それで、自殺じゃないと確信したの」

ポピーとケヴィンは唯一この点で意見が一致する――**一致したら**しい。

歯がカタカタとぶつかりあう。あの包丁の柄。やっぱりそう、あれはうちのキッチンの木製のナイフスタンドにあったものだ。ポピーはわたしたちのアパートメントに――部屋にまで侵入したのだ。そしてわたしを観察した。わたしがかつて憧れた女子たちを生物の授業のごとく観察したように。何かに取り憑かれてるみたい、とサリーに言われたことがあるけれど、わたしは正常だった。今みたいに恐怖でがんじがらめになっていなければ、誰かに見張られていると感じていたのが間違いではないとわかって、安堵していたかもしれない。

亡霊が見えてしまっただけ。ホワイトブロンドのうしろ姿を見かけたり、尾けられている気がしたりしたのは勘違い。そう思おうとしてきたけど、すべて事実だったのだ。

「わたしたちをどうする気?」

「どうする気もないわ」ポピーはウサギの足をぱたぱたさせる。「わたしの番は終わり。次はあなたたちが怒りをぶつけあってちょうだい。十数年まえにそうできなかったって、ふたりとも後悔してるでしょ」

サリーもわたしも動かない。檻に閉じこめられた二匹のけものがずたずたに傷つけあうのを期待されている。けれどもわたしには、最初の一発を繰りだす覚悟がない。

「あんたは異常よ」とサリーは言う。「わたしたちふたりとも、あの事件とは無関係なの。もう出ていって。そうすれば、全部なかったことにしてあげる。誰にも言わないから」

「そうね、言うわけない」ポピーは自分の鎖骨に包丁の刃先をすべらせる。「秘密を守るのは上手だものね。まあ、ばれちゃった秘密もあるみたいだけど」

携帯電話がベッドの上で鳴っている。ポピーが手に取り画面を見る。「あら、浮気相手とどうなったか、ビリーが知りたいって。教えてあげてかまわないわね?」彼女は包丁をおいて、メッセージを打つ。「ビリー、ほかの女に彼を盗られたの。話せば長くなる。わたし、このままじゃ取り返しのつかないことをしちゃいそう、と」そう言ってわたしにウインクをする。「ああっ！　送信しちゃった。綴りと文法を確認してもらおうと思ってたのに。あなたにはこだわりがあるみたいだから」

彼女の手には携帯電話。包丁はベッドの上。包丁を取ってと目で合図しようとするものの、サリーはこちらを見ていない。

「わたしがケヴィンの携帯電話を盗ったの」サリーの喉から、太い声が雷のように轟く。「盗ったのはわたし。フローラはあの夜おかしくなってた。だから言ったの、彼が浮気をしてる証拠が携帯にあるはずだって。フローラが自分でやらないから、かわりにやってあげた。女の子の名前がずらっと並んでるのを見ても、彼女、わたしを信じようとしなかった」

「サリー――」わたしは訴えるように言うが、彼女は無視して続ける。

「くわしく教えて」ポピーは携帯電話を握りしめている。あれを奪ってビリーにメッセージをし、警察に電話してここに人を送ってもらうように頼むのだ。たぶん今ごろ、家で二本目のワインを飲みながら、ネットフリックスと子ども部屋のモニターを横目に、インスタグラムをチェックしているはずだ。彼女はメッセージに気がつくはず。**絶対に気がつくはず。**

「そのときアムがケヴィンの電話をつかんで、持ってっちゃったの」

「待って」とわたしは驚いて声を上げる。**待って。**何が起こってるの？

「わたしはすごく酔っぱらってたけど、階段を駆け上がる彼女を追いかけた。でも二階で見失って、探すのをあきらめた。彼の携帯電話でどうするつもりだったのかはだいたい想像がつく。こそこそ嗅ぎまわって、ついでに自分の番号を入れておくつもりだったんでしょ」

「そんなの嘘。携帯電話を盗んだのはサリー。わたしにメッセージの内容を指示したのもサリーよ」

「じゃあ、あなたは彼女の操り人形だったんだ」ポピーはわたしを見てサリーを見、またわたしを見る。「そうね、今のところはまだ、どちらのほうが信用できるか決めかねる。続けて」

サリーは言われたとおり続ける。「しばらくするとアムがまた現れて、わたしに携帯を返した。これで何をしたのと訊いたけど、彼女はなんでもないと答えた。わたしは携帯電話をケヴィンのジャケットのポケットにすべりこませた。盗んだ者が返すべきだと思ったから。それからアムはケヴィンに色目を使いはじめた。もちろん言った、『彼はあなたのルームメイトの恋人なのよ』って。フローラがどこに行ったか訊いても、アムは『わたしの知ったことじゃない』って答えただけだった」

ポピーの視線に押しつぶされそうだ。息ができない。自分を守るための嘘をつかなくてはいけないのに。サリーよりもうまい嘘を。けれども彼女はいつでも、何をやっても、わたしより一枚上手《うわて》だ。

「ケヴィンとアムはどこかに消えた。わたしはパーティーにいた別の友達とショットで何杯か飲んで、時間の感覚を失った。気づいたら、誰かは忘れたけど、男の子といちゃついてた。アムにまた会ったとき、ケヴィンとセックスしたって言ってた。わたしは何も言わなかった。酔ってふらふらで、とにかく寮の部屋に帰りたかった。で、寮に戻ったら警察の車だらけだったってわけ」

「興味深いわ」とポピーは言う。わたしの携帯電話が不満そうに鳴りはじめたが、彼女は画面をチェックせず、自分のワンピースでごしごし拭く。「アム、今のサリーの話は過去を正確に再現してた？ メッセージを送って、姉のボーイフレンドとセックスしたの？」

いかにうまい嘘をつけるかに命運がかかっている。なのに、サリーの話の矛盾点をつくような話を考えだすことができない。

「そうよ」わたしはかすれた声で答える。「でもメッセージを送ろうと言ったのはサリー。わたしは従っただけ。ケヴィンとバスルームに入ったのはわたし。だけどフローラを殺してはない」

ポピーが携帯電話を落とし、突然大きく拍手をしたので、驚いて飛び上がりそうになった。「ようやく少しは素直になれたのね！　肩の荷が下りて、いくらかはすっとしたでしょ。おめでとう」

ポピーのたっぷりとしたスカートが視界を邪魔して、包丁がよく見えない。彼女はサリーをまじまじと見て言う。「ということは、あなたはパーティー会場にはいなかった」

「そう」サリーは認める。「男の子といたから。名前も覚えてないけど」

「おもしろいのはね、ケヴィンの携帯電話からは彼自身の指紋しか出なかったことなの。たった今あなたたちの両方が、携帯電話に触ったことを認めたのにもかかわらず。つまり、最後に電話を返した人物は――」ポピーはサリーを鋭く見据える。「その時点で指紋を拭き取っておく必要性を感じてた。普通はわざわざそんなことしないわよね？　数通のメッセージより、もっとひどい何かが起こるって知らないかぎりは」

わたしはサリーが特技を披露するのを待つ。うまいこと言い逃れるのを。

「アムがメッセージを送ったの」と消え入りそうな声でサリーは言う。「お姉さんに自殺しろと言ったのはアムよ」

「わかってる」ポピーは包丁を手にする。「そう言ったのは彼女。でも実際に手を下したのはあなたね」

部屋を横切るポピーの動きが速すぎて、わたしは反応できなかった。包丁が体にめりこんでいるのに、サリーは声を発しない。一方わたしは刃先が彼女の肌に触れもしないうちから声を上げていた。呆然としたサリーの顔から生気が消えていく。流れ出た血はドレスのビーズのあいだを伝って複雑な迷路を描く。サリーはその赤い汚れを見つめる。ウェズリアンを象徴する赤。

「わたしに言わせれば、あなたたちふたりとも、演技が下手くそよ」ポピーは静かに言う。「どっちみち女優にはなれなかったでしょうね」

彼女が手にしている包丁は激しく震えている。次はわたしに同じ傷を負わせるつもりだ。ところがポピーはワンピースで包丁の柄を拭うと、「はい」と差しだす。わたしは無意識にそれを受け取る。

次の瞬間、ポピーは悲鳴を上げる。

これまでに聞いたなかでいちばん大きな音だ。一生耳に残るであろう音。包丁をぼんやり眺めていると、サリーがかくんと膝をついた。わたしは彼女のもとに這っていって、包丁を放りだし、ドレスの赤い染みに手をあてる。

「血を止めなきゃ」と言おうとするのに、出てくるのは不明瞭で意味をなさない声だ。

サリーの肌はほとんど土気色で、口をぱくぱく開けるが声が出ない。彼女はわたしに向かって倒れこむ。

「彼女はああなって当然だった」サリーは笑う。恐ろしいゴボゴボという音を立てて。

「わたしたちは結局同じなの、でしょ?」

わたしたちとは、わたしとサリーだろうか? それともサリーとフローラ? 「同じじゃない」とわたしは囁く。ついに反抗できたのに、サリーには聞こえない。涙がひと粒、彼女の頬にぽとりと落ちる。

包丁を拾い上げ、震える脚でポピーに近づく。使うことはできないとわかっていながら。さっき言ったことはほんとうだ。サリーとわたしが同じだったことは一度もない。

顔を真っ赤にしてまだ悲鳴を上げているポピーのまわりには、いつの間にか人がいた。スーツ姿の男性がふたり、悲鳴を聞いて駆けつけたのだ。彼らは殺戮《さつりく》の光景にしばし唖然としたあと、携帯電話を取り出し警察に通報する。ポピーはひとりにしがみつき、彼を盾にして身を隠している。

わたしから、血のついた包丁を持った女から。包丁を落とそうとするものの、吸いついたように手から離れない。

「あの人です」ポピーは泣き叫ぶ。「あの人が刺したの」

わたしはサリーが真実を話してくれるのを待つ。**ポピーはいかれたクソ女よ。そいつがわたしを刺したの。**けれどもサリーが二度とふたたび何かを口にすることはなかった。

40　一年後

引っ越したばかりのチェルシーのアパートメントのキッチンに彼がいるのは妙な感じがする。グレーの柔らかいTシャツ――まだ触れていないからわからないけれど柔らかそう――を着た彼は、赤ワインのグラスを手にして、そわそわしている。わたしはシンクでパスタの湯切りをする。排水口の近くに落ちた一本のリングイネが、ヘビのように丸まる。助かる見込みのないそれを、水で流してやる。

「会ってくれてありがとう」彼は言う。「とにかく――何もかもがめちゃくちゃになって、エネルギーをすべて書くことに注いだんだ。小説の第一稿はほぼ完成してる。最初に構想してたのとはずいぶん違うものになったけど」

「そういうものよ」わたしは肩のあたりまである髪をまとめずにおろしていた。姉がよくそうしていたように。「創造が予想どおりの完成を迎えることはないわ」

彼はキッチンアイランドのまえの背の高いスツールまで行って腰をおろし、花崗岩《かこうがん》の天板に両手を広げておく。左手の薬指に指輪はもうない。

「きみに不満をぶつけるつもりはない」と彼は言う。「そのために会おうと言ったんじゃないよ。それじゃなんのためにカウンセラーにお金を払ってるのかわからないし」彼が笑うのに合わせて、わたしも笑ってみせる。「彼女がいなくなっても寂しくなんかないと思ってたけど、そうでもないんだ。本性を知るまえの彼女が恋しい。おかしなことを言うと思われるだろうけど」

ざるをシンクにおく。パスタはふやけてしまっている。茹ですぎたようだ。まあいい。アイランドの外にまわりこんで、彼の背中に片手をおく。わたしに触れられて、彼は緊張もしないけれど、リラックスもできないようだ。

「ううん、わかるわ。あなたは大きなトラウマを抱えてるんですもの」

「それはきみも同じだ」彼は眉間を押さえる。「もしかしたら——その、彼女はきみのことも——」

「もしかしたら、ね」と言う声にほんの少しの冷酷さが混じる。いけない、今後は気をつけなくちゃ。「でも、もうあの人はわたしに手出しできない」

もしかしたらしていたかもしれないことを、追及しても意味はない。アンブロージア・ウェリントン——旧姓に戻った——は、第一級殺人と殺人未遂の罪で終身刑に服している。

あの血みどろの殺人事件を、ウェズリアンの人間がなんと呼んでいるかは知らない。今度は〝C寮の死〟事件でないことは確かだ。スローン・サリヴァンのあさましい心臓があんなにも大量の血を押しだせるとは思わなかった。

「会うことにまで同意してくれて、正直驚いた」エイドリアンは言う。「こんなことを提案していいかどうか、ずいぶん悩んだんだ。ただ、今の僕はきみとのメールに生かされてる。きみにはなんでも話せる気がして」

わたしの手はまだ彼の背中にある。Tシャツの下から肌の熱が伝わってくる。「わたしも長いあいだ苦しんだから、あなたの気持ちがわかる」

彼の手がわたしの手にそろそろと近づいて握る。その手を握り返す。ああ、なんてやさしい人。彼の顔が近づいてくる――キスするつもりだ。そこで彼の携帯電話が鳴る。「ごめん、ちょっと失礼するよ。母からだ。きっとジェーンのことだ」

ジェーン。状況を複雑にしている唯一の要因。意外なことに、アンブロージアが妊娠していると言ったのは嘘ではなかった。エイドリアンは自分が父親ではないのではないかと疑っていたようだ。ところが子どもの父親は彼だった。今、彼はシングルファザーとして子育てをしている。

事件が一段落したあと、娘にジェーンと名づけたのはアンブロージアだと、エイドリアンから聞いた。平凡でありふれた名前。彼女がたったひとつ、思いやりのあるおこないをしたとしたら、この名前をつけたことだろう。彼女自身のような、複数音節からなる奇怪な名前ではなく。

姉が生きていればいい母親になっていただろう。幼いころ、姉は人形の赤ちゃんに〈ゴールドフィッシュ〉のスナックを食べさせ、ひっくり返してげっぷをさせ、愛おしそうに抱っこしては、ゆらゆらとあやしていた。当時は自分がお母さんになりたいかどうかわからなかったけれど、今から学んでも遅くはない。小さくて純粋無垢なジェーンはわたしが守る。フローラもそう望むに違いない。

スローン・サリヴァンの葬儀に出た人はほとんどいなかったらしい。同級生が数人に、親族が数人、地元の劇団から二、三人――スローンはこの劇団の所属であることを恥ずかしく思っていたらしく、誰にも話していなかった。彼女は何年もかけて多くの敵を作ってきた。忠誠心を得ることと、恐怖で従わせることは別物なのだ。

電話をするエイドリアンの声に耳を傾ける。ジェーンに子守唄を歌ってやっている。確かまだ三カ月だ。判決のとき、アンブロージアは見た目にも妊婦だとすぐにわかった。しきりにお腹をさすり、愛情を示すふりをしていた。彼女は、嘘を言っているのはポピーで、ポピーがスローン・サリヴァンを殺したのだと陪審員に主張した。けれども、わたしがあの部屋にいた理由を説明するのは簡単だった。姉の元ルームメイトに話をしようと誘われたと言うだけでよかった。そう誘われたら、思い出話をするために、なんの疑いもなく彼女の部屋を訪ねても不思議はない。

　現場には三人しかいなかったものの、あの週末のアンブロージアについて証言をする人はいた。奇妙な言動をするのを目撃した人。大学に戻ってきたことで彼女がおかしくなったと考えた、バターフィールド寮出身の女性たち。彼女が慌てて出ていくのを見た〈スーパー8〉のフロント係。かわいそうなケヴィン。彼の死は自殺とみなされた。それ以外の可能性を示す証拠がなかったからだ。これが因果応報でなければ、なんだろうか。

　ほとんどの人の見方はこうだ。かつての親友とひそかに思いつづけていた男性が寝ていたと知って、アンブロージアは嫉妬に狂い異常な行動に出た。

　フェルティの証言は傑作だった。フローラ・バニングの死の真相の究明をあきらめたことはない、アンブロージア・ウェリントンは必ず事件に関わっていると確信していた、と彼は述べた。

　誰ひとりとして、アンブロージアの主張を信じる者はなかった。彼女の夫でさえ。包丁は彼女の家のものだった。こぢんまりとしたかわいいキッチンの、木製のナイフスタンドにあったもの。同窓会のまえにサリーとケヴィンのことを知り、計画的に準備したと思われた。

アンブロージアはわたしから脅迫のカードが届いたと言ったが、そんなものはどこからも発見されなかった。彼女の荷物や部屋からも、スローンとケヴィンの周辺からも出てこなかった。これについては裁判官がうまい説明をつけた。**罪を軽くするためにあなたがでっちあげた作り話ですね。**

同窓会の実行委員会を装ったメールは、送信者を特定できなかった。ノートパソコンを一台用意して公共のWi‐Fiを使えば、それほど難しくはない。誰にでもできることだった。

エイドリアンはまだ子守唄を歌っている。夫がまともな男のひとりだと、アンブロージアは認めなかった。フローラは、誰かが自分の人生に関わるのには必ず理由があると信じて、感謝を忘れなかった。ケヴィンにも、アンブロージアにも。**ここの女の子たちはみんなとってもいい子よ。**電話中、はずむ声で彼女は言った。**わたしのルームメイトは特に。**

わたしがしたことを姉が喜んでくれるかどうかは正直わからない。でも、彼女のある部分――不当な扱いを受けているすべての女性たちに共通する何か――に光があてられ、ようやく報われたことは確かだと思う。とにかく、姉はわたしのことを誇りに思っていると考えるほうが気分がいい。わたしは姉の名前で記念財団を設立したし、〝ポピーズ・プリティ・ペン〟の売り上げの十パーセントを、貧困に苦しむ十代の女の子を支援する団体に寄付している。ちょっと型破りな方法を取ることもあるけれど、よりよい世界のために闘っている。

事件のあともなお、ウェズリアンに進学したいと言ったことに両親は驚いた。もちろんわたしが入学したとき、アンブロージアとスローンはすでに卒業していた。わたしはルームメイトのモリーと親しくなり、その友情は本物だと信じていた。彼女が仲よくするのは課題を手伝わせるためで、裏では悪口を言っていたと知るまでは。ウェズリアンで数年を過ごしたおかげで、姉に起こったことを正確に知りたいと思うようになった。女の子たちはみんな、ちっともいい子なんかじゃなかったから。

そこで、誰もがアクセスできる噂の宝庫、タレコミ掲示板にあたり、AWとSSについて多くの知識を得た。彼女たちは在学中、相当やらかしたようだった。

卒業後、同窓会実行委員会に入った。〝ポピーズ・プリティ・ペン〟も始めた。わたしが〈エッツィ〉サイトに出しているオリジナルアートのショップはかなり素敵だ。あとはただじっと待ち、彼女たちを過去に引き戻すだけ。そして、あっけなく成功した。ふたりとも自己愛の強いナルシストだから、何よりもまず、現在のたがいの姿を品定めしたかったんだろう。

「待たせてすまなかった」エイドリアンが携帯電話をポケットにしまい、こちらへ戻ってくる。「娘はパパっ子でね。あの子を家において、ひとりで出かけたことはまだ数回しかないんだ」

アイランドの向こうの彼に、ワイングラスを渡す。「平気よ。ジェーンは天使だもの。いいパパがいて幸せね」それに、わたしもいる。エイドリアンとの仲が深まれば、彼女が生きていくために必要な装備を身に着けるのを手伝ってあげられる。絶対に無防備ではいさせない。

エイドリアンがワインを飲む。「今ちょっとご機嫌斜めなんだ。両親の家のベビーベッドにまだ慣れないみたいで。両親が近くに引っ越してきてくれたのは、ありがたいと言うしかないよ」

彼の言葉を深読みしてみる。たぶん彼は、迎えの時間はわからないと言って、両親に娘を預けてきた。それに天使のねんねを邪魔したくはないだろうから、明日の朝迎えにいけばちょうどいいはず。つい笑みが漏れる。今日はブラジャーをしていない。

もともと計画にエイドリアンは組みこまれていなかった。姉を死に追いやったふたりの女を対立させるまでが計画だった。物理的な危害を加えたスローンには、楽なほうの結末を与えてやった——死という結末を。アンブロージアは姉をさらに残酷なやり方で引き裂いた。だから彼女にはスローンより厳しい罰を受けてもらうことにした。

命こそあるものの、これから先も檻の中だ。家族と友達が少しずつ自分を忘れていくのを、エイドリアンがいずれ自分とのことを完全に吹っ切って次に進むのを、そこからただ眺めることになる。そしてわたしがいるかぎり姉を、自分が奪った命を、忘れることはできない。


赤ワインを飲むエイドリアンの唇が赤に染まっている。だけどまだキスのタイミングではない。食事が先だ。コンロの上でふつふつと煮立っているパスタソースは缶詰のものだけど、エイドリアンがそれを知る必要はない。彼が知らなくていいことはたくさんある。

「あなたと一緒にいられてうれしい」とわたしは言う。小説を完成させて、出版にこぎつけられるようサポートするつもりだ。彼の元妻に、自分がどれほど恵まれていたか思い知らせてやる。世界は自分にまだまだ多くのものを与えるべきだと考えていたなんて、いかに愚かだったかを思い知らせてやるのだ。

「僕もだよ」と言ってエイドリアンはアイランドのスツールに腰かける。「まだ妙な心地がするけど、これでよかったのかもしれない」

フローラとわたしは違う。彼女は、善良な人間は幸せになれると信じていた。女にその法則は当てはまらないと、わたしは知っている。善良でいたって、それだけでは何も手にできない。

アイランドに寄りかかる。シャツからのぞく谷間にエイドリアンがちらりと目をやるのを感じる。

待つ者に幸運は訪れない。世の中の多くのアンブロージアとスローン――たがいに衝撃をあたえるためだけに、結果を気にせず奪いつづける女たち――にも。彼女たちにフローラを殺されたことで、わたしの人生まで破壊されかねなかったけど、そうはさせなかった。わたしは、理想とする女同士の連帯関係を見つけた。体の一部をちぎって餌にするようなむごたらしさは必要ない。もっとおだやかでやさしい関係でいい。わたしたちが閉じこめられたこの社会を、みんなにとって居心地のいい場所にしようと努力する、わたしのような女もいるのだから。

この世界を、ジェーンがたっぷりミルクを飲んで、安心して眠れる場所にしたい。

「何に乾杯しようか」エイドリアンがグラスを掲げて言う。「新しい始まりに――これがしっくりくる」

わたしは持ち上げたグラスを彼のグラスに軽くぶつける。彼は何かが終わり、それにきちんと蓋がされたと思っている。ある意味では正しい。ただ、わたしにとってはそうじゃない。目に映るのは新たな章の幕開けではなく、やるべき仕事だ。フローラはもういないのだから、彼女の分までいいおこないをしなくては。世界がよりよい場所になるまでの道のりは長い。

わたしがしたこと。それはまだ始まりにすぎない。

訳者あとがき

あなたも来て。あの夜わたしたちがしたことについて話がしたい。

アムこと、アンブロージア・ウェリントンは、マンハッタンのPR会社で働く三十一歳。五歳年下の夫エイドリアンと、ニューヨーク市内のアパートメントで二人暮らしをしている。やさしくてロマンチストなエイドリアンには小説家になるという夢があるが、目下のところ何かを書いている様子はない。アムは夫を愛してはいるものの、どこか物足りなさを感じてもいた。狭いアパートメントと職場を往復し、時々は友人たちとお酒を飲む。そんな平凡な毎日のなか、ウェズリアン大学で開かれる卒業十周年の同窓会の案内メールが届く。またあの大学に戻るなんてとんでもない。アムはすぐさまそのメールを、受信箱からも記憶からも削除する。ところが二度と足を踏み入れたくない場所へ彼女を誘おうとするのは、メールだけではなかった。冒頭の不穏なメッセージが書かれた、差出人不明のカードが届いたのだ。

不吉な予感がしながらも、誰がなんのためにカードを送ったのかを明らかにするため、アムは夫とともに大学でおこなわれる同窓会に参加する。そこで彼女はかつての寮の仲間たち、元親友サリー、それから予想もしていなかった人物と再会する。

アムが同窓会に出席したくなかった理由。それは大学一年生だった十四年まえ、寮で起きたある事件にまつわる秘密が掘り起こされることを恐れたからだった。夫には何がなんでも隠し通したい秘密が。

アムは高校生のころからまわりに馴染もうとあらゆる努力を惜しまなかった。それは大学に入っても変わらない。育ちがよく、おしゃれでクールな女の子たちについていこうと必死だった。ところがアムが住むバターフィールド寮C棟の女子たちは、努力などしなくても、自分らしくいるだけで人とうまくやる方法を、人から求められる方法を知っているようだった。名門女子校出身のローレン、美しいジェマ、ファッションセンス抜群のクララ。なかでも特に人々の関心を集めていたのが、フローラとサリーだった。アムのルームメイトのフローラは、神々しいまでのやさしさとポジティブなエネルギーを持ち、寮の女の子たちに慕われている。一方、隣室のサリーは美しい容姿と傍若無人で大胆なふるまいで注目され、あちこちのパーティーに引っ張りだこだ。水と油のように相容れないこのふたりに、いつしかアムは憧れと嫉妬の気持ちを抱くようになる。対極にいるふたりに惹かれ、揺れ動く彼女は、ある男性との出会いをきっかけに、間違った選択を積み重ねていくことになる。

競争することでしか自分の価値を見出せなかった少女たちが起こした悲しい事件の真相が、交互に描かれる現在と過去の章を通して、徐々に明らかになっていく。

読書関連のＳＮＳや販売サイトにおける本作品のレビューには、「主人公はじめ、登場人物が嫌なやつばっかり。タイトル（原作のタイトルは *The Girls Are All So Nice Here*〝みんながいい子〟）と全然違う！」というような感想がちらほら見られる。著者はインタビューでこう述べている。「道徳的に正しいと言えない、好感が持てない人物を、読者が自分との共通点を見出して、共感できる人物として描いてみたかった。ただのスリラーではなく、様々な意見を喚起するような作品を書きたかった」この試みは成功したといえるだろう。主人公のアムは読者全員に愛されるようなキャラクターではない。友達を羨み、妬み、嫌味を言い、嘘をつき、裏切る。けれどもアムのように、身近にいる人の魅力に引きつけられながらも、嫉妬や羨望の感情を抱いた経験がある人も多いのではないだろうか。リアルに描かれた彼女の心のほの暗い部分に触れるうち、気づけばこの完璧ではない主人公に、読者は自分を投影している。これこそ本作品の最大の魅力ではないかと思う。だからこそ、ラストで受ける衝撃は大きい。

本作の主な舞台であるウェズリアン大学は、コネチカット州ミドルタウンに位置するリベラルアーツカレッジである。一八三一年に創立され、学生数は約三千人と小規模だが、質の高い教育を提供する名門校だ。アメリカの名門私立大学八校（ダートマス大学が含まれる）がアイビーリーグと呼ばれるのに対して、小規模かつトップクラスの大学十数校がリトルアイビーと呼ばれる。その中の一校がウェズリアン大学である。芸術分野に強く、映画、音楽、舞台美術などに関する全米屈指の教育がおこなわれている。アムたちがよく食事を取るモーコンはすでに取り壊されてしまっているものの、それ以外の、物語に登場する大学内の建物や通りなどはすべて実在する。校舎、劇場、礼拝堂、謎の建造物〝墓〟、アムお気に入りのオーリン図書館。ゆるやかに広がるフォス・ヒルにアンドラスフィールド。もちろん、あの事件が起きたバターフィールド寮C棟も。グーグルアースのストリートビューと照らし合わせてみるのも、本書の楽しみ方のひとつかもしれない。

著者のローリー・エリザベス・フリンは、これまでに三作のヤングアダルト作品を発表しており、本作は初の大人向け小説で、初の邦訳作品である。著者は現在、カナダのオンタリオ州ロンドンで、夫と四人の子供たちと暮らしている。著者のインスタグラムのページでは（アムはインスタグラムのアカウントを持たないことにしているけど）、本人の近影、カナダの豊かな自然、季節の行事を楽しむ一家の姿が見られる。また、創作の苦しみや喜びなども率直に綴られており、著者の人柄が感じられる。手がかかる盛りの子供たちを四人も抱えながら精力的に執筆活動を続けることは、もはや魔法に近いと思うのだけれど、最近の投稿によると、近々新たな作品が発表されるようである。詳細はまだ明らかになっていないが、楽しみに待ちたい。

最後に、技術的な点のみならず、翻訳者としての心構えや作品に向き合う姿勢まで伝授してくださった田口俊樹先生にこの場を借りてお礼申し上げたい。また、心を尽くして丁寧なチェックをしてくださった編集、校閲の方、その他の作業をしてくださった方々にも感謝の意を表させてください。

二〇二三年二月

訳者略歴　奈良県生まれ，ブリティッシュコロンビア大学卒，英米文学翻訳家

HM=Hayakawa Mystery
SF=Science Fiction
JA=Japanese Author
NV=Novel
NF=Nonfiction
FT=Fantasy

あの夜《よる》、わたしたちの罪《つみ》

〈HM503-1〉

二〇二三年三月二十日　印刷
二〇二三年三月二十五日　発行
（定価はカバーに表示してあります）

著者　ローリー・エリザベス・フリン
訳者　山《やま》田《だ》佳《か》世《よ》
発行者　早川浩
発行所　株式会社早川書房
郵便番号　一〇一 - 〇〇四六
東京都千代田区神田多町二ノ二
電話　〇三 - 三二五二 - 三一一一
振替　〇〇一六〇 - 三 - 四七七九九
https://www.hayakawa-online.co.jp

乱丁・落丁本は小社制作部宛お送り下さい。
送料小社負担にてお取りかえいたします。

印刷・星野精版印刷株式会社　製本・株式会社明光社
Printed and bound in Japan
ISBN978-4-15-185351-7 C0197

本書は活字が大きく読みやすい〈トールサイズ〉です。